HOMEGOING
回家之路

Yaa Gyasi

〔美〕雅阿·吉亚西 著

陈磊 译

人民文学出版社
PEOPLE'S LITERATURE PUBLISHING HOUSE

著作权合同登记号　图字 01-2023-2792

Homegoing
by YAA GYASI
Copyright © YNG Books, Inc.
Simplified Chinese edition copyright © 2023
by Shanghai 99 Readers' Culture Co., Ltd.,
All rights reserved.

图书在版编目(CIP)数据

回家之路 /（美）雅阿·吉亚西著；陈磊译.—北京：人民文学出版社，2023
ISBN 978-7-02-018111-7

Ⅰ.①回… Ⅱ.①雅… ②陈… Ⅲ.①长篇小说-美国-现代 Ⅳ.①I712.45

中国国家版本馆CIP数据核字（2023）第127047号

责任编辑　朱卫净　傅　钰
封面设计　钱　珺

出版发行　人民文学出版社
社　　址　北京市朝内大街166号
邮政编码　100705

印　　刷　山东临沂新华印刷物流集团有限责任公司
经　　销　全国新华书店等

开　　本　889毫米×1194毫米　1/32
印　　张　10.875
字　　数　261千字
版　　次　2018年10月北京第1版
印　　次　2023年7月第1次印刷

书　　号　978-7-02-018111-7
定　　价　59.00元

如有印装质量问题，请与本社图书销售中心调换。电话：010－65233595

Abusua te sɛ kwaɛ：sɛ wo wɔakyire a wo hunu sɛ ɛbom；sɛ wo bɛn ho a na wo hunu sɛ nnua no bia sisi ne baabi nko.

家族就像森林：从外面看来，它繁茂浓密；若是身处其中，你会发现每一棵树都自有其位置。

——阿坎人[1] 谚语

---

[1] 这是一个居住在加纳、科特迪瓦等西非地区的民族。阿坎人包括阿肯人、阿尼人、阿散蒂人、阿铁人、鲍勒人、布龙人和古昂人等，芳蒂人也是其中的一支。

目 录

家族表

第一部

埃菲亚 3

艾 希 31

凯 56

内 丝 79

詹姆斯 100

柯 乔 125

阿蓓娜 150

第二部

H 177

阿 娉 199

威 莉 224

亚 乌 250

桑 尼 274

玛乔丽 297

马库斯 320

家族表

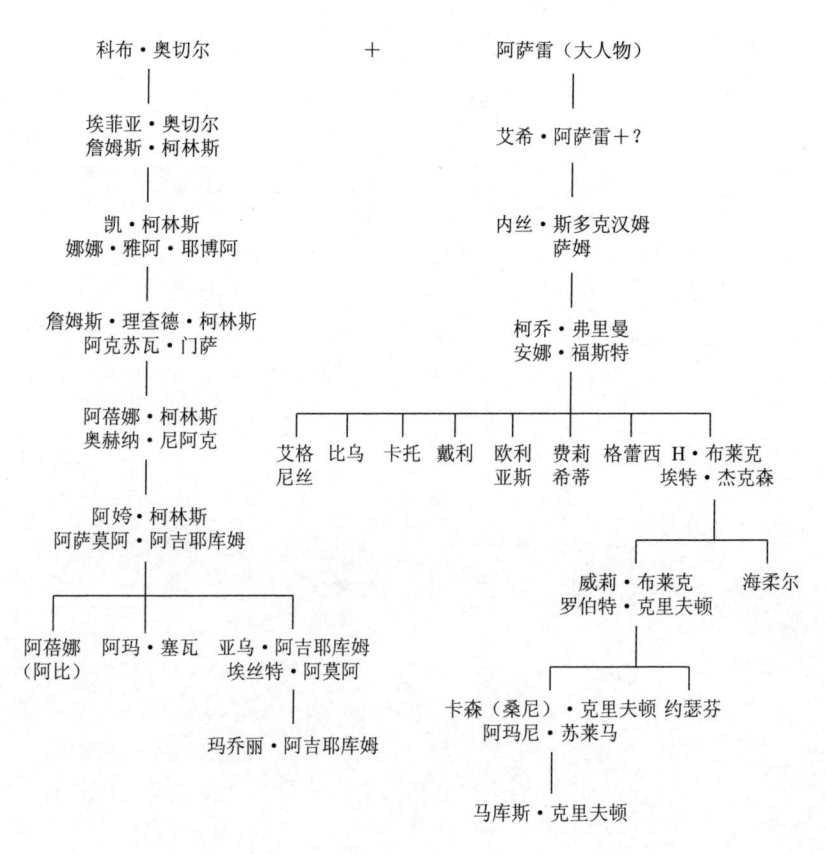

梅阿美

科布·奥切尔　　　＋　　　阿萨雷（大人物）

埃菲亚·奥切尔　　　　艾希·阿萨雷＋？
詹姆斯·柯林斯

凯·柯林斯　　　　　　内丝·斯多克汉姆
娜娜·雅阿·耶博阿　　　萨姆

詹姆斯·理查德·柯林斯　柯乔·弗里曼
阿克苏瓦·门萨　　　　安娜·福斯特

阿蓓娜·柯林斯　　艾格　比乌　卡托　戴利　欧利　费莉　格蕾西　H·布莱克
奥赫纳·尼阿克　　尼丝　　　　　　　　　亚斯　希蒂　埃特·杰克森

阿婧·柯林斯　　　　　　　　　　　　　　　威莉·布莱克　　海柔尔
阿萨莫阿·阿吉耶库姆　　　　　　　　　　　罗伯特·克里夫顿

阿蓓娜　阿玛·塞瓦　亚乌·阿吉耶库姆　　　卡森（桑尼）·克里夫顿　约瑟芬
（阿比）　　　　　埃丝特·阿莫阿　　　　阿玛尼·苏莱马

　　　　　　玛乔丽·阿吉耶库姆　　　　　　马库斯·克里夫顿

第一部

第一篇

埃菲亚

埃菲亚·奥切尔于芳蒂兰那弥漫着麝香气息的热浪中诞生的那个夜晚,一场大火肆虐了她父亲屋群之外的树林。火势迅速蔓延,一路烧了数日。它以空气为食,在洞穴栖息,于树丛中藏身;它燃烧着,毁灭穿越了一切,全然不顾留在身后的是怎样的一片残骸,直至抵达一个阿散蒂人的村落。在那里,它消失了,融入了黑夜。

埃菲亚的父亲科布·奥切尔留下他的第一位妻子芭阿帕照看新生的婴儿,自己去查看番薯地的损失,那是远近共知的用以供养家族的最宝贵的农作物。科布损失了七块番薯地,他感到每一笔损失都像是对自己家族的一次打击。他那时就知道,关于这场肆意燃烧、而后消逝无踪的大火的记忆会永远萦绕在他的心头,并且影响到他的孩子们、孩子的孩子,只要家族血脉还在延续,那记忆就将永远传递。待他返回芭阿帕的小屋去看埃菲亚时,这个诞生于黑夜之火的婴儿正朝着空中尖声叫喊,他看着自己的妻子说:"我们将永世不再提起今天所发生之事。"

村民们开始传说,婴孩脱胎于大火,这正是芭阿帕没有奶水的原因所在。于是埃菲亚就被交由科布的第二位妻子喂养,她三个月前刚诞下一个儿子。埃菲亚不会吮吸,吃奶时会用尖利的牙龈使劲撕扯那女人乳头周围的皮肉,直至女人怕了给这孩子喂奶。出于这个原因,埃菲亚长得比较单薄,皮肤下是小鸟般纤细的骨骼,大黑洞般的嘴巴发出的饥饿的哭喊声整个村子都听得见,哪怕是芭阿帕拿她粗糙的左手用尽全力捂住那孩子的嘴巴也没有用。

"怜爱她些。"科布命令道,仿佛爱只是将食物从铁盘中拿起再举至嘴边那般轻而易举的行为似的。在夜里,芭阿帕会想将这孩子丢进黑暗的森林里,这样就能把她交给至高神尼阿美来随心处置。

埃菲亚长大了些。在她三岁生日过后的那个夏天,芭阿帕生下了第一个儿子。男孩取名叫菲菲,他长得太胖,以至于芭阿帕顾不过来时,埃菲亚就会把他当成球在地上滚。芭阿帕第一次让埃菲亚抱他的那天,她一个不小心将菲菲掉在地上。那孩子一屁股弹了起来,然后肚皮朝下摔在地上,又抬头望着屋里的每一个人,闹不清自己是不是该哭。他决定不哭,可之前一直在搅拌班库泥①的芭阿帕却抄起和面杖,照着埃菲亚裸露的脊背就打过去。和面杖每次离开女孩的身体,都会在她的血肉中留下黏稠的热班库泥。待芭阿帕打完了,埃菲亚身上已是伤痕密布,哭喊个不停。而菲菲则趴在地上,从这边爬到那边,用他那对圆圆的大眼睛不出声地看着埃菲亚。

科布回到家中,发现另外几位妻子正在帮埃菲亚处理伤口,于是立刻便明白了发生的事情。他和芭阿帕一直打闹到深夜。埃菲亚能透过她躺着的小屋的薄墙听到他们的声音,她睡在地上,在发烧的睡眠中醒醒梦梦。梦里,科布是一头狮子,芭阿帕是一棵树。狮子将那树从它生长的地方连根拔起,狠狠地摔在地上。那树伸出枝叶想要反抗,但枝条一根接一根地全被狮子折断了。那树横倒在地上,开始呼叫在树皮间狭小的裂纹之下爬行的蚁群。蚂蚁们于是在树干顶部环绕式的松软蚁穴上汇集起来。

于是循环就开始了。芭阿帕打埃菲亚,科布打芭阿帕。等埃菲亚

---

① 加纳各部族人的一道主食。将发酵过的玉米和木薯面按比例兑热水和匀,搅拌成平滑的白色膏状物,吃时搭配汤、炖菜或辣鱼酱。

长到十岁的时候,她都可以为身上的伤疤讲述一段历史了。1754年夏天,芭阿帕拿番薯打她的脊背,打到番薯都断了。1757年春天,芭阿帕用一块石头猛砸她的左脚,她的大脚趾被砸断了,以至于那脚指头现在总指向与其他脚趾不同的方向。埃菲亚身体上的每一道伤疤,在芭阿帕身上都能找到对应的,但这并没能阻止母亲殴打女儿、父亲殴打母亲。

让事态更加恶化的是埃菲亚逐渐绽放的美貌。十二岁的时候,她的乳房开始发育,胸脯上开始冒出两个团块,如同芒果肉一般柔软。村子里的男人们知道,初潮很快就将来到,他们在等待着时机,好向芭阿帕和科布要求牵上埃菲亚的手。开始有聘礼送上门来。这个男人酿的棕榈酒比村里其他人的都好,而那个男人打鱼时从来不会空手而归。科布一家尽情享受着埃菲亚逐渐展露出的女性气质所带来的好处。他们的肚皮和双手从来不会落空。

1763年,阿多瓦·艾杜成了村子里第一个被英国士兵求亲的女孩。她肤色浅淡,说话刻薄。早间沐浴完毕后,她会用乳木果揉遍全身,包括双乳之下和两腿之间。埃菲亚和她并不是很熟,但芭阿帕打发她去女孩的小屋里送棕榈油那天,她曾见过阿多瓦的胴体。阿多瓦的皮肤滑腻而富于光泽,头发浓密。

那白人第一回来村子的时候,阿多瓦的母亲请埃菲亚的父母先领他到村里四处转转,她好让阿多瓦做好见他的准备。

"我能去吗?"埃菲亚追着正在散步的父母问。她一只耳朵听到芭阿帕说"不能",另一只则听到科布说"能"。父亲的决定胜出了,很快埃菲亚就站在了她所见到的第一个白人面前。

"他说很高兴见到你。"翻译说,那位白人则向埃菲亚伸出了手。

她没有回握，相反地，她一直躲在父亲的身后打量那白人。

那白人穿的外套正中有一排闪亮的金扣子一气扣到底，衣襟将他的大肚子绷得紧紧的。他的脸色是红的，脖子好像架在火上的树桩。他通身都很胖，前额和未蓄胡须的嘴唇上方渗出大颗的汗珠。埃菲亚开始想象他是一团雨云：色呈灰黄、湿漉漉的，而且不成形状。

"拜托了，他想参观参观村子。"翻译说完，所有人于是都开始走动起来。

他们第一站停在埃菲亚家的屋群前。"这里是我们的住处。"埃菲亚对那白人说，他于是冲她默默地笑笑，绿色的眼眸被掩盖在迷雾之中。

他不能理解。即便是经过翻译的转述，他还是不能理解。

科布牵起埃菲亚的手，同芭阿帕一道领着那白人穿过他们的屋群。"在这里，在这座村庄里，"科布说道，"每个妻子都有自己的小屋。那小屋是她同她的孩子们住的。她的丈夫要和她过夜了，就去她的小屋找她。"

那白人听到翻译后，眼神明亮了些，埃菲亚突然意识到，他在透过一双全新的眼睛观察。她住的小屋四壁上的泥巴、屋顶上的麦秆，他终于能看见它们了。

他们继续穿过村庄，带领白人参观了村广场，还有那种男人们会带上它步行数英里下到海岸边的独木舟。埃菲亚也强迫自己从陌生的视角来观察各种事物。当海风拂动她鼻腔中的绒毛时，她闻到腥咸的味道，感觉棕榈树的树皮就像刮痕般粗糙，看到它们周围的泥土都呈现出深深的、深深的红色。

"芭阿帕，"待男人们走得远远超过她们后，埃菲亚立刻问道，"阿多瓦为什么要嫁给这个人？"

"因为这是她母亲的意思。"

几周后,那白人返回来向阿多瓦的母亲致意,埃菲亚和所有村民都围在一起,看他会下什么聘礼。有十五英镑的彩礼钱,有他从城堡带来的货品,那是靠阿散蒂人背来的。看到仆从们带着布匹、小米、黄金和铁而来,科布让埃菲亚站在自己身后。

在返回自家屋群的途中,科布把埃菲亚拉到一边,让妻子们和其他孩子走在前面。

"你明白刚才发生的事情吗?"他问她。在远处的芭阿帕将手塞进菲菲手中。埃菲亚的这个弟弟刚满十岁,但已经能够徒手徒脚地攀爬上棕榈树了。

"那个白人来是要带走阿多瓦。"埃菲亚说。

父亲点点头。"那些白人住在海岸角城堡。他们在那里同我们的人进行货物贸易。"

"像是铁和小米之类的东西?"

父亲将手搭在她的肩头,亲吻了她的前额,但离身之时,他眼中的神情显得不安而又冷淡。"对,我们得到了铁和小米,但作为回报也必须给他们东西。那人是从海岸角来迎娶阿多瓦的,以后会有更多像他这样的人来带走我们的女孩子。但是你,你是我的女儿,相比起嫁给白人为妻,我为你准备了更宏大的计划。你会嫁给我们村子里的男人。"

这时,芭阿帕转过身来,埃菲亚捕捉到她的眼神。芭阿帕皱着眉头。埃菲亚看看父亲,想知道他是否注意到了,但科布一个字也没说。

埃菲亚知道她的丈夫候选人是谁,那人正是她殷切盼望父母为她挑选的。他名叫阿比库·巴杜,是村子里的下一任村长。他身材高大,皮肤如同鳄梨表皮那般坑坑洼洼,大大的手掌上长着纤长的手指,每次说话时挥舞起来都像是闪电。上个月,他来埃菲亚家的屋群拜访过四次,这周晚些时候,他还要和埃菲亚一同用餐。

阿比库带来一头山羊。他的仆从们搬来了番薯、鱼和棕榈酒。芭阿帕和其他的妻子们生起火来,将油加热。空气中弥漫着油腻的味道。

当天早上,芭阿帕为埃菲亚编了头发,在中分线两边编出两根长长的发辫。这个发型让她看起来像头山羊,显得强悍又任性。埃菲亚给裸露的皮肤涂了油,耳朵上戴起金饰品。用餐时她和阿比库相向而坐,看到阿比库偷偷投来欣赏的目光,她满心愉悦。

"你去看阿多瓦的定亲典礼了吗?"等到男人们都被伺候着用过餐、终于轮到女人开吃的时候,芭阿帕赶紧问。

"我去了,不过只待了很短的时间。阿多瓦要离开村子了,这真是个耻辱。本来她是可以成为一个好妻子的。"

"等你当了村长,你会为英国人工作吗?"埃菲亚问阿比库。科布和芭阿帕向她投来严厉的目光,于是她低下了头,但抬头后却看见阿比库在微笑。

"我们是同英国人合作,埃菲亚,而不是为他们工作。这就是贸易一词的含义。等我当上村长,我们会继续目前的做法,推动同阿散蒂人和英国人的贸易。"

埃菲亚点点头。她并不能完全确定这些话的意思,但从父母的表情中她能分辨得出,自己最好还是闭嘴。阿比库·巴杜是他们带来和她相亲的第一个男人。埃菲亚极其渴望他能看上自己,但她尚不清楚这个男人为人怎样,他想要的又是怎样的女人。在自己的小屋中,埃菲亚可以随心所欲地问父亲和菲菲各种问题。但芭阿帕总是喜欢安静，并且希望埃菲亚也能跟她一样。有一次，埃菲亚问她为什么不像其他的母亲为女儿做的那样，也带她去获得幸福时，还挨了耳光。埃菲亚只有在不说话，也不发问，假装成小孩的时候，才能感受到芭阿帕的疼爱，或者说某种类似的感情。或许这也是阿比库想要的吧。

阿比库用餐完毕，同家里的所有人都握了手，然后在埃菲亚母亲身旁停下脚步。"等她准备好，你就通知我。"他说。

芭阿帕将一只手紧紧贴在胸前，郑重其事地点点头。科布和其他男人送阿比库离开，家族里其余人都向他挥手告别。

当晚，芭阿帕将睡在小屋地上的埃菲亚从熟睡中叫醒。埃菲亚感觉到，母亲说话时呼在她耳朵上的气息暖暖的。"埃菲亚，等你初潮时，一定要隐瞒好。你一定要告诉我，不能告诉其他任何人，"她说，"你明白了吗？"她递给埃菲亚一团已经弄柔软的片状的棕榈树叶，"把这个放进你的身体里，每天检查。等它们变红时，一定要告诉我。"

埃菲亚看着芭阿帕伸过来的掌心里的棕榈树叶，没有接受，当她重新抬头的时候，看到母亲的眼神中有种像是绝望的神情。那神情从某种程度上柔化了芭阿帕的面庞，埃菲亚懂得何为绝望，那是极度的渴望所诞下的果实，于是她就照芭阿帕的话做了。埃菲亚每天都会检查是否见红了，但棕榈叶一如往常，拿出来时总是青白色的。春天里，村长生了病，每个人都密切关注阿比库的动向，想看看他是否已经准备好接过重担。那个月中，他娶了两个女人，智者阿丽婷和米莉森特，后者是来自城堡的混血女孩，由一名芳蒂族女子和一名英国士兵所生。那士兵发烧病死后，给妻子和两个孩子留下了大量的财富，他们能随心所欲地过日子。埃菲亚祈祷着有一天村里所有人都称她美人埃菲亚,就像有那么几回,阿比库被允许同她讲话时叫她的一样。

米莉森特的母亲已由她的白人丈夫给她重新取了名字。她的身材圆润丰满,一口白牙在夜一般黑的肤色的映衬下显得愈发闪耀。丈夫一过世,她就立即决定搬出城堡,返回村子。白人是不能通过遗嘱将财产留给芳蒂族妻子和孩子的,所以他们会把财产先留给其他士兵和朋友,再由这些朋友交给他们的妻子。米莉森特的母亲已经拿到了钱,足够开始新生活和购买一片土地。她和米莉森特经常会来探访埃菲亚和芭阿帕,正如她说过的,她们很快就会成为同一个家族的成员。

米莉森特是埃菲亚见过的肤色最浅的女人。一头乌黑的长发垂落到背部中央位置,眸子泛出淡淡的绿色。她很少笑,说话声音沙哑,带着一种奇怪的芳蒂口音。

"城堡里是什么样子啊?"有一天,四个女人坐着吃花生和香蕉的时候,芭阿帕问米莉森特的母亲。

"好得很,好得很。哦,那些男人啊,他们会照顾你!简直就像以前从没跟女人处过似的。我倒不知道他们在英国的妻子都在做些什么。跟你说啊,我丈夫看我的样子,就跟我是水而他是火一样,每天晚上他都非得给扑灭才行。"

女人们笑了起来。米莉森特冲埃菲亚露出一个微笑,而埃菲亚也想问问她同阿比库在一起会是什么样子的,但她没胆量。

芭阿帕凑近米莉森特的母亲,但说话声埃菲亚还是能听见的:"而且他们给的彩礼不少吧,是不?"

"我跟你说啊,我丈夫给了我母亲十英镑,那可是十五年前啊!当然了,我的姐姐,钱是好东西,但我更高兴的是我的女儿嫁给了芳蒂人。虽然有个士兵愿意给二十英镑的彩礼,但那样她就不能当村长夫人了。而且更糟的是,她可能要去城堡生活,离我远了啊。不行,不行,还是嫁给村里的男人更好,这样女儿们都能离你近近的。"

芭阿帕点点头,然后转过身面朝埃菲亚,埃菲亚迅速转移了目光。

那一晚,就在埃菲亚十五岁生日的两天之后,初潮来了。它并不像埃菲亚之前所设想的,如同汹涌的海浪,而是像一股涓涓细流,如同雨滴一般,一滴一滴地,从小屋屋顶上的同一个地方滴落下来。她把自己收拾干净,等着父亲从芭阿帕身边走开,这样她就可以向她汇报了。

"芭阿帕,"埃菲亚说着拿出染红了的棕榈树叶让她看,"我流血了。"

芭阿帕用一只手捂住她的嘴。"还有谁知道?"

"没有人知道。"埃菲亚说。

"你继续不动声色,明白吗?要是有人问你是不是已经变成女人了,你就回答说没有。"

埃菲亚点点头转身准备离开,但她急切地想问一个问题,就像肚子里搁着烧红的煤块一般。"为什么?"她最后还是问了。

芭阿帕把手伸进埃菲亚的嘴巴,拉出她的舌头,用尖利的指甲戳她的舌头尖。"你以为你算是个什么东西,竟敢质问我?要是不按我说的做,我保管你再也说不成话。"她说着松开埃菲亚的舌头,那晚剩余的时间里,埃菲亚尝到了自己血水的味道。

接下来的那一周,老村长去世了。葬礼的消息通知到周边所有的村落。仪式将持续一个月时间，最后以阿比库的接任庆典作为结束。村里的女人们起早摸黑地准备食物；拿最好的木头做成鼓，召集来最优秀的歌手展露歌喉。葬礼侍从从雨季的第四日开始舞蹈，在地面干透之前一直没歇过脚。

天晴后的第一个夜晚结束时，阿比库加冕成为欧曼辛，即芳蒂族村的村长。他身着富丽的衣饰，两位妻子分别站在左右两侧。埃菲亚和芭阿帕两人并排站着观礼，科布则在人群中走来走去。时不时地，埃菲亚能听见他嘀咕着，他的女儿，也就是埃菲亚，是村里最漂亮的女人，应该也站上去。

作为新任村长，阿比库希望能做出些大事，能为村庄带来有关注度的事情，让村民成为一支不容小觑的力量。刚上任三天，他就将全村男人召集到自己的屋群。他招待大家一连吃喝了两天，用棕榈酒灌得众人大醉，每一间小屋里都能听到他们喧闹的笑声和激愤的吆喝。

"他们要干什么？"埃菲亚问。

"不关你的事。"芭阿帕说。

埃菲亚月事开始后的两个月里，芭阿帕没再打过她。这是对她保守秘密的报偿。有时候，在她们为男人准备食物时，或是埃菲亚拿来自己先前打回来的水，看到芭阿帕伸手进去捧水时，她会觉得，她们终于表现出母女应有的样子了。但接着，有时候，芭阿帕又会重新拉长脸，埃菲亚于是明白，母亲最近的平静只是暂时现象，她那头愤怒的野兽只是暂时被驯服了而已。

科布从聚会回来时拿着一把长长的弯刀。金质的刀柄上雕刻着谁也看不懂的文字。他醉得稀烂，所有的妻子和儿女都在他身边围成一圈，隔着两英尺远的距离，看他跟跟跄跄地换着花样摆弄那武器。"我们要以鲜血换来村庄的富裕！"他叫嚣着。接着他向闯进圈子里的菲菲冲去，那男孩相比起童年时肥胖的形象来说，身子瘦了，动作也更敏捷，他一撅屁股，在只隔几英寸的距离时躲过了弯刀的刀尖。

菲菲是聚会上年纪最小的人。所有人都知道他将成为一名出色的士兵。他们从他攀爬棕榈树的身手，还有那副如头戴金冠的姿态中就能看出来。

父亲走后，埃菲亚确信母亲已经睡熟后，便爬到了菲菲身边。

"醒醒。"她嘘声说，却被菲菲推开了。即便是在半睡半醒间，菲菲也比她有劲。埃菲亚向后倒去，不过她借着猫一般优雅的动作，翻身又站稳。"醒醒。"她又说。

菲菲的眼睛眨了眨睁开了。"不用担心我，老姐。"他说。

"要发生什么事了？"她问。

"这是男人的事。"菲菲说。

"你还不是男人呢。"埃菲亚说。

"那你也还不是女人，"菲菲回嘴道，"不然你今晚就可能会作为阿比库的妻子在场。"

埃菲亚的嘴唇开始颤抖。她转过身准备退回小屋里属于她的角落，不过菲菲抓住了她的胳膊。"我们准备帮助英国人和阿散蒂人做贸易。"

"哦。"埃菲亚说。几个月前父亲和阿比库也有同样的说辞。"你是说我们会献出黄金和布匹，让阿散蒂人交给白人？"

菲菲把她抓得紧了些。"别傻了，"他说，"阿比库已经同阿散蒂人最强的村子结成同盟。我们要帮忙，将他们的奴隶卖到英国去。"

于是，白人就来了他们的村子。身材有胖有瘦，肤色有红有褐。他们统一穿着制服，腰侧佩着剑，目视两侧，自始至终都十分谨慎。他们是来接收阿比库承诺献给他们的货物的。

村长继任典礼过后的日子里,科布开始为埃菲亚迟迟没变成女人而感到不安,担心阿比库会将她遗忘,转而接受村子里其他任何一个女人。从前他总说,想让自己的女儿成为村长的第一位也是最重要的妻子,可现在就连第三的位置似乎也成了遥不可及的梦想。

他每天都会询问芭阿帕,埃菲亚怎么样了,而芭阿帕每次都回答说还没准备好。绝望之下,他决定每周都让芭阿帕带女儿去阿比库的屋群里走一趟,这样村长就能看到她,然后想起他曾经有多么喜爱她的脸蛋和身材。

一天晚上,母女俩过去时受到了阿比库的第一位妻子智者阿丽婷的招待。"请进,夫人,"她对芭阿帕说,"没想到你们今晚会来。白人们在这里呢。"

"我们可以回去。"埃菲亚说,不过却被芭阿帕抓住了胳膊。

"您要是不介意的话,我们愿意留下来。"芭阿帕说。阿丽婷奇怪地看了她一眼。"要是我们回去太早,我丈夫会发怒的。"芭阿帕说,似乎这就是一个很充足的理由似的。埃菲亚知道她在撒谎。科布那晚根本就没有打发她们来,是芭阿帕听说白人们会来,于是坚持要来致意。阿丽婷露出怜悯的神色,接着离开去问阿比库能否让这母女俩留下来。

"你们和女眷一起用餐,如果男人进来,你们不要说话。"阿丽婷一返回就这样吩咐道。她将二人引到屋群深处。一路上,埃菲亚看到一座又一座小屋,最后她们进到一个妻子们聚在一处吃饭的地方。她挨着米莉森特坐下,后者怀了身孕的肚子已经很明显,大小不超过一颗椰子,垂在低低的地方。阿丽婷准备的是棕榈油炖鱼,她们用手吃鱼,到最后连手指都染成了橙色。

不久,一个埃菲亚之前从未见过的女仆走进房间。是个小女孩,还是孩子的模样，眼睛从未抬离地面。

"夫人，"她对阿丽娉说道，"白人们想参观屋群。阿比库村长请您准备好接见他们。"

"去给我们取些水来，动作麻利些。"米莉森特吩咐道。待那女仆提着满满一桶水返回，众人皆清洗了双手和嘴巴。埃菲亚理了理头发，舔了舔手掌，然后用手指按了按贴在脸庞周围的紧密的小发卷。待她整理完毕，芭阿帕让她站在米莉森特和阿丽娉两人之间，排在其他女眷的前面，埃菲亚尽最大努力让自己看起来比实际年龄更小，以免吸引注意。

没过多久男人们就进来了。阿比库看起来就是一个村长该有的样子，埃菲亚心想着，他强壮又有力，似乎能将十个女人举上头顶迎向太阳。跟在他身后的是两名白人。其中的一位，埃菲亚根据众人打量他的言行举止的眼神，判断他一定是白人中的首领。虽然穿着与其他人并无差别，但他外衣和肩章上排列的闪耀的金扣子更多。他似乎年纪比阿比库要大，深棕色的头发泛出些灰白，但站姿笔挺，很有首领的派头。

"这些是女眷。我的妻子和孩子们，以及她们的母亲和姐妹。"阿比库说。白人中个头较小、容貌也更羞怯的那位仔细地看着阿比库说话的样子，接着朝白人首领转过身，用他们奇怪的语言说起话来。那白人首领点着头，冲大家微微笑着，仔细打量过每一位女眷，然后用蹩脚的芳蒂语说了声"你好"。

听到他说"你好"，埃菲亚忍不住咯咯笑出声来。其余女眷嘘声示意她安静，她的脸颊于是因为窘迫而发起热来。

"我还在学习。"那白人首领说着将目光投到埃菲亚身上，他讲的芳蒂语在埃菲亚听来烂极了。他的目光停留了似乎有几分钟那么久，神情渐渐有些肆无忌惮了，埃菲亚因此感到皮肤变得愈发滚烫。他深棕色的瞳仁看上去就像是巨大的水罐，足以叫学步儿童溺死其中，而他打量埃菲亚的神情也正是那样，似乎想将她困在里面一般，困在他那让人沉溺的眼睛之中。他的脸颊上霎时泛出光彩，于是便转身对另一位白人说起话来。

"不，她不是我的妻子。"阿比库听到翻译后说道，声音中并未隐瞒自己的烦恼。埃菲亚低着头，窘迫于自己的行为让阿比库羞愧，以及他不能称自己为妻子。她还有一些窘迫，是因为他没有称呼自己的名字：美人埃菲亚。那一刻她极度渴望打破对芭阿帕许下的誓言，宣布自己已经成长为女人了，但不等开口，男人们便走开了，见那位白人首领回头冲自己微笑，她的不安便消退了。

那人名叫詹姆斯·柯林斯，是新近被任命的海岸角城堡总督。不到一周工夫，他又返回村庄，请求芭阿帕将埃菲亚嫁给他。科布听到求婚的消息，愤怒之情像蒸汽般填满了所有的房间。

"她几乎可算是定给阿比库了！"当芭阿帕告诉他，自己正在考虑这桩亲事之时，科布冲她大喊。

"是的，但是她月事不来，阿比库就无法娶她，我们现在已经等了好几年。我告诉你，丈夫，我觉得她在那场大火中被诅咒了，成了魔鬼，永远也不可能长成女人。想想吧。那样的美艳，却不能被触碰，她到底是个什么东西？所有的女性特征她都有，可还是无济于事。但那个白人不会在乎，他会娶她。他不知道她的真实面目。"

埃菲亚听到了那白人这天早些时候和她母亲说的话。作为结婚礼物，他会向芭阿帕预付三十英镑，然后每月再给价值二十五先令的贸易物品。这笔彩礼甚至比阿比库所能提供的还多，比村子里或其他村子的任何一个芳蒂女人所收到的彩礼都要多。

整个夜晚,埃菲亚都能听到父亲踱步的声音。甚至到了第二天早上,她醒来时还能听到那声音,他的脚步在坚硬的泥地上所踩出的沉稳节奏。

"我们必须让阿比库认为,那是他自己的想法。"他最后说。

于是,村长就被请到了他们的屋群。他坐在科布身旁,听芭阿帕讲自己的想法,说那场大火不仅仅毁掉了家族里的大量财富,同时也毁掉了这个孩子。

"她空有一副女人的身体,但灵魂中却不知埋伏着什么邪恶的东西,"芭阿帕说着往地上啐了一口以示强调,"如果您娶了她,她永远也不能为您诞下子嗣。如果那白人娶了她,他会怜爱这座村庄,那么您的贸易也会因此而繁荣。"

阿比库一边思忖,一边小心地摩挲自己的络腮胡子。"把美人带来见我。"他最后说道。科布的第二位妻子将埃菲亚带入房间。埃菲亚正瑟瑟发抖,她胃疼得十分剧烈,以至于她觉得自己可能会当着所有人的面,把五脏六腑都呕出来。

阿比库站起身,好面对埃菲亚。他伸出手指抚摸她的整张脸庞,她面颊上小山一般的凸起,鼻梁下洞穴一般的孔洞。"再也不会有这么美的女人了,"他说着转身面向芭阿帕,"不过我觉得你说得对。如果那白人想要她,那就让他得偿所愿吧。这样会更有利于同他们的生意,更有益于村庄。"

科布这样高大坚实的男人也开始当众抹泪,但芭阿帕仍旧站得笔直。阿比库离开后,她走到埃菲亚身旁,掏出一枚黑色的石头垂饰,它微微闪光的样子就仿佛是裹着一层金粉。

她将垂饰塞进埃菲亚手中,然后向她侧过身,嘴巴都贴在了埃菲亚的耳朵上。"走的时候把这个戴上,"芭阿帕说道,"就当是把你母亲的一部分一起带走。"

待芭阿帕终于要离开的时候,埃菲亚能看出,她的笑容背后露出如释重负的神情。

* * *

埃菲亚以前只从海岸角城堡路过一次,当时她是要和芭阿帕出村进城,在婚礼之前她从未进过城堡。里面有座小礼拜堂,她和詹姆斯·柯林斯在一位牧师的主持下举行了婚礼,牧师要埃菲亚用一种她不懂的语言重复她并无意愿遵守的誓言。没有舞蹈,没有宴席,没有各种明丽的色彩、漂亮的发型,也没有皮肤发皱的老妇人光着乳房抛撒硬币、挥舞手绢。自打芭阿帕让所有人都相信这女孩是个凶兆之后,再没有人想和她有任何瓜葛,甚至埃菲亚家族的人也没到场。离家前往城堡的那天早上,科布亲吻了她的额头,向她挥手送别。他知道,关于家族血脉分离与断裂的预言,以及火灾那天晚上他所得到的预言,将从此在这里,在他女儿和那个白人的这件事上应验。

就詹姆斯来说,他已竭尽所能让埃菲亚感到舒适。埃菲亚能看出他有多疲累。他甚至还让翻译教他更多的芳蒂语,这样他就能告诉她,她有多么美丽,自己将尽最大努力照顾她。他还叫了阿比库给她的那个称呼,美人埃菲亚。

结婚后,詹姆斯带埃菲亚参观了城堡。北部城墙的底层是套房和货仓,中间是练兵场、士兵营房和警卫室。这里有一个牲畜围栏、一个池塘、一座医院,还有一个木匠工坊、一个铁匠铺和一个厨房。城堡本身就是一座村庄。埃菲亚跟着詹姆斯四处走动,心中充满敬畏,她用双手抚摸着用和她父亲肤色一样的木头制作的精美家具,垂坠的丝绸如此顺滑，感觉就像是一个吻。

她呼吸着一切的气味，在炮台处停下脚步，那上面设有面朝海面的黑色巨炮。在詹姆斯带她走上私人楼梯间之前，她想歇息一下，于是就将头靠在一座大炮上。就在那时，她感到一阵微风从脚下地面的小孔中吹了上来。

"这下面是什么？"她问詹姆斯，得到的不成腔调的芳蒂语答案意思是"货物"。

接着伴随那微风，传来一阵微弱的哭声。如此的微弱，以至于埃菲亚以为是自己出现了幻觉。她俯下身子，将耳朵贴在地板上。"詹姆斯，下面有人吗？"她问。

詹姆斯很快朝她走了过来。他把她从地上扶起来，紧紧握住她的肩膀，双目直视她的眼睛。"是的。"他不紧不慢地说。这是他已经掌握的一个芳蒂语词汇。

埃菲亚挣脱他的双手，以锐利的目光凝视着他。"你怎么能把他们关在下面哭喊呢？"她说道，"你们这些白人。我父亲告诫过我要注意你们的手段。送我回去。现在就送我回去！"

她没有意识到自己正在大声叫喊，直至詹姆斯的手捂在了她的嘴巴上，按着她的嘴唇，就好像这样可以强迫那些话语再被吞回去一般。他就那样捂着她的嘴过了很久，直到她平静下来。她不知道他是否明白她说的话，但通过他手指按在她嘴唇上的力量，她当时就明白了，他有能力造成伤害，她应该庆幸自己站在他卑劣手段的此端，而非彼端。

"你想回家？"詹姆斯问。他讲的芳蒂语虽然不甚清晰，但语气坚定。"你家里并不比这里好。"

埃菲亚将他的手从嘴巴上推开，盯着他看了许久。她想起母亲看到她离开时的喜悦神情，她知道詹姆斯是对的。她不能重返家园了，于是勉强地点点头。

他领着她匆匆走上楼梯。顶楼上是詹姆斯的住处。埃菲亚从窗口能直接眺望到海面。货船漂浮在大西洋蔚蓝、湿润的眼眸中，就像点点黑斑，看起来是如此的遥远，以至于很难分辨出距离城堡到底有多远。有些可能已经航行三天了，有些可能刚刚出发一小时。

两人刚到房间时，埃菲亚就立刻发现了那艘船。它就像水面上一道摇曳的黄色光芒，宣告着自己的存在，凭借那道光芒，埃菲亚才勉强能辨认出船的轮廓，是长条弧形的，就像是一只被掏空了的椰子。她想问詹姆斯那船上运的是什么，是要抵达还是要离开，但她已经厌倦了破译他的芳蒂语。

詹姆斯对她说了句什么。他说的时候是笑着的，像是在温和地馈赠什么。他的唇角以几乎让人察觉不出的幅度颤动着。埃菲亚摇摇头，想告诉他自己不明白，最后詹姆斯指指房间左手边的床。埃菲亚坐了上去。那天早上出发前往城堡之前，芭阿帕就解释过婚礼之夜应该做什么，但似乎没人向詹姆斯解释过。当他靠近她时，他的手在颤抖，而她能看见他额头上渗出的汗珠。她于是自己躺了下来，撩起了裙子。

好几个星期，他们一直保持着这种状态，直至最后，这例行事务的舒适开始缓解她思念家人的痛苦。埃菲亚不知道詹姆斯是怎样让她得到安慰的。也许是他一向回答她的问题的方式，或者是他向她流露出的喜爱之情。也许是詹姆斯在那里别无其他妻子侍奉，因此他每晚都属于她。他第一次送她礼物时，她哭了。他拿走了芭阿帕给的那块黑色石头垂饰，穿了根线，这样埃菲亚就能把它戴在脖子上。触碰到那块石头总能让她感到极大的安慰。

埃菲亚知道自己不该在意詹姆斯，她的头脑中总是回荡着父亲的话语，说他对她抱有多么大的希望，不想让她只成为一个白人的芳蒂妻。她也记得，自己差一点就真的成了了不起的人物。自打出生以来，芭阿帕就一直打她，让她感觉到自己的渺小，而她已经用美貌予以还击，那虽只是一件沉默的武器，但也强劲有力，将她带到了村长的脚下。但最后，还是她的母亲胜出了，母亲将她赶了出去，不仅仅是赶出了家门，而且是彻底地赶出了村庄，所以现在，她唯一能经常见到的芳蒂人就是其他士兵的配偶。

她听到英国人管她们叫"内人"，而非妻子。"妻子"一词是保留给大西洋对岸的白人女人用的。内人则是一种完全不同的称呼，士兵们用这个词来保持双手干净，这样就不会在他们的上帝面前惹麻烦。上帝本身就是由三个神组成的①，但他只允许男人娶一个妻子。

"她是个什么样的人？"有一天埃菲亚问詹姆斯。他们之前一直在交换学习语言。清晨，詹姆斯在出门去监督城堡工作之前，会教埃菲亚英语；到了晚上，等到他们躺在床上的时候，埃菲亚会教詹姆斯芳蒂语。这天晚上，詹姆斯用手指勾勒着埃菲亚锁骨的弧线，而埃菲亚则为他唱起了一首芭阿帕以前晚上经常为菲菲唱的歌谣，那时候埃菲亚都是躺在角落里，假装已经睡着了，并不在意自己从未被纳入其中的样子。慢慢地，詹姆斯对她而言已经不再只是她名义上的丈夫。他要求她学习的第一个词语是"爱"，而且他每天都会说。

"她名叫安妮，"他说着把手指从埃菲亚的锁骨移到嘴唇上，"我已经有很长的时间没见到她了。我们是在十年前结的婚，但这些年来我有很长的时间都出门在外，可以说是几乎完全不了解她。"

---

① 基督教的基石就是三位一体理论，即圣父、圣子、圣灵的三位一体。

埃菲亚还知道詹姆斯在英国有两个孩子。艾米丽和吉米，分别是五岁和九岁，是在他休假见到妻子的短短几天内怀上的。埃菲亚的父亲有二十个子女，老村长则有将近一百个。一个男人竟然会满足于只有这么少的子女，这在埃菲亚看来几乎是难以理解的。她好奇那两个孩子会是什么样的。她也想知道安妮在那些给詹姆斯的信中都写了些什么。来信的间隔总是不可预测，有时候是四个月，有时候是一个月。詹姆斯会在晚上趁埃菲亚假装睡着时坐在凳子上阅读。她不知道信中说了什么，但每次，詹姆斯读完信回到床上之后总会尽可能地躺得离她远一些。

现在，没有信件的阻隔，詹姆斯便把头枕在她的左胸上。他说话的时候，会呼出热乎乎的气体，像一阵风吹过她的整个腹部，落入她的两腿之间。"我想和你生孩子。"詹姆斯说，埃菲亚则畏缩起来，担心自己可能无法实现他的愿望，也担心因为有个坏母亲，自己可能也会成为坏母亲。她告诉过詹姆斯有关芭阿帕的计谋的事，关于她是如何强迫埃菲亚将自己发育的事情保密，这样她看起来就不适合给村里的男人做妻子，但詹姆斯却只是用笑声驱散了她的悲伤。"这样对我倒更好。"他说。

此外，埃菲亚还开始相信，也许芭阿帕是对的。婚礼之夜她就失去了童贞，但几个月过去都没有怀孕。那个诅咒的根源也许是谎言，但它可能结出了真理的果实。村子里的老人过去常常会讲一个故事，说的是一个受了诅咒的女人。她住在西北边一棵棕榈树下，从来没有人叫过她的名字。那女人的母亲在生她时就死去了。在十岁生日的那天，她端着一罐子沸腾的热油从一间屋子走到另一间。她父亲正在地上小憩，她想着可以从他脸上跨过去，而不必绕行，结果却跌了跤，将滚油洒在父亲的脸上，父亲毁了容，接下来也只多活了二十五天。那女人便从家中被撵了出去，在黄金海岸流浪多年，直到十七岁时才长成一个陌生的稀世美女返回村子。一个小时候就认识她的男孩想着，也许她不再是走到哪儿就把死亡带到哪儿的灾星了，于是就提出娶她为妻，并不嫌弃她无亲无故、身无分文。一个月后，女人便怀了孕，但等到孩子出生，却是个混种，蓝色眼睛、浅色皮肤，落地四天便死掉了。孩子死去的当晚，她就离开了丈夫的家，到那棵棕榈树下生活，以此作为余生对自己的惩罚。

埃菲亚知道，村里的长者讲这个故事，只是为了告诫孩子们要当心滚油，但她也好奇故事的结尾，关于那个混种小孩。这个黑白混血的孩子，是如何成为了一股邪恶的力量，强大到足以使女人被赶出去，最后生活在了棕榈林中？

以前阿多瓦嫁给白人士兵，米莉森特同母亲漫步进村的时候，科布嗤之以鼻。他以前常说，男人和女人的结合也是两个家族的联合。伴随这个举动而来的不仅包括祖先和整个家族的历史，还有罪恶和诅咒。孩子是这场联合的化身，同时也要承受它所带来的全部冲击。这个白人所带来的是怎样的罪过？芭阿帕曾说过，埃菲亚的诅咒就是迟迟不来的成熟，但预言家族血脉遭到玷污的却是科布。埃菲亚无法控制地想到，她是在同自己的子宫，同那被火灾诅咒的孩子作抗争。

"如果你不能尽快给那男人生下孩子，他会直接把你退回去的。"阿多瓦说。在村子里的时候，她和埃菲亚并不交好，但到了这里，两人会尽可能多地见面，都喜欢待在理解自己的人身边，听听母语那抚慰心灵的声音。自打离开村子后，阿多瓦已经生了两个孩子。她的丈夫名叫托德·菲利普斯，与埃菲亚上次在阿多瓦的娘家看到他时大汗淋漓、满脸通红的样子相比，他变得愈发的胖了。

"我告诉你哦，自打我到这个地方以来，托德就一直让我平躺着。

我们说话的这会儿,我就开始期待了呢。"

埃菲亚哆嗦了一下。"可他的肚子那么大!"她说。阿多瓦大笑着,笑到被正在吃的花生呛住。

"呃,那肚子又不是怀孩子所需要的东西,"她说道,"我会给你一些树根。跟他睡觉的时候,你就把它们放在床下。今天晚上,当他进屋的时候,你一定要表现得像个动物。像头母狮子。母狮子同公狮子亲热的时候,后者还以为这时刻是属于他的,实际上却是属于母狮子的,属于她的孩子,她的后代。她的诀窍在于,让他以为自己是丛林之王。可是王有什么用?说实在的,她才是国王和王后,是两者之间的一切。今天晚上,我们就会让你配得上你的名头,美人。"

于是阿多瓦拿着树根回来了。它们并不是寻常的树根。它们很大,还打着旋儿,要是拉回了这一股,那一股似乎就取代了它的位置。埃菲亚将那树根放在床下,它看上去像是在增殖似的,一条腿接一条腿地伸出来,最后似乎要将床撑起在背上驮走一般,变成了一只从未见过的蜘蛛。

"不能让你丈夫看到它的任何部分。"阿多瓦说。两人努力将树根上坚持要向外窥看的部分都按了回去,有时按有时拉的,终于将其整个塞进了床下。

接着阿多瓦帮埃菲亚做好迎接詹姆斯的准备。帮她编了头发,整理顺滑,往她的皮肤上擦了油,在她苹果般的脸颊和嘴唇的弧线上抹上红色黏土。埃菲亚想,当詹姆斯晚上进来时,房间里闻起来一定质朴又馥郁,就像有什么东西结了果实一般。

"这些是怎么回事?"詹姆斯问。他还穿着制服,埃菲亚从他翻领耷拉着的样子分辨出,他过了漫长的一天。她帮他脱下外套和衬衫,将身体贴着他,就像阿多瓦教她的那样。不等他表示惊讶,她就抓住了他的胳膊，将他推到床上。从他们第一次一起过夜以来，他还从未这般胆怯过，害怕她这副陌生的身体、丰满的血肉，她与他描绘过的妻子如此不同。但现在他兴奋起来了，他进入了她，而她也尽全力闭紧眼睛，用舌头舔着嘴唇。他用力挺进，呼吸粗重又吃力。她抓着他的脊背，他大叫出声来。她咬他的耳朵，抓他的头发。他推撞着她，好像想将她穿透一般。当她睁开眼睛看他的时候，看到他脸上写着类似痛苦的表情，看到这场景的丑陋，以及他们所生出的汗、血和湿气，于是像被点燃了一般，她知道，如果说今晚自己是动物，那么他也是。

结束之后，埃菲亚将头枕在詹姆斯的肩膀上。

"那是什么？"詹姆斯转过头问。他们把床给挪动了，所以现在有三根增殖出的树根又露了出来。

"没什么。"埃菲亚说。

詹姆斯跳将起来，朝床下窥看。"那是什么，埃菲亚？"他又问了一遍，声音比她此前听到过的更为震慑有力。

"没什么。就是阿多瓦给我的一根树根。保佑生育的。"

他的嘴唇抿成一条线。"听我说，埃菲亚，我不希望这里有任何伏都巫术或黑魔法。不能让我的手下听说我允许内人在床下面放了奇怪的树根，这不是基督徒该干的事。"

埃菲亚以前也听他说过那话。基督徒该干的事。因为那个原因，他们才在礼拜堂让一个表情严肃的黑袍人证了婚，那人每次看她都会摇头。詹姆斯之前也曾说过，他觉得所有的非洲人都在参与"伏都巫术"。埃菲亚不能给他讲蜘蛛安纳西的预言，还有村子里的老人以前给她讲过的故事，因为他总会变得十分机警。自从搬到城堡以来，她发现只有白人才会讨论"黑魔法"，就好像魔法也有颜色似的。埃菲亚曾见过一个脖子和肩膀上缠着一条蛇的巡游女巫。那女人有个儿子。到了晚上她会给儿子唱摇篮曲，握着他的手给他喂食，和其他人一样。她身上并没有任何黑暗之处。

将这个东西说成是"好的"，那个东西说成是"坏的"，这个东西说成是"白的"，那个东西说成是"黑的"，这样的需要是埃菲亚不理解的一种冲动。在她的村子里，每件事物就是每件事物。每件事物都承载着其他所有事物的重量。

第二天，埃菲亚告诉阿多瓦，詹姆斯已经看见树根了。

"那可不好，"阿多瓦说道，"那他说那是邪物了吗？"埃菲亚点头，阿多瓦于是敲了她舌头三下。"托德可能也会说同样的话。这些男人分辨不出好与坏，除非他们成为至高神尼阿美。我觉得现在那东西不会有用了，埃菲亚。我很遗憾。"但是埃菲亚并不感到遗憾。如果她不能生育，那就顺其自然吧。

很快，就连詹姆斯也忙得没时间操心孩子的事了。城堡里正在准备迎接荷兰官员的来访，大小事情均需要张罗得尽可能妥帖。詹姆斯会比埃菲亚早起床很久，去帮忙收下进来的货物，照看舰队。埃菲亚则用越来越多的时间游逛城堡周边的村落，在森林中漫步，与阿多瓦闲谈。

荷兰人到来的那个下午，埃菲亚与阿多瓦以及其他一些内人在城堡外见面。她们站在一小片树荫下，吃着用棕榈油炖的番薯。在场的有阿多瓦，还有萨拉、混血姑娘萨姆·约克，以及一位新嫁来的内人埃科。她身材高挑又苗条，走起路来，四肢像是用细树枝做成的一般，好像一阵风就能将她吹倒在地。

这会儿，埃科躺在一棵棕榈树细细的树荫中。头一天，埃菲亚帮她卷了头发，在阳光的照射下，看上去就像有百万条小蛇从她头上腾起。

"我丈夫念不好我的名字。他想叫我艾米丽。"埃科说。

"如果他想叫你艾米丽,那就让他叫好了。"阿多瓦说。四人当中,她是做内人时间最久的一个,总会大声而坦率地发表意见。大家都知道,她的丈夫可谓是拜服在她脚下。"总比听他一遍遍叨念你的母语要好吧。"

萨拉把两只手肘挖进尘土中。"我父亲也曾当过士兵。他去世后,妈妈带着我们回到村子。我是来嫁给萨姆的,他就不用担心念不好我的名字。你们知道吗?他认识我的父亲。在我小时候,他们一起在城堡当兵。"

埃菲亚摇摇头。她正趴在地上。她热爱这样的日子,可以随心所欲地讲芳蒂语,想讲多快就讲多快。没人会让她慢点讲,没人会让她说英语。

"我丈夫每次从地牢上来时,都臭得像死去的动物。"埃科柔声说。

她们都看着远处。还从未有人提起过地牢。

"他靠近我的时候,闻着就像粪便和腐烂物,看我的眼神像是他碰到了一百万个鬼魂,从而也无法辨别我是否也是鬼魂。我告诉他,碰我之前必须先洗澡,有时候他会照做,可有时候他会把我推倒在地,像是被鬼魂附了身一般地挺进我的身体。"

埃菲亚坐起身,将一只手搭在腹部。在发现床下树根的第二天,詹姆斯又收到一封妻子的来信。从那以后,两人还没有同寝过。

风吹起来了。埃科发辫里的小蛇随性地舞动着,她树枝般的胳膊抬了起来。"那下面是有人的,你们知道吧,"她说道,"那下面有和我们长得一样的女人,我们的丈夫必须学会分辨。"

她们都沉默了。埃科向后靠在树上，埃菲亚看到一行蚂蚁爬上了她的一股发辫，那辫子在它们看来，不过是自然世界的一部分而已。

除刚到城堡的第一天之外，詹姆斯再未和埃菲亚讲过关在地牢中的奴隶的事，他倒是经常和她说起野兽。那是阿散蒂人往这里贩卖得最多的东西。野兽。有猴子和黑猩猩，甚至还有些豹子。还有像王冠鸟和金刚鹦鹉这类的鸟儿。当她和菲菲还小的时候，他们常常想去抓这些鸟，他们会在森林里漫步，去寻找那只最特别的鸟儿，它的羽毛非常漂亮，以至于看上去和其他鸟类完全不同。他们得花费几个小时才只能捉到一只这样的鸟儿，而大多数时候，甚至连一只也捉不到。

她好奇这样的鸟会值多少钱，因为在城堡里，所有的野兽都是以价格计算的。她曾见到詹姆斯看着一只由一位阿散蒂贸易商带来的王冠鸟，宣布它价值四英镑。那么人这种野兽呢？他们又价值几何？埃菲亚当然知道，地牢中关的有人。那些与她操不同方言的人，那些在部落战争中被俘虏的人，甚至还有被抢来的人，她之前从不曾思考过他们来自何处。她之前从未思考过，詹姆斯每次看到他们时都在想些什么。他走进地牢的时候，会不会看到让他能想起她的女人，看到长得像她、闻起来像她的女人。他回到她身边的时候，会不会对看到的情景感到困惑。

埃菲亚很快就发现，自己怀孕了。是在春天的时候，城堡外的芒果树已经开始掉芒果了。她的肚子挺了起来，柔软又丰满，本身也是一种果实。当她把消息告诉詹姆斯后，他十分高兴，于是把她抱了起来，在屋子里转圈跳舞。她拍拍他的脊背，让他放自己下来，以免摇碎了孩子，他依从之前先是弯下腰，在她刚刚隆起的肚皮上留下了一个吻。

但是他们的喜悦很快便被她老家传来的消息给冲淡了。科布病倒了。病情十分严重，甚至说不好能否坚持到埃菲亚回去送他一程。

她不确定是村里的谁寄来的信，因为信是寄给她丈夫的，写的是断断续续的英语。她离开家已经有一年多的时间了，还不曾听到过家里任何人的消息。她以为是芭阿帕寄的信，而且说实在的，她对还有人想着通知她关于父亲病情的事感到非常惊讶。

回村的旅途花了三天时间。詹姆斯不想让她在怀有身孕的情况下独自前行，但是他自己又不能陪同，于是就派了一个女仆随行。抵达时，村子里的一切看上去都变了样。树冠似乎都褪了色，从前生动的棕色和绿色现在已显得黯然。声音似乎也不一样了。从前沙沙作响的东西现在都静默了。阿比库已将村子建设得一片繁荣，村子将作为整个黄金海岸上最重要的奴隶市场之一被永远记住。他没有时间来见埃菲亚，但是当她一抵达父亲的屋群时，他就送来了礼物，是棕榈甜酒和黄金。

芭阿帕站在门口。她看起来像是比埃菲亚离开的那天老了一百岁。她的怒容像是被皮肤上拉出的上百条小皱纹固定在了那里，指甲长得很长，像爪子一般卷了起来。她一个字也没说，只是领着埃菲亚走进她父亲病卧的房间。

没人知道科布害的是什么病。药剂师、巫医，甚至城堡里的基督教牧师都被召集来，为病人做诊断和祈祷，但是没有任何治疗方法或药物能将他从死神口中救回来。

菲菲站在他身边，小心地为他擦去额头上的汗水。埃菲亚突然颤抖着哭起来。她伸出手，够到父亲的手，然后开始轻抚他灰黄的皮肤。

"他说不了话，"菲菲快速瞥了一眼她隆起的肚子，小声说道，

"他太虚弱了。"

她点点头，仍旧哭个不停。

菲菲放下浸湿的布巾，牵住埃菲亚的手。"姐姐，信是我给你写的。妈妈不想让你来，但我觉得你应该来，趁父亲前往阿萨曼都①之前见他最后一面。"

科布合上了眼睛，他的口中发出一句低语，埃菲亚知道，死亡之地确实在召唤他。

"谢谢你。"她对菲菲说。菲菲点点头。

菲菲开始往门外走，但在走到小屋门口之前，他转过身来。"芭阿帕不是你的母亲，你知道吧。我们的父亲是和一个女仆生的你，在你出生的那天晚上，那女仆逃进了大火之中。你脖子上戴的石头就是她留给你的。"

菲菲走出了门。很快科布便去世了，埃菲亚仍旧握着他的手。村民们会说，科布没有咽气是因为在等埃菲亚回来，但是埃菲亚知道，事情比这要复杂很多。维系他的生命的是他的不安，而现在，那不安属于埃菲亚了。它将填满她的一生，以及她孩子的生命。

埃菲亚擦干眼泪，然后走出屋群，走入阳光之中。芭阿帕坐在一个被砍断的树桩上，她抓着站在她身旁的菲菲的手，拱着肩膀，这时候安静得像一只田鼠。埃菲亚想对芭阿帕说些什么，也许该为父亲迫使她担负了这么多年的重任道歉，但是不等埃菲亚开口，芭阿帕就清了清喉咙，往埃菲亚身前的地上啐了一口说道："你无足轻重，别无来处，没有母亲也没有父亲。"她看着埃菲亚的肚子微笑起来。"一个无足轻重的人能生出什么呢？"

---

① 阿坎人认为那是先祖灵魂永远居住的地方。

艾 希

那里的味道让人难以忍受。角落里，一个女人哭得非常凶，似乎骨头都要因为她的抽搐而断掉。这正是他们想要的。那婴儿把自己弄得脏乱不堪，他的母亲阿芙亚没有奶水。她光着身子，倒是省下了贸易商之前给她的乳头漏奶时用来擦拭的小布片，但他们算错了。母亲没有吃的，就意味着孩子也没有。宝宝很快就会大哭，但哭声会被泥巴墙吸走，与墙边围绕的上百妇女的哭声混在一起。

艾希被关进海岸角城堡的妇人地牢已有两周了。她在里面度过了十五岁生日。十四岁生日，她是在阿散蒂兰的中心，在她的大人物父亲的屋群中过的。父亲是村子里最好的战士，因此每个人都来向他这位一日美似一日的女儿表示恭贺。夸库·努洛带来了六十个番薯，比之前任何提亲者送的都要多。艾希原本是到了夏天就要嫁给他的。当日头高升、白日拉长，棕榈树干被敲开流出酒浆，身手最敏捷的孩子们双臂坏抱树干摇摇晃晃爬到树顶、采摘在那里等待的果实之时，就是她的出嫁之日。

当她想要忘掉城堡时，就会回想起这些事情，但她并不期待从中得到快乐。所谓地狱，便是在回忆里的一个地方，美丽时刻一个个从心眼里掠过，直至如烂熟的芒果般轰然坠地，完美的无用之物，无用的完美之物。

一个士兵走进地牢开始讲话。他不得不捏着鼻子，以防呕吐出来。女人们没听懂他说的话。他的声音听来不像在生气，不过看到那身制服、那椰子肉般的皮肤色泽，女人们已经学会往后退缩。

士兵重复一遍,这次音量提高了些,仿佛这样就能让人听懂似的。他被激怒了,便走到牢房深处,不想踩到了粪便,于是咒骂起来。他从阿芙亚的怀里掳走孩子,阿芙亚哭了起来。那士兵给了她一个耳光,之后她就停住了,这是她学来的一种条件反射性行为。

坐在艾希旁边的是丹希。两人是一起来的城堡。现在因为不用一直走路,说话时也不必嘘着声音,艾希便有了时间来了解这个旅伴。丹希是个能吃苦耐劳的丑女人,刚满十六岁。她身材粗壮,底子结实。艾希希望,但又不敢希望她们能被允许在一起待得长久些。

"他们要把宝宝带去哪里?"艾希问。

丹希往泥地上啐了一口,然后用手指画圈,调出一团油膏似的东西。"他们会杀了他,我确信。"她说。那孩子是阿芙亚在婚礼之前怀上的。作为惩罚,村长把她卖给了贸易商。阿芙亚刚进地牢,就把这事告诉了艾希,那时她还认定是弄错了,她的父母一定会回来找她。

而现在,听着丹希的话,阿芙亚又哭了起来,但似乎谁也听不见。眼泪已是家常便饭。所有的女人都会流泪,一直流到身下的土地变得泥泞。在夜里,艾希梦想着,如果所有女人一起哭泣,泥泞的土地将变成大河,将她们一齐冲进大西洋去。

"丹希,给我讲个故事吧,求你了。"艾希祈求道。但就在这时,她们又被打断了。几个士兵拿来了黏糊的粥,就和艾希之前被关在芳蒂村时吃的一样。艾希已经有了经验,能一口气吞完而不至于呕吐。这是她们唯一能吃到的食物,更多的日子她们腹中空空。粥似乎从她的身体里径直穿了过去。地上到处是她们的排泄物,气味令人难以忍受。

"哎呀!你年纪都这么大了,不适合听故事啦,我的妹妹。"士兵一走,丹希就说。不过艾希知道,她很快就会拗不过自己。丹希喜欢自己的嗓音。她将艾希的头搂过来放在自己膝头，然后抚弄起她的头发，梳理那些被尘土黏结起来的地方。它们是如此的脆弱，以至于每一绺都十分容易被弄断，像是脆弱的细树枝一般。

"你听过肯特布的故事吗？"丹希问。艾希之前已经听过无数遍了，有两遍还是丹希讲的，但她摇摇头。询问她是否听过这故事的行为本身也成了故事的一部分。

丹希开始给她讲："一天，有两个阿散蒂人走进森林。他们是织布工，外出是为了捕猎。当进入森林收集陷阱中的猎物时，他们碰到了毒蜘蛛安纳西。它正在结一张漂亮的大网。织布工一边看，一边琢磨，很快就意识到这只蜘蛛的网独一无二、美不可言，结网技巧更是无懈可击。两人回到家，决定用安纳西结网的方式来织布。就这样，肯特布诞生了。"

"你真是个讲故事好手。"艾希说。丹希大笑着把刚搅拌出的泥膏涂在膝盖和手肘上，以缓和那里皮肤的破裂。她给艾希讲的最后一个故事，是关于自己被北村佬捕获的过程，那些人趁她丈夫外出参加部落战争，将她从婚床上掳走。同她一起被带走的还有另外几个女孩，不过其他人都没能活下来。

到早上时，阿芙亚已经死去了。她的皮肤呈现出紫色和蓝色，艾希知道，阿芙亚屏住了呼吸，直至被至高神尼阿美带走。所有人都会因此受罚。士兵们走进来，不过艾希已无法再辨别时间。地牢的土墙让所有的时间都变成了一个样。阳光照不进来。白天也好，黑夜也好，中间交替的时间也好，里面都是黑的。有时候，妇人地牢里的人挤得太多，以至于她们不得不肚子朝下趴着，这样才能一个压一个地叠起来。

就在那样的一个日子里，艾希被一个士兵一脚踢得倒在地上，他一只脚踩着她的脖子,因此她无法扭头,只得呼吸地面尘土和腐屑的气息。新一批女人被带进来了,有些哭号得太凶,被士兵打得昏了过去。她们被堆在其他女人的身上,身子死沉。昏迷的女人醒来后,已不再有眼泪。艾希能感觉出,堆在她身上的那个女人在撒尿。尿液在她们两人的双腿之间流淌。

艾希学会了将自己的人生分为城堡前后两个阶段。来城堡之前,她是大人物和他第三位妻子梅阿美所生的女儿。而现在她是草芥。来城堡之前,她是村里最美的姑娘。而现在她形同虚无。

艾希生在阿散蒂中心地带的一个小村。大人物为此举办了一场持续四周的户外庆祝宴席。席间宰了五头山羊,煮到皮开肉化。传说在整个庆生宴席期间,梅阿美一直未停止哭泣和向尼阿美的祷告,在刚生下艾希的时候也一样。"你永远无法预测将来。"她一直念叨这句话。

在那个时候,大人物还只被人叫作夸梅·阿萨雷。艾希的父亲不是村长,但因为是阿散蒂从未出过的绝世战士,所以备受尊崇,到二十五岁时,他已娶了五个妻子,诞下十个孩子。村里的每个人都知道他的种力量强大。他生的儿子,哪怕还在蹒跚学步、还是黄毛小儿,就已是强悍的摔跤能手,他的女儿个个姿容娇艳。

艾希于幸福之中成长。村民都称她是熟透的芒果,因为她的娇嫩程度刚刚好,仍处于甜美可爱的这边,多一分则显骄纵。没有什么事情是她父母会拒绝她的。传说中即便是她那强壮的士兵父亲,也会在她难以成眠的夜里,带着她走街串巷。艾希会抓住他的一根手指,对她来说,父亲的手指粗如树枝,她抓住那手指歪歪扭扭地走过组成每一片屋群的小屋。她所在的村子虽小,但面积一直在稳步扩张。在父女俩夜间散步的第一年，只消二十分钟便能抵达将他们与阿散蒂兰其余村落隔开的森林边缘，但到第五年时，那森林已被推得越来越远，走过去要花近一个小时。艾希喜欢同父亲一起走路去森林。父亲告诉她，这林子是那样的茂密，就如同盾甲，叫敌人无法穿越，她听着便会喜不自胜。他还告诉她，他和其他士兵对于这林子的了解，远甚于自己掌心的纹路。而这是好事。循着掌心的纹路哪里也去不了，而这林子却能将士兵们引向其他村庄，叫他们去征服，以扩充自己的力量。

"等你长大了，艾希，你会学习徒手攀爬那些树。"一天两人从森林返回时，父亲说。

艾希抬头看。树林的顶端看着像是都擦着天空了，艾希好奇树叶为什么是绿色，而不是蓝色。

艾希七岁时，父亲打赢了那场为他赢得"大人物"称号的战役。传言就在北边挨着的一个村子里，士兵们满载着黄金和女人而归。他们刚洗劫了英国人的仓库，还拿到了火药和步枪。艾希村子的努洛村长于是召集所有身强体健的男人集会。

"你们都听说了吗？"他问。男人们嗤之以鼻，用手杖狠命地敲击坚实的地面，大嚷起来。"那北方小村里的猪猡们，正像国王似的东游西荡呢。四处的阿散蒂人都会说，是北村佬从不列颠人手里盗走了枪支，北村佬是整个黄金海岸上最强大的士兵。"男人们跺脚摇头。"我们就只睁眼看着吗？"村长问。

"绝不！"男人们高喊。

夸库·阿格耶是人群中最理性的一个，他打断众人的嚷叫说："大家听我说！我们可以迎战北村佬，但是我们手中有什么武器？没有枪，没有弹药。而且我们又能赢得什么呢？有许多人都会赞美我们在北方的敌人，可他们也会赞美我们吗？几十年来，我们一直是最强的村落。没人能突破林子挑战我们。"

"那你是想让我们坐以待毙,等到北方的毒蛇一路溜进我们的田地,盗走我们的女人吗?"艾希的父亲问。这两人在屋子里相向而立,其余人都聚在两人之间,转动着脑袋,视线从一个人身上移到另一个人身上,好看看他们二人谁拥有的天赋会胜出:智慧抑或力量。

"我只是想说,大家别太急躁,以免仓促行动中露出弱点。"

"谁弱了?"艾希的父亲说着指向纳纳·阿达,接着是柯乔·尼亚克,然后是夸贝纳·吉马,"我们之中,谁弱了?你吗?或者可能是你弱?"

男人们一个接一个地摆头,很快全都开始摇晃身子,发出战斗的呼喊,整个村子都能听见。正在屋群帮母亲煎芭蕉的艾希也听见了,两片芭蕉突然落下,油花溅在了母亲的大腿上。

"哎呀!"母亲尖叫着用双手擦掉油点,然后往烫伤处吹气。"蠢丫头!你几时才能学会在火堆边要小心一些?"梅阿美问。类似这样的话艾希之前就听母亲念叨过无数次了。梅阿美怕火。"当心火苗。要学会何时该用火,何时该挨冻。"她常这么说。

"没留神罢了。"艾希打断母亲的话。她想出门去,听听士兵们都在说什么。她母亲伸手揪住了她的耳朵。

"你这是在和谁说话呢?"她压着嗓子说,"行动之前先过过脑子,张嘴之前也先过过脑子。"

艾希向母亲道了歉。梅阿美每次朝艾希发火都只会持续几秒钟而已,接着她吻了吻艾希的头顶,这时男人们的呼喊声越来越大。

村子里每个人都知道那故事。艾希曾经每晚都要父亲给她讲一遍,持续了整整一个月。她会将头枕在父亲的膝头,听他讲述男人们怎样在夜间高呼战斗号子,突袭北村。他们的计划很简单:拿下村子,盗走所有拿到的东西。父亲告诉艾希,他是怎样领着队伍穿过森林,直至遇上敌方一群正在保护新获取的货物的士兵。父亲同部下藏在树林中,脚步一如林间落叶般轻巧。遇上北村士兵后,他们奋勇反击,但皆属徒劳。艾希的父亲和其他许多战士遭俘,被关进改造成战俘营的小屋之中。

只有夸库·阿格耶及其随从富于远见,在林中一直等到其他心急的士兵都冲出去后才行动。他们找到北村佬藏匿枪支的地方,悄声迅速搬走,然后进入同伴被关押的囚室。虽然夸库·阿格耶人手不多,但他们假称后方还有大批援军,由此拖住了敌军。夸库·阿格耶称,假使这次任务失败,他们将每晚发动袭击,永不停歇直至时间尽头。"就算西边的人不来报仇,白人也会来。"他分析道,门牙间露出黑缝。

北村佬感到别无选择,只能屈服,于是便释放了艾希的父亲和其他人,任由他们带着五支盗来的枪离开。男人们沉默地返回村子,艾希的父亲深感难堪。抵达村口时,他拦住夸库·阿格耶,在他面前双膝跪地,低下头颅。"抱歉,我的兄弟。局势尚不确定前,我再也不会仓促发起战斗了。"

"敢承认自己愚蠢的人,是一个大人物。"夸库·阿格耶回答。于是,大家由这位因悔悟而得名"大人物"的男人领路,回到了村子。

返回到艾希身边的就是这位大人物,这位她长大了些才了解的人。他不会急着发火,富于理性,而且仍是村子里最强壮勇敢的士兵。到艾希十二岁的时候,小村在大人物的率领下,已经取得了五十五次部落战争的胜利。士兵们带回的战利品里,有光芒四射的黄金,有色彩斑斓的织物,装在棕色的大麻袋里,铁笼子里关的则是俘虏。

最让村民感兴趣的是囚犯,每次战争结束,他们都会被带到村子广场的中央示众。每个人都可以走近去打量他们,大多数都是年轻刚健的士兵,不过有时也有妇女和小孩。有些囚犯会被村民带回家做奴隶、男仆和女仆、厨师和清洁工,但很快就人满为患,不得不想法子处理掉。

"妈妈,那些囚犯离开后会发生什么呢?"一天下午,艾希和母亲经过广场,她这样问道。她们用绳子牵着一只山羊,那是她们的晚餐。

"这是男孩子讨论的话题,艾希,你不需要考虑。"母亲回答时移开了视线。

自打艾希记事起,或许还更早些,梅阿美就拒绝从每个月列队穿过村庄的囚犯里挑选男仆和女仆,但现在囚犯如此之多,大人物也开始坚持要她选。

"女仆可以帮你做饭。"他说。

"艾希就可以帮我做饭。"

"但艾希是我的女儿,不是要听人使唤的普通女孩。"

艾希微笑着。她爱自己的母亲,但她也知道,梅阿美能嫁给大人物这样的丈夫是多么幸运,她没有家人,没有值得称道的出身。是大人物拯救了梅阿美,救她逃离了艾希并不知晓的苦难。她只知道,母亲几乎会为父亲做任何事。

"好吧,"她说,"那艾希和我明天就挑个女孩。"

于是她们就挑了个女孩,决定叫她安布罗诺玛,意思是小鸽子。那女孩的肤色比艾希见过的所有人都黑。她将眉眼垂得低低的,虽然契维语[1]说得尚可,但很少张口。安布罗诺玛不知道自己的年纪,不

---

[1] 加纳地区的一种语言,是阿坎语的分支。

过艾希猜测,她应该比自己大不了多少。一开始,安布罗诺玛家务干得一塌糊涂。她会把油弄洒,不会在家什下面做清扫,也没有好听的故事讲给孩子们听。

"她一点用都没有,"梅阿美对大人物说,"只能打发她回去。"

那时他们都在屋外,正享受着中午温暖的阳光。大人物仰头大笑,沉厚的笑声好像雨季的闷雷。"打发她回哪儿去?闲话少说,要调教奴隶,只有一个办法。"他转身朝向艾希,那会儿她正学着曾看过的其他孩子的样子,试图攀爬一棵棕榈树,但她手臂太短,无法抱住树干。"艾希,去把我的鞭子拿来。"

父亲的鞭子用两条芦苇编结而成,比艾希曾祖父的年纪还大,是一代一代传下来的。大人物从未用它抽过艾希,但艾希曾见他用那鞭子抽过她的兄弟们。她曾听过那鞭子抽过血肉时所发出的嗖嗖声。艾希走进屋群,但梅阿美叫住了她。

"不要!"她说。

大人物朝妻子扬起手,愤怒迅速从他的两眼中划过,一如冷水倒进热锅所激起的蒸汽。"不要?"

梅阿美结结巴巴地说:"我……我想着应该由我亲自调教她。"

大人物垂下手。他仔细地打量了她很久,艾希试着读出两人之间交换的眼神是何意味。"那就照你说的做,"大人物说,"不过明天我会把她叫出来,让她从这个院子担水运到那棵树去,哪怕洒了一滴我也不会放过她。听清楚了吗?"

梅阿美点点头,大人物则摇了摇头。他以前总是逢人就说,他把第三个妻子宠坏了,他总会被她漂亮的脸蛋所诱惑,被她哀伤的眼神所软化。

梅阿美和艾希回到自己的小屋,发现安布罗诺玛蜷缩在一张竹床上，就像一只小鸟，倒是名副其实。梅阿美叫醒她，让她站在她们身前。她抽出一条大人物给她的鞭子，她此前从未用过。接着她泪眼婆娑地看向艾希："请你让我们单独待一会儿。"

艾希离开小屋，几分钟后听见鞭子抽响的声音，还有两个不同的声音应和着发出的哭声。

第二天，大人物将他屋群里所有人都叫出来观看安布罗诺玛，看她是否能用头顶一桶水，从院子走到树旁，并且不洒落一滴。艾希和她所有的家人，即四个姨娘和九个同父异母的兄弟姐妹，站在大院子的四周，等待那女孩第一次用大黑桶从河里取水回来。接下来，大人物让她站在所有人面前鞠躬，然后走到树旁。他会跟在旁边，以确定没出差池。

艾希能看出，小鸽子在将水桶举到头顶时抖个不停。梅阿美将艾希紧紧搂在胸前，在那女孩冲她们鞠躬时，便报之以微笑，但女孩回应的神色却充满恐惧，接着是一片空茫。待水桶碰到她头顶时，其他家人开始哄笑。

"她不可能办到的！"大人物的第一个妻子阿玛说。

"瞧着吧，她会把水全部洒光，把自己溺死在里面。"长子柯乔说。

小鸽子迈出第一步，艾希松了口气。她自己从来都没能用头顶起一个像这样的木桶，但她曾见过母亲顶起一个浑圆的椰子行走。那椰子没有滚落，而是平稳得如同母亲的另一个头。"你从哪儿学会的这招？"当时艾希问过梅阿美。母亲回答说："迫不得已的时候，任何事情你都能学会。如果说飞行能让你多活一天，那你甚至能学会飞。"

安布罗诺玛稳住双腿，继续行走，她的头朝向前方。大人物走在她身边，在她耳畔小声地说着侮辱的话语。她走到林边的那棵树旁，然后转身,一路返回等待的观众群这边。待她走得足够近时,艾希能再度分辨出她的面部轮廓。她的鼻尖上有汗水滴落,眼中蓄着泪水。就连她头顶的水桶似乎也在哭泣,外壁上有凝结的水珠一路滑下。她将水桶举起,从头上拿下,开始露出胜利的微笑。也许是一丝微风,一只想要洗澡的昆虫,抑或是小鸽子的手滑了一下,在落地前,有两滴水从桶里溅了出来。

艾希看到梅阿美朝大人物露出悲伤和恳求的眼神,但在那一刻,其余家人都叫嚣着要惩罚。

柯乔带领他们唱起了歌:

鸽子任务失败。哦,该拿她怎么办?叫她受惩罚吧,不然你就食了言!

大人物拿出鞭子,很快,歌声有了伴奏,是芦苇抽在血肉上的击打声,以及与空气摩擦时的乐声。这一次,安布罗诺玛没有哭。

"要是他不下手,所有人都会觉得他软弱。"艾希说。事后梅阿美极为伤心,冲艾希吼叫说,大人物不该为了这么小的失误而打小鸽子。艾希当时正在舔舐手指上沾到的汤,嘴唇染成一片橙色。母亲将安布罗诺玛带回她们的小屋,为她的伤口上了药膏,现在那女孩躺在一张小床上睡了。

"软弱,是吗?"梅阿美说着,用一种艾希此前从未见过的怨恨的眼神盯着她。

"是的。"艾希小声说。

"我竟然要活着听到我自己的女儿从口中说出这样的话来。天哪！你想知道什么是软弱吗？软弱就是把别人当成自己拥有的物品一般去对待，而强大就是了解每个人都属于他们自己。"

艾希受了伤。她只是说出了村子里其他人会说的话而已，可为了这个，梅阿美冲她大呼小叫。艾希想哭，想拥抱自己的母亲，或者做些别的什么事，但梅阿美接着却离开了房间，去做安布罗诺玛当晚无法完成的杂活了。

她走后，小鸽子开始骚动。艾希为她取来水，帮她向后仰着头，好方便喝水。她背上的伤口还很新，梅阿美涂的药膏都散发出药草的臭味。艾希用手指擦了擦安布罗诺玛的嘴角，但那女孩将她推开了。

"放开我。"她说。

"我……我很抱歉发生的事。他是个好人。"

安布罗诺玛往她身前的泥地上啐了一口。"你父亲是大人物，是吗？"她问。艾希点点头，虽然她刚刚才目睹了父亲的那番行为，但心里仍然充满自豪。只听得小鸽子发出一声阴郁的大笑："我父亲也是大人物，可看看现在我成了什么。想想你母亲以前的样子。"

"我母亲以前的样子？"

小鸽子的目光向艾希扫来。"你不知道？"

艾希此前的人生中，从未离开母亲的视线超过一个小时，因此她想象不出会有任何秘密存在。她了解母亲，熟悉母亲的气息。她知道她的瞳仁中有多少种颜色，她知道她每一颗歪的牙齿。艾希看着安布罗诺玛，但安布罗诺玛却摇摇头，继续大笑。

"你母亲曾经在一个芳蒂人的家里当奴隶。她被主人强奸了，因为那人也是个大人物，而大人物是可以为所欲为的，以免表露出软弱的一面，不是吗？"艾希移开目光，而安布罗诺玛继续小声说，"你不是你母亲生下的第一个女儿。你还有个姐姐。在我的村子里，有这样一句俗语:分离的姐妹就像是一个女人和她的倒影,注定要待在池水的两边。"

艾希想继续听,但没有时间向鸽子提问了。梅阿美回了屋,看到两个女孩正并排坐在那里。

"艾希,过来让安布罗诺玛睡觉。明天你早些起床帮我做清扫。"

艾希离开,好让安布罗诺玛休息。她看着自己的母亲。母亲总是塌肩缩背,眼睛游移不定的样子。突然之间,艾希内心充满了叫人恐惧的羞耻感。她记起自己第一次看到一个长者往村子广场上的俘虏身上吐口水时的情景。当时那人说:"北村佬,他们甚至算不得人。他们都是乞求口水的污垢。"那时候艾希五岁大。感觉那人的话语就像是给她上了一课,下一回她经过那里时,也怯生生地积蓄起口水,朝一个和母亲挤在一起的小男孩身上吐去。那男孩哭了,说着艾希听不懂的语言,而且艾希也感觉糟透了。这倒不是因为吐口水,而是因为她知道,如果母亲看到自己的这种行为,该会有多生气。

而现在,艾希能想象的,就是自己的母亲站在暗淡的金属笼子里的情景。她自己的母亲,和她永远都不会认识的姐姐挤在一起。

接下来的几个月里,艾希试着与安布罗诺玛交好。她的心里开始为这只现在已完全适应了女仆身份的小鸟而疼痛。自从挨打后,她没再掉过食物残屑,也没再洒过水。到了夜里,等安布罗诺玛干完活后,艾希会试着从她那里收集母亲过去的更多信息。

"别的我也不知道了。"安布罗诺玛说着拿起棕榈树枝做成的笤帚清扫地面,或是拿树叶来过滤废油。"别烦我!"一旦不耐烦到极点时,她就会大喊。

但艾希还是想做出弥补。"我能做些什么?"她问,"我能做些什么?"

问了几个星期后,艾希终于得到一个答案。"给我父亲送信,"安布罗诺玛说,"告诉他我在哪里。告诉他我在哪里,这样我们之间就不会再有嫌隙。"

那晚,艾希难以成眠。她想同安布罗诺玛交好,但是如果父亲知道了她被要求做的事,她的小屋里一定会鸡犬不宁。她现在就能听到父亲的声音,他会冲梅阿美大吼大叫,责骂她把艾希养成了软弱的小女人。艾希躺在小屋地上,不停地翻来覆去,直到招来母亲的呵斥。

"求你,"梅阿美说,"我很累。"

而艾希闭着的眼睑背后,能看到的只有母亲当女仆时的样子。

艾希那时就决定,她要去送这个信。第二天清晨很早很早,她去找了住在村边的信差。那人每周都会穿越森林去送信,他听了艾希说的话,以及其他人要传递的话。那些话会从一个村庄传到另一个村庄,从一个信差传到另一个信差。谁知道艾希的信息能不能送到安布罗诺玛父亲那里呢?它有可能被弄丢,或被忘却,有可能被更改,或是被遗落在某处,但至少,艾希能说自己试过。

回到家后,安布罗诺玛是唯一一个已经醒了的人。艾希告诉她自己早上都做了什么,那女孩鼓起掌来,接着用小小的手臂搂住艾希,紧得她快喘不过气了。

"一笔勾销?"小鸽子一放开,艾希就问。

"万物平等。"安布罗诺玛说。如释重负的感觉宛如血液般迅速涌遍艾希全身。那种感觉几近满溢,让她的手指颤抖了起来。她抱住安布罗诺玛的背,当那女孩的身体在她怀里放松下来之后,艾希不由得想象她所搂抱的是姐姐的身体。

几个月过去,小鸽子越来越激动。夜里入睡前,人们看见她在地上踱来踱去,还兀自咕哝个不停。"我父亲,我父亲要来了。"

大人物听到她的喃喃自语,便告诉所有人要当心,因为她可能是女巫。艾希也会仔细观察她的一举一动,以寻找迹象,但每天情况都一样。"我父亲要来了。我就知道。他要来了。"最后,大人物发誓,她要是再说,准保打得她说不出话来。这样小鸽子才住了嘴,一家人很快便忘了这事。

所有人都恢复了往日的生活。艾希出生以来,村子还从未面临过危机。所有的战斗都是在远离家乡的地方进行的。大人物和其他战士会攻入附近的村落,抢掠土地,有时还会点燃草堆,好让隔着三个村子远的人也能看见浓烟,知道有战士打来。但这一次情况截然不同。

事情开始于家人入睡时刻。当天是大人物来梅阿美小屋的日子,所以艾希必须睡在角落的地上。当听见软声呻吟、急促的呼吸时,她转过头对着小屋的墙壁。有一次,只有一次,她看到了他们躺卧的地方,黑暗帮忙掩盖了她的好奇心。父亲卧在母亲的身上,一开始动作轻柔,接着增加了力量。她看不太真切,但声音引起了她的兴趣。是父母一同发出的声音,是一种仿佛游走在愉悦和痛苦之间的细线上的声音。艾希既渴望又害怕那种渴望。所以她此后再也没有看过。

那一晚,当小屋所有人都入睡后,呼叫声响了起来。村子里所有人在成长过程中,都会学习每种声音的含义:两声长的呜咽意味着敌人还有数英里远;三声快速的吆喝意味着大敌已经当前。听到三声吆喝后,大人物从床上一跃而起,抓住他在每个妻子床下都会存放的弯刀。

"你带上艾希,躲到树林里去!"他冲梅阿美喊道,然后几乎顾不上穿好衣服就冲出了小屋。

艾希做了父亲曾教过她的事，抓起一把母亲用来片芭蕉的小刀，插进裙子里。梅阿美坐在小床边上。"快走！"艾希说，但是母亲没有动。艾希冲到床边，摇晃她，但她还是一动也不动。

"我无法再经受一次了。"她小声说。

"再经受一次什么？"艾希虽然在发问，但并没有多少心思倾听。紧张感在她体内急剧膨胀，以至于她的两手都颤抖起来。是因为她送出去的那个信息吗？

"我无法再经受一次了，"母亲小声说，"再躲进森林，再遭一次火。"她的身体前后晃动，双臂抱在肥胖的肚子上，好像抱着一个婴儿一般。

安布罗诺玛从奴隶的住处走进屋来，笑声在小屋内回荡。"我父亲来了！"她一边说着，一边东摇西荡地舞着，"我告诉过你们，他会来找我的，现在他来了！"

那女孩匆忙地跑开，艾希不知道她之后又会遭遇到什么。外面人们尖叫着四处逃窜。有孩子在哭。

母亲抓住艾希的手，往里面放了个东西。是一块黑色的石头，闪烁着金色光芒。它是那样的光滑，似乎经过了多年的悉心揉搓，这才保存下完美的外观。

"我一直帮你保存着这个，"梅阿美说，"本想在你大婚之日交给你的。我……我也留了一块这样的石头给你姐姐。点火之后，我把它交给了芭阿帕。"

"我姐姐？"艾希问。这么说安布罗诺玛说的是真话了。

梅阿美喋喋不休地说了些无意义的话，她此前从未说过。姐姐，芭阿帕，火灾。姐姐，芭阿帕，火灾。艾希想多问些问题，但门外喧器声越来越大，母亲的眼睛越来越空洞，像是在以某种方式排空某种东西似的。

那时候，艾希看着母亲，仿佛是第一次看见她一般。梅阿美不再是一个完整的女人。她的灵魂中有大块大块的东西失落了，而无论她曾经有多么爱艾希，无论艾希有多么爱她，在那一刻，两人都知道，那份爱永远都无法代替梅阿美所丧失的东西。艾希还知道，母亲宁愿死，也不愿再度冲进树林。她宁愿在被俘虏之前就死去，即便那意味着她的死会将那种无法言明的缺失感传递给艾希，让艾希了解到失落的意味。

"你走吧。"在艾希拉扯着她的双臂，试着搬动她的双腿时，她说。"走吧！"她重复道。

艾希停下来，将那块黑石头放进裹身上衣中。她抱住母亲，从裙子中拿出刀，放进母亲手中，然后跑开了。

她迅速跑进树林，找到一棵双臂可以环抱住的棕榈树。她之前一直在练习，但并不知道要在此刻派上用场。她用双臂环抱树干，同时双腿把身体往上推，往上推，推到她能抵达的最高的地方。月圆了，大得如同端坐在艾希肚中的恐惧之石。她以前对于恐惧又知道些什么呢？

时间不知过去了多久。艾希感觉到，自己的双臂环抱的是火，而不是树干，它们被灼烧得很痛。叶片洒在地面上的阴影也开始显得面目狰狞起来。很快，周围到处都传来人们从树上尖叫坠地的声音，如同果实坠落，接着一个士兵来到她爬的那棵树的脚下。艾希听不懂他的语言，但她知道接下来会发生什么。那士兵朝她砸来一块石头，接着是另一块，又是一块。第四块石头砸中她的腰，但她仍能坚持住。第五块击中了她紧扣的手指关节，她双臂松开来，坠落在地。

她与其他人被绑在一起,有多少人,她不知道。她没看见一个来自自己屋群的人,没看见一个姨娘或兄弟姐妹,没看见母亲。绳索缠在她手腕上,让她的手掌外翻,形成祈求的手势。艾希仔细看着掌心的纹路。它们不能通往任何地方。她一生中从未感到如此的绝望。

所有的人都在走。艾希之前也曾和父亲徒步走过几英里远,所以她以为自己能承受得住。最初的几天确实也不算太糟,但到了第十天,她脚上的水泡磨破,血水渗透出来,染红了脚下的树叶。在她身前,则是被其他人的鲜血染红的叶片。太多的人在哭,以至于难以听清士兵的号令,不过她反正也听不懂。有机会的时候,她会查看母亲给的石头是否还安全藏在裹身上衣中。她不知道那些人会允许他们保存自己的衣物多久。林间地面上的落叶如此潮湿,上面有血水、汗液、露水,以至于让艾希前面的一个小孩滑倒在地。一个士兵抓住他,帮他站起来,小男孩感谢了他。

"为什么要谢他?他们会把咱们都吃掉的。"身后的女人说。艾希必须把脖子扭到身后,才能穿过四周嘤嘤的啜泣声和嗡嗡的昆虫叫声,听清她说的话。

"谁要吃了我们?"艾希问。

"白人。是我姐姐说的。她说白人会把我们从这些士兵手中买去,然后炖熟,就像炖羊肉汤。"

"不!"艾希叫出声来,一个士兵迅速走到她身边,用棍子捅了一下她的腰。士兵走后,她腰侧一跳一跳地疼,艾希想象着在村子周围自由漫步的山羊的身影。接着她看到自己捉住了一只山羊——她用绳索拴住它的腿,将它翻倒在地。她割开了山羊的喉咙。白人也将这样杀掉她吗?她打了个哆嗦。

"你叫什么？"艾希问。

"他们管我叫丹希。"

"他们管我叫艾希。"

就这样，两人成了朋友。他们整天行走。艾希脚上的伤口没有时间愈合，很快就再次绽裂开来。有时候，士兵们会将他们拴在林子里的树上，好继续向前查看新的村落里的情况。有时候，会从村落里带回更多人，加入他们的队伍。缠在艾希手腕上的绳索开始让她感到烧灼的痛楚。那是一种奇怪的烧灼感，和她以前所知道的所有痛楚都不同，像是清凉的火焰，咸风的吹拂。

很快，艾希闻到风里吹来的那种味道，她从以前听过的故事里知道，他们就要抵达芳蒂兰了。

商贩用细枝抽打他们的大腿，叫他们加快速度。几乎有半周的时间，他们不分昼夜地赶路。无法跟上的人被棍棒捶打，直到突然之间，像是中了魔法般能够跟上了。

最后，当艾希也开始步履蹒跚时，他们抵达了某个芳蒂人村落的边缘。他们全部被塞进一个黑暗潮湿的地窖里，艾希有时间清点人数了。三十五。有三十五个人被绳索拴在一起。

他们有时间睡觉了，醒来时还会分到食物，是一种艾希以前从未吃过的奇怪的粥。她不喜欢那味道，但她能感觉到，很长一段时间内她都不可能有其他食物了。

不久，有男人走进囚室。有些是艾希之前就见过的士兵，其他的则是陌生人。

"那么，这些就是你们给我们带来的奴隶了？"其中一个男人用芳蒂语说。艾希很久都没听过有人说那种方言了，不过她完全能听懂。

"放我们出去！"因为有了一句能听懂的话，和艾希拴在一起的其他人便开始叫嚷。芳蒂人和阿散蒂人,都是阿坎人。他们是两个部落,是从同一棵树上长开的两根树枝。"放我们出去!"他们叫喊着,直到声音嘶哑再也发不出声,而随后而来迎接他们的除了寂静别无其他。

"阿比库村长,"另一个声音说道,"我们不该这么做。如果叫阿散蒂同盟军知道我们在同他们的敌人交易,他们会被激怒的。"

被称作村长的人举起双手。"今天他们的敌人出价更高,菲菲,"他说,"明天,要是他们出的价更高,那我们也同他们交易。这就是建设村子的方法。你明白了吗?"

艾希看看那个被叫作菲菲的人。作为一个士兵来说,他还太年轻,但艾希能看出,有一天他也将成为大人物。菲菲摇摇头,但没再说话。他走出地窖,带回更多的男人。

他们都是白人,这是艾希第一次见到白人。她无法将他们的肤色同之前所见过的任何一种树木、坚果或黏土联系起来。

"这些人不是自然所生。"她说。

"我告诉过你,他们是要吃我们的。"丹希回答。

白人靠拢过来。

"起立!"村长喝令,于是他们都站起身。村长朝一个白人转过身。"您瞧,詹姆斯总督。"他用芳蒂语快速地说着,十分之快,以至于艾希都很难听懂,她怀疑那个白人怎么可能听懂。"阿散蒂人尤其健壮。您可以亲自检视。"

男人们开始为仍穿着衣服的人脱去衣物,然后检查。所为何事呢?艾希不明白。她想起那块揣在裹身上衣里的石头,当那个名叫菲菲的男孩走到她身前来解她衣服上方的结时,她积蓄了满满一口唾沫,远远地朝他脸上吐去。

菲菲没像她从前在村子广场上啐过的被俘虏的男孩一样大哭。他没有抽泣，没有退缩，也没有寻求安慰。他只是擦干脸上的唾沫，视线一刻也未离开艾希。

村长走过来站在他旁边。"你会怎么处理这种情况，菲菲？你会放任不管吗？"村长问。他的语调很低，因此只有艾希和菲菲能听见。

接着是一记耳光的声音，十分响亮，以至于艾希过了片刻才弄清楚自己所感受到的疼痛是来自耳朵外面还是里面。她缩身倒在地，掩住脸哭了起来。那巴掌让石头从她上衣里蹦了出去，她看到石头躺在那里，在地面上。她哭得更厉害了，现在是为了分散他们的注意力。接着，她将脸紧紧地贴在那光滑的黑色石头上。石头的凉爽抚慰了她的脸面。等那些男人终于背过身，任由她缩在那里，一时间忘了除去她的上衣后，艾希将石块从脸颊下捡了起来，含进口中。

* * *

这时牢里地面上的粪便已经堆到艾希的脚踝了，里面关押的妇人的人数也达到了前所未有的数量。艾希几乎难以呼吸，但她左右扭动肩膀，直至腾出一些空间来。自从上次士兵投送食物以来，她身旁的妇人就一直拉撒个不停。艾希记起被关进地牢的第一天，同样的情况也曾在自己身上发生过。那天，她是在屎尿汇聚成的河流里找到母亲的石头的。她将石头埋了起来，在墙上做了记号，以便时机到来时，她能记起埋藏的位置。

"嘘，嘘，嘘。"艾希轻声劝慰那妇人。"嘘，嘘，嘘。"她已经学会不再说什么一切都会变好之类的话了。

过了没多久，地牢门打开了，一道光亮漏进来。走进来的是两位士兵。他们身上似乎有什么不对劲,步伐少了秩序感,身姿也少了些挺拔。艾希之前看过男人因棕榈酒而酩酊大醉、面色潮红的样子,知道他们醉酒后是怎样的情形。他们挥舞着双手,好像连周围的空气也要抓在怀里。

两名士兵向四周环视一圈,地牢里的妇人们开始小声叫唤。一位士兵抓住地牢角落里的一个妇人,将她按在墙上。他双手摸索到她的乳房,接着向下,抚摸她的整个身体,更低,还要更低,直至那妇人尖叫出声来。

挤成一堆的妇人们发出嘘声。"别作声,蠢姑娘,不然他们会揍我们所有人的!"那嘘声又高又尖,由一百五十个妇人满含愤怒和恐惧的哭声所组成。那个双手抱住那妇人的士兵开始忙活了,他用吼叫来做出回应。

妇人们的嘘声于是低沉了下来,但并未停止。那声音是如此低沉,以至于艾希感觉好像是来自于自己的胸腹。

"他们在做什么?"妇人们嘶嘶作声。"他们在做什么?"嘶嘶声越来越大,很快,两个士兵吼了句什么。

另一个士兵仍在四处走动,仔细打量每一个妇人。看到艾希后,他露出微笑,有片刻工夫,艾希误以为那笑容是一种善意,因为她已经有太久没见过别人微笑了。

那士兵说了句什么,接着双手抓住她的手臂。

她试着抗争,但因为营养不良,再加上之前挨打所留下的伤痕,她的身子太过虚弱,甚至无法积蓄唾液啐他。那士兵看到她的挣扎大笑起来,拖着她的手肘,将她拉出了牢室。当他们走到光亮之中,艾希看到了身后的情景。所有的妇人都在嘶嘶叫唤,都在哭泣。

他将她带到自己的住处,那个关押她和其余奴隶的牢室上方。艾希非常不适应光亮,一时什么也看不见。她看不见自己正在被带往何方。到达住处后,那士兵指着一杯水,但艾希站着一动也不动。

他示意她凳子上放着的鞭子。艾希点了点头,喝了一口水,然后看着水从自己麻木的双唇间流淌下来。

他将她放在一块折叠的苫布上,拉开她的双腿,进入她。她尖叫起来,但他用手捂住了她的嘴,接着将手指伸进她口中。噬咬似乎只会让他愉悦,于是她便停止了。她闭上眼睛,强迫自己倾听,而不要用眼看,假装自己仍是父亲来母亲小屋时的那个小女孩,她仍面对着泥巴墙,想要给他们留一些私密空间,也想把自己和他们隔开。她想要知道,是什么使痛苦变成了愉悦。

结束后,他看上去一脸惊恐,让她厌恶。就好像他才是那个身上有什么东西被夺走了的人。就好像他才是那个被侵犯了的人。艾希突然明白了,这士兵干的事情,是就连其他士兵也会指责的那种事。他看着她,好像她的身体是他的耻辱。

夜幕降临,光明退散,只留下艾希已经十分熟悉的黑暗,这时刻一到来,那士兵就悄悄将她带出住处。她已经停止了哭泣,但他仍向她发出嘘声。他不肯看她,只强迫她一路向下,向下,回到地牢。

待她返回地牢后,那里的叫唤声已经停止。妇人们不再哭泣或嘶叫。那士兵将她带回原位时,四周只有一片寂静。

日子在继续。这样的循环一再重复。喂食,接着是不给食物。艾希别无其他事情可做,只能回忆在光亮中的那段经历。从那晚开始,她的血一直流个不停。一股细细的红色从她腿上淌下,艾希只是看着不动。她不再想和丹希交谈,不想再听故事。

那天晚上,当她看到父母在小屋里一起忙活时,她的想法是错的。那其中并没有愉悦可言。

这时，地牢的门开了，一道光漏了进来。两位士兵走进来，艾希认出其中有一个在芳蒂兰的地窖里她曾见过。那人高个子，头发是雨后树皮的颜色，不过已开始泛灰。他的外衣上有许多金扣子，肩章上也有。她想啊想啊，试着拨开脑子里结起的蜘蛛网，想起村长当时管这人叫什么来着。

是詹姆斯总督。他穿过牢室，将手、腿、头发都踩在靴下，用手指堵着鼻孔。跟在他身后的，是一位年轻的士兵。那大个子白人指出二十个妇人，接着指向艾希。

那士兵喊了句什么，但是妇人们听不懂。他抓住她们的手腕，将她们从其他妇人的身子之上或之下拖出来，好叫她们站直。他让大家一个挨一个站成一排，接着总督过来检阅。他用双手扫过她们的乳房，查看她们大腿之间的部位。被他检查的第一个女孩哭了起来，于是他迅速给了她一耳光，打得她身子倒在地上。

最后，詹姆斯总督来到艾希面前。他仔细打量着她，接着眨眨眼睛，摇了摇头。然后他又看了她，像检查其他人一样检查她的身体。他把手伸进她大腿之间，拿回来时手指变红了。

他怜悯地看了她一眼，好像能体谅似的，而艾希对此表示怀疑。他走开了，不等艾希回过神来，那名士兵已经开始召集她们出地牢。

"不，我的石头！"艾希大叫，她想起母亲给她的那块泛着金光的黑色石头。她猛地趴在地上，开始刨啊，刨啊，刨啊，但这时那士兵举起了她的身体，片刻之间她不停挖刨的手所能感受到的就不是泥土，而是变成了空气，还有更多的空气。

他们将她带进光亮之中。海水的味道直冲她的鼻子，咸味附着在她的喉头。士兵们将她们赶到下面一扇通往沙滩和海水的敞开的大门处，所有人都走了出去。

在她离开之前,那个被称作总督的人看着她微笑了一下。那是一个善意的微笑,虽怀着怜悯,却发自真心。但艾希在余生之中,每当看到白人面庞上露出微笑,她都会想起那个士兵在将她带回住处之前向她投来的笑容,想起白人的微笑就意味着,伴随下一道浪涛而来的将是更多的邪恶。

凯

凯收到老友库乔传来的一条消息,不知该如何作答。那晚,他假装是炎热害得他无法入眠,这是个很容易想到的谎言,因为他浑身都汗湿了,可话说回来,他有什么时候不是大汗淋漓的呢?树丛中如此炎热潮湿,以至于他觉得自己是正被慢慢烘烤的晚餐菜肴。他想念城堡,还有海滩吹来的微风。而在这里,在他母亲埃菲亚出生的村庄里,汗水蓄积在他的耳郭、他的肚脐。他的皮肤发痒,觉得有蚊子正从他的双脚爬上大腿,爬上肚子,停在他积满汗水的肚脐眼边歇息。蚊子会吸汗吗?还是说只喝血?

血。他的脑海中浮出囚犯十个二十个一群被带进地窖的画面,他们被绑着手脚,血流不止。他不是为干这活而生的。他应该拥有更轻松的生活,远离贩奴工作。他在海岸角的白人间成长,在英格兰接受的教育。他应该依旧待在城堡的办公室,当一个书记员,那是他父亲詹姆斯·柯林斯去世前担保他能取得的初级官衔,工作内容是记录数据,而他可以假装那些数字代表的并不是被买卖的人口。但取而代之的是,城堡的新任总督传召了他,将他派到这里来,派到丛林里来。

"现在你已经知道,凯,我们同阿比库·巴杜和他村中其他黑人已有长期合作关系,但近来我们听说,他们同一些私人公司也开始了贸易。我们想在村里建个哨站,作为公司雇员的居住点,打个比方吧,借此来温和地提醒我们在那里的老朋友们,他们对我们公司是负有一定的贸易义务的。考虑到你父母同那村子的渊源,你对当地语言习俗的熟悉与适应,你被特别要求担任此职务。我们认为,有你驻扎在那里，将对公司有很大的好处。"

凯点头接受了任命，不然他又能怎样呢？但在内心里，他是抗拒的。他对当地语言习俗的熟悉与适应？他父母同那个村子的渊源？父母上一次去那里，凯还在埃菲亚的肚子里呢，而且埃菲亚是那样地害怕芭阿帕。那还是1779年的事，过去快二十年了。芭阿帕在随后的年月里也去世了，而且他们并未来吊丧。凯觉得这份新工作就像是一种惩罚，难道他所受的罚还不够多吗？

太阳终于升起来了，凯去看望他的舅父菲菲。两人直到一个月前才第一次见面。凯几乎难以置信，菲菲这样的男人竟然是自己的血亲。这倒不是因为菲菲面容英俊。埃菲亚一生都被人唤作美人，所以凯习惯了美人。原因在于，菲菲看上去孔武有力，他的身体就是各种肌肉的优雅结合。凯继承了父亲的身材，瘦削高大，但并不特别强壮。詹姆斯威严懔人，但他的力量源自血统，利物浦柯林斯家族靠着挣来的财富组建起了贩奴船队。母亲的力量源自美貌，但菲菲的力量源自身体，源自他看上去无所不能的样子。其余类似这样的人，凯只认识一个。

"啊，我的外甥。欢迎你的到来，"看到凯走进，菲菲说道，"坐下。来吃饭！"

听到召唤，女仆呈上两只碗。她将一只放在菲菲面前，但菲菲只用眼神一瞥就制止了她。"必须先服侍我的外甥。"

"抱歉。"女仆小声嘟哝着将碗端到凯的面前。

凯谢过她，然后低头看着碗里的粥。

"舅父，我们来这儿快一个月了，但您还未同我们谈过贸易协定。公司想出钱购买更多，比现在多得多，请您一定要允诺。您一定要停止同其他公司的交易。"

这番话，或类似的话语，凯先前已经说过多次了，但舅父菲菲总是不予理会。抵达的第一晚，凯就想立刻同巴杜商讨贸易协定的事。他想着越快得到村长的允诺，他就能越快离开。那晚巴杜邀请所有人去他的屋群喝酒，为他们提供了足够喝到醉死的葡萄酒和艾可皮特歇酒①。一位名叫蒂莫西·海托华的官员为了取悦村长，喝了足有半桶，然后醉倒在一棵棕榈树下，一边打着摆子，一边大吐不止，宣称自己看到了鬼。很快，其余人也都醉倒在巴杜前院的树林里，或吐或睡，有的还要找一个土著女人去睡觉。凯等待着同巴杜交谈的机会，因此席间一直只是小口小口地抿酒。

菲菲走过来之前，他只喝了两杯葡萄酒。"悠着点，凯，"菲菲指着其他人东倒西歪的样子说，"比他们还强壮的人，太贪杯也是会被放倒的。"

凯看看菲菲手中的杯子，皱起眉头。

"是水，"菲菲说，"我和他必须有一个人做好应对一切的准备。"他指了指已经睡倒在黄金宝座上的巴杜，只见他的下巴枕在他圆滚滚的肚皮上。

凯大笑，菲菲也绽出一个微笑，那是凯遇到他后看见的第一个笑容。

那晚凯没能和巴杜说上话，但随着时间一周一周地过去，他很快发现，他需要取悦的并非巴杜。阿比库·巴杜虽然是名誉上的领袖，是接收贸易中伦敦、荷兰等地的政治领导者送来的礼物的欧曼辛，但当权的却是菲菲。他摇一摇头，整个村子的人都会停下动作。

---

① 加纳和其他西非国家自酿的一种烈酒，通过蒸馏棕榈酒或甘蔗汁而制成。

这时，和凯每一次提及与不列颠的贸易时一样，菲菲沉默不语。他看着屋前的森林，凯也循着他的视线看过去。树上有两只活跃的鸟儿在一前一后高声歌唱。

"舅父，巴杜同我父亲缔结的协定……"

"你听到了吗？"菲菲指着鸟儿问。

凯沮丧地点点头。

"一只鸟停止时，另一只才开始唱。它们的声音越变越大，越来越响亮。你觉得这是为什么呢？"

"舅父，我们来此的唯一原因是贸易。如果您想让不列颠人都离开您的村子，那您必须……"

"你听不见呢，凯，还有第三只鸟。它很安静，很安静，它旁听着雄鸟一声比一声叫得响亮，一声高过一声。等雄鸟唱哑了嗓子，那时候，也只有在那时候，这只雌鸟才会张口。到了那时，也只有到了那时，它才会挑选歌声更讨它喜欢的雄鸟。现在，它静静坐着，任由它们争斗：谁会是更好的伴侣，谁能给它更好的种血，在艰难时世中谁会为它战斗。

"凯，这个村子的贸易方式必须和那只雌鸟一样。你想付更多的钱购买奴隶，那就付更多的钱吧，但是要知道，荷兰人也愿意出更高的价，葡萄牙人，甚至海盗也愿意出更高的价。在你们全都叫嚣着自己比他人要强多少的时候，我则静静地坐在我的屋群，吃我的福福①，等待我认为合适的价格。现在，让我们换个话题，别再说生意的事了吧。"

---

① 非洲和加勒比海许多国家的主食，制作方法是：煮沸淀粉类食物，如木薯、番薯或香蕉，然后捣成面团状稠度。捏一个小团用手拿着吃，也可以蘸取附带的汤或酱。

凯叹了口气。这就是说，他将永远留在这里了。鸟儿已经停止了歌唱，或许它们也觉察出了他的气恼。他看着它们，看着它们蓝色、黄色和橙色的翅膀，以及勾起的尖喙。

"伦敦没有这样的鸟，"凯轻声说，"那里没有色彩。一切都是灰蒙蒙的。天空、建筑，甚至连人看起来也是灰蒙蒙的。"

菲菲摇摇头。"我不知道埃菲亚为什么会让詹姆斯把你送去那个荒谬的国家。"

凯茫然地点点头，然后回神看着碗里的粥。

凯一直是个孤独的孩子。他出生的时候，父亲在城堡近旁造了一座小屋，好让他自己、埃菲亚和凯可以过得舒适些。在那些岁月里，贸易很是繁荣。凯从未见过地牢，只模糊记得城堡下层里的景象，因为他很少见到父亲，他知道家里的生意总是忙。

只有他和埃菲亚在一起度过每一天。埃菲亚是整个海岸角，甚至整个黄金海岸上最好脾气的母亲。她语声温柔而坚定，从不打他，哪怕是其他母亲奚落她，告诉她那样会把孩子宠坏，孩子会永远得不到教训的。

"什么教训？"埃菲亚回答，"我从芭阿帕身上学到了什么？"

但凯确实学到了很多。他坐在埃菲亚的膝头，听她教他说话，一个词语会被用芳蒂语和英语分别重复，直至凯能够听着这种语言，回答时用另一种。埃菲亚是直到凯一岁时才学会读写的，接着她便兴致勃勃地教导儿子，将他胖乎乎的小拳头握在手中，一起写下一行又一行字。

"你真是聪明极了！"当凯不经她的帮助，就拼出了自己的名字时，她高声赞扬。

1784年，在凯五岁生日那天，埃菲亚第一次给他讲了自己在巴杜的村子里度过的童年时代。他知道了所有那些人的名字——科布、芭阿帕、菲菲。他知道了还有另外一位他们永远也无法获知名字的母亲，而埃菲亚总是挂在脖子上的那块莹莹闪光的黑色石块就属于那个女人，他真正的外祖母。在讲述这段故事的时候，埃菲亚脸色黯淡了下去，但是当凯伸出手触摸她的脸颊时，风暴就成了过去。

"你是我自己的孩子，"她说道，"我的。"

而她也是他的。在他小的时候，有这种关系就已足够，但随着年岁渐长，他逐渐开始哀叹起这样一个事实：他的家庭是如此之小，和黄金海岸上其他所有的家庭都不一样，在那些家庭里，总是兄弟姐妹成群，然后开枝散叶，绵延出更多的兄弟姐妹，汇聚成川流不息的家族脉络，每个强健有力的男人都会通过婚姻来对其进行巩固。他希望能见一见父亲的其他子女，那些居住在大西洋对岸的白人柯林斯姊妹们，但是他知道，这将永无可能。凯只有自己，他的书本、海滩、城堡，以及母亲。

"我很担心，因为这孩子没有朋友，"埃菲亚有一天对詹姆斯说道，"他不和城堡里其他的孩子玩耍。"

这时候凯刚要走进房间，他一整天里一直在用沙子模仿搭建海岸角城堡，听到埃菲亚提起他的名字，于是他就站在门外继续听。

"那我们该怎么办？你把他宠坏了，埃菲亚。他得学着自己找些事做。"

"他应该同其他芳蒂族的孩子玩耍，和村里的孩子，那样他就能时不时地离开这里。你有认识的人能安排吗？"

"我回来啦！"凯大声招呼，声音或许有些太大了，因为他不想听到父亲接下来的回答。到了第二天晚上，他就把这事忘得一干二净了。但是几周后,当库乔·萨齐随父亲一同来城堡拜访时,凯想起了父母的那番对话。

库乔的父亲是芳蒂族一个著名村庄的村长,阿比库·巴杜最大的竞争者,当总督询问他是否能把长子带来参加一个聚会时,他便借此机会,谈起了增加贸易流通的事情。

"凯,这是库乔,"詹姆斯说着把凯朝那男孩轻轻推了一把,"我们谈事,你俩去玩吧。"

凯和库乔双双看着两人的父亲一同往城堡的另一个方向走去。当父亲们的身影已难以看见后,库乔便朝凯转过身来。

"你是白人吗?"库乔问着摸了摸他的头发。

虽然也有很多人都做过同样的动作,问过同一个问题,但凯还是躲闪了一下。"我不是白人。"他柔声说。

"你说什么?大声点!"库乔说。于是凯用近乎吼叫的音量又重复一遍。两个男孩的父亲从远处转过身来,打量着他们俩。

"别那么高声说话,凯。"詹姆斯说道。

凯能感觉出自己面庞在发热,但库乔只是在一旁观望,显然觉得很好玩。

"你既然不是白人,那你是什么?"

"我和你一样。"凯说道。

库乔伸出一只手,并要求凯也照做,他们二人胳膊并胳膊地站在一起。"和我不一样。"库乔说道。

凯想哭,但那种冲动让他感到尴尬。他知道自己只是城堡里的一个混血儿,和其他的混血儿一样,他不能完全断定自己源自哪一方的血统,他既不是父亲所属的白人,也不是母亲所属的黑人,既不属于英格兰,也不属于黄金海岸。

库乔一定看见了凯的泪水即将夺眶而出的样子。

"走吧,"他说着抓起凯的手,"我父亲说你们在这里有大炮。带我去看!"

虽然是库乔让凯带他去看,但实际上他才是领路人。两个男孩奔跑起来,绕道超过了他们的父亲,朝着加农炮跑去。

就这样凯和库乔成为了朋友。第一次见面两周之后,凯收到库乔叫人捎来的信,问他愿不愿意去他的村子转转。

"我能去吗?"凯问母亲,而埃菲亚早已决定把他推出家门,听到有朋友邀约,她不禁大喜过望。

库乔的村子是凯长时间待过的第一个村子,他感到十分惊讶,这里与城堡、与海岸角相比,差别那么巨大。这里甚至连一个白人都没有,也没有士兵来吩咐什么可以做、什么不可以做。虽然挨打是这里孩子们的家常便饭,但他们仍旧大大咧咧,爱吵爱闹,行动上也无拘无束。和凯一样,库乔也是十一岁,但他是家里十个孩子中的长子。他命令起弟妹的样子,就好像他们是他的一个小型军团。

"去给我朋友弄些东西来吃!"当看到凯走过来时,库乔朝最小的妹妹嚷道。那女孩刚刚学会走路,大拇指都还离不开嘴巴,但库乔一发话,她总会尽快照做。

"嘿,凯,看看我找到什么了。"库乔说道。但不等凯走近,他就等不及地张开了手掌。

在他的手里,有两只小蜗牛,它们滑溜溜的小身子正在库乔的手指尖蠕动。

"这只给你,这只给我,"库乔做了分派,"我们用它们来比赛吧!"

库乔说完重又合上手掌，跑了起来。他速度更快一些，凯费了好大的劲才赶上。当他们跑进一块林间空地后，库乔趴在地上，并示意凯也照做。

他把分给凯的蜗牛递给他，然后在地上画了条线作为起点。两个男孩都将蜗牛放在线后，撒开了手。

一开始，谁的蜗牛都没动。

"它们是笨蛋吗？"库乔说着用食指戳了一下自己的蜗牛，"你自由啦，笨蜗牛。爬啊！爬啊！"

"它们也许只是吓着了。"凯说道。可看库乔打量他的样子，好像他才是笨蛋。

但就在这时，凯的蜗牛开始爬了，它爬过起点线，接着，几秒钟后，库乔的也跟了上来。凯的蜗牛爬起来并不是这种动物常见的缓慢又小心的样子。它像是知道自己在比赛，就好像知道自己自由了一般。没过多久，男孩们就看不见它了，而库乔的蜗牛则一副从容不迫的样子跟在后面，一路甚至还拐了好几个弯。

凯突然紧张起来。库乔说不定会因为比输了而大发雷霆，让他滚出村子，再也不能回来。凯虽然与库乔刚刚认识，但他已经知道，自己不想失去他。他于是便做了唯一能想到的事情。就像他过去常常看见的，父亲在与人做完生意之后会做的那样，他伸出了一只手。而出乎他意料的是，库乔抓住了他。两个男孩握了握手。

"我的蜗牛笨死了，你的好聪明。"库乔说。

"是的，我的蜗牛很聪明。"凯松了口气。

"我们该给它们取个名字。我们该把我的蜗牛叫作理查德，因为这是个英国名字，我的蜗牛很笨，就像英国人都很笨。你的该叫作夸梅。"

凯大笑起来。"是啊,理查德就跟英国人一样笨。"他说。在那一瞬间,他忘了自己的父亲也是英国人,后来想起来时,他意识到自己并不在乎。他感到,只有在那一刻,他才拥有了归属感,充分地、完满地。

男孩们慢慢长大。一个夏天,凯长高了四英寸,而库乔则有了肌肉。库乔的大腿和手臂变粗了,以致汗水从上面淌落时变成了滚动的波浪。库乔超凡的摔跤技术开始远近闻名。邻村比他年龄大的男孩们都慕名前来挑战,但最终每场比赛都是他赢。

"呃,凯啊,你什么时候和我摔一次?"库乔问。

凯还不曾挑战过他。但凯并不是在担心自己会输,因为他知道自己一定会输。他过去的三年里一直在细心观察,他比任何人都更清楚库乔的身体所拥有的能力。当库乔绕着对手打转时,他脚步优雅,出击精准有力,用一只手臂就能制住对方的脖颈,用一只手肘就能将对方撞得鼻血四溅。在这场舞蹈中,库乔从未踏错过一步,他的身体不仅强壮有力,还能控制自如,让凯感到敬畏。近来,他一直会想到自己被库乔用壮实的手臂扼住,一把拽倒在地,接着再被他压在身下的场景。

"让理查德跟你摔吧。"凯说道,而库乔则哈哈大笑。

自打用蜗牛比赛之后,两个男孩开始把所有的事物,无论好坏,都一律叫作理查德。当他们因为说了什么不敬的话而挨了母亲的骂,他们会责怪理查德。当他们在跑步或是摔跤比赛中赢了,他们会感谢理查德。有一天,当库乔游泳游得太远,抽筋叫他坚持不住的时候,理查德也在场。是理查德想叫他淹死,也是理查德救了他,帮助他重新找回了往前游的节奏。

"卑鄙的理查德!看我不把他揍爆。"库乔说着甩了下他的胳膊。

凯伸手握住库乔的手臂,但他的肌肉并没有松弛下来。他问:"为什么?就因为这种小事?"

"哈?"库乔说。

"我说你胳膊真细,捏在我手里软塌塌的,老兄。"

毫无预警,库乔快如闪电般地伸出两只手臂,锁住了凯的脖子。"软塌塌?"他问。他的声音轻得像是耳语,像是吹进凯耳朵的一缕风。"当心了,朋友。我身上可没有哪里是软塌塌的。"

凯虽然无法呼吸,但还是感觉双颊涨红。库乔的身体如此紧密地压在他身上,以至于有那么一刹那,他觉得他们已融为一体。凯手臂上的每一根汗毛都倒竖起来,等待着接下来将会发生的事。最后,库乔将他放开。

凯大口大口地喘气,库乔在一旁观看,嘴角露出笑意。

"你怕了吗,凯?"库乔问道。

"不怕。"

"不怕?你难道不知道吗?现如今芳蒂兰的每个男人都怕我。"

"你不会伤害我的。"凯说。他直视库乔的双眼,能感觉得到,那其中有什么东西躲闪了下。

库乔很快又恢复了镇定自若的样子。"你确定?"

"确定。"凯说道。

"那就向我发起挑战吧。向我发起摔跤的挑战。"

"我不要。"

库乔向凯走去,直走到距离凯的脸庞只有几英尺的地方。"挑战我。"他说话间呼出的气在凯的嘴唇上舞蹈。

接下来的一周，库乔经历了一次重要的比赛。城堡里一个士兵在喝醉酒后，吹嘘库乔永远都不可能击败他。

"黑鬼打黑鬼，这算哪门子的挑战。让野人来单挑白人试试，那时就知道谁厉害了。"

一个来自库乔村庄的男仆听到这白人士兵的大话后，报告了库乔的父亲。第二天，村长也亲自赶来找他父亲。

"不拘哪个白人，只要他自觉能击败我的儿子，就尽管放马来吧。三天后我们一决高下。"

凯的父亲曾试图阻止这场比赛，称不文明，但百无聊赖的士兵们哪里坐得住。不文明的野蛮游戏正是他们所渴望的。

那个周末，库乔来了。除了父亲和七个弟弟，旁人一概未带。凯从上周以来还没和他说上过话，他发现自己莫名其妙地感到紧张，库乔的气息似乎仍停留在他的嘴唇上。

吹牛的那位士兵也很紧张。当着城堡所有男人的面，他踱起步子，手也打起颤来。

库乔站在挑战者的对面，将他上下打量一番，掂量着他的实力。接着，他发现凯也在旁观人群中。凯冲他点点头，库乔笑了，凯知道那微笑是在说："我会赢这一场。"

而且他做到了。角斗开始才一分钟，库乔就用双臂抱住那士兵肥滚滚的肚子，将其翻过身来钉在了地上。

人群兴奋地咆哮着。更多的挑战者紧随其后，库乔几乎都十分轻松地将他们击败了。最后，所有人都已头昏眼花、精疲力竭，只剩库乔一个人还镇定自若。

士兵们开始离开。库乔的父亲和弟弟用几乎嘶哑的嗓音大声祝贺过他之后也离开了。库乔准备留下来和凯一起在海岸角过夜。

"我要挑战你。"等几乎所有人都离开后,凯说道。夜间的空气已开始渗入城堡,将里面变得凉爽起来,不过只有少许的凉意。

"因为我已疲惫不堪,不能摔赢?"库乔问。

"你还从未因为疲累而输过。"

"好吧。你想挑战我?先来抓住我吧!"库乔说完便狂奔起来。在两人交往的早年岁月,凯在跑步上要比他稍快一些。他在加农炮的位置追上库乔,朝他扑去,圈住他的双腿,将他按倒在地。

几秒钟后,库乔就扭转局势,翻在他身上重重地喘着粗气,而凯则挣扎着想起来。

凯知道应该拍三下地面,那是搏斗结束的信号,但他不想。他不想。他不想库乔起身。他不想他身体的重量离开自己。

凯慢慢放松身体,他感到库乔也是一样。两个男孩看着彼此,他们的呼吸慢了下来,凯嘴唇上所感受到的气息愈加浓重,刺痒痒的,几乎要牵引着他的脸朝库乔凑去。

"赶紧都给我起来。"是詹姆斯的声音。

凯不知道父亲已站在那里看了他们多久,但他意识到父亲换了一种新的语气,其中慎重的控制感,就和他对仆人讲话时一样。凯虽然从未亲眼见过父亲责打仆人,但他知道父亲每到那时就会用上这样的语气,只是现在那其中还掺杂了恐惧。

"库乔,你回家去。"詹姆斯说。

凯看着朋友离开。库乔甚至没有回头。

接下来的一个月,就在凯十四岁生日的前夕,尽管埃菲亚又哭又喊地抗议,有一次甚至还打了詹姆斯的脸,但凯还是登上了前往英格兰的船只。

* * *

"我听说你从伦敦回来了。我能见见你吗,老朋友?"

凯总忍不住地回想起他从库乔那里收到的信。他盯着自己的碗,发现一点也吃不下里面的粥。菲菲已经吃完一碗,又要求再添了。

"也许我还是应该待在伦敦。"凯说。

他的舅父从餐食上抬起头,向他投来一个觉得好笑的表情。"待在伦敦做什么?"

"那里更安全。"凯柔声说。

"更安全?为什么?因为英国人不会蹚过灌木丛林寻找奴隶吗?因为我们工作时,他们却洁身自好吗?让我来告诉你吧,他们干的工作才是最危险的。"

凯点点头,虽然那并不是他的本意。在英格兰的时候,他不可避免地看到了黑人在白人国家的生活方式,印度人和非洲人二十个或更多地挤在一间屋子里住,吃的是猪剩下来的泔水,此起彼伏地咳啊咳啊咳个不停,汇成一首疾病的交响曲。他知道在大西洋对岸有危险在等待他,但他同样知道,自己的内心也很危险。

"别害怕,凯。"菲菲的眼神心无旁骛地定在他身上,有那么一刻,凯在怀疑,这位舅父是否对他有丝毫的理解。但接着菲菲的注意力又回到了粥上,并说道:"你难道没有工作要忙吗?"

凯摇头,试着转移心绪。他冲舅父笑笑,感谢他的款待,然后便起了身。

工作并不难。凯和公司同事的正式职责包括,每周同巴杜及其村民见一次面、查看存货;督促炮兵往独木舟上装载货物;向城堡总督报告巴杜的其他贸易伙伴的消息。

今天轮到凯督促炮兵了。他步行几英里来到村外，同那里的芳蒂族男孩们打了个招呼。那些男孩为英国人工作，负责将奴隶从海滨村庄转送到城堡。今天那里只有五个奴隶，他们被绑在一起，等待被运走。其中年纪最小的是个小女孩，她把屎拉在身上了，但所有人都熟视无睹。凯早已适应了屎臭味，但恐惧却是一种永远也不会消散的气味。那味道席卷了他的鼻子，让他双眼盈满泪水，但是他很早以前就已学会如何忍住眼泪。

每次看到炮兵们驾着一只装满奴隶的独木舟离开时，他都会想到父亲站在海岸角城堡的岸边准备好迎接的情景。凯站在这里的岸边，看着船只离开，心中总会充满对每个离开的奴隶的愧疚。他的父亲在海岸上曾经怀着的又是怎样的心情呢？凯抵达伦敦后不久，詹姆斯就去世了。他在前往伦敦途中乘坐过的那艘轮船，哪怕是在航行最平稳时也让他感到不适，情况最差时，他更是饱受折磨，一路上一直在大哭和呕吐这两种状态中来回转换。在海上，凯一直在想父亲怎能这样对待那些奴隶。而面对他的问题，父亲也采取了同样的处理方式。将他们送上船，运走。詹姆斯每次看到船离开时，怀有的是怎样的心情呢？和凯对他自己的肉体，他那难以压抑的欲望所怀有的感情相同，也是恐惧、羞愧还有憎恶交织吗？

返回村子后，巴杜已经喝醉了。凯向他问了好，然后准备迅速从他身边走过。

但他速度不够快，巴杜一把抓住他的肩膀问道："你母亲怎样了？让她来看看我，嗯？"

凯提起嘴角，露出一个他希望是微笑的表情。他想要咽下心中的嫌恶。当他在这里接过巴杜分派的工作时，埃菲亚曾痛哭失声，她恳求他拒绝，恳求他逃走，一路前往阿散蒂，就像他那从未曾谋面的外祖母从前所做的一样,如果为了摆脱这义务,他必须付出此等代价的话。

那时她指着脖子上的石头饰品对他说:"那村子里有邪物,凯。芭阿帕——"

"芭阿帕早就死了,"凯说道,"而且你我也早已不相信鬼神。"

母亲朝他脚下啐了一口,拼命摇着头,以至于他害怕那头会滚落下来。"你以为你知道,但你并不了解,"她说道,"邪恶如影随形,会紧紧将你追随。"

"也许她很快就会来拜访。"凯虽这样说,但心里却清楚,母亲永远也不会来看望巴杜。他的父母虽然有过争吵,不过绝大多数时候都是因为他,所有人都看得明白,他们很在乎彼此。而且,虽然凯心里有一部分痛恨父亲,但另一部分却仍然渴望取悦他。

凯终于摆脱了巴杜,继续前行。库乔的信又一次在他脑海中浮现。

"我听说你从伦敦回来了。我能见见你吗,老朋友?"

凯刚从伦敦回来那会儿,一直十分担心,不敢询问库乔的消息,但其实并无必要。库乔接过了村长的职位,他们仍在同英国人做生意。当他还在城堡当书记员时,每天都要在分类账簿上写库乔的名字。现在要去见库乔已足够容易,他可以像以前那样找他聊天,告诉他,自己讨厌伦敦,就跟讨厌父亲一样,伦敦的一切——寒冷、潮湿、阴暗——感觉都像是对他个人的一种具体而微的抵抗,其目的只有一个,那就是让他远离库乔。

但是见了他又有什么好?见一面就能让他重返六年前,重返城堡的那块地面吗?也许伦敦已经完成了父亲赋予的使命,不过话说回来,也许根本没有完成。

时间一周一周地平稳流逝，但凯依旧没有给库乔回信。取而代之的是，他让自己全身心投入工作之中。菲菲和巴杜同阿散蒂以及更北的地方有着诸多往来。大人物、士兵、村长之类的人每天都会带来十个、二十个的奴隶。贸易量增长得如此之快，关押奴隶的方法也变得更粗放，许多部落都开始往孩子们的脸上刻疤来作为记号，以免混淆。最常被捉住的是北方佬，他们脸上的疤痕可能会多达二十条，这使得他们容貌丑陋，难以被售出。大多数被带往凯所在的村庄前哨的奴隶是在部落战争中被俘虏的，也有一些是被家人出售的，而奴隶中最稀有的，则是菲菲在夜晚的北伐行动中亲手抓获的。

菲菲这时已经为这样的又一次征程做好了准备。他不肯告诉凯是什么任务，但凯看得出，这次行动一定尤其危险，因为舅父向另一个芳蒂族村请求了支援。

"所有的奴隶你们都可以带走，但除了一个，"菲菲说道，"我们在敦夸分道扬镳时，你们就把想要的奴隶都带回去好了。"

凯刚刚接到口信，就来到了舅父的屋群。在他的身前，士兵们正在做出征的准备，手里都拿着火枪、弯刀和长矛。

凯往里走了一些，想看清正和舅父说话的男人是谁。

"啊，凯，你终于来迎接我了？"

那声音比凯记忆中的要深沉，但他立刻就识别了出来。当他准备和他的老朋友握手时，却发现手颤抖个不停。库乔握手的力度很大，手却很柔软。这一握将凯带回了库乔的村子，带回了那次蜗牛间的跑步比赛，带回了关于理查德的记忆之中。

"你来这做什么？"凯问道。他希望自己的声音听起来平静沉实，不要背叛自己。

"你舅舅承诺过,今天他要派给我们一个大任务。我急着前来领受。"

菲菲拍拍库乔的肩膀,然后去和其他士兵说话。

"你一直没给我回信。"库乔柔声说。

"我没有时间。"

"看出来了。"库乔说。虽然身材高了些、壮了些,但他看起来没怎么变。"你舅舅告诉我说,你还不曾婚娶。"

"是的。"

"我去年春天娶的亲。当村长必须娶亲。"

"啊,是啊。"凯一时忘乎所以,用英语作了答。

库乔笑起来。他拿起弯刀,朝凯这边靠近些。"你说英语的样子像个英国人,就和理查德一样嘛。等我同你舅舅北伐归来,我就回自己村子了。那里随时欢迎你。来看看我。"

菲菲下达了最后的集结令,库乔飞奔起来。就在离开前,库乔回头冲凯露出了微笑。凯不知道他们要走多久,但他知道,舅父不回来,他是不可能睡好的。没有人向他透露过任务的任何一点信息。的确,凯已经见过士兵们出征很多次,但对此从未有过什么疑问,而现在,他的心跳得如此剧烈,就像一只蛤蟆要跳出他的喉咙。他能感受到每一个节拍。菲菲为什么要告诉库乔凯仍未婚娶?是库乔问起的吗?凯在库乔的村子里会受到怎样的接待呢?他到时会住在村长的屋群吗?在他本人的屋子里,就像他的第三任妻子一样?或者他会住在村子外缘的一座小屋里,茕茕孑立?那蛤蟆呱呱叫唤起来。有办法。没办法。有办法。凯的思绪随着心脏的每一次捶击而前后飘摆。

一个星期过去了。然后是两个星期。接着三个星期。在第四周的第一天，凯终于被叫去了关押奴隶的地窖。菲菲靠在地窖的墙壁上，一只手捂住腰部，那里的一条大口子似乎还在流血。很快，公司的一名医生带着粗大的缝针和线赶来，帮菲菲缝合伤口。

"出什么事了？"凯问道。菲菲的手下把守着地窖门，明显能感觉到他们的内心也震颤了一下。他们都佩带着弯刀和火枪，哪怕是林中树叶发出的沙沙声，都会让他们把两种武器握得更紧。

菲菲开始狂笑，听上去就像垂死的野兽发出的最后的咆哮。医生缝完伤口，往上面洒上些棕色药水，却引得菲菲停止大笑，号叫了起来。

"安静！"菲菲手下的一名士兵说，"我们不知道有没有被人跟踪。"

凯跪下来，看着舅父的眼睛。"出什么事了？"

菲菲咬紧牙关，以停止嘶嘶的叫唤，他举起一只胳膊，指向地窖门。"看看我们带什么回来了，我的孩子。"他说道。

凯站起身，朝那门走去。菲菲的人递给他一盏灯笼，然后让到一边，好让他走进门。进去之后，四周的黑暗团团包住了他，好像他走进的是一面空心鼓。他把灯笼提高些，看到了地上的奴隶。

他没想到数量会那么多，下一艘货船要等到下周才会抵达。但他立刻就明白过来，这些并不是阿散蒂人带来的奴隶。这些人是菲菲掳来的。其中有两个男人被绑在一个角落里，都是身形高大的士兵，身上还有面积很大的伤口在流血。看到凯走进来，他们便用契维语嘲笑起他来，锁链哗哗作响，刚愈合的伤口又被撕裂开，流出血来。

对面墙边坐着个一言不发的少女。她抬起头，用一双月亮般皎洁的大眼睛看着凯，他于是在她身边跪下身，打量她的脸。她一边脸颊上有一块卵石形状的大疤，那是体检时留下的记号，几年之前，在他被打发往英格兰之前，詹姆斯曾教他辨认过，那是阿散蒂人的标志。

凯站起身，静静地看着那少女，然后慢慢转身离开，认出了那女孩的身份。地窖外，他的舅父已经因为疼痛昏厥了过去，士兵们也松开了手中的武器，对没有人跟踪过来感到心满意足。

凯看着离地窖门最近的士兵，抓住他的肩膀摇晃起来。"以上帝的名义起誓，你们准备拿阿散蒂王的女儿怎么样？"

那士兵垂下眉眼，摇摇头，没有说话。无论菲菲的计划是什么，都不容失败，不然整个村庄的人都要付出生命的代价。

那之后，每个晚上凯都坐在那里等菲菲痊愈。他听了俘虏的故事，关于菲菲和手下怎样借着死一般沉寂的夜色潜入阿散蒂，一个探子向他们汇报了女孩身边何时护卫最少；菲菲在接近女孩途中，腰部是如何像椰子一样被看守的弯刀刀尖撕裂；他们是怎样拖着俘虏南下，穿越森林，抵达海岸。

女孩名叫娜娜·雅阿，是阿散蒂王国最高统治者奥塞·邦苏的长女，邦苏对黄金海岸上的奴隶贸易意义重大，曾要求英格兰女王本人向他致敬。娜娜·雅阿是一个重要的政治博弈工具，自打出生之日起，她就一直是人们觊觎的对象。因为她的缘故，战争一再重复上演，只为得到她、释放她、迎娶她。

凯心里充满担忧，他不敢询问库乔事情的进展。很快，他就得知，菲菲的探子会被抓获，受到严刑拷打，直至说出掳走雅阿的人为止。报应终将会来到，只是时间早晚而已。

"舅父，阿散蒂人不会原谅此事。他们会……"

菲菲打断他的话。自从北伐归来那晚起，每当凯试着谈起那女孩的话题，想探讨菲菲的意图时，菲菲都会捂紧腰部，或是沉默下来，或是给他讲一大通寓言故事。

"阿散蒂人对我们心怀怒气不是一年两年了，"菲菲说道，"从他们发现我们在出售由巴杜找到的北方佬送来的阿散蒂人时就开始了。巴杜当时就告诉过我，谁给的钱多，就同谁做生意。当阿散蒂人发现时，我也是这样说的。阿散蒂人的愤怒是可想而知的，凯，你说得对，此事不容小觑。但是相信我，他们虽聪明，可我们也很狡猾。他们会原谅的。"

菲菲说完停下，凯看着舅父最小的女儿在院子里玩耍，那女孩才两岁。过了一阵子，一个女仆端来一些花生和香蕉制成的点心。她先是走到菲菲跟前，但菲菲制止了她。他将视线放到与女仆齐平的位置，温和地说道："你必须先侍奉我的孩子。"

那女仆照吩咐做了，先给凯鞠了一躬，然后伸出右手。待两人都拿到满满一大份点心后，女仆才在凯的注视下，扭动着精心设计过般的臀部姿势离开了。

"你为什么总是那么说？"确定女仆已经走开后，凯问道。

"我为什么总是说什么？"

"说我是你的孩子。"凯低下头，语声十分轻柔，几乎希望大地能吞没他的声音，"你之前从未承认过。"

菲菲咬开一颗花生，剥走花生粒后将壳一口啐在面前的地上。他看着那条从他的屋群伸展出去、通往村子广场的狭窄土路。他看着，好像在期待某个人的出现。

"你在英格兰待的时间太久了，凯。也许你已经忘了，在这里，母亲、姐妹，以及她们所诞下的儿子才是最重要的。如果你当了村长，那你姐妹的儿子就是你的继承人，因为姐妹是由你的母亲所生，而你的妻子并不是。于你而言，姐妹的儿子比你自己的更重要。但是，凯，你的母亲并不是我的亲姐姐。她不是我母亲所生，当她嫁给一个城堡来的白人后，我就失去了她，而且因为我母亲一直恨她，我也开始恨她了。

"一开始，那份憎恨是好的。它让我更加努力地工作。我会想到她，想到城堡里所有的白人，然后我就会说，我们村子里的人要比白人更强大。我们要比他们更富有。之后，当巴杜变得太过贪婪，太过肥硕，以致无法再打仗时，我开始为他而战，即便是在那时，我也痛恨你的母亲和父亲。我恨我自己的母亲，也恨我自己的父亲，因为我知道他们是怎样的人。我想我当时甚至开始恨我自己。

"你母亲上一次来村子时，我十三岁。她是为了来参加我父亲的葬礼。她离开后，芭阿帕告诉我说，她不是我的亲姐姐，因此我不欠她任何东西。许多年里，我一直深信不疑，但如今我已衰老，虽然长了智慧，但身体也更显得虚弱。在我年轻的时候，没有哪个人的弯刀能靠近我，可现在……"菲菲指指伤口，声音低下去，他清清嗓子，继续说，"很快，我为这个村子所建立起来的一切都将不再属于我。我有儿子，但却没有姐妹，所以我打造的一切都将烟消云散，如同微风中的尘土。

"是我让你的总督给你这份工作的，凯，因为你才是应该继承我所有功业的人。我曾经爱埃菲亚如姐妹，所以即便你不是我母亲所生的后代，也是最近似于我外甥的人。我会把我的一切都留给你。我要弥补我母亲的过错。明天晚上，你将迎娶娜娜·雅阿，这样即便阿散蒂王带着所有手下来敲我的门，他们也不得不承认你的身份。他们不能杀掉你或是村子里的任何人，因为这里现在是你的村子，就像它曾经是你母亲的村子一样。我一定要让你成为一个非常强大的人，这样即便白人尽数离开这片黄金海岸——相信我，他们会走的——即使城堡倒塌，你的声名也将永世长存。"

菲菲开始装烟管。他吸着气，直至白烟在斗钵上汇聚成小小的顶棚。雨季即将来临，很快空气就将开始变得沉重，黄金海岸上的人将必须重新适应这长期湿热的气候，这气候简直就像是要把生活在其中的人烹熟成晚餐似的。

这就是他们在那里，在森林中生活的方式：吃或是被吃，俘虏他人或是被俘，以婚嫁为守护。凯永远也不会去库乔的村庄。他不能懦弱。他正身处奴隶贸易事业之中，必须有所牺牲。

内　丝

　　没有哪一首圣歌[1]，也没有哪一种精神抚慰的力量，能够强大到修补一颗破碎的心。就连北极星也只是个骗子。

　　每一天，内丝都要在南方艳阳那折磨人的眼神的注视下捡棉花。她来托马斯·阿兰·斯多克汉姆这座位于阿拉巴马的种植园已有三个月了。两周前，她在密西西比。在那之前的一年，她在一个她只能将之形容为地狱的地方。

　　内丝虽然尝试过，但仍无法想起自己的年龄。最接近的估计应当是二十五岁，但是自打被人从母亲怀抱里夺走以来，每一年都让她觉得像是十年那么久。内丝的母亲艾希是个严肃而坚强的女人，她从未讲过一个欢乐的故事。就连内丝的睡前故事也都是关于艾希以前在"大船"上发生过的事情。伴随内丝入睡的，是人们像锚一样被纷纷扔下大西洋的场景，什么也不触不到：没有陆地，没有人，没有价值。艾希说过，在大船上，他们被十个一叠地码放起来，要是码在你身上的人死了，那他的重量就会像厨子压蒜一样地压下来。内丝的母亲被其他奴隶叫作"苦脸子"，因为她从来不笑，还总是讲很久很久以前她被一个小鸽子诅咒的故事。她受了诅咒，又没有姐妹，小鸽子会在扫地时咕咕叨叨，而她还弄丢了母亲留下的石头。当他们在1796年把内丝卖掉的时候，艾希的嘴唇也依旧是抿成一条细线的样子。内丝记得当时她伸手去够母亲，打她的胳膊，踢她的腿，挣扎着想逃离

---

[1] 指美国南部黑人所唱的圣歌。

那要把她带走的男人的身体。但艾希的嘴唇还是一动也不动,她的双手也并未伸出来。她就站在那里,结实强壮,和内丝记忆中的一模一样。虽然内丝在其他种植园也曾遇到过和善的奴隶,那些黑人会微笑和拥抱,讲一些美好的故事,但她还是会怀念那块灰石头,那就像是她母亲的心。她总是会将真爱与冷硬的心肠联系在一起。

如果真有好主子存在的话,托马斯·阿兰·斯多克汉姆算是一个。每工作三个小时,他会让他们休息五分钟,种植园奴隶还被允许前往门廊,家奴手中有满满一玻璃罐的水供他们饮用。

这是六月底的一天,内丝排在领水队伍里,蒂姆塔姆的身后。蒂姆塔姆是邻居惠特曼家送给斯多克汉姆家的礼物,托马斯·阿兰经常喜欢说,蒂姆塔姆是他所收到过的最好的礼物,甚至比他五岁生日时哥哥送的灰尾巴猫和两岁生日时收到的红色四轮马车还要棒。

"你今天怎么样?"蒂姆塔姆问。

内丝朝他稍稍侧过身。"难道不是所有的日子都一个样?"

蒂姆塔姆大笑,那声音就像在他云团般的肚腹中酝酿成形,又从他天空般的嘴巴中喷涌而出的滚雷。"我想你说得很对。"他说道。

内丝怀疑她是否永远也无法习惯从黑人的嘴巴里说出的英语。在密西西比的时候,艾希会一直和她讲契维语,直至最后被主人抓住。内丝每说一个契维语词汇,艾希就要挨上五鞭,而当内丝看到母亲伤痕累累,吓得不敢作声时,男主人又开始为她的沉默计时,每过一分钟就抽艾希五鞭。在挨抽之前,母亲给内丝的名字是梅阿美,继承的是外祖母的名字,但为这个主人也会抽打艾希,直抽到她大喊"我的天哪"。这句脱口而出的英语毫无疑问是她从厨子那里学的,因为厨子每说一句话都会用这句感叹作为开头。这句话是艾希唯一不用费劲思考就能说出的,所以她相信,这句话一定具有神圣的含义,就像是送给女儿的一份礼物,于是"天"这个词就被简化成了"内丝"①。

"你从哪儿来?"蒂姆塔姆问。他咬一口麦秆空空的末端,然后啐了一口。

"你问题真够多的。"内丝说着转过身。轮到她从家奴长玛格丽特手中取水了,但那女人只给她倒了四分之一瓶。

"今天短水。"她说。但内丝看得出,她身后门廊上的一桶桶水足够他们喝上一个星期。

玛格丽特虽是看着内丝,但内丝却觉得,她的目光实际上穿透了自己,或者说,她正在看的是五分钟之前的内丝,她想弄清楚内丝刚刚与蒂姆塔姆的交谈是否意味着他对她有兴趣。

蒂姆塔姆清清嗓子。"好了,玛格丽特,"他说道,"这么做可不对。"

玛格丽特看着他,然后伸出长柄勺到水桶里又舀出一勺水,但内丝没有接受。她转身走开了,留那两个人慢慢缠。或许是有一纸文书,宣称她属于托马斯·阿兰·斯多克汉姆,但没有类似的文件,要她生活在奴隶同伴的心血来潮之中。

"你不该对他那样冷酷。"内丝一回到田地里的工位上,一个女人就招呼她说。那女人看起来年纪比她大,应该在三十五岁到四十岁之间,但她即便站直了,也显得弯腰驼背。"你刚来这里不久,所以你不知道。蒂姆塔姆很久以前失去了他的女人,从那以后,他就一直在自己照看小品琪。"

内丝看着那女人。她试着露出一个微笑,但她出生在艾希从不微笑的年月,因此也从未学会该如何正确地做出这个表情。她的嘴角看

---

① 指"goodness"一词简化作"Ness",成为本章节女主人公的名字。

上去总像是在不情愿地往上扬,接着不到几毫秒就又垂落下来,好像是被系在了她母亲内心深处的悲伤之锚上。

"我们谁又不曾失去过某个人呢?"内丝问道。

内丝长得太美,不该当种植园奴隶。她被带到种植园的那天,托马斯·阿兰是这么告诉她的。她是他出于好心,从密西西比杰克逊市的一个朋友手里买来的,那朋友说,内丝有一双他所见过的最灵巧的干活好手,但是一定要保证,只把她放在田里干活。托马斯·阿兰看到她肤色浅淡,一头编结的长发从背上垂落而下,直至浑圆的臀部,心想他的这个朋友一定是弄错了。他找了一套自己喜欢的家奴服饰,里衬是前开襟带纽扣的白裙子,一字领沉肩袖款式,外罩一条缝着小围裙的全黑长裙。他让玛格丽特带内丝去后室更衣,内丝照吩咐换了衣服。玛格丽特见内丝穿戴完毕,就拉起她的手放在自己心口,告诉她稍等片刻。内丝必须把耳朵贴在墙上才能听清玛格丽特在外面说什么。

"她不适合在宅子里干活。"玛格丽特告诉托马斯·阿兰。

"好了,让我看看她,玛格丽特。我想,适不适合在我的房子里工作,我自己还是能做主的,难道现在我做不了主了吗?"

"当然能做主,"玛格丽特说道,"我想您当然能,但是我想说,您不会想看到她那副模样的。"

托马斯·阿兰大笑。这时他妻子苏珊走进房里,问起他们在大惊小怪些什么。"玛格丽特为什么要把我们新买来的黑奴关在后面,不肯让我们瞧一瞧她啊。快别再小题大做了,把她带过来。"

如果苏珊和其他种植园主的妻子一样,那她就应该知道,丈夫往宅子里新带回一个黑奴,这就意味着她必须多加留心。在这里,以及每一个南方县市，男人的眼睛还有他们身上的其他部分都是出了名的喜欢四处晃荡的。"是啊，玛格丽特，把那姑娘带来给我们瞧瞧。别再说傻话了。"

玛格丽特于是耸耸肩，走向后室，内丝赶紧把耳朵从墙边挪开。"好了，你最好出来一趟。"她说。

内丝于是照做了。她走出来站在两个观者面前，肩膀赤裸在外，小腿的下半截也是，苏珊·斯多克汉姆一看到她就昏了过去。托马斯·阿兰所能做的就是扶住妻子，同时冲玛格丽特大声嚷嚷，叫她立刻给内丝换衣服。

玛格丽特连忙带她回到后室，然后离开去找田里干活穿的衣服，内丝则站在那房间中央，双手拂过自己的身体，沉醉于那裸露在外的丑陋的部分。她知道，是她肩头上错综杂乱的伤疤吓到了他们所有人，而且有伤疤的地方不止那里。不，她那疤痕累累的皮肤本身就像是另一副身体，形如一个男人，从她身后伸出双手环抱住她，一直环绕到她的脖颈。它们从她的乳房向上延伸，在她的肩膀上形成小丘，并向她的背部长驱而下。它们舔舐至她臀部以上的某个位置，接着便消散无踪。内丝的皮肤实际上已不再是皮肤本身，而更像是过去的鬼魂所拥有的形体。她并不介意这一切。

玛格丽特回到房间，拿来一条头巾、一件可以遮住肩部的棕色上衣、一条一直垂到地面的红裙子。她看着内丝将它们穿戴好。"实在是叫人羞愧。有那么一瞬间，我还以为你比我更美呢。"她啧了两下舌头，离开了房间。

于是内丝就在田里劳作了。这对她来说并非新鲜事。在地狱，她也曾下地干活。在地狱，太阳将棉花烤得很烫，几乎要烧伤碰到她的手掌。握着那些白色的小棉花团,感觉就像是握着火苗,而上帝不允许你掉落其中任何一团。魔鬼总在监视。她就是在地狱练就了一双干活好手,这双手一路把她送到了塔斯坎比亚①。

到阿兰的种植园的第二个月,她住在一个女奴小屋里,但一个朋友也没交到。所有人都知道,她就是那个冷落蒂姆塔姆的女人,这些女人一想到她是蒂姆塔姆欲望的目标就大为光火,而当她们意识到她根本不想成为那目标时,更是火不打一处来。她们把她看得比一阵刮过的风还卑微,更像是一个可以敷衍而过的麻烦。

每天清晨,内丝会准备好自己要带到田地里去的手提桶。里面有玉米饼、一点腌猪肉,如果幸运的话,还能有一些蔬菜。在地狱的时候,她学会了站着吃饭,一边用右手摘棉花,一边用左手抄起食物。托马斯·阿兰的种植园并不要求边干活边吃饭,然而她并不知道别的吃饭方式。

"看起来,她像是觉得她比我们都能干。"一个女人用仅够内丝听见的音量说。

"托马斯·阿兰可能也这么觉得。"另一个女人说。

"不不,自从她被从大宅子里赶出来的那天起,托马斯·阿兰根本就没再关注过她了。"起头的女人又说。

内丝已经学会了不去理睬那样的声音。她试着回忆艾希以前对她讲过的契维语,试着平复自己的思绪,直至眼前只剩下母亲嘴唇上那道细细的坚毅的线条,那些从她口中说出的和爱有关的模糊的话。一个个句子、一个个词汇浮现在她的脑海中,要么是单词搭错了,要么是语法错了,都是错的。

---

① 位于阿拉巴马州。

她整天就这样劳作，听着南方世界里的声音。蚊子的嘤嘤嗡嗡，知了的尖啸，奴隶们讲闲话的哼哼呜呜。夜里回到自己的住处，她会拍打床铺，直至尘土飞腾，像一个拥抱般把她包裹其中。她会重新回忆一切，等待难得的睡眠降临，用尽全力平复那些在她闭上的眼皮后显现的跳舞的悲惨画面。

有一个晚上，她刚刚拍完床褥，一阵捶门声响起，有人握着拳在紧迫地敲着女奴小屋的门。"拜托！"一个声音大喊，"拜托，救救我们。"

一个名叫梅维斯的女人打开门。是蒂姆塔姆怀抱着女儿品琪站在门外。他钻进小屋，虽然眼中并无泪水，但声音哽咽。"我想她也得了他妈妈得过的那种病。"他说。

女人们帮那女孩腾出一个位置，蒂姆塔姆将她放下，然后来回踱起了步。"哦上帝，哦上帝，哦上帝。"他口中大声念叨着。

"你最好去找托马斯·阿兰，让他去请医生。"露蒂说。

"上一回医生就没帮上忙。"蒂姆塔姆说。

内丝被一排女人挡在后面，她们端着肩膀的架势就好像要上战场。她推开人群钻到中间，看了一眼那孩子。品琪身子骨又小又瘦，好像是用棍子做成的，一个弯都没有，头发绑成两个大蓬蓬球。在被女人们打量的整个期间，她一点都没出声，只是打了个嗝。

"她什么事也没有。"内丝说。

蒂姆塔姆突然停下脚步，所有人都转身看向内丝。"你刚来，"蒂姆塔姆说道，"品琪自从妈妈死后就一直没说过话，现在又开始不停地打嗝。"

"没什么事，只是打嗝而已，"内丝说道，"打嗝打不死人，据我所知是这样。"她环顾四周，所有女人都在表示不赞同地摇着头，但她不明白自己做错了什么事。

蒂姆塔姆把她拉到一边。"这些女人没告诉你吗?"他小声说。内丝摇摇头。女人们极少与她说话,而她也总算是掌握了技巧,能熟练地屏蔽她们的闲话了。蒂姆塔姆清清嗓子,把头往下低了些。"是这样,我们知道她什么事也没有,只是打嗝而已,但我们一直在尝试让她讲话,所以……"

他的声音逐渐低下去,内丝开始明白整件事的原委,这不过是为了让小品琪开口说话所要的一个小伎俩而已。内丝从蒂姆塔姆身边走开,仔细凝视那一小群女人,一个挨一个地把她们看清楚。接着她走到房间中央品琪所躺的那张床的床边,只见品琪正抬头盯着屋顶。见内丝走过来,那女孩便将视线落在她身上,又打了个嗝。

内丝对满屋子的人说:"上帝啊,我不知道我是犯了什么蠢事,要被安排来这座种植园,但是你们所有人都别再来烦这女孩了。她不想说话,也许是因为她知道这样能让你们着急,也许是因为她也没有什么可说的。我想,光靠你们今晚这出像巡回马戏似的表演,她是不会张口的。"

女人们拧着手指,把身体重心换到了另一个脚跟上,蒂姆塔姆则把头垂得更低了。

内丝走回自己的小床,拍完尘土后躺下了。

蒂姆塔姆走到品琪身边。"好了,我们走吧。"他说着朝女孩伸出手,但女孩却推开了。"我说了,我们走吧。"他又说一遍,因为愧疚声音也沉了下来,但女孩再一次躲开。她走到内丝睡的地方,此刻内丝眼睛闭得紧紧的,正祈求睡意快快降临。品琪伸出一只手摸了摸内丝的肩膀,内丝睁开眼,发现女孩正看着她,一双月亮般明亮的圆眼睛里写满哀求。内丝明白失去的滋味,明白没有母亲又备受思念煎熬的感受,甚至明白她的沉默,于是她握住女孩的手,将她拉到了自己床上。

"你回去吧。"她对蒂姆塔姆说。这时候,品琪的脑袋已经依偎在她柔软的乳房之间了。"今晚她和我睡。"

从那天开始,品琪再也不能和内丝分开。她甚至从原本住的女奴小屋搬来了内丝房间。她同内丝睡,同内丝一起进食,同内丝一起走路,还同内丝一起做饭。不过,她还是不说话,而内丝也从不要求她开口,因为她深知,到了想说话的时候,品琪自然会说,遇到真正好笑的事情,品琪自然会开怀大笑。对于内丝而言,众人都知道她需要伙伴,此时她也因为这不出声的女孩的陪伴而得到了安慰。

品琪是取水女奴。每一天,她都要来往斯多克汉姆种植园边的小溪四十趟。她背上扛着根木头扁担,双臂搭在上面,两边吊着银色的提桶,看起来就像是一个背着十字架的男人。走到小溪边,品琪把提桶灌满水,然后担回主宅,将水倒进摆放在门廊上的大水桶里。她还要负责给宅子里所有的水盆装满干净的水,给斯多克汉姆家的孩子们下午洗澡用,还要给苏珊·斯多克汉姆梳妆台上的花卉浇水。这两项任务完成后,她要去厨房给玛格丽特送满满两提桶的水,好供她白天做饭。她每天都要走同一条快被她踩烂了的路,下到小溪边,再返回宅子。一天结束的时候,她的胳膊会肿得厉害,夜里当她钻进内丝的床铺时,内丝会感到自己的心随着那胳膊肿胀时的跳动而疼痛,于是便紧紧将她搂在怀里。

嗝逆没有停止,从蒂姆塔姆让她钻进内丝的小屋、希望这能让她说话的那天开始,一直到现在。每个人都积极贡献了治疗的方子。

"把那女孩倒立起来!"

"让她屏住呼吸,咽一口气。"

"把两根稻草交叉放在她头顶!"

最后一个方子,是一个名叫哈里特的女人提供的,似乎奏了效。品琪往返小溪三十四趟了,一个嗝都没打。这时候内丝正在门廊上,等待领品琪担的第三十五趟水喝。这天斯多克汉姆家两个红头发的孩子正在外面嬉耍。男孩名叫小托马斯,女孩叫玛丽。品琪从屋角走过来时,两个孩子正跑上台阶,小托马斯撞到了扁担,于是一个提桶飞到空中,门廊上的人都被洒了一身水。玛丽开始哭起来。

"我的裙子全都湿了!"她说。

玛格丽特刚用长柄勺为一个奴隶分完水,于是便放下勺子。"快别哭了,玛丽小姐。"

小托马斯向来都没有绅士风度,这时便决定帮妹妹出出头。"好好给玛丽道个歉!"他对品琪说。他们二人年纪相同,不过品琪要高出一英尺。

品琪张开嘴,但一个字也没说出来。

"她说很抱歉。"内丝立即说。

"我没和你说话。"小托马斯说。

玛丽早已不哭了,这时只一心一意地盯着品琪。"托马斯,你知道她不说话的,"玛丽说道,"没关系,品琪。"

"我叫她说,她就得说。"小托马斯说着一把推开妹妹。"给玛丽道歉。"他重复一遍。那天的太阳又高又烈。事实上,内丝可以看出,洒到玛丽裙子上的两滴水已经干了。

品琪眼眶蓄满泪水,再次张开嘴巴,不想却打出一个嗝来,响亮极了。

小托马斯摇摇头。他在众目睽睽之下走进屋子,然后拿着斯多克汉姆先生的手杖走出来。那手杖是他身高的两倍，用纯桦木做成。虽然不粗，却十分沉重，小托马斯两只手几乎都拿不动，更别提想用一只手举起手杖来打人了。

"说啊，黑鬼。"小托马斯说。这时候，早已放下长柄勺的玛格丽特冲进宅子大喊："哦，小托马斯，我要把你爸爸叫来！"

品琪突然间又哭着打起嗝来，无论她想说什么，此刻都被那嗝气挡住了。小托马斯用右手费了好大的劲才把手杖举起来，想把它扛在肩上，但内丝站在他身后，伸手抓住了手杖的另一端。她用两只手抓住那手杖，狠狠一拽，让小托马斯摔在了地上，又往后被拖出一截。

托马斯·阿兰出现在门廊上，玛格丽特一边气喘吁吁一边不住地拍打胸口。"出什么事了？"他问。

小托马斯哭了起来。"她要打我，爸爸！"他说。

玛格丽特大声说："托马斯少爷，你在说谎！你……"

托马斯·阿兰扬起一只手，打断玛格丽特的发言，然后看向内丝。也许他记起了她肩膀上的伤疤，记起了那天它们是怎样把他的妻子吓得一直卧床不起，害他一个星期都无法按时用晚餐。也许他想知道，一个黑鬼到底会因为做了什么而使自己留下那样的伤痕，像她那样的黑鬼到底又是因为做了什么而惹下麻烦。这时候，他儿子正穿着短裤在地上打滚，那个哑巴孩子品琪则哭个不停。内丝敢肯定，他心里非常清楚发生了什么事，但是她身上的伤疤所勾起的回忆使得他犹豫了。一边是一个留了那么多伤疤的黑鬼，一边是他在地上打滚的儿子。他没有别的选择。

"我很快就会来收拾你。"他对内丝说。所有的人都想知道他会怎么做。

那天晚上，内丝回到女奴宿舍。她爬上自己的小床，闭上眼睛，等待着那每晚都会在她眼皮底下上演的画面沉入黑暗。品琪在她身旁打了个嗝。

"哦，老天哪，她又开始了！我们这一天里所受的罪还不够多吗？"一个女人说道，"这丫头一打起嗝来，别人就甭想休息。"

品琪羞愧地用一只手捂住嘴巴，仿佛那样她就能竖起一道墙，把嗝声拦在里面。

"别听她们的，"内丝小声说道，"想那些只会让事情更糟。"她不知道那话是说给品琪听，还是说给自己听的。

品琪把眼睛闭得紧紧的，同时一连串嗝声从她嘴巴里不断发出。

"放过她吧。"内丝对着周围的抱怨声说。女人们都不吭声了。今天发生的事在她们心里埋下了一粒饱含着两种感情的种子，她们对内丝既感到尊敬，又觉得同情，女人们因此顺服了。她们不知道托马斯·阿兰会做些什么。

那天夜里，等女人们终于全都睡着了，品琪翻了个身，紧紧偎依在内丝柔软的肚皮上。内丝也抱着那女孩，任由自己在回忆中慢慢睡去。

她又回到了地狱。她被嫁给一个叫作萨姆的男人，萨姆是从大陆直接来的，不会讲英语。地狱的主人，也就是魔鬼，他一身皮肤发红，头发蓬乱发白，喜欢自己的奴隶"出于保险契约的缘故"而结婚，因为内丝刚来地狱，还没有被男人认领，他便把她嫁给了那新来的奴隶萨姆，希望能通过这种方式安抚他。

一开始，二人并不和对方说话。内丝听不懂他那口陌生的方言，同时也对他感到敬畏，因为他是她所见过的最英俊的男人。他的皮肤是如此的黝黑柔滑，光是看一眼，嘴里就像品尝到了那滋味一般的美妙。他身材壮硕，肌肉紧实，就像拒绝被牢笼困住的非洲猛兽，哪怕将内丝送他作迎接的礼物也不足够。内丝知道，魔鬼在他身上一定花了大价钱，希望他能承担起繁重的工作，但是似乎没有人能驯服他。萨姆在来的第一天就同另一个奴隶打了一架，还朝监工吐口水，结果被罚站在一个平台上当着所有人的面挨抽，到最后地面积起的血水都足够给一个婴儿沐浴。

萨姆拒绝学英语。为了惩罚他不肯改的黑人腔调，魔鬼每天晚上都会用鞭子送他回婚床，那些鞭痕刚愈合又绽开。一天晚上，萨姆怒火中烧，把他们住所的隔墙一堵堵推倒，毁了奴隶营。魔鬼听到他的破坏行径，便赶来罚他。

"是我干的。"内丝说。整个晚上，她一直躲在房子的左拐角，见证了这个别人告诉她说是她丈夫的男人如何又变成了别人口中的野兽。

魔鬼虽然知道她在撒谎，但还是不肯手下留情。尽管萨姆一再提出受罚，魔鬼仍不肯住手。直到鞭子抽在背上就像在抽糖稀，这时，她才被一脚踢到了地上。

魔鬼离开后，萨姆失声痛哭，内丝则几乎完全昏迷了过去。萨姆用粗哑而急切的嗓音为她祈祷着，内丝不明白他在说什么。他轻轻地将她抱起来，把她放在他们的小床上。然后他离开房子，去寻找懂草药的医生，一直走了五英里远，带着草根、叶子和一些药膏返回，在内丝昏昏醒醒之间给她敷在背上。这一晚，萨姆第一次同她一起在小床上入睡。到了早晨，内丝因为伤口疼痛和化脓醒过来，发现他正坐在脚边，用那双疲惫的大眼睛看着自己的脸。

"对不起。"他说。这是他对她，对所有人说的第一句英语。

那一周里，他们肩并肩地下地劳作，虽然这引起了魔鬼的警觉，但他也没阻止他们。每天夜里,他们返回小床,分睡两头,从不接触对方。有些晚上,他们担心魔鬼会监视他们睡觉,每当那时候,萨姆就会搂紧她的身体,等到她那因恐惧而急速跳动的心率渐渐平复。他的词汇量慢慢增大,学会了她和自己的名字,会说"别担心"和"别出声"。一个月后,他学会了"爱"。

一个月后,当背上的伤口结痂变硬,再脱落留下疤痕之后,他们终于能完婚了。他轻轻松松就把她抱了起来,她觉得自己一定是变成了她做给孩子们玩的布偶。她之前从未和男人在一起过,而且在她的想象中萨姆也不是一个男人。对她来说,萨姆早已经成为了某种比男人更伟大的存在,就像是通天塔,因为太过于接近上帝而注定会坍塌。他用双手抚摸着她结满痂的脊背,她也同样抚摸着他的伤疤,做爱时,他们紧紧抱住彼此,一些伤疤再次绽开。于是他们都流了血,新娘和新郎,不圣洁而又圣洁地结合为一体。他呼出的气息吹进她口中,他们躺在一起,直至公鸡打鸣,返回田地的时间再次到来。

内丝醒过来时,品琪正戳着她的肩膀。"内丝,内丝!"品琪喊着。内丝试着隐藏起惊惶的神色,转身面朝女孩。"你做噩梦了吗?"品琪问。

"没有。"内丝说。

"你像是在做噩梦。"女孩有些失望,因为她觉得能听内丝讲故事是一种荣幸。

"是坏事,"内丝回答说,"但不是梦。"

* * *

公鸡打鸣宣告早晨来临,奴隶营的女人们做好了迎接新一天的准备,同时也都在小声议论内丝的命运。

之前还从未有人见过托马斯·阿兰公开执行鞭刑,这里与他们见过或待过的其他种植园不一样。他们的主子会给每个人配水,而且他讨厌见血。不,当托马斯·阿兰想要惩罚手下的某个奴隶时,他会找个地方私下差人行刑,其间他会闭上眼睛,不等结束他早已睡了过去。但这次不一样。他很少会当众斥责奴隶,但他还是对内丝这么做了,她知道自己令他为难了,让他的孩子睡在泥里,让品琪毫发无伤地静静站在一旁。

内丝在众目睽睽下返回田地里自己头天待过的位置。传言说,托马斯·阿兰的种植园的面积比该县其他所有小种植园都要大,只摘一垄的棉花都需要花费整整两天。蒂姆塔姆一声不吭地走到内丝背后。他碰碰她的肩膀,她转过身去。

"她们说品琪昨天说话了。我想我该向你说声谢谢。为了这个,还有其他的事情。"

内丝看着他,突然意识到每次看到这男人时他嘴里都在嚼着什么东西,他的嘴巴总是在转着圈地咀嚼。"你什么都不用做。"内丝说着又弯下腰去。蒂姆塔姆抬头查看了下托马斯·阿兰是否已经走到前门廊上。

"好吧,不管怎么说,我都要感谢你。"他试探着说。内丝转过身来,看到他又咧嘴笑了,肥肥的嘴唇咧开来露出牙齿。"我可以替你向托马斯主子求求情,他不会动手的。"

"我想我以前还从来没要求过任何人为我求情。我看不出现在有什么必要开这个例,"内丝说道,"你这份感恩之情还是给别人吧。玛格丽特看样子肯定会很高兴接纳的。"

蒂姆塔姆的脸拉了下来。他冲内丝点点头,然后回到自己的位置上。几分钟后,托马斯·阿兰走到门廊上观望起来。每个人都用眼角余光看向内丝。她感觉这就像某些夜晚一样，那些蚊虫肆虐的季节里的暗夜，那时她总能感觉到某种不祥的预感，但又看不出到底有什么危险。

她看向托马斯·阿兰，从田地里她所在的位置看过去，他不过和门廊上的斑点差不多大小。她心想着，他要再等多久才会行动，他是今天早上就会把她交上去，还是会任凭时间一天天流逝，不予追究，任她等待。而让她感到受折磨的正是等待，向来如此。曾经她和萨姆就花了许多的时间等待，等啊，等啊。

内丝生产的时候，就曾命萨姆在外面等待。在一个不寻常的冬天，她生下了柯乔。一场前所未有的大雪把种植园覆盖了整整一个星期，危害到了庄稼生长，地主们都恼怒不已，奴隶们的手只能空闲着。

雪下得最大的那天夜里，内丝躲在产房里。等助产士终于赶到时，房门被推开，冷风呼呼灌进房里。卷进来的雪花融化在桌椅上，也融在了内丝的肚子上。

在怀孕时，柯乔一直在反抗母亲子宫的束缚，他诞生的时刻也并无区别。内丝把喉咙都喊哑了，每次用力，她都在心里想着其他奴隶给她讲过的自己诞生时候的故事。他们说艾希当时没有告诉任何人内丝要出生的事，她只是自己走到一棵树后，蹲在那里。他们说在内丝呱呱坠地之前，他们曾听到一个很奇怪的声音，好几年之后，内丝都还能听到他们为此而争辩不休。一个奴隶认为那应当是鸟群的鼓翅声，另一个则认为是帮助内丝诞生后便轰隆一声消散而去的灵。又有人说，那声音是艾希自己发出来的。她独自走出门，想自己一个人感受孩子诞生时刻的喜悦，赶在任何人抢走那喜悦和孩子之前。还有一个奴隶说，那声音是他们从未听过的艾希的笑声。

内丝之前一直无法想象,是否真的有人会在生产过程中大笑,直至助产士终于将柯乔带来这个世界,她的宝贝儿子狠命哭号,声音之大远远超出了他那小小的胸肺所能承受的范围,她笑了。这时候,之前一直在雪地里踱步的萨姆,用约鲁巴语感谢祖先,然后等待着能抱一抱那孩子。直到这时候,内丝才明白了。

儿子出生后,萨姆完全变成了魔鬼希望他变成的样子,温驯、和善、勤劳,从不打架滋事。他一直记得因为自己犯的蠢事而让魔鬼鞭打内丝的时刻。当他第一次抱着柯乔,喊他乔乔的时候,他发誓绝不会让这个男孩因为自己而受苦。

接着内丝认识了阿库,然后便对萨姆说,他的诺言能够兑现了。每年一次,魔鬼会允许他的奴隶步行十五英里到镇子边缘的黑人受洗教堂参加复活节的布道会,这时内丝总会坐在教堂的最后面。她不假思索地唱起一首契维语小调。以前,当一日的劳作特别疲累,或是被人斥指为傲慢无礼、犯懒、事情没做好的时候,母亲就会在夜里悲伤地唱起这首歌。

小鸽子失了手。哦,怎么办才好呢?狠狠地惩罚它,不然你也要遭殃。

内丝不明白艾希唱的是什么,因为艾希从不曾告诉过她歌词的意思,而这时候,前排靠背长椅上的一个女人转过身来小声说了句什么。

"抱歉。我听不懂。"内丝说。那女人说的是她母亲的乡音。

"这么说连你自己也不知道你其实是阿散蒂人了。"女人说。她的口音还是很重,就和艾希以前一样,声音里隐隐泛着黄金海岸的淡淡色彩。

女人自我介绍说她叫阿库,又解释说她来自阿散蒂,之前也像内丝的母亲一样被关在城堡里，后来被船运到加勒比海，接着又来了美国。

"我知道逃走的路。"阿库说。布道就快开始了，而内丝知道自己时间并不多。复活节不会再降临了，等不到明年，她和阿库都可能会被卖掉，甚至可能死去。在他们的生活里，活着是一件无法保证的事。他们必须尽快行动。阿库柔声告诉内丝她曾怎样将阿坎人带去北方，获得了自由，她已经干过许多次了，屡次的成功让她赢得了契维语里的尼阿美妮萨的昵称，意思是神之助手。内丝知道，还从未有人从魔鬼的种植园逃走过，但是听着这女人说话，她觉得她的声音很像母亲，而且她也和母亲一样赞颂神，内丝知道，她希望自己的家庭成为领头人。

内丝计划带领家人获得自由的那年，乔一岁大。那女人告诉她，她之前也带孩子北逃过，甚至包括要吸母亲奶头的大声叫唤着的婴儿。乔保证不成问题。

内丝和萨姆每晚聚到一起后都会谈论这事。"不能在地狱里养活婴儿。"内丝一遍又一遍地重复，她想起了自己被从母亲怀中掳走时的情景。谁知道她能和她完美无瑕的孩子在一起生活多久呢，之后他可能会忘掉她的声音，忘掉她脸庞的细节，就像她忘记艾希一样。萨姆终于同意了，他们于是便给阿库捎了信，告诉她他们准备好了。他们将等待她传送来的信号，等待那首古老的契维语歌谣如风吹树叶般从树林里悠然飘至他们的耳畔。

于是他们的等待开始了。内丝、萨姆和柯乔，他们比其他任何奴隶都更卖命地干活，劳作的时间也更长，就连魔鬼提到他们一家的名字也会露出微笑。他们等过了秋天，然后是冬天，留神聆听着那个提醒他们时间到了的信号，祈祷着在那一天到来之前不要被卖得四分五散。

他们没有遭遇那样的命运，但内丝经常会想如果当时被卖了是否情况会更好。那歌声在春天传来了，十分轻盈，以致让内丝以为是自己的幻想，但很快，萨姆一只手抓起乔，另一只手抓着内丝，三人一同逃出了魔鬼的田地，头一次置身于外部的世界。

第一个晚上，他们走了很远、很久，以至于内丝鞋底的裂缝都彻底破开了。她的血流在树叶上，她希望会下雨，那样猎狗一定就辨识不出她的气味。太阳出来后，他们就爬到树上。内丝从长大成人后就没再爬过树，但她很快便拾起了旧日的技巧。她用布把乔缠在背上，爬到最高的树枝上。乔哭的时候，她就用胸口捂住他的嘴。有时候，她这么做了以后乔又变得太过安静，让她担心起来，渴望听到他的哭声。但他们的确是在练习如何一动不动地待在树上，一动不动，周遭就像艾希常常在故事里讲起的大船一样。死寂。

日子就这样一天天过去，他们四个或是躲在林中树上，或是藏在田野里草丛中。后来，内丝感到一股热浪从地面升腾而起，依靠直觉，她知道，魔鬼追上来了。

"今晚你带柯乔好吗？"当萨姆和柯乔离开去找饮用水后，内丝问阿库，"就今天一晚。我的背快受不了了。"

阿库点头，奇怪地看了她一眼，但内丝知道她自己想要什么，而且她不会改变主意。

那个清晨，狗群来了，它们喘着粗气，爪子不停地抓刨内丝躲藏的树。

远处传来口哨声，吹的是一首古老的美国南方的调子，声音从大地上升起，一时还看不见吹口哨的人是谁。"我知道你们就躲在这附近，"魔鬼说道，"我乐得等你们出来。"

内丝用破碎的契维语句子向阿库喊话,而阿库抱着乔待在远处更高的树上。"无论如何,一定不要下树。"内丝说。

魔鬼继续靠近,他的哨声低沉而充满耐心。内丝知道他会在那里永远等下去,而因为要吃东西,很快孩子就要哭了。她看向萨姆藏身的树,希望他能原谅她要为家人做的事情,然后就爬下了树。落地后,她才发现萨姆也做了同样的选择。

"你们的儿子在哪儿?"魔鬼问。这时候他的手下已经将两人都捆起来了。

"死了。"内丝答道。她希望自己的眼神中能露出那样的神情,就像那些逃跑又被抓回来的母亲们有时所显露出的眼神一样,那是她们在路上杀了孩子以给他们解脱后的神情。

魔鬼扬起一条眉毛,慢慢地大声笑了起来。"真是令人遗憾。我还以为自己得到了几个最值得信赖的黑鬼,可以到处炫耀呢。"

他把内丝和萨姆重又押回地狱。

一回到种植园,所有的奴隶都被叫到鞭刑柱前。魔鬼将他们扒得精光,把萨姆捆得连手指都无法动弹,强迫他观看内丝挨抽的情景。那些鞭子把她抽得容貌丑陋,再也无法进宅子里去干活。结束后,内丝躺在地上,灰尘覆盖在她的伤口上。她头都抬不起来了,于是魔鬼就帮她把头抬起来。他要她观看,要让所有人都看到:萨姆身上的绳索被解开,树枝被抽折,他的脑袋被从身体上折断。

所以,当内丝一边等待着,一边想着托马斯·阿兰会怎样惩罚她时,情不自禁地回想起了那一天。回想起萨姆的脑袋。萨姆的脑袋歪向左侧,摇摇晃晃。

品琪把水担到门廊上托马斯·阿兰站立的位置,等待着。女孩转过身时,目光捕捉到了内丝的眼神,但内丝没有看向她太久。她很快又继续去摘棉花了。她把摘棉花这件事当成是一种祈祷,自从看到萨姆脑袋的那天起,她一直都是这样做的。她弯着腰说:"请主宽恕我的罪。"她摘了把棉花,又说,"救我们脱离凶险。"接着,她站起身,继续说道,"保护我的儿子,无论他身在何处。"

詹姆斯

外面有小孩子在唱歌,"恩——塞,沙姆——玛——姆",他们一边唱还一边围着火堆跳舞,一个个小肚皮光溜溜地露在外面,就像捕捉光源的小球。他们之所以歌唱,是因为有好消息传到——阿散蒂人取了总督查尔斯·麦卡锡的首级。那首级被吊在阿散蒂王的屋群外的一根棍子上,作为给英国人的警告:凡对抗我们的,这就是下场。

"呃,小家伙们,你们知道吗?如果阿散蒂人打败了英国人,那他们接着就会来打我们芳蒂人。"詹姆斯说着扑向其中的一个小女孩,挠她的痒痒,直到所有的孩子都咯咯大笑着为她求饶。他放开那女孩,然后拉下脸,继续他的训诫。"你们在这个村子里是安全的,因为我家是王室血脉。别忘了这个。"

"是,詹姆斯。"孩子们说。

在道路的那头,詹姆斯的父亲正带着一个打城堡来的白人走过来。他冲詹姆斯招招手,示意他随他们回屋群去。

"那孩子该知道这些吗,凯?"白人迅速看了一眼詹姆斯问。

"他是个男人,不再是小孩子了。待我完成我的事业,他将在这里接过我的重任。你能对我说的,也就能对他说。"

那白人点点头,然后专注地看着詹姆斯说:"你母亲的父亲,奥塞·邦苏去世了。阿散蒂人在传言,说是我们杀了他们的王,为总督麦卡锡复仇。"

"那是你们干的吗?"詹姆斯狠狠地瞪回那男人,愤怒开始在他的血管中沸腾。那男人移开视线。詹姆斯知道英国人这些年一直蓄意挑起部落战争，因为他们深知，这些战争中的俘虏都将在贸易中被卖给他们。他母亲总是说，黄金海岸就像是一罐花生汤。她的族人，即阿散蒂人，是清汤，而他父亲的族人，即芳蒂人，则是花生，其余发源于大西洋海岸，然后穿过灌木丛北上的族群，则充当了肉、胡椒和蔬菜。这罐子早就满得要溢出来了，而随后来的白人又给添了火。于是现在，整个黄金海岸上的人所能做的，就是阻止罐子一次又一次的沸腾。如果是英国人杀了他的外祖父，想以此激化这种状态，詹姆斯也不会感到惊讶。自从母亲被偷来嫁给父亲后，村子就一直闷热得叫人喘不过气来。

"你母亲想去参加葬礼。"凯说。詹姆斯松开了不知何时攥起来的拳头。

"这太危险了，凯，"白人说道，"即便是娜娜·雅阿的皇室身份可能也无法庇护你。他们知道你们村庄已同我们结盟多年。这样做太危险。"

詹姆斯的父亲低下头，突然间他耳畔又听到了母亲的声音，那声音在说，他的父亲是个懦弱的人，对于脚下走过的土地没有敬畏之心。

"我们会去。"詹姆斯说，凯听后抬起头。"不参加阿散蒂王的葬礼是罪恶，先祖永远不会原谅。"

凯缓缓点头，然后转身面对那白人。"这是我们最起码应该做的事。"他说。

白人与他们两人都分别握了手。第二天，詹姆斯就同父母一道北上前往库马西，祖母埃菲亚则同小些的孩子们待在家里。

当他们乘车穿越森林的时候，詹姆斯一直把枪放在膝旁。他上一次拿枪是在五年前，那时是1819年，为了庆祝他的十二岁生日。当时父亲带他去森林，朝之前绑在远处几棵树上的布条射击。父亲告诉詹姆斯，一个男人应该学会像牵女人一般地握枪，小心而温柔。

而现在，看着父母乘车穿越丛林的样子，詹姆斯不禁开始怀疑父亲可曾那样牵过母亲，可曾小心地抑或温柔地对待过她。如果说战争是黄金海岸这一世界的运行方式，那么在他的屋群中大抵也是一样。

娜娜·雅阿坐在车厢中哭起来。"如果不是儿子提起，我们是不是永远不能回去？"她问。

詹姆斯错在不该告诉她父亲和白人昨天的那番交谈。

"如果没有我，你能有这个儿子吗？"父亲咕哝。

"你说什么？"母亲说道，"我听不懂你那口难听的芳蒂语。"

詹姆斯翻了一下白眼。剩下的旅途他们会一直吵下去。他还记得自己小时候父母打架的情景。母亲尖厉地呼喊父亲的名字。

"詹姆斯·理查德·柯林斯？"母亲大喊，"詹姆斯·理查德·柯林斯！你到底还是不是阿坎人，竟然给自己的儿子取了个完完全全的白人名字？"

"那又怎样？"父亲这样回答，"这样他就不是我们的王子，而是白人的王子了吗？我给他取了个响当当的名字。"

无论是现在，还是当时，詹姆斯一直都知道，他的父母从来就没有爱过彼此。他们的婚姻是政治的产物；是职责将他们绑在一起，不过这个理由似乎不够强大。他们经过小镇阿杜法的时候，母亲仍在抱怨，说如果不是詹姆斯已故的舅姥爷菲菲，凯甚至都称不上是个男人。他们的争吵会一再地引向菲菲，引向他为凯及这个家所做的决定。

几日旅行之后，他们将车停驻在敦夸的大卫家过夜。大卫是凯在英格兰时结交的一个朋友，几年前他带着英国的妻子一同搬到了黄金海岸。需要好几日，甚至几周的时间，他们才能抵达内陆，抵达詹姆斯的外祖父逝世的地方。外祖父的遗体会停放在那里，好让所有人都可以去吊唁。

"凯，我的老朋友。"詹姆斯一家走近后，大卫招呼道。大卫肚子浑圆，活像只超大个的椰子。有那么一刻，詹姆斯几乎想知道如果这个男人被像椰子一样划开后会是什么样子。

父亲同大卫握过手开始交谈。詹姆斯总会注意到，这两个男人见面时间越长，讲话声音就会越大，也会处得越热络，那音量就好像是为了弥补距离，或是为了追回过去的时光。

娜娜·雅阿冲大卫的妻子苏珊点点头，然后大声清了清嗓子。

"内人已非常疲倦。"凯说，然后就有仆人来领了她去房间。詹姆斯也起身同他们一起走，想着也能休息休息，不料大卫却叫住了他。

"啊，詹姆斯，你现在是个大人物了。坐下和我们聊聊。"

在为数不多的詹姆斯见到大卫的场合里，大卫都管他叫大人物。他还记得他只有四岁大的时候，有一次因为什么没看见的东西被绊倒了，或许是只蚂蚁，他摔在地上，擦破了上嘴唇。他立刻大哭起来，那响亮的哭声就像是从他心底里的某个地方发出来的。大卫用一只手把他抱起来，另一只手拍拍他屁股上的尘土，然后让詹姆斯站在他身前的桌上，这样两人就能平视对方说话。"你现在是个大人物了，詹姆斯。你不能因为每件挡了道的小事就哭哭啼啼。"

三个人围坐在仆人生的火堆边，小口喝起棕榈酒。在詹姆斯看来，父亲显得要老一些，但只是一点点，就好像是三天的旅行让他多长了三岁似的。如果这段旅途要走三十天，凯看上去可能会和外祖父死前一样老迈。

"所以她还是会找你麻烦，是吗？哪怕你已经在带她去参加奥塞·邦苏葬礼的路上了?"大卫问。

"我这个妻子,没有什么是能让她满足的。"凯说。

"当你为了权力而结婚,而非为了爱情,结果就是这样。《圣经》上说……"

"我不需要知道《圣经》上怎么说。我也学过《圣经》,还记得吗?事实上,我回忆起我去上宗教课程的次数,比你还要多,"凯轻笑一声说道,"我用不着那种宗教。我选择了这片土地,这里的人民,这里的习俗,而非英国的那些。"

"是你选择的,还是你接受了别人为你选择的?"大卫轻声说。凯偷偷看了詹姆斯一眼,然后移开视线。这句话就像詹姆斯的母亲每次发起怒来总会冲他大吼大叫的一样:"你真是懦弱得没个人形。孬种。"

"那么你呢,詹姆斯?你差不多要到举行结婚典礼的时候了吧。是该我们为你找个新娘呢,还是你心里已经有目标了?"大卫冲他眨眨眼。而就在这时候,那眨眼的动作仿佛是通往他喉咙深处的某种开关,他笑得很厉害,结果被自己的唾沫给呛住了。

"娜娜·雅阿和我已经为他挑了一个好妻子,只等时机成熟了。"凯这次的语气非常坚定。

大卫谨慎地点点头,举杯将酒一饮而尽,酒水沿着喉咙冲流而下,他的喉结滚动起来。詹姆斯看着他,感到害怕。在舅姥爷菲菲生前,当詹姆斯还是小孩子的时候,他曾同凯商量过,选这个女人同詹姆斯结亲。她名叫阿玛·阿塔,是阿比库·巴杜的继承人的女儿。他们二人的结合,是菲菲自己承诺过的要帮凯完成的纠正列表上的最后一件事。这样就兑现了科布·奥切尔多年前曾向埃菲亚·奥切尔·柯林斯所许下的誓言,即她的血脉将同芳蒂族皇室的血脉融合。詹姆斯将在十八岁生日的前夜迎娶那女孩。她将成为他的第一位也是最重要的一位妻子。

因为阿玛也是在村子里长大，所以詹姆斯自从出生起就认识她，在他们小的时候，詹姆斯经常同阿玛一起在阿比库村长的屋群外玩耍。但是随着年岁渐长，阿玛开始惹他讨厌了。原因都是些琐事，比如当他讲了笑话之后，她经常会多笑一秒钟，这多笑的几秒钟就让他知道她其实根本不觉得他讲的东西好笑；或是她总是在头发上抹很多椰子油，他们在一起时，如果她的发辫擦到他肩膀上，那他们分开以后，他的肩膀上还会有那油的味道。十五岁的时候，他就知道，他永远都不会真心爱上这样的一个女人，但是他的想法不作数。

男人们继续静默地喝了一阵子酒。树林中，鸟儿在呼唤彼此睡觉。一只蜘蛛爬上詹姆斯赤裸的脚，他于是想起母亲以前经常给他讲的毒蜘蛛安纳西的故事，她现在也还会讲给弟妹们听。"你们听过毒蜘蛛安纳西和睡着的鸟的故事吗？"母亲会这样问弟妹们，眼中闪着顽皮的神色，而弟妹们则会全部喊叫起来："没有！"然后用双手捂着嘴咯咯笑，因为他们撒了谎，所以感到害怕，他们听过那故事不知多少次了，但也知道撒谎能让他们再听一次。

大卫再次举起酒杯，他的脖子也随之后仰，这样就能将杯中物饮尽。他打了个嗝，然后用手背擦擦嘴。"是真的吗？"他问道，"有风声说英国很快就要废除奴隶制了？"

凯耸耸肩。"詹姆斯出生的那一年，他们就告诉城堡所有人，奴隶贸易被废止了，我们再也不能向美国贩奴了，但是这样做阻止各部落贩奴了吗？让英国人离开了吗？你难道还看不出，阿散蒂人和英国人现在正打的这场仗，将会一直打到比你、比我，甚至比詹姆斯活着能看到的日子还要长得多的时候吗？这里生死攸关的事业可不只是奴隶贸易,我的兄弟。谁将拥有这片土地,这些人民,这种权力,这是一个问题。你不可能把刀子扎进山羊身体,然后又说,现在我会慢慢拔走刀子,这样就能让一切都轻轻松松的,干干净净的,不会把这里搞得乱七八糟。总是会见血的。"

这样的对话,或是类似的内容,詹姆斯之前已经听过许多次了。英国人已经不再向美国贩奴,但奴隶制并未终结,而且他的父亲似乎也并不认为它将终结。他们只会用一种镣铐来替换另一种,用缠绕住精神的不见影踪的镣铐,替换锁住手腕和脚踝的那种有实体的镣铐。詹姆斯小的时候还不能理解,为什么说合法的奴隶输出停止后,不合法的就会开始,但现在他明白了。英国人无意离开非洲,即便是奴隶贸易已经结束之后。他们拥有城堡,而且虽然他们不曾大声宣布过,但他们还想要拥有这片土地。

第二天早晨,他们再度启程。詹姆斯觉得母亲的精神看起来像是因为昨夜的休息而饱满了不少。一路上她甚至哼起了歌。他们路上经过一些仅用泥巴和棍棒搭建的小镇子和村子。食宿都依靠曾经同凯一起工作过的人们,或是娜娜·雅阿那些素未谋面的堂表亲的好心,人们会为他们提供落脚地和一点点棕榈酒。往这个国度的腹地走得越深,詹姆斯就越是注意到,父亲的肤色引来了很多人的注意。"你是白人吗?"有个小女孩曾经问过,她说着还伸出食指,擦一下凯浅棕色的皮肤,好像那样就能沾上一点那颜色似的。

"你觉得呢?"凯问,他的契维语虽然不流利,但也还算过得去。

那小女孩咯咯笑,然后慢慢摇头,接着便跑去向其他也聚在那里看得目不转睛的小伙伴们汇报,他们都太过胆小,自己不敢问。

黄昏的时候,他们到了库马西,前来迎接的是娜娜·雅阿的长兄科菲及其护卫。

"阿夸巴,"他说道,"欢迎你们。"

他们被领到新王的大屋群,仆人们在角落里为他们备下一间房。科菲坐下陪他们用了接风宴,并告诉他们,自他们启程以来,镇子里都发生了些什么事。

"我很抱歉,妹妹,但是我们不能等那么久才下葬。"科菲说,娜娜·雅阿点点头。她知道遗体在他们抵达之前就已下葬,这样新王才能接任。她之前也只是一心想着能赶上葬礼就好。

"奥塞·亚乌怎么样?"她问。所有人都为这位新王担心。因为他们还正在交战之中,詹姆斯的外祖父下葬后,他们只能尽快挑选出了他,没有人知道这样做会不会给族人,给正在打的仗带来霉运。

"他作为阿散蒂王,干得很不错,"科菲说道,"别担心,小妹。他会保证我们的父亲得到应有的荣誉。"

詹姆斯注意到,舅父在说话时,从未看过他父亲一眼。他的眼神一次也不曾与凯对视,即便是在他四处张望时也不例外。他就像是一只瞎猫,只靠着直觉来穿越幽暗的森林,一路上要避开曾经惊吓过它或是伤害过它的原木和岩石。

第二天葬礼开始了。娜娜·雅阿在詹姆斯和其他男人醒来的很久之前就离开了屋群,以加入家族里女眷的队伍,一起号丧。她们哭号着,向镇上所有的人宣告葬礼正式开始。到中午时,这些女眷都穿上红色的丧服,将尼安亚叶子和酒椰叶纤维佩戴在抹了泥的额头上,沿着镇子的大街小巷哭号,让所有的人都听见。

与此同时,詹姆斯、他的父亲和其他所有的男人则穿上黑色和红色的丧服。一列鼓手一字排开,从圣殿的这一头排到那一头。他们会打鼓一直打到天亮。男人们诵唱起来,然后跳起凯泰舞、阿多瓦舞和但索姆舞。他们将一直跳到天亮。

死去国王的家人全部坐成一列,好接受所有送葬者的致意。从詹姆斯的外祖父的第一位妻子开始,队伍一路延伸到镇子广场的中央。所有的吊唁人都站成一排,同每一位家族成员握手,并表达他们的哀悼。詹姆斯站在父亲身旁。他试着提醒自己要端正肩膀,直视每一位吊唁者的眼睛,这样他们就会知道,他的血脉正如他们所期望的那般重要。人们握住他的手,喃喃念出他们的哀悼词,詹姆斯接受这一切,尽管他从未在阿散蒂兰生活过,对外祖父的了解也仅仅像一个人对自己影子的了解,而影子只是一个存在于那里的图案,看得见但摸不着,也不可知。

到最后一批吊唁者走过来时,太阳已经升上天空最高点。詹姆斯伸出手,快速擦去眼睛上的汗水,放下手后,他看到了他这辈子所见过的最可爱的女孩。

"愿老国王在死地安息。"女孩说,但她并未伸手。

"怎么了?"詹姆斯问道,"你不握手吗?"

"抱歉,我不会握一个贩奴者的手。"她说。女孩说话时眼睛看着他,詹姆斯也打量着她的面庞。她的头发蓬松地扎在头顶,声音从门牙的缺口处像音乐一样飘出。虽然她的丧服裹得很紧,但还是稍稍溜下来了一点,詹姆斯刚好能看到她的胸上部。他原本是应该为她的傲慢掴她的,可以把她点名出来,但是她身后的队伍很长,葬礼又必须继续。詹姆斯于是便让她走了。当她沿着亲属的队伍前进时,他一直试着寻找她,但很快,他就把她遗失在了人群中。

他不再找得到她,却忘不了她,即便吊唁的队伍仍在移动,其余的人都走过来握了他的手。因为那女孩的话,詹姆斯的心情在烦恼和羞愧之间轮流变换。她握了父亲的手吗?舅父的呢?她有什么资格判定谁是贩奴者？詹姆斯一直听到父母间关于阿散蒂人和芳蒂人谁更好的争论，但他们争论的话题永远不会落到奴隶上去。阿散蒂人是从抓捕奴隶中获得的权力，而芳蒂人则从贩奴中得到保护。如果这女孩不肯握他的手，那么，她当然也不能握她自己的手。

他们终于让老国王奥塞·邦苏安息了。锣声响起来，镇上的人们知道葬礼结束，他们可以恢复正常的生活了。但家属们则还要守丧四十天。在这四十天里，他们要穿丧服，整理分割分配礼物，为王位的继承人而担忧。

詹姆斯的父母再过一两天就会离开，他知道自己没有太多时间能去寻找那个拒绝和他握手的女孩了。

他去找了表兄夸梅。夸梅年近二十，已经娶过两次亲。他生得肥胖，肤色很黑，说话中气十足，常常醉酒，但心地善良且忠诚。詹姆斯只有七岁的时候，曾去他们家拜访过一次。那时候，两人一直在外祖父的金凳殿里玩闹，人们要是不经邀请进了那屋子，就会被杀死，那里对他们是明令禁止的。但在玩闹的过程中，詹姆斯撞倒了外祖父的一根手杖。当时情况巧合到只能说是撞了邪灵，那手杖落在一盏棕榈油灯里，着了火，两个男孩赶紧把火扑灭了。但闻到焦味，全家人都赶来看发生了什么事。

"这是谁干的好事？"外祖父吼道。他做阿散蒂王的时间已经很久，声音似乎也不再像人所发出，而更像是狮子的吼叫。

詹姆斯立刻垂下头去，等待着夸梅揭发。他是外人，好几年才来镇上一次。夸梅则从出生起就住在这里，同他们那位狮子一般的外祖父以及他那一点即着的狂暴的怒火共处。但是夸梅一言不发。即使在他们的母亲按着他们的膝盖让他们跪下来，然后用一致的节奏打他们时，夸梅也依旧一言不发。

"夸梅，我想找个女孩。"詹姆斯说。

"啊，表弟，那你就来对地方了，"夸梅大笑着说道，"我认识在这个镇子上行走的每一个女孩。跟我说说她长什么样。"

于是詹姆斯就告诉了他，话说完后，表兄就对他讲了女孩的身份以及住址。詹姆斯返回到这个他几乎不辨南北的镇子的街道上，寻找那个只见过一面的女孩。他知道表兄会为他保密。

当詹姆斯找到她时，女孩正头顶着一桶水，朝家住的小屋走去。

看到詹姆斯，她似乎并不惊讶，而詹姆斯则自信，在那次短暂的相遇中，他的感觉也一定是她的所思所想。

"我能帮你吗？"詹姆斯指着水桶问。

女孩摇摇头，一副吓坏了的样子。"不用，谢谢。你不该干这档子活。"

"叫我詹姆斯。"

"詹姆斯，"女孩把那个奇怪的名字放在嘴里重复念叨，咂摸着，像是舌根上沾了苦瓜，"詹姆斯。"

"那你叫什么？"

"阿克苏瓦·门萨。"她说。两人一直往前走，少数认出詹姆斯的人都停下来鞠躬行注目礼，但多数人只是继续过自己的日常生活，取水、扛木头回家去烧火。

阿克苏瓦家的小屋在镇子外围的一片灌木丛中，从溪边走过去有十英里，这段时间里，詹姆斯决定把她所有的事情都打听得清清楚楚。

"在王的葬礼上，你为什么不肯和我握手？"詹姆斯问。

"我告诉过你。我不和芳蒂族奴隶贩子握手。"

"那我是奴隶贩子吗？"詹姆斯试着不让自己的语气流露出愤怒，

"就算我是芳蒂人,那我就不是阿散蒂人了?我的外祖父就不是你的王了?"

女孩冲他笑笑。"我家里原先有十三个兄弟姐妹,现在却只剩下十个。在我小的时候,我们村子和别的地方打起了仗。他们掳走了我的三个哥哥。"

他们无声地又走了几分钟。詹姆斯对她丧亲的事感到难过,但他也知道,所有的失去都只是人生的一部分。即便是他母亲那样地位显赫的人,也曾经被掳走,被从家人身边偷走,栽种到别的家庭里去。"如果你的村子那场仗打赢了,难道你们就不会掳走别人家的三兄弟吗?"詹姆斯难以抗拒地问出这个问题。

阿克苏瓦看向别处。她头顶上的水桶那样平稳,詹姆斯好奇什么东西才会让它掉下来。或许是风?或许是一只昆虫?"我知道你在想什么,"女孩终于说道,"每个人都是其中的一部分。阿散蒂人、芳蒂人、加族人。英国人、荷兰人、美国人。你这样想没错。因为我们所有人受到的教导都是要我们这样想。但是,我不想用这种方式去想。当我的兄长和其他人被带走的时候,我们村在加倍兵力的同时,也为他们表示了哀悼。那句话怎么说来着?我们用俘虏更多人的方式,来为逝去的人复仇?我觉得这说不通。"

他们停下脚步,好让她整理裹身裙。这是那天里的第二次,詹姆斯竭尽全力克制自己不要去看她的胸。女孩继续说话。"我爱我的族人,詹姆斯。"她说,而他的名字在她的舌头上说出来有一种难以言喻的甜蜜味道。"我为自己身为阿散蒂人而骄傲,就像你也会为你身为芳蒂人而骄傲,但是当我失去兄长后,我就决定了,对于我阿克苏瓦来说,我就是自己的族人。"

詹姆斯听着她说话的时候,感觉身体里似乎有什么东西在膨胀,那种感觉他之前不曾有过。如果可以,他想永永远远地听她说话。如果可以,他也想加入她所说的那一族。

他们又走远了些。太阳在天空中落得更低了,詹姆斯知道,天黑之前不可能赶回去了。但他们仍旧慢慢走着,看上去他们的脚似乎根本就没有移动,而只是在缓缓地滑行,仿佛他们的身体正在被周围嘤嘤嗡嗡的蚊虫抬升起来,在笨拙地飞行一般。

"你可曾许过亲?"詹姆斯问。

阿克苏瓦羞怯地看他一眼。"我父亲觉得女孩子在身体准备好之前,是不能许亲的,而我的月事还没来。"

詹姆斯想到自己村中的那位未婚妻,他们为他挑选她的原因只是因为她的地位。他和她在一起,永远也不会快乐的,他的婚姻会和父母的一样,没有爱情,苦不堪言。而这个女孩一无所有,没有来处。

没有什么东西是没有来处的。这是他的祖母埃菲亚在她感到悲伤的夜晚经常说的一句话。詹姆斯不记得有哪一天,他看到的埃菲亚是不悲伤的,也不记得有哪一个夜晚,他是没听到她隐隐的啜泣声的。

在他还是小孩子的时候,他曾同埃菲亚在她那位于城堡附近的房子里生活过一个周末。夜里他被弄醒了,听到埃菲亚正在她的房间里哭。他于是走过去,用他的小胳膊所能使出的最大的力气,将她紧紧地抱住。

"你为什么哭啊,祖母?"他当时问她,还用手指抚摸她的脸庞,试着接起她的几滴泪水,吹开许一个愿,就像有时候他哭了母亲对他做的一样。

"你听过芭阿帕的故事吗,我的孩子?"埃菲亚说着将他抱起来放在膝头,来回摇晃。

那是詹姆斯第一次听到那故事,但不是最后一次。

这时候，詹姆斯抓住阿克苏瓦的手，让她不要再走。阿克苏瓦头顶的水桶开始晃荡，她于是伸出手去扶。"我想娶你。"詹姆斯说。

那里距离女孩家的小屋只有几步之遥，他透过灌木丛就能看见屋子。有小孩子在泥地里摔跤，站起来的时候脸上糊着一层棕色的泥。一个男人站在那里，在用弯刀剁高秆草。刀刃每一次撞击地面，都引得大地一阵震颤。詹姆斯感到连他脚下都有动静。

"你怎么能娶我呢，詹姆斯？"女孩说。这时候她看起来有些担忧了，她的眼睛开始往家人所在的地方偷瞄。如果水送回去得太晚，母亲会打她，然后会一直骂她骂到天亮。没人会相信她是和阿散蒂王的外孙在一起，而如果他们相信了，也只会嗅出麻烦的气息。

"等你的月事来了，你一定不能告诉任何人。你必须隐瞒起来。我明天就要走了，但我会回来找你的，到时候我们就一起离开这个镇子，去一个谁也不认识咱们的小村子里，开始新的生活。"

阿克苏瓦仍在看家人所在的方向，詹姆斯知道自己说的话听起来有多么疯狂，而且他也知道，他要她放弃的东西分量有多重。对于阿散蒂人来说，成人礼是一件严肃的大事。人们会举办长达一周的典礼，祝福女孩刚迎来的成年时代。之后的规矩非常严格。月事期间的妇人不得进入有凳子的房间，不得跨过某些河流。月事来的第一天，她们要住进一个单独的房间，用白色的黏土涂抹两只手腕。如果有任何人发现一个女人来了月事但没有禀报，惩罚将非常惨重。

"你相信我吗？"詹姆斯问，但他知道自己并没有权力问这个问题。

"不，"阿克苏瓦终于回答道，"信任是要靠争取的。我不相信你。我见过权力会把人变成什么样子，而你就来自权势最大的家族。"

詹姆斯的头变轻了。他感到一阵眩晕，像是马上就要倒下去了一般。

"但是,"阿克苏瓦继续说道,"如果你回来找我,那时候你就能赢得我的信任。"

詹姆斯听明白了,慢慢点头。到月底他就要回自己的村子,而到这一年的年末,他就将举办婚礼。战争会持续,没有什么东西是能够被保证的,他的性命不能,他的心也不能。但是听着阿克苏瓦的这番话,他知道他会找到办法。

* * *

詹姆斯无法向阿玛解释为什么他不想去她的小屋里过夜。他们已经成亲三个月了,他的借口已经越来越站不住脚。大婚那天的夜里,他告诉她说自己病了。之后的整整一个星期,他的身体都在承受这个借口为他带来的恶果,每次当他走向她的时候,他的阳物都木然地躺在两腿之间,就连她按照他喜欢的样子编了头发,用椰子油涂抹了乳房和大腿根的那天也不例外。那周之后,他又耽搁了两天,装作是因为尴尬而不敢去找她,但很快,这个借口也靠不住了。

"你必须去看药师,去抓些能帮上忙的草药。如果我不能马上怀孕,人们会觉得是我有问题。"阿玛说。

他感到很对不起她。的确。不能怀孕往往会被认为是女人的错,被认为是不守贞洁或道德沦丧招致的惩罚。但是,在接下来的几个月,詹姆斯会对他的妻子有更多的了解。她很快就会告诉村里所有的人,是他有问题,然后流言会传回他父母耳中,说他没有履行好做丈夫的职责。他现在就能预见到母亲的反应了。"哦,至高神尼阿美啊,我究竟做了什么,要遭这样的罪?先是嫁了个无能的丈夫,现在又来了个无能的儿子!"詹姆斯还知道,如果他还想兑现对阿克苏瓦的承诺的话，那他必须立刻找到办法。

那段记忆正在迅速褪色。自从詹姆斯向阿克苏瓦发誓他会回去找她以来，时间已过去了将近一年，而他并没有想到任何能兑现那诺言的方案。阿散蒂人一次又一次地打赢了英国人，他村子里的人已经开始小声议论说，也许阿散蒂人将战胜白人。那么之后呢？会有更多的白人来替换死去的那些人吗？如果阿散蒂人向他们打来，要为了阿比库·巴杜和菲菲所做之事报仇，那谁会来保护他们？他们很久以前就同英国人结盟了，也许久到白人都已经忘记了这档子事。

詹姆斯没有忘记阿克苏瓦。他每晚睡觉时都能看到她，她的嘴唇、眼睛、双腿和臀部，她就在他闭着的眼睛后面的田野里走着。而眼前，却是他为自己和阿玛、为他还会迎娶的其他妻子所建造的房屋。他没有忘记他多么喜欢待在外祖父的镇子上，在阿散蒂族人之间，还有他从母亲的亲人那里所感受到的温暖。在芳蒂兰待的时间越长，他就越是想要逃离。去过更简单的生活，像阿克苏瓦的父亲一样做个农民，而不要像自己的父亲一样当政客，父亲从那么早以前就开始为英国人和芳蒂人而做的工作，为他留下了权力和财富，但除此之外儿乎什么也没有。

"詹姆斯，你在听我说吗？"阿玛说。这时她正在搅一罐胡椒汤，腰上缠着一条裹身裙，她的背向前勾着，连赤裸的乳房看起来也像是要掉进肉汤里了。

"是的，亲爱的，你说得对，"詹姆斯说道，"明天我就去找潘伊姆妈。"

阿玛满意地点点头。潘伊姆妈是方圆几百英里内的头号药师。当后进门的妻子想神不知鬼不觉地杀掉先进门的妻子时，她们会去找她。当小兄弟想代替长兄成为继承人时，他们会去找她。从海岸直至内陆森林,人们但凡有了光靠祈祷无法解决的问题,都会去找她。

詹姆斯去找潘伊姆妈的那天是周四。父亲和其他许多人总说那女人是巫婆,而从外貌看她的确也很像。除了四颗等距离排列的门牙,她其余的牙都掉光了,就像是那几颗门牙把其余牙齿都赶出了嘴巴,然后又洋洋得意地聚到了中间。她的背始终都向前弓着,走路时杵一根富丽的黑檀木制作的拐杖,上面似乎雕刻了一条盘着身子的蛇。她有一只眼睛总是看着别处,无论詹姆斯怎么尝试,把头扭到这边,又扭到那边,始终没办法让那眼睛看向自己。

"这个人来这里做什么?"潘伊姆妈对着空中问。

詹姆斯清清嗓子,不确定自己是不是该说话。

潘伊姆妈朝地上啐了一口,是浓痰,而非唾沫。"这个人来找潘伊姆妈所为何事?他能不能不要打扰她的清静?他甚至都不肯相信他的力量。"

"潘伊姆妈,我是应妻子的要求才从村子过来的。她希望我能来抓些草药,好帮我们生个宝宝。"在来这里的路上,他准备了一段说辞来着——说的是他有多么地想让妻子开心,同时也让自己开心——但那说辞此刻却远离了他。在自己的声音中,他能听出不确定,还有恐惧,他为此咒骂自己。

"呃,他叫我姆妈?他的家人可是把我们族人都卖给外面的白人了。他竟敢叫我姆妈。"

"那是我父亲和外祖父的工作,不是我的。"他没敢加上这一句,因为正是有了他们的工作,他才不用工作,能靠家族的名声和权势生活。

她用好的那只眼睛看向他。"你在心里是把我叫巫婆的,嗯?"

"所有人都叫你巫婆。"

"告诉我，潘伊姆妈会躺下来，任凭一个白人掰开她的双腿吗？如果不是尝过我们的女人，白人可能早就离开了。"

"白人会一直留下来，直到这里再没有钱可赚。"

"嗯，现在你说到钱了？潘伊姆妈已经说过了，她知道你的家族怎么赚钱。靠的是把你的兄弟姐妹送去阿不利坚，被当成动物一样地对待。"

"美利坚不是唯一有奴隶的地方。"詹姆斯轻声说。他之前曾听父亲同大卫说起过，当时他们谈到美国南方的暴行，父亲是从废奴者办的英语报纸上读到那些的。"美国人对待奴隶的方式，我的老兄啊，"大卫说过，"真是无尽的黑暗啊。无尽的黑暗啊。我们这里的奴隶制和他们的不一样。和他们的不一样。"

这时詹姆斯的皮肤开始感觉到暖意，但是太阳已经沉入地平线以下了。他希望自己能转身离开。潘伊姆妈的眼神游移着，落在远处的一棵树上，然后向上看向天空，然后落在詹姆斯左耳后面一点的位置。

"我不想从事我家族的工作。我不想与英国人打交道。"

她又啐了一口，然后那只游移的眼睛直看向他来，他开始出汗。待打量完后，她那只眼睛又回到飘忽不定的状态，终于对刚才从他身上看到的东西感到了满足。"你的阳物用不了是因为你不想让它派上用场。我的药只对想要的人起效。你说的是不想要的东西，不过你还是有想要的东西的。"

那句话不是问句。詹姆斯觉得不能相信她，但是他也知道，她用那只坏掉的眼睛，已经看清了他。真真切切地看清了他。既然仅凭自己的力量，他无法将大地移动，那么他决定相信巫婆的力量，请她来帮助他。

"我想离开家人,搬去阿散蒂兰。我想娶阿克苏瓦·门萨为妻,然后当一个农民,或者是某个不起眼的小角色。"

潘伊姆妈大笑。"大人物的儿子却想当个小角色讨生活吗?"

她留他继续站在外面,自顾自进了小屋。返回时,她拿来两个罐口有苍蝇飞舞的陶罐。詹姆斯从他站的位置都能闻到气味。她坐在一把椅子上,将食指伸进一个罐子里搅拌。拿出来后,她舔了一口手指上的东西。詹姆斯捂住嘴。

"既然你不想要你的妻子,那又为什么娶她呢?"潘伊姆妈问。

"我是被要求娶她的,这样我们两个家族就终于能合二为一。"詹姆斯说。这难道还不明显吗?连阿玛自己都这么说过。他是大人物之子。有些事情他不得不做。有些事他必须做了让每个人都看见,这样他们就会知道,他的家族仍然重要。而他想要的,他最想要的,就是消失。父亲除他外还有七个儿子,他们能够将奥切尔与柯林斯家族的传统延续下去。而他只想成为一个无名的人。"我想离开我的家人,而且还想要他们不知道我已经离开了。"他说。

潘伊姆妈往罐子里啐了一口,又开始搅拌。她抬起头,用没坏的那只眼睛看向詹姆斯。"这可能吗?"

"姆妈,他们都说,你可以化不可能为可能。"

她又大笑。"嗯,但他们还会说毒蜘蛛安纳西,说至高神尼阿美,说白人。我只能让可能之事达成。你明白这两者的区别吗?"

他点点头,她于是微笑了——那是自他抵达后,她对他露出的第一个微笑。她招呼他靠拢来,他于是走过去,心里想着不管那罐子里发臭的是什么,可千万别让他吃。她示意他坐在她面前,他于是不出声地照做了。他父母不会愿意看到他这样子,弯腰伏在她的座位一边,看起来就像是潘伊姆妈比他还要尊贵。他能听到母亲的声音在说:"站起来。"但他已经跪了下去。或许潘伊姆妈可以做到,这样无论是母亲的声音,还是父亲的,都将再也不会出现在他的脑海。

"你来询问我该怎么办,但你心中已经知道答案了,该怎样在谁都不知道你已经离开的情况下离开。"

詹姆斯没说话。确实如此,他其实已经想出办法了,让家人以为他去的是阿萨曼都,但他实际上要去的是别处。最好的办法也最危险,那就是加入永远不会结束的阿散蒂人和英国人的战争。人人都知道那战争,知道它为什么看起来永远不会结束,知道白人为什么比所有人以为的都还要弱小,即便他们有石头建的大城堡也没用。

"人们以为他们是来向我求取建议,"潘伊姆妈说道,"但实际上,他们来找我是为了求许可。如果你想做某件事,那就去做吧。阿散蒂人很快就要打到埃弗图了,这个我知道。"

说完她不再看他,转而专心盯着罐子里的东西。这个女人不可能知道阿散蒂人的计划。阿散蒂人的军队是整个非洲最为强大的。据说,当白人第一次遇上阿散蒂士兵的时候,看到他们赤裸着胸膛,裹身布也松松垮垮,于是就嘲笑说:"这不是我们的女人才会穿的布条子吗?"他们为自己的枪支和制服而感到无比骄傲,那制服包括缝扣的短上衣和裤子。接下来,阿散蒂人却成百成百地屠杀他们,挖出了他们将领的心,然后吃掉以增长力量。打那以后,人们看到不止一个英国士兵在被他们瞧不上眼的队伍前尿湿了他们引以为傲的军裤。

如果人们传说的有关阿散蒂军队的事是真的,那他们的内部信息不该这么容易泄露出来,以至于这个被芳蒂人当作神一样膜拜的女人都能知道他们的计划。詹姆斯知道她那只正在滴溜溜打转的眼睛看到了埃弗图，是在将来，而且那眼睛在那里看到了他，就像刚才它看到了他心里的渴望一般。

但这回詹姆斯还是没去埃弗图，他回家的时候，看到阿玛在等他。

"潘伊姆妈怎么说？"妻子问。

"她说你必须对我有耐心。"他说。而妻子却发起怒来，对这个答案并不满意。詹姆斯知道，这一天接下来的时间她都会在女伴们面前说他的闲话。

那一个星期，詹姆斯过得痛苦不堪。他甚至开始怀疑阿克苏瓦，怀疑他那个过平凡日子的心愿。难道现在的生活很糟吗？他可以留在村子里。他可以继续父亲的事业。

一天晚上，祖母前来吃饭，詹姆斯几乎心意已定。

埃菲亚已是一位老妇，然而在她脸上许许多多的皱纹背后，人们仍能看见她年轻时候的风采。她坚持要住在海岸角，住在丈夫为她建造的那座房子里，哪怕是凯在她出生的村子里成了显赫人物之后也一样。她说她永远也不会再回那个魔鬼建造的村子生活。

所有人都在凯的屋群外用餐，詹姆斯能感觉到祖母正在看自己。家里的女仆和男仆们都上来收走了餐盘，连父母也回去休息了，他还是能感觉到，祖母仍在看着自己。

"出什么事了，我的孩子？"当终于只剩下他们两个了，她问。

詹姆斯没答话。晚饭吃的福福沉在他肚子底部，像块石头，他觉得那会把自己弄出病来。他看着祖母。他们说她曾经美丽无比，城堡里的总督为了得到她，将整个村子烧成了平地。

埃菲亚摸摸脖子上戴的那条项链上的黑色石头，然后握住詹姆斯的手。"你感觉不满吗？"她问。

詹姆斯能感觉到，那压力在他眼里聚集，眼泪很快就要夺眶而出。他捏着祖母的手。"我一辈子都在听到我母亲说父亲无能，但是如果我也和父亲一样，那该怎么办？"詹姆斯说。他希望听到祖母的回应，但她只是沉默。"我想成为我自己的族人。"他知道祖母不可能明白他在说什么，但她看起来像是听见了他的话。尽管他的声音很小，但她听见了。

一开始祖母没说话，只是看着他。"大多数时候，我们所有人都是软弱的，"她终于说话了，"看看婴儿。他从母亲肚子里生出来，学着怎么从她身上吃奶，怎么走路、说话、打猎、奔跑。他并没有创造出新的方式。他只是延续旧的。我们所有人就是这样来到这世上的，詹姆斯。软弱、可怜、渴望学习怎样成为一个人。"她冲他微笑，"但是如果我们不喜欢自己学着要成为的那个角色，那我们就只坐在福福面前，什么也不做吗？我想，詹姆斯，也许创造一种新的方式是有可能的。"

她仍在微笑。太阳正在他们身后沉落，詹姆斯终于放任自己在祖母面前哭了出来。

就这样，第二天詹姆斯告诉家人，他要同埃菲亚回海岸角，但他实际上是去了埃弗图。他在祖母认识的一个医生那里找了个工作，祖母从前在城堡住时，那人曾在那里为英国人工作过。詹姆斯只说了他是詹姆斯·柯林斯的孙子，然后立即就得到了工作以及一个住的地方。

那医生是苏格兰人，年龄已经很大，几乎连站都站不直，更不用说诊病疗伤了。他为公司只工作了一年就搬来了埃弗图。他操一口流利的芳蒂语，自己从平地建起了屋群。虽然许多当地女人都想把年轻的女儿嫁给他，但他一直未婚。对于镇子上的人来说，他十分神秘，但他们早已喜欢上了他，亲昵地叫他白医生。

詹姆斯的工作是维持药房的清洁。白医生的药房就在他的住所隔壁，面积很小，其实根本就不需要詹姆斯的帮助。詹姆斯扫地，整理药品，清洗抹布。有时候到了晚上，他还会给两人烧一顿简单的饭菜，然后他们就坐在院子里，面朝着那条伸向远方的土路，这时候白医生就会讲他在城堡时发生的故事。

"你看上去就和你祖母一样。当地人管她叫什么来着？"他挠挠一头白发，"美人。美人埃菲亚，对吧？"

詹姆斯点头，想试着从医生的眼睛里看到祖母的面容。

"你祖父娶了她开心得像什么似的。我还记得她嫁来城堡前的那天傍晚，我领老詹姆斯去公司的仓库，那时候太阳刚刚落山，我们几乎喝光了所有新装进来的酒。詹姆斯后来只能向英格兰的头头汇报说，运酒的船沉了，还是被海盗劫了来着。反正是类似的谎话。对于我们俩来说，那是一个美妙无比的夜晚，我们就像是两个要在非洲寻衅滋事的人。"他脸上浮出一种梦幻的表情，詹姆斯想知道他是否已经在黄金海岸过上了他理想的生活。

一个月后，詹姆斯的心愿将得到实现。呼喊声是在一天半夜里响起来的。埃弗图的哨兵匆忙地跑动，从一个屋子到另一个屋子，高喊着阿散蒂人打来了。驻扎在那里的英国军队和芳蒂军队传令来要求他加入他们的队伍，但那哨兵眼中的恐惧告诉詹姆斯，阿散蒂人几乎势不可挡。在那个时刻来临之前，芳蒂兰、加兰、登基拉所有的村庄其实早已生活在被阿散蒂人袭击的恐惧之中。英国兵只会偶尔到海岸角周边的村镇去驻守。他们的目标只是阻止阿散蒂人洗劫城堡，害怕他们得逞，但是埃弗图距离城堡只有一周的路程，距离很近。

"你必须逃走。"詹姆斯冲白医生大喊。但那老人在小床边点了一盏棕榈油灯,抽了一本皮革装订的书,正把眼镜架在鼻梁上阅读。"他们看到你就会杀了你的。他们才不在乎你是老人。"

白医生翻了一页书。詹姆斯向他挥手告别时,他也没有抬头。

詹姆斯摇摇头离开小屋。潘伊姆妈曾告诉过他,当时机到来时,他就会知道该做什么,而现在它来了,他颤抖得厉害,几乎无法呼吸。当他奔跑的时候,他能感觉到,有热乎乎的液体顺着他的大腿流淌下来。他无法思考。他的思维不够敏捷,无法想出一个对策,不等他反应过来,四面八方就已经是一片枪响。鸟群飞了起来,黑的、红的、蓝的、绿的,各种颜色的翅膀汇聚成云朵,升腾而上。詹姆斯想躲起来。他想不起来过去的生活中有哪一点是太过糟糕的。他可以学着去爱阿玛。他已经花了这么长的时间去观察父母婚姻中坏的方面,他推想着,一定也有好的方面存在吧。可如果没有呢?他将自己的幸福、自己的生活都寄托在了一个巫婆的身上。现在,他肯定会死去。

在一片不知位于何处的森林灌木丛中,詹姆斯醒来了。胳膊和腿都很疼,脑袋感觉像是被石头砸了。他坐在那里一时辨不清方向,也不知道时间过了多久。接着,一个阿散蒂士兵朝他身边走来,他的步伐十分轻巧,詹姆斯根本没发现,回过神来时,那士兵已走到他面前。

"你没死?"那士兵问道,"你受伤了?"

他怎么可能对一个士兵说自己头疼? 于是他便说没有。

"你是奥塞·邦苏的外孙,对不对? 我记得我在他的葬礼上见过你。我向来过目不忘。"

詹姆斯希望士兵能说得小声点,但他什么也没说。

"你在埃弗图做什么?"那士兵问。

"有人知道我还活着吗？"詹姆斯不顾那人的问题反问。

"没有，一个士兵用石头砸了你的头。你不动了，所以他们就把你扔在死人堆里。我们照理说是不该碰死人堆的，但是我认出了你的脸，就把你拖了出来，想着这样我就可以把你的尸体送还给你的族人。我把你藏在这里，这样就不会有人知道我碰过死人堆了。我没想到你还活着。"

"听我说。我在这次战争中阵亡了。"詹姆斯说。

那人的眼睛瞪得很大，看起来就像是月亮的倒影。"什么？"

"你必须告诉所有人，我在这次战争中阵亡了。你会答应我吗？"

那士兵摇头。他一遍又一遍地说他拒绝这么做，但最后还是同意了。詹姆斯知道他会那样做的。他同意了，这就是詹姆斯最后一次使用权力给别人下的命令。

那个月月底前，詹姆斯赶去了阿散蒂兰。他在洞里睡，在树上藏身。当他看到灌木丛里有人时，就请求他们帮忙，告诉他们说，自己只是个出身卑微的农民，迷了路。在旅行的第四十天，他终于找到了阿克苏瓦，他发现，她正在等着他。

柯 乔

有人抢劫了老爱丽丝号,这就意味着警察会过来绕着那船四处打探,询问所有的船员他们是否知道些什么。乔的声誉毫无瑕疵。将近两年的时间里,他一直在费尔波因茨船厂造船,从没给任何人添过任何麻烦。但这样依然无济于事,每次只要有船被劫,所有的黑人码头工都会被召集起来,接受讯问。乔厌倦了这档子事。只要有警察,或是任何穿制服的人在附近,他总是坐立难安。有一次看到一个邮差,他甚至被吓得躲到了一面蕾丝窗帘后。阿库妈说,打从他们在森林里逃亡的日子起,他就一直是这样,那时候他们为了摆脱追捕者,从一个镇子逃到另一个镇子,直到最后抵达马里兰的安全小屋。

"帮我打个掩护,行吗,普特?"乔问他的朋友,但他知道警察不会漏掉他。他们分辨不清黑人的脸。普特会在听到自己名字的时候答到,然后当他们点乔的名字时也替他答到,他们不会知道两人的差别。

乔跳下船,看向身后美丽的切萨皮克湾,以及费尔波因茨船厂里停靠的那些威风凛凛的大船。他喜欢那些船的样子,喜欢用自己的双手建造和维护它们,但是阿库妈总是说,对他和其他所有获得了自由的黑人造船工来说,那是张不怎么样的护符。她说,最初就是他们正在建的那东西把黑人运来美国,而且也正是那东西曾经想把他们拖到水下去,这其中自有邪恶之处。

乔沿着市场街往前走,然后在博物馆附近的小店里向吉姆买了些猪蹄。正当他要离开的时候,一匹马从马车上挣脱了,疯跑起来,几乎要撞到一名提起裙子正打算过街的白人老妇。

"您没事吧，女士？"乔冲过去询问，并伸出自己的手臂搀她起身。

妇人呆了几秒，不过之后便对乔报以微笑。"没事，谢谢你。"她说。

乔继续往前走。安娜应该还在和阿库妈一起打扫屋子。他知道他应该顺道过去帮帮她们，安娜怀孕了，阿库妈又太过老迈，咳嗽在身体疼痛时经常止不住。但是他已经有太长时间没有好好享受过巴尔的摩的这一切了，凉爽的海风，充满咸味的空气，还有在他周围工作、生活和玩耍的黑人们，尽管其中有些是奴隶，有些是自由身。乔也曾是奴隶。虽然他那时还只是个婴孩，但每次在巴尔的摩看到奴隶，他都觉得自己还记得那时候的事。每次乔在巴尔的摩看到黑人奴隶时，他也会看到自己，看到如果阿库妈不曾带他奔向自由，他的生活可能会是什么样子。释放文书上登记的他的名字是柯乔·弗里曼。弗里曼，自由人。在巴尔的摩，有半数曾经是奴隶的黑人都姓这个姓。谎话说得久了，也便成了真。

乔只能通过阿库妈给他讲的故事来了解南方，他对母亲内丝和父亲萨姆的了解也来源于此。除了故事，再无其他。对于他所不知道的、他不能用双手和心灵去感觉的，他便也不会想念。巴尔的摩是可以触摸得到的。这里没有无尽的庄稼和鞭子。这里有港口，有炼铁厂，有铁路。这里有柯乔正在啃的猪蹄，有他的六个孩子，以及正要出生的第七个孩子。这里有安娜，她刚满十六岁就嫁给了十九岁的他，那以后的十九年里每天都在工作。

又想起安娜了，乔于是决定顺路去她和妈这天正在清扫的马西森宅看看。他在北大街和第 16 街交叉口的奥尔贝丝那里买了束花，把那花拿在手里，打算忘掉船上警察讯问的事。

"哎呀，我丈夫乔为什么就不来这走廊上看看呢。"安娜看到他后便说。她正拿着把看上去像是新笤帚的东西清扫门廊。笤帚把是漂亮的棕色，比她的肤色稍稍深几度，毛刷直立。阿库妈总喜欢说，黄金海岸上的笤帚是没有把的。人的身体就是把，而且挪动或弯曲起来比一根棍子要灵活得多。

"给你带了点东西。"乔说着把花递给安娜。安娜拿到后把花捧到脸上深深吸了口气，笑起来。花茎刚好打在她的肚皮把衣服撑起来的地方。乔把手贴上去摸了摸。

"妈呢？"他问。

"在里面厨房忙。"

乔亲亲妻子，从她手中接过笤帚。"你先过去帮她。"他说着捏了她的屁股一把，将她推进了屋子。十九年前，那屁股迷住了他，而现在，那屁股还是那样。他看到她走进草莓巷，然后便跟在后面转了整整四个街区。它摆动的样子叫人着迷，仿佛脱离了她身体的其他部分，完全只根据另外一个大脑的指挥而运动似的，一瓣撞向另一瓣，被撞到的那一瓣便总是来回在她的身侧摇摆。

七岁的时候，乔曾问过阿库妈，一个男人要是喜欢上一个女人，那他应该怎么做，妈当时大笑。他的妈从来就不像其他母亲。她有点奇怪，有点不合群，总是梦见好多年以前她不得不离开的那个国度。人们经常看到她在眺望大海，看上去好像是要跳进海里，试着找到回家的路。

"哎呀呀，柯乔，在黄金海岸上，他们都说，如果你喜欢上一个女人，那你就必须带着聘礼去求见她的父亲。"那个时候，乔爱上的是一个名叫米拉贝尔的女孩，随后的一个礼拜日，在教堂里，他给女孩的父亲带了一只他头天夜里从水里抓到的青蛙。阿库妈笑个不停，而牧师和女孩的父亲说这是她教给乔的古老非洲巫术，便把他们从会众中赶了出去。

而爱上安娜的时候，乔只是一路追随着她的臀部的摆动，直到它停下来。然后他就走了上去，看清了她的脸。她焦糖色的皮肤是那样甜美，还有她那头乌黑的头发，又黑又直，总是扎成一条单辫子，像是一根马尾。他报上名字说自己叫乔，并询问是否能同她一起走。她同意了，接着他们几乎走遍了整个巴尔的摩。几个月后，乔才知道，安娜当晚和母亲起了争执，因为她把答应了要做的所有家务都抛下，偷偷溜了出去。

马西森是一个白人世家。马西森先生的父亲的房子曾一度是地下铁路[①]上的一个站点，他还曾教导儿子，要多多助人。马西森太太继承了家里的大笔遗产，两人结婚后，便买了一座大房子，雇用了安娜、阿库妈，以及其他从巴尔的摩和周边地区来的一大群黑人。

那房子有两层，需要好几个小时才能清扫干净，而且马西森夫妇喜欢看到房子一尘不染。这天柯乔帮着做些清扫工作，在擦洗大厅里的窗户时，他听到马西森先生在同其他支持废奴运动的人谈话。

"如果加利福尼亚能加入协会，成为自由州，那么泰勒总统就将全力对付南方的分离主义者。"马西森说。

"而马里兰将被卡在中间。"另一个声音说。

"所以我们才要竭尽全力，以确保解放巴尔的摩更多的奴隶。"

他们这样一谈就是好几个小时。一开始，乔还很喜欢听他们说。看到所有这些有权有势的白人都在支持他和他的族人，他曾感到希望

[①] 指废奴运动中出现的秘密联络点。

的存在,但一年年的时间过去,他开始了解到,像马西森家的这些好心肠的人,能做的也就只有这么多了。

打扫完房子之后,乔、安娜和阿库妈开始往他们那座位于第24街的小公寓走。

"我的背哦,我的背。"妈说着捶了捶她身上那个已经叫她疼了好些年的部位。她转向乔,用契维语说:"难道我们还不曾厌倦吗?"这是一句充满沧桑与疲倦感的话。乔点点头,搭了把手扶妈上楼。

房子里,孩子们在玩耍。他们分别是艾格尼丝、比乌拉、卡托、戴利、欧利亚斯、费莉希蒂和格蕾西。看上去他和安娜要为字母表中的每个字母都生个孩子①。他们会教孩子们念那些字母,把他们抚养成人,然后成为也能把那些字母教给其他人认识的人。现在,屋子里的每个人都管新宝宝叫"H",先丢个占位符,等宝宝出生了再顺着这个字母取名字。

感觉上,当个好父亲就像是乔亏欠他没能获得自由的父母的债。他曾经在许多个夜晚试着在脑海中回想父亲的样子。他勇敢吗?高吗?善良吗?聪明吗?是个正直的好人吗?如果他能有机会当一个自由身的父亲,他会成为一个怎样的父亲呢?

现在,乔多数夜里都会把耳朵贴在妻子刚显怀的肚皮上倾听,想要赶在"H"出生前,对它有一点点了解。他对安娜起过一个誓,他会永远陪伴他们,而不是像他的父亲一样。安娜却从不希望自己的父亲陪伴在身边,因为她知道那是个怎样的人,会惹怎样的麻烦,所以她只是笑着拍拍他的背。

但是乔说的都是真心话。他观察他的孩子们,每天夜里上床前,

---

① 上一句中孩子们名字的英文首字母分别为 A、B、C、D、E、F、G,即英文字母表的前六个。

或是早上去码头前,他都会用几个小时来观察他们。艾格尼丝是个好帮手,他不认识比她更善良、更温柔的人,安娜比不上,他那让人感到疲倦的母亲当然也比不上。比乌拉是个美人,但她尚不自知。卡托作为一个男孩来说,有些软弱,乔每天都会给他一点勇气。戴利是个斗士,经常把欧利亚斯当作攻击的对象。费莉希蒂太害羞了,就算你问她,她也不会告诉你她的名字。而格蕾西就像个可爱的小肉球。与他们在一起,与安娜、妈和孩子们在一起的生活,就是他孤单的童年时代的全部向往,在那些孤单的日子里,他从一座安全小屋辗转到另一座,从一份工作换到另一份,还要试着协助那个被他叫作母亲的女人,做那些她并不曾要求过,却也从未有过抱怨的母亲的工作。

这时候阿库妈咳嗽起来,艾格尼丝立刻跑过去扶她上床。公寓里有两间房:一间给乔和安娜住,而用帘子隔开的另一间里,则住着其余所有的人,放着所有的家当。阿库妈重重叹了口气,坐在了床褥上,几分钟后,又咳嗽一会儿打起鼾来。

小不点格蕾西抓住了乔的裤腿。"爸爸,爸爸!"

乔突然弯下腰,一只胳膊轻而易举地把她抱起来,就像她是他在船上的一个工具箱。很快她就会长大,不能再得到属于婴儿的溺爱了。或许等新的宝宝出生时就是时候了。

不久,艾格尼丝和安娜就把所有的小家伙们都哄睡着了,艾格尼丝自己也终于睡了。乔坐在床上,窗帘拉上了,安娜揉着肚子走进来,肚子还很小,几乎不怎么看得出来。

"今天有警察来船边了。说是有人打劫了老爱丽丝。"乔说。安娜脱下衣服一件件折起来,然后放在他们睡的床褥边的椅子上。明天她将继续穿这身衣服。这一周她还不曾有时间洗衣服,而之前的一周是没有钱洗。她所能做的,就是寄希望于孩子们去念基督教学校时身上不要发臭。

"吓到你了吗?"她问。乔站起身,闪电般迅速地将她拥在怀里,然后和她一起倒在床上。

"什么事都吓不到我,女人。"他说,而她则笑着拍打着他,假装要把他推下去的样子。

他们亲吻,安娜还不曾碰到他的衣服,乔就迅速地都脱了去。他品尝着她,不仅是能听见,更多是能感觉到,愉悦感正像潮水一般涌过她的身体。而经历过这许多夜晚,怀过七个孩子之后,她压抑住呻吟,以免吵醒孩子的样子,已完全是此中的专家。他们快速而安静地做爱,希望就算有一个孩子碰巧透过帘子看见了,无法入眠,也能有黑暗掩盖住他们的动静。乔两只手如饥似渴地抓紧安娜的臀部。只要他还活着,手掌还能被她肉体的重量填满,这就是一份令人喜悦的礼物。

第二天,乔回到爱丽丝号工作。普特走过来拿出早餐同乔分食,吃的是一块小盐饼和一些鱼肉。

"他们来查过了吗?"乔问。那天早上早些时候,他准备好了甲板上的填絮,把麻丝浸在松焦油里。他将它们像绳索一样拧紧,塞进船板之间的缝隙里。打从第一次做填缝工作以来,乔就一直在使用同样的工具,他自己的铁槌和木槌。他喜欢当他将填絮塞进缝隙时,这两样工具一同发出的声音,用铁槌轻轻地敲一敲,压紧填絮,塞满缝隙,这样船就不会漏水。

"是啊,他们来过了。不过只问了几个寻常的问题。不坏。我听说,他们发现干那事的人了。"普特生下来就是自由人,一辈子都住在巴尔的摩。他来爱丽丝号上快有一年了,那之前他在港口的每艘船上都干过。他是这一带最好的填缝工。人们都说，他只消将耳朵贴在船上听一听，就能辨别哪儿需要塞上填絮。乔已经快赶上他了，他也差不多了解了船上他应该清楚的每件事情。

他负责船壳的防水处理，给船体包沥青，然后再整个包上铜板。乔在第一次给沥青加热的时候，差点死在里面。当时火烧得很旺，烫得就像魔鬼的獠牙，而且在乔未发现的时候就早已蹿向了甲板上的木头。之前他在低头看着海湾里的波浪，等回过神来，火苗已经快把整艘船都点燃了，他祈求着出现奇迹。而那奇迹就是普特。普特以最快的速度扑灭火苗，而且告诉老板，如果乔被赶走，他也不会留下来，就这样息了事。现在，不管乔什么时候在船上生火，他都知道该怎样料理了。

这天乔刚给船壳做完防水处理，正在眼周擦汗的时候，发现安娜站在码头上朝他挥手。一般来说，乔的下班时间要比安娜早，所以极少遇到安娜来等他的情况，但在码头上看见安娜，乔很开心。

当他抓上工具，开始朝她走去时，他意识到出事了。

"马西森先生要你尽快去他家一趟。"安娜说。她的手一直绞着手绢，那是她紧张时的习惯性动作，乔看到就会心烦，因为那动作会把他也弄得很紧张。

"妈还好吧。"他说着抓起安娜的手摇了摇，它们终于放松了下来。

"还好。"

"那是因为什么？"

"我不知道。"她说。

乔仔细观察安娜的表情，但看得出她说的是实话。她之所以紧张，是因为马西森以前从未要求见乔，她和妈帮忙打理房子七年了，从没碰到过这样的先例,所以现在他突然提出这样的要求,安娜不知道意味着什么。

他们步行几英里前往马西森的家,一路上走得很快,乔的工具箱里的东西不停地撞在盒子上,发出让人不舒服的叮当声。乔走在安娜稍前一点的位置,能听到她一双小脚嗒嗒地想尽力赶上他的长腿的速度。

等到了马西森家,阿库妈正在门廊上等待,咳嗽声是给他们的唯一欢迎词。妈和安娜将乔引到大客厅,马西森和其他几位白人男士正坐在那里豪华的白色沙发上,上面的坐垫很厚,看上去就像一座座小山丘,或是象群的脊背。

"柯乔!"马西森说着站起来与他握手。有一次他听到阿库妈那样叫乔,于是就问那名字是什么意思。妈解释说这是出生在礼拜一的阿散蒂男孩的名字,马西森像是听到了一首动人的歌谣,不禁拍了拍手。从此,只要看到乔,他都坚持叫他的全名。"拿走你的名字是第一步。"他曾一脸严肃地说过。那严肃的神色让乔没敢问他那话是什么意思——做什么的第一步?

"马西森先生。"

"请坐。"马西森先生说着指向一把空着的白椅子。乔突然间窘迫起来。他的裤子上还沾着干掉的沥青,黑魆魆的,看上去就像被烧了上百个洞。乔担心沥青点子会弄脏椅子,这样安娜和阿库妈第二天还得花额外的工夫去打理。如果她们还能来上班的话。

"抱歉把你一路叫来这里,我的同事们通知了我一些令人非常不安的消息。"

一位身材丰满的白人清清嗓子,乔看到他说话时脖子在微微颤动。"我们听说南方和自由土壤党已经起草好一项新的法令,如果法令通过,那么执法机关将会被要求逮捕所有被认为是私逃奴隶的北方黑人,无论他们已逃离多久,都要将他们遣送回南方。"

所有人都看着他,等待他的回应,他接着点点头。

"我担心的是你和你母亲。"马西森说。乔回头看看刚才安娜所站的门口,她这会儿可能已经回去干活了,她很担心马西森将要对乔说的事。"你们是逃过来的,比原本就是自由人的安娜和孩子们麻烦更大。"

乔点点头。他想不到,都过了这么多年,还有人在找他。他甚至不记得自己从前的主人的名字或面孔。妈只记得,内丝曾把那人叫作魔鬼。

"你应该带着家人继续北上,"马西森先生说道,"去纽约,甚至是加拿大。如果这玩意通过了,会引起什么样的骚乱可就说不好了。"

"他们是要辞退我吗?"安娜问。夜里晚些时候,孩子们都睡着后,他们坐在床褥上,乔终于有机会向她解释马西森今天叫他去所为何事。

"不是,他们只不过想给我们提个醒,仅此而已。"

"可是,妈的旧主子已经死了。露蒂告诉过我们,还记得吗?"

乔记得。安娜的表亲露蒂曾经托人传过话,那消息从一座种植园传到另一座,后来辗转到一座安全小屋,传到阿库妈耳中,说是她从前的主子已经死了。那一晚所有人都松了口气。

"马西森说那也没用。他的人如果有意向,还是会来抓人。"

"那我和孩子们怎么办?"

乔耸耸肩。安娜的主人对于她就像父亲,后来他把安娜和她的母亲放归了自由。她有真正的自由文书,不像乔和阿库妈的是伪造的。

孩子们全都是作为自由人在巴尔的摩出生的。没人会来寻他们。"要担心的只有我和妈。你不要再想这件事。"

而说到阿库妈，乔知道她死也不会离开巴尔的摩。除非让她回黄金海岸，不然她是不可能再去陌生的国度的，她不可能去加拿大，如果世界上真有天堂的话，哪怕是天堂她也不会去。这女人在当初决计获得自由的时候，也就决定了要永远以自由之身活下去。乔小的时候，经常会惊讶地看到阿库妈总是随身在裹身裙里藏一把刀，那刀是从她还在阿散蒂当奴隶的时候起就一直藏在裹身裙里的，接着她成了美国奴隶，后来终于获得了自由。乔年纪越大，就越能理解这个被他唤作妈的女人。同时也愈加明白，有时候，为了维护自由，需要付出意想不到的代价。

在房间的那一头，比乌拉在睡梦中呜咽起来。那孩子会梦惊，发作时间间隔不定，有时候是一个月一次，有时候是两天。有时候情况非常严重，她会被自己的尖叫声所吓醒，会因为在梦境中搏斗而挠伤自己的手臂。也有一些时候，她会如死去一般安静，只有泪水淌落脸庞，而到了第二天，大家问她梦到了什么，她总是耸耸肩膀说："没什么。"

这一晚，乔探头去看时，发现那孩子的小腿在动，曲着膝盖一次次往外踢。比乌拉是在奔跑。乔想道，也许这就是事情的肇始。也许在那些做梦的夜里，比乌拉能更清晰地看到某些东西，一个黑人小女孩在梦里同一个天亮了她就记不得名字的敌手搏斗，因为天亮之后，那敌手就像是化作了她周围的世界。无法触及的魔鬼。无法形容的不公。比乌拉在睡梦中奔跑，就像是偷了什么东西似的，但她实际上什么都没做过，只是期待在梦里能获得安宁和清静。是的，乔想道，这就是一切的肇始，但是终点又将在什么时候、什么地方出现呢？

＊＊＊

乔决定和家人就待在巴尔的摩。安娜产期已近，不可能再离开他们扎根的城市，而且巴尔的摩形势似乎依旧很安全。人们一直在小声议论那条法令。一些家庭甚至搬走了，他们担心那个法令会通过，于是收拾好行装，启程北上。北街上卖花的奥尔贝丝就走了。在爱丽丝号上干活的埃弗雷特、约翰和道森也走了。

"真是太糟糕了。"三个爱尔兰人上船顶缺的那天，普特说。

"你想过离开吗，普特？"乔问。

普特哼了一声。"他们得把我埋在巴尔的摩，乔。不管怎样，他们得把我的尸体扔进切萨皮克湾。"

乔知道他说的是真的。乔之前经常说，对黑人来说，巴尔的摩是个伟大的城市。在这里，黑人能当搬运工、教师、牧师和小商人。自由人不是一定要当仆人或马车车夫。他可以凭借自己的双手做事情。他可以修理东西，干点买卖。他可以从无到有，造些什么东西，然后送出海。普特从十几岁起就一直在船上填缝，他经常开玩笑说，除了木槌之外，他还喜欢的就是女人。他娶了妻子，但没有孩子，没有儿子可传承他的营生。轮船就是他的骄傲。他永远都不会离开巴尔的摩。

巴尔的摩其余的人也大多没有动静。他们都已疲于奔命，习惯了等待。所以他们就等着看会发生什么。

安娜的肚皮继续隆起。H每天都在安娜的肚子里面狠命地拳打脚踢，以证明它的存在。"H会是一个拳击手。"十岁的卡托说着将耳朵贴在妈妈的肚皮上。

"不不，"安娜说，"我们家里不会有暴力。"五分钟后，戴利就踢了欧利亚斯的胫骨，安娜狠狠地揍了他的屁股，以至于那天他每次坐下都疼得龇牙咧嘴。"

艾格尼丝满十六岁了,她在卡洛琳街上的卫理公会教堂找了个打扫卫生的活计,每天晚上在她下班回家前的一个小时里,比乌拉就成了家里最大的孩子。

"蒂米说他和约翰牧师哪里也不去。"艾格尼丝一天晚上说。那是1850年的8月,巴尔的摩又湿又热。艾格尼丝每天晚上回到家,上嘴唇、脖颈和额头上都是一层汗。蒂米是牧师的儿子,乔和家里其余人每天都会听到艾格尼丝汇报蒂米这天想了什么,或是说过、做过些什么。

"那么我猜想,你也哪里都不会去咯?"安娜笑着说,艾格尼丝则着了恼,奔出了屋子。她说是要去给弟妹们买些巧克力,其实大家都知道,安娜说中了她的心事。

阿库妈听到甩门声笑了起来。"那孩子对于爱情还一无所知呢。"她说。接着她的笑声变成咳嗽,不得不俯下身子。

乔亲亲安娜的额头,然后看着妈。"妈,那你对爱情又知道些什么?"他说着拾起妈丢下的笑声。

妈冲他摆摆手。"你竟然问我什么知道、什么不知道,"她说道,"又不是只有你一个人爱抚过别人或是得到过别人的爱抚。"

这下子轮到安娜笑了,乔于是放下之前一直紧握的手,感觉像是被抛弃了。"妈,你说的是谁?"

妈缓缓摇头。"是谁不重要。"

两周后,蒂米来到码头找乔提亲,说他想娶艾格尼丝。

"你知道什么叫聘礼吧,小子?"乔问。

"我会像我爸爸一样,成为牧师。"蒂米说。

乔咕哝了一句。自从他和阿库妈因为巫术被赶出教堂的那天起,他就只去过一次教堂，而那天是因为他要结婚。如果艾格尼丝嫁给这位牧师之子，那他为了参加婚礼，将不得不再次前往教堂，而且谁知道以后他还要去多少次呢。

那一天，在乔把那只青蛙献给米拉贝尔的父亲之后，他们从施洗教堂得步行五英里回家，乔在路上哭个不停。阿库妈任他号了几分钟，接着一手揪起他的耳朵，把他拉进一条小巷子，狠狠地瞪着他说："你哭什么，小子？"

"牧师说我们在耍非洲巫术。"以当时的年纪，他还听不懂那话是什么意思，但已知道怕丑，而那一天听到的话让他感到莫大的耻辱。

阿库妈扭过头往左后方啐了一口，她只有在确实感到反感时才会那样做。"是谁告诉你为这话就该哭的？"她说完摇摇他的肩膀，想阻止他的鼻涕流个不停，但这个动作似乎让她更加生气了。"我告诉你，如果他们选择的不是白人的神，而是阿散蒂的诸神，那他们就不能对我说那些瞎话了。"

乔知道自己应该点头，于是他便这么做了。妈继续说："白人的神就和白人一个样。他以为自己是唯一的神，白人也以为他们才是唯一的人。但是白人的神之所以能成为神，而尼阿美、伊格韦或其他阿散蒂的神不能，唯一的原因就是我们默许了他。我们没有反抗他。我们甚至没有质疑过他。白人告诉我们，要听他的，我们就说好，但是白人说过的对我们好的事情，有一件是真正的好事吗？他们说你是非洲巫师，那又怎样？那又怎么了？谁告诉过他们什么是巫师？"

乔这时已经停止哭泣，阿库妈用裙裾给他擦净脸颊上的白色盐渍，拉着他走回街上，一路拽着他的胳膊，不停地抱怨着。

蒂米的手这时在发抖，乔看着它们颤动的样子。蒂米身材细长，一双手柔柔嫩嫩的，从未被滚烫的沥青烧过，也没有填缝磨出的老茧。他出生于自由人世家：出生和成长在巴尔的摩，生养他的父母也都是在巴尔的摩出生和长大。"如果艾吉同意的话。"乔终于松了口。

第二个月，在《逃奴追缉法》通过的那天上午，小两口成了亲。头天夜里，安娜就着烛光为艾格尼丝缝好了嫁衣。到了早上，乔发现她红肿的双眼不停地眨动着，以保持清醒，准备去马西森家上班。H在她的肚子里变得很大，以至于她只能摇摇摆摆地往前走，她的两只脚肿得很严重，挤进工作穿的便鞋里又弹了出来，像是发得太大的面包，烤盘里都放不下。

婚礼在蒂米的教堂举行，女会众们准备的宴席的丰足程度足够接驾国王，不过却有些风言风语，说蒂米娶的女孩的父母没加入教会，甚至也不是街对面的卫理公会派。

比乌拉身穿一条紫裙子站在艾格尼丝身边，蒂米的身边则站着弟弟小约翰。蒂米的父亲约翰牧师为他俩证了婚。他没有遵循往常的仪式，宣告一对新夫妇的诞生，并让他们亲吻，而是让会众朝蒂米和艾格尼丝举起双手，聆听他的祝福。然而正当他说道"主的全体子民皆说"之时，一个小男孩跑过教堂门口，大喊着："法令通过了！法令通过了！"

只有稀稀落落一些人含混不清地勉强回了句"阿们"，其余人则根本没答言。有些人开始在座位上骚动，有一个人甚至夺门而逃，他的速度很快，带得整条长椅都晃动起来，失去平衡翻倒在地。

艾格尼丝望着乔，双眼中笼着一层不安的疑云，而乔则用他所能做出的最坚定的眼神回应她。接着，她的恐惧散去，会众却开始不安。约翰牧师结束婚礼，所有人都开始品尝安娜、妈以及其他女人准备的佳肴。

两周后，有消息传来，一个从巴尔的摩逃走的名叫詹姆斯·哈姆雷特的人在纽约遭到逮捕和定罪。白人们开始在《纽约先驱论坛报》和《巴尔的摩太阳报》上谈论此事。詹姆斯是第一人，但所有人都知道，往后这样的事还会越来越多。人们开始成百成百地往加拿大迁徙。有一个星期，乔去了费尔波因茨船厂，曾经船只就像是一片映衬在蓝色海湾之中的黑色海面，但现在却什么都没有了。马西森早已叮嘱他一定要把全家人的自由文书收在一处，但他知道其他人也有文书，就连有文书的人也已逃走。

马西森再一次找乔谈话。"我想确定一下，你知道现在已是紧要关头了吧，乔。他们要是抓住你，会送你去审判，但你不会有任何辩护的机会。审判完全听凭白人的一面之词。你一定要记着，任何时间都要带好文书，明白吗？"乔点头。

北方各地的人们都联合了起来，一致对抗，而且不仅仅局限于黑人。白人们也像乔一样加入了进来，乔此前还从未见到白人们加入过这类行动。是南方人将战争推到了北方人的家门口，许多人之前根本不想掺和这事。现在只要法律认定一名黑人是逃犯，那么白人只要为他提供饭食、工作或住址，都将会被罚款。可是他们怎么知道谁是逃犯、谁不是呢？这样就造成一种两难境地，一些人原本决定保持中立，但这时发现根本没有中立可言。

每天早上，乔在和安娜动身去工作之前，都会让孩子们练习怎样出示文书。他会扮演联邦执法官，双手叉在腰上，一一走到每个孩子的面前，甚至包括小格蕾西在内，用他所能发出的最严厉的声音说："你要去哪儿？"然后孩子们就纷纷把手伸到安娜缝在他们裙子和裤子上的口袋里，一句顶嘴的话也不说，安安静静地掏出文书递到乔的手中。

一开始练习时,孩子们总忍不住爆笑,觉得是在玩游戏。他们不知道乔有多么恐惧穿制服的人,不知道一声不吭地藏在一位贵格会教徒家的地板下,大气也不敢出地聆听着抓捕者的鞋跟重重踩在头顶上是怎样的一番滋味。乔之前一直在拼命地工作,好让孩子们不用遗传到他的恐惧,但现在他却希望,哪怕孩子们能谨慎一点点也好。

"你担心得太多,"安娜说道,"又不是所有的人都要追捕小孩子,要追捕我们。"这时宝宝已经随时都可能出生,乔也注意到,妻子的脾气比任何时候都要暴躁,因为一点最小的事情也会抓着他不放。她渴望吃鱼和柠檬。她走路时两手会撑在脊背的下部,而且还会忘东忘西。有一天是忘了钥匙,另一天是忘了笤帚。乔担心她下次会忘了自己的文书。有一天他看到她去市场,文书就丢在她睡的那一边的床褥上,皱巴巴的,他于是为此事吼了她,吼到她哭了起来。那天他感觉糟透了,他知道她下次再也不会忘记了。

接着,有一天安娜没有回家来。乔重回房间,看她是否又忘了带文书,但他哪里都没找到,然后他就似乎听到安娜用甜美的声音在耳边说:"你担心得太多。你担心得太多。"比乌拉带着弟妹们回到家中,乔问他们有没有看见妈妈。

"是 H 出生了吗,爸爸?"欧利亚斯问。

"有可能。"乔心不在焉地说。

然后阿库妈回家来了,双手一直揉压颈背。她很快就发现了家里的不对劲。

"安娜呢?她说要先去弄些沙丁鱼再回家。"妈说,但是乔已经在准备出门了。

他找了杂货店、街角小店、布料店。他去了鱼市、补鞋铺、医院。船坞、博物馆、银行。

"安娜？她今天没来啊。"一个接一个的人都这么说。

接着,乔这辈子第一次,在夜间敲响了一个白人的家门。马西森是亲自来开的门。

"她早上出门后一直没回去。"乔说,他的喉咙有些哽咽得说不出话来。他已经很久都没有哭过了,而且他不想在一个白人面前哭,无论那人曾经帮了自己多少忙。

"回去照顾好孩子,柯乔。我现在就出去找她。你回家。"

乔点点头,晕头转向地走回家,他开始想象,没有了妻子,没有了这个他热烈地爱了那么久的女人,生活会变成什么样。人们一直都在探听那已被称为《寻血猎犬法令》的法案的消息。他们都听过猎犬、绑架和审判的消息。他们全都听说过,但他们还未获得自由吗?在森林中奔走,在地板下躲藏的岁月,这难道不就是他们所付出的代价吗?乔不愿意接受他心中已开始明白的事实。安娜和H已经不在了。

乔做不到袖手旁观,干等马西森去寻找安娜。马西森或许拥有人们所渴望的富有的白人才拥有的社会关系,但乔认识巴尔的摩的黑人、穷人、移民和白人,到了夜里,他结束船上的工作后就会出去找他们谈话,试着打听消息。

但无论他找到哪里,答案都一样。那天早上他们曾见过安娜的,之前的一天也见过,三天前也见过。失踪的那天,安娜在马西森家一直工作到六点钟。但在那之后,一切都是空白。没人再见过她。

艾格尼丝的新婚丈夫是个绘画高手。他根据记忆为安娜画了张像,与乔所记得的样子几乎一模一样。到了早上,乔将那张像带去了费尔波因茨。他上了船厂停泊的每一艘船,把那张用粗炭笔画的画像拿给大家看。

"抱歉，乔。"所有的人都如此说。

他把画像带上爱丽丝号，虽然所有的同事都早已知道安娜的样子，但大家还是顺着他，细细观察过那画像后才告诉乔他已经知道的答案。他们也都没见过她。

乔工作时就把那画像揣在口袋里。他迷失在填船缝所发出的撞击声中，那平稳的节奏他已经如此熟悉，那声音叫他感到安慰。然后，有一天，当他在准备填缝丝的时候，那画像从他口袋滑了出来，等乔抓住的时候，画像底边已经在松焦油中浸湿了。在擦干画像的过程中，焦油渗到他的手指尖，当他伸手擦除眼睛周边的汗时，脸上也沾了油发起亮来。

"我得走了。"乔一边对普特说，一边疯狂地挥动画像，希望风能把它吹干。

"你不能再旷工了，乔，"普特说道，"他们会把你的工作给爱尔兰人，到时候你怎么办？谁去养你的孩子，乔？"

但乔已经在向着陆地跑去。

在前往爱丽斯安娜街上的家具店途中，乔将画像递给每一个路过的人看。他也不知道脑子里在想什么了，画像最后都掀到了一个正从商店里出来的白人女士的脸上。

"拜托了，女士，"他说道，"您见过我的妻子吗？我正在找我的妻子。"

那女人慢慢向后退去，充满恐惧的眼睛瞪得大大的，但始终不曾躲避开他的视线，仿佛只要转过头，就会被他肆意攻击一般。

"离我远点。"那女人说着伸出一只手挡在身前。

"我在找我的妻子。拜托了，女士，请您看一看这张画像。您见过我的妻子吗？"

那女人摇了摇头,但没有收手。她甚至连看也不曾看那画像一眼。"我有孩子,"她说,"请不要伤害我。"

他说的话,那女人听进一个字了吗?突然之间,乔感觉自己被身后伸来的两只强有力的臂膀抓住了。"这黑鬼在骚扰您吗?"一个声音问。

"没有,警官。谢谢您,警官。"那女人说着松了口气,然后便离开了。

那警察拉着乔转过身,让他面对自己。乔吓坏了,甚至不敢抬起眼睛,于是他便举起那画像。"求您了,我的妻子,长官。她怀有八个月的身孕,我有好几天没见着她了。"

"你的妻子?"那警察说着将画像从乔手中夺走,"她可是相当的黑啊,对不对?"

乔还是不敢看他。

"你为什么不把这画像给我?"

乔摇头。这一天他已经差点把这画像弄丢过一次了,如果再丢一次,他不知该如何是好了。"求您了,长官。我只有这一幅。"

接着乔听到纸张被撕碎的声音。他抬起头,看到安娜的鼻子、眼睛和发丝,画像被撕成碎片飞散在风中。

"我都看腻了,私逃的黑鬼都觉得自己能凌驾于法律之上。要是你的妻子是个私逃的黑鬼,那她就是罪有应得。你又是怎么个情况呢?你是私逃的黑鬼吗?我倒是可以护送你去见你的妻子。"

乔盯着那警察的眼睛。他的整个身体似乎都在摇颤。他虽然看不见,但能感到那东西在他体内,那不可遏制的颤抖。"不是,长官。"他说。

"大声点。"那警察说。

"不是，长官。我生下来就是自由人，就生在巴尔的摩。"

那警察得意地笑笑，"回家去。"他说着转身扬长而去，而那之前一直被乔压抑在体内某处的震颤开始发作，直至他最终瘫坐在地上，试着积蓄力量。

"把你跟我讲的话，跟他重复一遍。"马西森说。这时已是三个星期之后，乔正站在马西森家的客厅中。阿库妈生病了，已无法再上班，但乔每天回家的路上都会顺道去一趟，看看他是否有安娜的任何消息。

这天，马西森抓着一个吓坏了的黑人小孩的肩膀。那孩子比戴利大不了多少，他因为被一个白人叫到家里而吓坏了，肤色吓得发灰，而不再是焦油色。

他站在那里，双手直颤抖，然后抬起头望着乔。"我看到一个白人男人把一个怀了孕的女人拉进了马车，说她肚子已经那么大了，不能走路回家，他会送她回家。"

乔俯下身来，眼睛同那瑟瑟发抖的孩子保持在一般高的位置。他一只手抬起男孩的下巴，让他直视自己。他在那男孩眼神中搜索的样子，就和这些天来、确切说来是整整三个星期以来搜寻安娜的神情一个样。

"他们把她给卖了。"乔重新站起身，对马西森说。

"现在我们还不能断定，乔。也可能是他们半路上必须急忙赶去求医。安娜是自由人，这一点没有异议，而且她还怀着身孕。"马西森虽是这么说，但语气并不能确定。他们已经查过每家医院、每个助产士，甚至连巫医处也去找了。没人见过安娜，也没人见过 H。

"他们把她和孩子一起卖了。"乔说。不等他或马西森停下来表示感谢，那孩子就以快如闪电的速度，跑出了马西森家的房子。他可能会把这段经历告诉他所有的玩伴,说他进了一个白人家的宏伟宅子,被问了各种各样的有关一个黑人女人的问题。他会以此在伙伴中营造优越感。他会说自己站得笔挺,语声坚定,完事后那白人还同他握了手,给了他两角五分钱。

"我们继续找,乔。"马西森看着男孩走后留下的空位说道,"这事不算完。我们会找到她的。必要的时候,我会出庭,乔。我向你保证。"

乔已经听不见他在说什么了。虽然男孩走时半带上了门,但风还是吹了进来。风绕着撑起宅子的巨大白色石柱盘旋,环绕在他们周身,最后灌进乔狭窄的耳道。它在那里面对他说,秋天已经来到巴尔的摩,而他只能一个人孤零零地过了,他要在安娜不在的情况下,一个人照顾体弱多病的妈和他的七个孩子。

当他回到家里,孩子们都在等他。艾格尼丝和蒂米也一起来了。她怀了孕,乔能看得出来,但他知道,她不敢说出来,怕伤害了他,想到这三周以来在母亲身上发生的事,她就怕她那份小小的喜悦会令她感到羞耻。

"乔?"阿库妈叫道。自从她的疼痛开始恶化以来,乔就把卧室留给了她。

他走过去,妈正仰躺在床上,眼神盯着天花板,双手叠放在胸口。她把头转向乔,用契维语对他讲话。乔小的时候,她经常说契维语,但自从他娶了安娜之后,她就再也不曾说过。

"她不见了?"妈问,乔点点头。她叹口气。"你会挺过去的,乔。尼阿美不会叫阿散蒂人软弱,这是你的天性,不管这里的人们,不管他们是白人或黑人,多么渴望将你身上的那一部分抹除。你的母亲来自一个强大的民族。那个民族不会沉沦屈服。"

"你就是我的母亲。"乔说。阿库妈费了很大的劲,将整个身体都转过来面对着他,然后张开双臂。乔爬到床上,将头枕在她胸膛上哭了出来,自从长大后他就再也没有那样做过。而在小的时候,他总是会哭着要找萨姆和内丝。唯一能安抚他的就是关于两人的故事,即便那故事并不欢乐。那时候,阿库妈会告诉他,萨姆很少说话,但只要张口,总是充满关爱和睿智,内丝身上有她所见过的最可怕的鞭痕。乔以前总担心家族的血脉会被切断,永远地失落。他将永远无法真正地得知自己的族人是谁、前面有过怎样的祖先、是否还有一些关于他的起源的故事,而他永远也无法听到。每当他有这样的担心时,阿库妈就会把他搂在怀里,不再讲家族的故事,而是告诉他整个族群的历史。生活在海岸上的芳蒂人、内陆的阿散蒂人,他们都是阿坎人。

而现在,当他躺在这个女人的怀里,他知道自己是有归属的,而知道这一点,对他来说就已足够。

十年过去。阿库妈去世了。艾格尼丝生了三个孩子,比乌拉怀了孕,卡托和费莉希蒂也都成了亲。最小的欧利亚斯和格蕾西有了能力后,也都找了包住宿的工作。他们说这样就能帮着减轻些负担,但乔知道真相。孩子们已无法忍受再待在他身边,而且他虽然不想承认,但他其实也受不了待在孩子们身边。

问题在于安娜。他在巴尔的摩的每个地方都能看到她,在每一家商店里、每一条路上。他有时候会看到一个丰满的臀部从街角走来,然后就跟着一走就是几个街区。有一次因为这个,他还挨过耳光。那时候是冬天,那女人肤色非常浅淡,看上去就像是滴了一滴咖啡的奶油,她绕过一个街角,在那边等待。等乔追过去后,那女人掴了他一个耳光,速度很快,以至于乔根本没看清是谁干的,直到最后那女人掉过头来,他才记起那对丰满而漂亮的臀瓣。

他去了纽约。即便他早已成为切萨皮克湾地区的最好的填缝工,这又有什么用呢,他甚至无法再次直视那些轮船。只要拿起凿子,闻到松焦油、麻丝、柏油的味道,他就会想起曾经的生活,想起他曾拥有过的女人和孩子,那份记忆他无力承受。

在纽约,他什么活都干。大多数是木匠活,能找到修水管的活,他也干,不过经常讨不到薪水。他向一个年纪比他大的黑人女人租了间卧室,那女人主动包揽了做饭和洗衣的活计。多数夜晚,他都在只有黑人光顾的酒吧里度过。

十二月的一个大风天,他走进酒吧,坐在常坐的位置上,伸出一只手拂过光滑的吧台台面。活计做得无可挑剔,他总是觉得应该是某个黑人做的,也许那黑人做这个台面时,是他刚刚来到纽约成为自由人的时候,能为自己做点事情令他感到非常高兴,于是他便全情投入其中。

酒保的腿稍稍有些跛,不过几乎察觉不出,他不等乔张口,就倒了一杯酒放在他面前。坐在他身边的男人掏出当天的晨报,那报纸因为沾了酒吧里的潮气,或是男人的酒,这时变得皱巴巴的。

"南加利福尼亚州今天宣布脱离联邦。"男人并没有在和特定的某个人说话,因此也没有人回应,他从报纸上抬起头,环视了一眼周围稀稀拉拉的几个人。"要开战了。"

酒保开始用一块抹布擦拭吧台,而在乔看来,那抹布比吧台脏多了。"不会开战的。"他平静地说。

开战的事,乔已经听了好多年。这对他来说并没有什么大不了的,只要有可能,他总会试着避开这类讨论。在北方,有些人是狡猾的南方白人的支持者,而更为糟糕的却是过分热情的北方白人,他们希望乔能表现得更愤怒,更加嘹亮地发声,维护他自己,以及他通向自由的权利。

但是乔却并不愤怒。不再愤怒。他甚至无法确切地回忆起之前自己是否愤怒过。那样的情绪对他来说并无用处,因为无法实现任何价值,因此意义就更小。如果说到乔真正感受到的东西,那就是疲倦。

"我是在告诉你们,这是个坏兆头。南方的一个州宣布脱离联邦,其余地方也会纷纷仿效。等半数的州都脱离后,我们就不能自称为美利坚合众国了。你们记着我的话,要开战了。"

酒保转转眼珠子。"我没什么可说的。不过除非你再掏钱买杯酒,不然的话,我想你可以就此打住走人。"

那男人勃然大怒,把报纸不耐烦地卷了起来。当走过乔身边时,他用那报纸敲了敲乔的肩膀,而当乔转身去看时,那人眨眨眼,似乎他和乔已经达成了协议,知道了世上其他人都不知道的某个秘密一般,而乔却不知道那个秘密是什么。

阿蓓娜

  在返回村庄的途中，阿蓓娜手中拿着新的种子，再一次想到自己的年龄已经很大了。无论是在她自己的村子里，还是在这块大陆上的其他任何一座村子，甚至是在其他的大陆上，一个女人到了二十五岁仍未出嫁，这都是闻所未闻的。但是在她的村子里，男人屈指可数，而且没有一个人想冒险娶触霉星的女儿。阿蓓娜的父亲种的庄稼从来都不肯长。季复一季，年复一年，地里只长出些烂根根，有时候干脆什么都不长。谁知道这份霉运是从哪儿来的？

  阿蓓娜摩挲着那些种子。它们是那么小，而且又圆又硬，谁能想到竟能长满一整片田？她想着今年它们是否也能长满她父亲的田。阿蓓娜敢肯定，自己一定也继承了那个为父亲带来绰号的东西。人们说父亲是没有名字的人，于是就管他叫触霉星。而现在，父亲的麻烦也跟上了她。就连童年时最好的朋友奥赫纳·尼阿克也不肯娶她做第二位妻子。虽然奥赫纳永远也不会说，但阿蓓娜知道他一定是觉得不值得损失番薯和葡萄酒做聘礼去娶她。有时候，当睡在父亲为她修建的独立小屋时，她会怀疑诅咒是不是自己所带来的，不是因为他们家周围无法耕种的土地、缺失的姓氏，而是因为她自己。

  "老头子，我给你带回了你要的种子。"阿蓓娜走进父母的小屋说。她去了一趟邻村，因为父亲又一次觉得换一换种子或许能够换换运气。

  "谢谢你。"父亲答道。阿蓓娜的母亲正弯着腰在屋子里扫地，一只手扶在腰背部，另一只手则紧紧地握着棕榈丝笤帚，随着只有她才能听见的音乐晃动着。

阿蓓娜清清嗓子。"我想去库马西，"她说道，"我想去看看，就一次，赶在我死之前。"

父亲迅速抬起头来。刚刚他一直在检查捧在手里的种子，把它们翻个面，举到耳畔，就好像能听到什么声音似的，还把它们放在嘴里，就好像能尝出味道。"不行。"他严厉地说。

母亲没有起身，但已停了下来。阿蓓娜不再能听见棕丝刷过坚硬的地面的声音。

"我是时候去旅行了，"阿蓓娜双眼目视前方说道，"我是时候去见见其他村子的人了。我很快就要成为一个没有孩子的老姑娘了，除了自己的村子和隔壁村，我什么都不知道。我想去看看库马西，看看更大的地方是什么样子，去阿散蒂王的屋群里走走。"

听到"阿散蒂王"这个词，父亲握紧拳头，手中的种子被捏得粉碎，从他手指的缝隙里漏了出来。"看阿散蒂王的屋群做什么？"他大吼道。

"我难道就不是阿散蒂人吗？"她问，似乎是想试探，看看父亲敢不敢告诉她真相，解释一下他为什么会有芳蒂族的口音，肤色为什么偏淡。"我的族人难道不是来自库马西吗？你用你的霉运把我像个囚犯似的关在这里。触霉星，他们都这么叫你，但我看你的名字应该叫作羞耻，或是懦弱，或是骗子。该叫哪个啊，老头子？"

说到这里，父亲的手掌狠狠地扇过她的左脸，手中的种子粉末撒了她一脸。她伸手去抚摸痛处。父亲以前还从未打过她。村里其他所有的孩子都挨过打，小到弄洒了桶里的水，大到婚前就和别人睡觉，这些都会成为挨打的理由。她的父母却从不曾打过她。相反，他们总是非常平等地对待她，凡事会询问她的意见，做什么计划也会与她讨论。但他们唯一不许她做的事情，就是去库马西，去阿散蒂王的地盘，或是南下芳蒂兰。海岸对她来说什么都不是，她对芳蒂人也没有敬意，而对阿散蒂人却怀有很强的自豪感。而且随着阿散蒂士兵英勇抵抗英国人的消息传来，她听闻他们的力量、他们建立自由王国的希望，这种自豪感便与日俱增。

自打她记事以来，父母就一直在编造一个又一个的借口。她还太小。她的月事还未来。她还未嫁人。但她一直都没有嫁人。阿蓓娜已经开始相信，父母要么是在库马西杀过人，要么就是正在被王的护卫或者王本人通缉。但这些她都已经不再介意。

阿蓓娜未把种子从脸上抹去，她的一只手握成了拳，还没等她打出去，母亲已从后面扑上来，抓住了她的手臂。

"够了。"她说。

老头子垂着头走出了小屋。当清凉的空气从外面袭来，扑在她赤裸的后颈上时，阿蓓娜哭了起来。

"坐下。"母亲说着指指父亲刚刚起身的凳子。阿蓓娜照做了，然后她看着母亲，这个六十五岁的女人看起来比她女儿老不了多少，她依然是那样美丽，每当她俯身去提水时，村里的男孩都会吹起口哨，窃窃私语。"你父亲和我在库马西不受欢迎。"她说这话的样子就像是在对另一个老妇人述说往事，那些记忆还未形成蝶蛹，便化成蝴蝶飞走了，没再返回。"我就是库马西人，年轻的时候，我违抗父母的意愿，嫁给了你的父亲。他来娶了我。他是一路从芳蒂兰来的。"

阿蓓娜摇头。"你父母为什么不肯你嫁给他？"

阿克苏瓦将一只手放在她头顶上抚摸起来。"你父亲是个……"她说到这里停下来，试图搜寻合适的字眼。阿蓓娜知道母亲是不想讲出一个不该她讲的秘密的。"他是一个大人物的儿子，他的祖父和外祖父也都是地位显赫的大人物，但他想过自己的生活，而不想过别人为他选的生活。他希望他的孩子也能这样活着。这就是我能告诉你的全部。去库马西吧。你父亲不会再拦你了。"

母亲离开小屋去找父亲了，阿蓓纳凝视着四面的红色土墙。父亲原本也可以成为大人物，但他选择了这些：红土砌成一个圆圈，再盖一个麦秆屋顶，这屋子是这么小，除了几个树桩做的凳子，几乎就很难再放下什么东西了。而门外，那片荒芜的土地也从来无法被称作农场。他的决定导致了她的羞耻，她的未婚、无子无嗣的羞耻。她要去库马西。

到了晚上，等确定父母都睡下后，阿蓓娜溜去了奥赫纳·尼阿克的屋群。他的第一个妻子正在她的小屋外烧水，空气中的湿气和罐子里刚升起来的水蒸气让她也变得湿漉漉的。

"梅菲娅姐姐，你丈夫在吗？"阿蓓娜问，梅菲娅转转眼珠子，指向门口。

奥赫纳·尼阿克的农场每年都瓜果满园。虽然他们的村子只不过两英里见方，甚至都没人被称为村长或大人物，他们的土地和地位都十分微不足道，但奥赫纳还是很受村民的敬重。他如果不是生在这里，在其他地方也会受到敬仰。

"你妻子恨我。"阿蓓娜说。

"她以为我还在和你睡觉。"奥赫纳·尼阿克一边说一边调皮地眨眨眼睛，那样子逗得阿蓓娜想打他。

一想到他们之间曾发生过的事，她就有些畏缩。那时候他们还只是小孩，总是形影不离，老搞些恶作剧。奥赫纳那时发现他两腿之间的那根棍会表演魔法，于是就趁着阿蓓娜的父母每周例行外出、向长者乞讨食物的时候,他向她展示了那些魔法。

"瞧见了吧?"当他们看着那东西在阿蓓娜的触摸下站起来后,他说。两人之前在他们父母那儿也看到过这样的事,奥赫纳是在他父亲从一个妻子的小屋走向另一个时看到的,而阿蓓娜是在拥有自己的小屋之前看到的。但是他们从不知道奥赫纳也能这样。

"这是什么感觉?"她当时问。

奥赫纳笑着耸耸肩,阿蓓娜于是就知道,他感觉很美妙。从生下来起她的父母就允许她自由地发表自己的看法,追求她想要的东西,即使那东西只有男孩才有。于是这时她就想要这个。

"趴在我身上!"她想起她曾经见到的父母做过许多次的事,命令道。村子里的人总是嘲笑她的父母,说触霉星是因为太穷才没有娶别的妻子,但阿蓓娜却知道真相。在那些睡在父母小屋最远端的夜晚,她虽然假装没有听见,但其实总能听见父亲的低语:"阿克苏瓦,你是我唯一所爱。"

"只有举行过结婚仪式之后,我们才能那样做!"奥赫纳窘迫地说。所有的孩子都听说过那样的寓言,说人们要是在举行结婚仪式之前就在一起睡了会发生什么。在神秘的传说里,男人的阳物会变成树,但依旧留在女人的体内,然后那阳物在女人的肚子里会长成树枝,这样男人就再也无法离开女人的身体;简单且真实的版本,则是他们会遭到流放、罚款,感到耻辱。

那天晚上,阿蓓娜最后还是说服了奥赫纳,接着奥赫纳笨拙地四处摸索,往入口处推挤,终于突破,阿蓓娜感到一阵痛楚,他挤了进去:一次,两次,接着却什么也没有发生。没有他们之前听到的父亲嘴里发出过的大声呻吟或低语。奥赫纳就那样离开了,和来的时候没有区别。

在那个时候,阿蓓娜是不可动摇的强大的一方,她可以说服奥赫纳做任何事情。而这时,阿蓓娜看到奥赫纳·尼阿克端着肩膀站在那里傻笑,正等待着拉扯她的嘴唇寻开心的时机。

"我需要你带我去库马西。"阿蓓娜说。她作为未婚女子独自上路不是明智之举,而且她也知道,父亲不会带她去。

奥赫纳·尼阿克大笑,声音响亮而欢愉。"亲爱的,我现在不能带你去库马西。路上得花两个多星期,而雨季很快就要来了。我必须照看我的农场。"

"反正大部分的活儿都是你儿子干。"她说。她讨厌他叫她"亲爱的",自从小时候她教给他那个词后,他就总是用英语这么叫。那词语是她有一次从父亲那听来的,于是就问他是什么意思。她讨厌奥赫纳·尼阿克叫她挚爱的时候,他的妻子却在外面为他做晚饭,儿子们都在给他料理农场。这些年来他一直任由她走进耻辱之中,而她看看他的田地就知道,他很快就会拥有足够的财富去娶第二个妻子了,在这样的情况下,他的做法看起来是不对的。

"呃,可是谁来指导我的儿子呢?鬼吗?如果番薯不肯长的话,我就不能娶你了。"

"如果你现在都还没娶我的话,那你就永远都不会娶了。"阿蓓娜小声说,她被喉咙里即刻形成的硬块吓了一跳。她讨厌他开玩笑说要娶她的样子。

奥赫纳·尼阿克啧啧嘴,把她搂到胸前。"现在先别哭,"他说道,"我会带你去看阿散蒂的首都的,好吗?别哭了,我亲爱的。"

奥赫纳·尼阿克说到做到,那周结束时,两人就出发往库马西,往阿散蒂王的屋群去了。

阿蓓娜觉得一切对她来说都是新的。那里的屋群才是真正的屋群，都用石头建成，包括五六座小屋，不像她的村子里，最多也只有一两座。那些房子十分高大，完全就像是她母亲从前常常给她讲的故事里十英尺高的巨人复活了。那种每当小孩调皮时，就会俯下身来将他们从地上抓起的巨人。阿蓓娜想象着那城里生活的巨人家族，他们取水生火，把不听话的小孩熬成汤。

库马西在他们眼前永无止境地扩展开去。阿蓓娜还从未去过自己一个人都不认识的地方，也从未去过一双眼睛看不完的农场。在她的村子里，每个家庭的田地都是那么的小，而在这里，农田都辽阔而葱郁，里面满是干活的人。人们在镇子的中央售卖器物，有她以前从未见过的东西，也有与英国和荷兰贸易稳定时期的旧物。

下午他们去了阿散蒂王的屋群周围。那里的面积十分宽阔，她觉得足够容纳超过一百个人：妻子们、孩子、奴隶，等等。

"我们能见识一下金凳吗？"阿蓓娜问，奥赫纳·尼阿克于是就带她去了金凳殿，那凳子被锁在一面玻璃墙后，没有人能触摸得到。

这凳子凝聚着整个阿散蒂民族的灵魂。它以纯金包裹，从天空中降临，降落在第一代阿散蒂王奥塞·图图的膝头。任何人都不能坐在上面，甚至包括王本人。阿蓓娜感到泪水刺痛了双目。她从前总是听到村里的长者说起这凳子，但从未亲眼见过。

同奥赫纳·尼阿克参观完屋群后，两人走出金门。就在这时，一个男人刚好进门，他的年纪比阿蓓娜的父亲大不了多少，杵一根拐杖，身上裹着肯特布。他停下来，凝视着阿蓓娜的脸庞。

"你是鬼吗？"他几乎是咆哮着问出来的，"是你吗，詹姆斯？他们说你在战争中死去了，但我知道那不可能！"他伸出右手，亲密地抚摸她的脸庞，忘了时间，以至于奥赫纳·尼阿克最终只能打掉他的手。

"老家伙,你难道看不出这是个女人吗?这里没有什么詹姆斯。"

那人摇摇头,似乎是想让眼睛看得更清楚些,但当他再次看向阿蓓娜的时候,神情中只有疑惑。"抱歉。"他一边说一边蹒跚着走开了。

那人走后,奥赫纳·尼阿克推着阿蓓娜走出大门,返回城市喧嚣的街头。"那老头可能是要瞎了。"他嘀咕着牵住阿蓓娜的手肘。

"嘘。"阿蓓娜说道,虽然那人根本不可能听见他们的声音。"那人可能是皇族。"

奥赫纳·尼阿克哼了一声。"他要是皇族,那你也是皇族了。"他说着大笑了起来。

他们继续往前走。奥赫纳·尼阿克想在返家之前,从库马西人手里买些新农具,但相比将时间浪费在她不认识的人身上,阿蓓娜更想尽情享受库马西的繁华。于是两人便分头行动,约好在夜幕降临之前会合。

她走啊走啊,一直走到脚底板上的皮肤开始灼烧,于是她就停下来片刻,在一棵棕榈树下稍事休息。

"打扰了,阿妈。我想和你谈谈基督教的事。"

阿蓓娜循声抬起头。说话的是一个肤色黝黑的壮硕男子,他的契维语说得不连贯,或者说有些生硬,她不知道该怎么形容。她让那人靠拢来,但无法将他的脸归到她所知道的任何部落。"你叫什么?"她问道,"你是哪个族的?"

那男人笑着摇摇头。"我叫什么、族人是谁都不重要。让我带你去看一看我们在这里做的事情。"阿蓓娜感到很好奇,于是便跟了上去。

男人引她走到一条土路上，路的尽头有一块空地。那空地仿佛正在等待、祈求着在自己上面能建些什么东西，以融入包围着它的城市。一开始，阿蓓娜在那儿并没有看到很多人，但紧接着，更多从脸庞辨不出身份的黑人男子走到空地上来，他们手里都拿了树桩来作椅子。之后来了一个白人。这是阿蓓娜有生以来第一次见到白人。尽管所有人都议论说，她父亲体内就流着白人的血，但对她来说，父亲看上去只不过是肤色比自己浅一些。

这个人才算得上是村民所说的白人，那种来黄金海岸寻找奴隶和黄金的人。不管他用怎样的方法，不管他是偷，是骗，还是许下承诺，同芳蒂人结盟，同阿散蒂人动武，白人总是能想出办法获得他所想要的东西。但是奴隶贸易最终还是结束了，两次英国对阿散蒂发动的战争也已成为过去。那个邪恶的白人被他们称作阿布罗·尼，由于他所引发的诸多灾难，他在这里不再受到欢迎。

然而，阿蓓娜看着这人，他正坐在一棵倒掉的大树的树桩上，同那些不知道是哪个部落的黑人说话。

"那人是谁？"她问身旁的男人。

"你说那个白人？"男人说道，"他是传教士。"

这时那传教士正看着她微笑，示意大家靠拢过去，但是太阳已经开始落山，慢慢沉坠到了那标志着城市西面的棕榈树叶下，奥赫纳·尼阿克正在等她。

"我得走了。"她说着起身离开。

"拜托了！"那黑人说。在他的身后，那传教士站起身，准备追上她。"我们想在阿散蒂各地修建教堂。如果你需要我们，就请来找我们。"

阿蓓娜点点头，但已经开始奔跑起来。待她到达碰头点，奥赫纳·尼阿克正在向一个矮个子女孩买烤番薯。那女孩和阿蓓娜很像，她是从某个阿散蒂族的小村落来的，想要见识见识新世界，改变自己的生活环境。

"呃，库马西女人。"奥赫纳·尼阿克说。那女孩已将装满番薯的大瓦盆举到头顶，走开了，她的臀部保持一种稳定的节奏摇摆着。"你迟到了。"

"我看到一个白人，"她说着将手掌撑在某家的屋墙上，试着平顺呼吸，"一个教堂的人。"

奥赫纳·尼阿克往地上啐了一口，舔舔牙齿。"那些欧洲佬！他们难道就不懂得远离阿散蒂人吗？上回开战，我们不是打败他们了吗？不管他们要给我们带来的是什么，我们都不想要！趁我们结果他们之前，他们最好还是带着那宗教去找芳蒂人吧。"

阿蓓娜心不在焉地点着头。村里人经常说起阿散蒂人和英国人之间持续不休的冲突，说芳蒂人支持他们，而在阿散蒂，没有白人能闯进来，这里也不属于他们。但他们都只是些村里人，是些从未见识过战争的农民，对于他们极力宣称要保护的黄金海岸，大多数人甚至从未去过。

就是在这样一个夜晚，作为村子里最年长的人之一，夸贝纳老爹说起了奴隶贸易："你们知道，我在北边有个表亲，有一天半夜他被人从自己的屋子中掳了去。嗖的一声！就那样被掳走了，我们都不知道是谁干的。是阿散蒂族的士兵吗？还是芳蒂人？我们不得而知。我们不知道他们把他弄去了哪儿！"

"去了城堡。"阿蓓娜的父亲说，所有人于是都转过身来看着他。触霉星。他在村里男人集会时总坐在后面，把女儿当成儿子抱在膝头。村民之所以应允他这种行为，是因为可怜他。

"什么城堡?"夸贝纳老爹问。

"芳蒂兰海岸上有一座城堡,名叫海岸角城堡。他们在把奴隶送走,送去阿不利坚,即去美利坚和牙买加之前,一般会将他们关在那里。阿散蒂贩奴人负责抓捕俘虏。芳蒂人、埃维人或加族中间商负责关押,然后再将奴隶卖给英国人、荷兰人,或是任何出价最高的人。人人都脱不了干系。过去是这样……现在也是。"

男人们虽然都不知道城堡是什么,美利坚是什么,但都点起了头,他们不想被触霉星当成傻子。

奥赫纳·尼阿克吐出一块烤焦的番薯,一只手搭在阿蓓娜的肩上。"你没事吧?"他问。

"我在想我的父亲。"她说。

奥赫纳·尼阿克的脸上绽出一个微笑。"哦,触霉星啊。他要是看到你现在和我一起在这里,他会说什么?他的宝贝'儿子'阿蓓娜正在做一件他早就禁止她做的事。"他大笑起来,"好吧,我现在就把你带回家,带回他身边去。"

他们走得很快,一路上都没说话。奥赫纳·尼阿克靠着他壮实的身板在前面开路,而前面路上的危险,阿蓓娜连想都不敢想。走了快整整两周,他们才隐约辨认出了村庄的轮廓,不过村庄看上去还是很小。

"我们为什么不在这儿歇一歇呢?"奥赫纳·尼阿克指着前面的一块地方问。阿蓓娜看得出来,之前也曾有人在那里歇息过。在一片清出来的空地上,有个小洞,是用掉落的树枝搭起来的。

"我们就不能一直走吗?"阿蓓娜问。她已经有些思念父母了。自从会说话起,她就对他们无话不谈,虽然她知道父亲一定会生气,但也等不及要告诉他们这次的见闻。他会愿意听的。她的父母正在老去,而她知道他们再没有时间把糟糕的感受藏在心里。

奥赫纳·尼阿克已经将东西都放下了。"还有两天的行程呢,"他说道,"我累得不行了,亲爱的。"

"别那么叫我。"阿蓓娜说着把自己的东西也放在了地上,然后坐进那个小小的树洞里。

"但你就是啊。"

她不想说话。她能感觉到,有些话正从喉咙里冒出来,撞在她的嘴唇上,但恰恰相反,她想把那些已经冲到嘴边的话吞回去。"那你为什么不娶我呢?"

奥赫纳·尼阿克在她身旁坐下来。"我们已经聊过这件事了。等下次遇到丰收,我会娶你的。我父母以前总是说,我不该娶一个宗族不明的女人。他们说,如果我们能生下孩子的话,你会叫我的孩子们蒙羞,其他则什么也带不来,不过他们现在已经不再提了。村民们怎么说我都无所谓。我不管你母亲在生下你之前是不是被人认为没有生育能力。我不管你的父亲是不是没有姓氏。等我的土地做好准备,我就要娶你。"

阿蓓娜不敢看他,于是只能盯着棕榈树的树皮,那上面有一个个丰满的菱形图案,彼此交叠在一起。每一个都不同,但又都是菱形。

奥赫纳·尼阿克将她的下巴抬起来朝向他。"你必须有耐心。"他说。

"我有耐心,可你已经娶了你的第一个妻子。我父母已经如此老迈,背都开始驼了。他们很快就会像这些树木一样倒掉,接下来又会怎么样呢?"她不知道是因为想到了父母离开后她要孤零零一个人,还是因为意识到了现在就是如此,不等她赶走这些思绪,眼泪就已经滚落到了脸上。

奥赫纳·尼阿克用双手捧着她的脸颊，笨拙地擦去她的眼泪，但是泪水却流得更快了，他无法擦净，于是就用嘴唇去吻那些已经开始凝结的咸的小径。

很快，他的嘴唇就碰到她的了。那已经不再是她小时候记得的嘴唇，当时它们还很瘦小，而且因为他不肯涂油，总是干巴巴的。现在它们厚多了，像个陷阱，将她的嘴唇、舌头全都陷了进去。

很快，他们就躺进了那洞穴的阴影里。阿蓓娜脱掉了裹身裙，听到奥赫纳·尼阿克的呼吸中有吮吸声，接着他也脱了衣衫。一开始，他们只是看着彼此，打量彼此的身体，与他们从前所知道的做对比。

他伸过手来，而她有些畏惧，想起了上一次他触碰她的情景。当时他们躺在她父母的小屋中，仰头盯着麦秆屋顶，想着是否到这里还未结束。过程中的疼痛远远大于喜悦，以至于她不明白，为什么所有在村子小屋里的人、整个阿散蒂的人，以致全世界的人都在做这件事。

这时，奥赫纳·尼阿克将她的双臂钉在坚硬的红土地上。她咬了他的手臂一口，他咆哮一声松了手，最后她抱着他，将他向自己拉拢。他的动作就像是他知道正在她脑海中上演的那些场景一般。而她也任由他进入自己。她任由自己忘却了所有事情，只剩下他。

结束后，两人都汗流浃背，筋疲力尽地大口喘气，阿蓓娜将头枕在他的胸口，那里像一个气喘吁吁的枕头，而他的心跳就像是在她耳畔擂动的鼓声。

在还是小孩子的时候，她曾帮父亲的农场取水。她一干就是一整天：下到河里，将水桶放下去灌水，返回将水倒进水盆。天就要黑了，不管来回多少次，她打的水似乎永远都不够。第二天早上，庄稼全都死了,小屋前的田地上一片衰败,到处都是枯萎的黄叶子。

那时她才五岁。她不明白,庄稼为什么会死,她明明已经用尽了全力想要它们活着。她所知道的只是,每天早上父亲都会看着那些庄稼,为它们祈祷,而每一个季节,当那不可避免的结局来到时,她的父亲,一个她从未见他哭过的男人,一个会将每一份霉运的结束都当成转机的人,会把头昂得高高的,重新开始。而那个时候,她就会替他哭起来。

父亲走到她的小屋找到她,坐在她身边。"你为什么哭?"他问。

"庄稼全都死了,我原本是可以挽救它们的!"她哭着说。

"阿蓓娜,"父亲问道,"如果你知道庄稼会死,你会做什么去改变局面呢?"

她听到这句话后想了片刻,用她黑乎乎的手背擦了擦鼻子,回答说:"我会打回来更多的水。"

父亲点点头。"那么下一次,就去打更多的水吧,不过现在就别哭了。你的生命中不该有后悔。如果在做事情的时候,你考虑得很清楚,并在心里笃信该这么做,那么事后为什么要后悔呢?"

虽然父亲说的话她并不明白,但她还是点点头,因为即便是在那时,她也知道,父亲的话更多是说给他自己听的。

但是这时候,她将头枕在他的胸口,随着奥赫纳·尼阿克的呼吸和心跳频率而起伏,汗水在他们之间流淌,慢慢汇聚在一起,她想起了那些话,对这一切并不感到后悔。

* * *

阿蓓娜去库马西旅行的那一年,村里所有人的庄稼都歉收了。接着的下一年也是。之后的四年也是一样。村民们开始搬离。有些人绝望透顶,甚至搬去了叫人恐惧的北方,跋涉过沃尔特去寻找无人占领的土地,寻找不曾将他们遗弃的土地。

阿蓓娜的父亲已经十分衰老,腰背和双手都已无法再伸直。他不能再种地了。所以阿蓓娜就替他种,看着那荒废的田地年复一年产出的只有死亡。村民不再进食。他们说是为了忏悔,但实际上只是无奈之选。

甚至连奥赫纳·尼阿克的曾一度肥沃的田地也变得贫瘠起来,所以他许下的等下次大丰收后就来娶阿蓓娜的誓言也被放在了一边。

他们仍继续见面。在第一年里,在还不知道会迎来怎样的年成时,他们十分明目张胆。"阿蓓娜,要当心。"清晨待奥赫纳·尼阿克悄悄溜出阿蓓娜的小屋后,母亲会这样提醒,"这可不是什么好兆头。"但是阿蓓娜不在乎。就算被人们知道了又怎样?就算她怀孕了又会怎样?很快她就会成为奥赫纳·尼阿克的妻子了,而不仅仅是从幼年玩伴变成了情妇。

但是那一年里,奥赫纳·尼阿克的庄稼是最早死掉的,人们都苦思冥想,不解其缘故。直到他们自己的庄稼也死掉了,他们就说,其中一定有巫术作怪。难道正如他们一直以来所想的,触霉星带来的麻烦还是降临了?在庄稼歉收的第二年末尾,最早看到奥赫纳·尼阿克从阿蓓娜的小屋往回走的,是一个名叫阿巴的妇人。

"是阿蓓娜!"下一次村子集会时,阿巴把一只手按在剧烈起伏的胸脯上,冲着一屋子老爷们大喊,"她把邪灵带给了奥赫纳·尼阿克,然后又传给了我们所有人!"

长者们听取了奥赫纳·尼阿克同阿蓓娜自己的说法,然后一连讨论了八个小时对策。奥赫纳·尼阿克曾承诺过,下一次大丰收后就娶阿蓓娜,这事是合理的。他们觉得这承诺并无害人之处,但不能不管婚前的私通行为。他们担心这样一来,孩子们长大后就会觉得这类事情是可以接受的,也担心会有更多迷信的村民会继续将土地歉收的原因归咎到阿蓓娜的身上。他们所知道的是,这个女人一定同土地一样贫瘠,因此至今也不曾生育,而且现在就将这个女人从村子里撵走的话,奥赫纳·尼阿克会发怒,而等她一走,他便再也不会帮他们复原土地。最终,他们做出了决定,并向全村人宣布:如果阿蓓娜怀孕,或是第七年庄稼还是歉收的话,她就将被从村子里撵走。如果在这两件事情中的任何一件发生之前,庄稼就大丰收的话,那他们就允许她留下来。

"你丈夫在家吗?"第六个歉收年的第三天,阿蓓娜问奥赫纳·尼阿克的妻子。她从自家到奥赫纳家的短短路途上,天一直在下雨,但等到达时雨已经停了。

梅菲娅不看她,也不答言。事实上,自从同丈夫打过一架后,奥赫纳·尼阿克的第一个妻子就再未同阿蓓娜说过话。当时她祈求丈夫结束这段私情,结束家庭的耻辱,但奥赫纳却回答说,他对自己说过的话是不会食言的。然而,只要一有机会,阿蓓娜还是会试着对这个女人流露善意。

一阵让阿蓓娜尴尬难忍的沉默过去后,她走进奥赫纳·尼阿克的小屋。她看到他正在将东西往一个小小的肯特布包袱皮里收。

"你要去哪儿?"她站在门口问。

"我要去奥苏。他们说那里有人引进了一种新作物。他们说那作物在这里也会长得很好。"

"那你在奥苏期间,我该怎么办?你前脚一走,他们后脚就会把我撵出去。"阿蓓娜说。

奥赫纳·尼阿克放下东西，伸出手臂将阿蓓娜抱起来，让他们的脸在同一水平线上。"那就让他们等着看我回来怎么收拾他们吧。"

他将她放下。他的孩子们正在门外扒特维皮亚树的树皮，好做成牙签，带去库马西卖掉买食物。阿蓓娜知道这让奥赫纳·尼阿克感到羞愧——倒并不是因为他的孩子找到了一些有用的事情做，而是因为他无能力养活他们，所以他们才不得不这么做。

那天他们快速做完爱，之后奥赫纳·尼阿克就出发了。阿蓓娜回到家中，发现父母正坐在一堆火前烤花生吃。

"奥赫纳·尼阿克说奥苏有一种新作物长得很好。他已经出发去取了，准备带来我们村子种。"

母亲点点头，父亲则耸耸肩。阿蓓娜知道自己让他们感到羞愧。当村里宣布她以后可能会遭到驱逐之后，她的父母曾去找长老们理论，想让他们重新考虑。无论是在那个时候，还是现在，触霉星都是村里年纪最大的人。但人们对他依旧没有敬意，甚至因为他不是村子里出生的而不允许他成为长老。

"我们只有她这一个孩子。"老头子当时说，但长老们只是别过头。

"你都造了些什么孽啊？"阿蓓娜的母亲那晚一边用双手捧着脸哭泣，一边问她，之后又将双手举向天空，"我造了什么孽，才生了一个这样的孩子？"

但那时候，坏年成只持续了两年，阿蓓娜向他们保证，庄稼会长出来，而奥赫纳·尼阿克也会来娶她的。现在，他们唯一的慰藉就是阿蓓娜似乎继承了母亲的不育，或者是老头子家族的诅咒，不管怎么说，她没有怀上孩子。

"这里什么也不会长，"老头子说道，"这个村子完蛋了。没人能这样活下去。没人能再过一年只吃坚果和树皮的日子。他们以为是他们在驱逐你,但实际上是这片土地宣判了我们所有人都将遭到流放的命运。你就等着瞧吧。只是时间早晚的问题。"

奥赫纳·尼阿克一周后带着新作物的种子回来了。那作物名字叫作可可,奥赫纳说它将改变一切。他说东部地区的阿夸平人已经开始从这种新作物中获利了,他们把它卖给海外的白人,价格和过去的贸易时期一样。

"你们不知道这些小不点种子花了我多少钱!"奥赫纳·尼阿克说着将它们捧在手掌里,好让周围的每一个人都能看到、触摸到和闻到。"但是为了村子着想,这价格是值得的。相信我。他们以后不会再叫我们这里黄金海岸,该改叫可可海岸了!"

奥赫纳·尼阿克说对了。几个月后,他的可可树就长成了,挂出金色、绿色和橙色的果实。村里人从未见过那样的东西,他们都充满好奇,不等果实成熟,就急切地想要触碰一下,或拨开果荚。奥赫纳·尼阿克和他的儿子们只得睡在外面看守可可树。

"可是这东西能喂饱我们吗?"村里人遭到男孩们的驱赶,或是他们父亲的叱责后,都感到疑惑。

在奥赫纳·尼阿克刚开始种可可的几个月里,阿蓓娜见到他的机会开始变得越来越少,但不见面反而叫她感到安慰。因为他在农场里干活越卖力,好收成就会来得越早;好收成来得越快,他们就能越早结婚。在他们见面的日子里,尼阿克也只会说可可的事,以及那些种子花了他多少钱的问题,别的事一概不提。他的双手闻起来有了新的味道,甜甜的,有些神秘,连带着泥土的味道。当他们分开之后,她在他触摸过的地方依旧能闻到那种味道,比如她乳头周围丰满的暗色乳晕上，她的耳朵背后。那作物影响了他们所有人。

终于，奥赫纳·尼阿克说收获的时间到了，村里所有的男男女女都按照他的吩咐开始行动，而他那一套则是跟东部地区的农民学来的。他们挤开可可果荚，找到甜美的白色果肉里包裹着的一颗颗小小的紫色豆子，将它们放在一片香蕉叶上，然后再用更多的叶片把它们包起来。之后，奥赫纳·尼阿克就把所有人都打发回家了。

"我们靠这个可无法生活。"村里人在回家的路上小声念叨。有些家庭已经开始收拾小屋了，他们对那些可可果荚里的东西感到丧气。但是人们五天之后都赶了过来，他们将发酵过的豆子在阳光下铺开，准备晒干。每个村民都捐出了一些肯特布缝的袋子，等豆子一干，就将它们装进布袋。

"现在该怎么办？"看到奥赫纳·尼阿克将布袋都搬进自己的小屋后，他们彼此询问着，面面相觑。

"现在，我们该休息了，"他对等在外面的人大声宣告，"等明天，我会上贸易市场，把能卖的都卖掉。"

那晚他是在阿蓓娜的小屋中睡的，那光明正大、肆无忌惮的样子，仿佛他们早已结婚四十多年一般，而这也给了阿蓓娜希望，让她觉得他们很快就能梦想成真。但那个坐在她身旁地上的男人，却没了那份当初承诺要拯救全村人的自信。在她的臂弯里，这个他们还不用兜裆布遮盖下体之前她就认识的男人，正在发抖。

"如果不成功该怎么办？如果我卖不出去呢？"他将脑袋埋在她的胸脯上问。

"嘘！别说那样的话，"她说道，"会卖出去的。必须卖出去。"

但男人一直在哭泣和摇颤，以至于她完全没听到他说的"但那件事我也担心"，不过即便她听到了这句话，也不会明白其中的缘故。

第二天早上她醒来的时候，他已经走了。村里人知道后就宰了一头骨瘦如柴的小山羊，准备为他接风。他们将那硬邦邦的肉煮了好几天，希望能尽量煮得软一些。小一些的孩子想着自己手脚麻利，脑瓜也聪明，就趁母亲看不见的时候，试图从正在烹饪的羊肉上撕下一小块。但女人们生来就对孩子的顽皮举动有第六感，她们会猛地拍打孩子的手，接着抓住他们的手腕，高举到火上，直至他们哭着发誓会守规矩才罢手。

当天晚上奥赫纳·尼阿克没有回来，第二天也是。他回来的时候已是第三天的下午时分。在他的身后，被绳子牵着的四头又肥又倔的山羊似乎闻到了宰羊刀的铁腥味，不停地咩咩叫唤。出发时他带走的装满可可豆的布袋子里，现在被装满番薯和可乐果运了回来，其余的，还有一些新鲜的棕榈油，以及大量棕榈酒。

村里人举办了一场近年少有的庆祝会，大家都赤裸着身子，摇摆着胸脯，又是跳舞，又是吃喝。年老的男人和女人跳起了阿多瓦舞，轻轻晃悠起臀部，将双手高高举起，好像准备好要接受大地的馈赠并回报它。

他们的肚子似乎都变小了，所以很快就都吃饱了，于是他们就再用棕榈甜酒灌满胃里食物之间的缝隙。

触霉星和阿克苏瓦也为坏年成终于过去而高兴坏了，他们紧紧地搂住对方，看着其他人跳舞，看着孩子们和着音乐的节拍敲打自己吃得饱饱的肚子。

在这一片欢庆的场面之中，阿蓓娜抬头望向奥赫纳·尼阿克的方向，他正仔细打量着那些全都如此深切地爱着彼此的村民，脸上写满了骄傲，还带着一些她辨不太出来的神情。

"你干得很漂亮。"她说着朝他靠拢去。但整个晚上他一直与她保持距离,她认为这是因为他不想让他们俩成为庆祝会的焦点,也不希望村民这时就开始思考这一切对阿蓓娜流放的事意味着什么。但是阿蓓娜此刻所能思考的却只有丰收的意义。她还不曾告诉任何人,她的月事迟了四天。虽然之前也曾有过四天的延迟,而她也想过直到死前这种情况还会出现,但这一次,她想知道是否是时候了。

她希望奥赫纳·尼阿克站在屋顶上大声喊出对她的爱。趁着现在整个村子都酒足饭饱,一片欢腾,喊出"我要娶你"。不用等到明天,而是现在就喊。就这一天。这场欢庆是为我们所举行的。

但取而代之的是,他说:"你好,阿蓓娜。你吃饱了吗?"

"饱了,谢谢你。"

他点点头,就着一只木桶喝棕榈酒。

"你干得很棒,奥赫纳·尼阿克。"阿蓓娜说着伸手去触碰他的肩膀,但她的手抓住的却只有空气。他不肯看她的眼睛。"你为什么躲闪?"她说着朝后退去。

"什么?"

"别把我当成疯子似的问我'什么'。我刚才想碰碰你,你却躲开了。"

"安静,阿蓓娜。别吵吵嚷嚷的。"

她没有吵嚷。相反,她转过身走开了,走过跳舞的人群,没理会父母的呼唤,一直走到她的小屋,接着一只手捂着心口,另一只手捂着肚子躺下了。

第二天,当长老们赶来宣布她可以留在村子里的时候,她就是那样躺在地上的。在她通奸的第七年开始之前,坏年成结束了,而她还是没有孕育孩子。而且人们都说,奥赫纳·尼阿克的收成赚了大钱,现在他终于可以履行诺言了。

"他不会娶我的。"阿蓓娜躺在地上说。她的身子翻来覆去,一只手搭在肚子上,另一只则捂着心口,捂着这两个疼痛的地方。

长老们挠着脑袋,面面相觑。她等了这么多年,终于是疯了不成?

"你说这话是什么意思呀?"一位长老问。

"他不会娶我的。"她又重复一遍,身体翻到一边,留给他们的只是背影。

长老们匆匆赶到奥赫纳·尼阿克的小屋。他已经在为下个季节的耕种做准备了,正在准备分配种子,给村里农民都分上一份。

"正如她告诉你们的那样。"他说着,并没有抬头看长老们,只是忙着分种子。一堆给萨尔彭斯,一堆给吉亚西斯,一堆给阿萨雷斯,另一堆给坎卡姆斯。

"这是为什么呢,奥赫纳·尼阿克?"

他已经分完了所有的种子,到了下午,每家的家长都会来领走他们的种子,撒进自家的小小田地,等待那奇怪的树长起来,变得繁茂,这样一来,村子里很快就会恢复曾经的样子,或者还会变得更好。

"为了弄到可可树,我不得不答应奥苏的一个男人的要求,我要娶他的女儿。我将要把剩下的用可可换来的东西全部给她做聘礼。我这一季不能娶阿蓓娜了。她只能等。"

而阿蓓娜终于从小屋硬实的地面上站了起来,她掸去膝盖和背上的尘土,知道自己不会再等。

"我要走了,老头子,"阿蓓娜说道,"我不能再待在这里给人愚弄。我已经受够了。"

父亲用身体挡住小屋的出口。他已是那样衰老,那样孱弱,阿蓓娜知道她只消轻轻碰一碰,他就会摔倒,道路将畅通无阻,而她将启程离开。

"你还不能走,"他说道,"还不能。"

他慢慢走出门口,一边回头看她是否还留在那里。她没动,于是他就抄起铲子,走到他们家田地的边缘,刨了起来。

"你这是在做什么?"阿蓓娜问。触霉星出了一身汗。他刨得很慢,阿蓓娜看了觉得于心不忍。她从他手中拿过铲子,开始帮他刨。"你在找什么?"她问。

父亲双膝跪地,开始用两只手将泥土扒开。他将土放在手中揉捏了片刻,然后让它们从手指缝中落下。最后,剩下一条坠着黑石的项链留在他手上。

阿蓓娜在他身边坐下来,看着那项链。它微微闪着金光,摸起来凉凉的。

父亲大口地呼吸,试图喘上气来。"这是我外祖母的,也就是你的曾外祖母埃菲亚的。这是她的亲生母亲送给她的。"

"埃菲亚。"阿蓓娜重复了一遍。那是她第一次听到先祖的名字。她将那名字放在舌头上细细咂摸。她想要一遍又一遍地念。埃菲亚。埃菲亚。

"我父亲是个奴隶贩子,非常富有。我之所以决定离开芳蒂兰,是因为我不想继承家族的祖业。我想为自己工作。我知道这里的人们为什么叫我触霉星,但是不必做我的家族所做的那种叫人羞耻的工作,能拥有这片土地,做这份值得敬重的工作,每一季我都感觉自己很幸运。当这里的村民把这一小片田地送给我的时候,我高兴坏了,于是就把这块石头埋在这里表示感激。"

"你要是想走,我不会拦你,但是请把这个随身带上。或许它也会像保佑我那般地保佑你。"

阿蓓娜将项链戴上,然后抱住父亲。她的母亲站在门框里,看着他们站在外面的地里。阿蓓娜站起身,也拥抱了母亲。

第二天一早,阿蓓娜就往库马西去了。当抵达传教士在那里修建的教堂时,她摸着戴在脖子上的石头,向先祖表示感谢。

第二部

H

撞倒 H 用了三个警察的力量,给他戴上镣铐则用了四个警察。

"我什么事都没做!"他们一把他关进监牢,他就大喊起来,但又只能在警察走后对着空气干吼。他不曾见过溜得这么快的人,他知道自己吓到他们了。

H 摇晃着铁栅栏,他可以肯定,只要自己愿意试试,它们都可以被折弯或折断。

"趁他们杀掉你之前,快歇手吧。"他的狱友说。

H 想起来这人他曾在城里什么地方见过。他们甚至可能在某个县的农场里一起当过佃农。

"谁也不可能杀死我。"H 说。他的手仍然握在铁栏杆上,已能听到金属在他手指间变弯的声音了。接着,他感到狱友的两只手搭在了他的肩膀上。H 转身的动作十分迅速,以至于那人还来不及躲闪或思考,就被 H 掐着脖子拎了起来。H 身高超过六英尺,他把那男人举得很高,头顶几乎要碰到天花板。要是 H 把他再举高点,他可能就要穿破房顶了。"你敢再碰我试试。"H 说。

"你以为那些白人不会杀你吗?"那人的声音又小又慢。

"我犯了什么事?"H 说着将他放在了地上。他跪了下去,大口大口地喘着气。

"听说你在打一个白人女人的主意。"

"谁说的?"

"警察。我听他们谈起过抓你之前该说些什么。"

H 坐在那男人身边。"他们说我和谁说话了?"

"柯拉·霍布斯。"

"我才不会打霍布斯家女孩的主意。"H 说着怒火被重新点燃。就算有谣言说他和一个白人女人有什么事,他也希望对方要比那个老地主家的女儿更漂亮。

"小子,看看你。"狱友说着眼神变得十分恶毒,以至于 H 突然莫名其妙地怕起这个个头比他小、年纪比他大的人来。"你打过或没打过都不重要。他们要干的,就是说你打了。这就是他们的目的。你以为自己是个大块头,肌肉又结实,这样就安全了?不,他们白人就是不想看到你,不想看到你大摇大摆地走来走去。没有人想看到你这样的走路像孔雀般神气的黑人。你好像完全不知道恐惧为何物。"男人将头靠在牢房的墙壁上,将眼睛闭了一会儿。"战争结束时,你几岁?"

H 试着往回数,但他向来就不擅长数数,而内战过去又已经那么多年了,年头已经超过了他能记得的数目。"不确定。我猜大概十三岁吧。"他说。

"唔。瞧见了吧,就和我想的一样。你当时还太小,奴隶制在你眼中不过是个句号,对吧?如果没有人给你讲过,那我来给你讲。战争或许是结束了,但那东西可不会结束。"

男人再次闭上眼睛。他的脑袋在墙上摇来摇去,先是这边,接着是那边。他看上去很疲累,H 不禁想到他在这间牢房里不知待了多久。

"我叫 H。"他最后说,把这话当成讲和的标志。

"H 可不是什么名字。"狱友说话间一直没睁眼。

"我只有这一个名字。"H 说。那男人很快就睡着了。H 听着他的鼾声,看到他的胸膛起起落落。战争结束的那一天,H 离开旧主人的种植园，从佐治亚步行到了阿拉巴马。他想要为新获得的自由配上些新的风景和声音。他对能拥有这份自由感到十分高兴。他所认识的每一个人都很高兴能获得自由。但是好景不长。

接下来的四天 H 都是在县监狱度过的。第二天，看守把他的狱友带走了。他不知道他会被带去何方。等看守们终于来叫 H，他们却不肯告诉他他的罪名是什么，只说他必须在今晚前上交 10 美元的罚金。

"我只存下了五美元。" H 说。他当了将近十年的佃农才存下这么多钱。

"也许你可以找家人帮忙。"副警长说话间已经走开，去了下一间牢房。

"我没有家人。" H 不知自己是在对着谁说。他是独自一人从佐治亚走到阿拉巴马的。他已经习惯了一个人，但是阿拉巴马却将 H 的孤独转变成了某种似乎实际存在的东西。当他晚上上床的时候，他能将它握在手里。它在他锄头的把手里，在飞走的棉絮中。

遇到他的女人埃特时，他十八岁。在那个时候，他的块头就已经很大，没有人敢惹他。他每走进一间屋子，都能看到男男女女中没有不为他让道的。但埃特却总是坚守原地。她是他遇见过的最结实的女人，他们的关系也是他与别人所没有过的最长的一段关系。这时候他本可以找她帮忙的，但自从他错把她的名字叫成另外一个女人的名字以来，她就再也不和他说话了。欺骗她是他的错，但撒谎就更是错上加错。现在他不能去找埃特，不能带着这份耻辱去找她。他曾听说过，有黑人女人来监狱找她们的儿子或丈夫，然后就被警察带进了一间里屋，被告知她们还有其他的方法可以代替罚金。不，H 想，埃特应该离这件事远远的。

第二天天亮的时候，也就是 1880 年一个闷热的 7 月天，阿拉巴马州政府用链条把 H 同其他十个男人绑在一起，把他们卖到了伯明翰城外的一个煤矿上去做工。

"下一个。"矿坑老板一声吼，副警长将 H 推到他面前。H 看着那些人——打量着和他锁在一起的乘火车来到这里的十个人。H 甚至不能确定其中有一些人能不能算得上是男人。他看到一个还不到十二岁的男孩，缩在火车的角落里直发抖。当他们把那男孩推到矿坑老板面前时，男孩吓尿了，这期间，他还一直在哭，整个人看上就像要化进脚边的尿水坑里一般。男孩还很小，像是矿坑老板放在桌子上的鞭子那样的东西，他可能只在父母讲述的噩梦故事里见过。

"这家伙块头够大的，不是吗？"副警长说着拍拍 H 的肩膀，好叫矿坑老板看清他有多结实。H 是房间里最高最强壮的男人。乘坐火车期间，他一直在想办法挣断铁链。

矿坑老板吹了声口哨，从椅子上站起身，绕着 H 转了一圈。他抓住 H 的一只胳膊，H 准备抬脚踢过去，但脚被镣铐束缚住了。他没能挣脱锁链，但是他知道只要他的双手得到解脱，不出一秒钟他就能扭断矿坑老板的脖子。

"嚯嚯！"矿坑老板说道，"看来我们得教这个家伙学学规矩啊。你们开价多少？"

"一个月二十块。"副警长说。

"你们知道，我们从不会出价超过十八，哪怕一等工也不例外。"

"你自己也说过，这是个大块头。我敢打赌，这一个能帮你干上好一阵子了。不会跟其他人一样死在矿井里。"

"你们都无权这么做！"H 吼起来，"我是自由的！"他说道，"我是自由人!"

"不。"矿坑老板说着仔细打量了 H 几眼,然后从外套里掏出了一把刀。他把那刀放在办公桌的一块铁矿石上,开始打磨起来。"自由的黑鬼,没那回事。"他慢慢走到 H 面前,将那把磨利了的刀架在 H 的脖子上。H 能感觉到那刀刃的冰凉,它在慢慢地滑进他的皮肤。

矿坑老板转身朝向副警长。"这一个我们出十九。"他说着将那刀尖在 H 的脖子上缓缓走了一刀。一条细细的血线显现出来,整齐、笔直,好像是画在矿坑老板说的话下面的一条线。"他或许是个大块头,但也和我们其他人一样会流血。"

H 还从未碰到过这种事,在他为种植园干活的那许多年里,生活中除泥土和水、田地里的虫子和树根之外,旁的东西很少。而现在,他看到了那里有一整座地下城市。这座城市几乎比任何 H 住过或是工作过的县城都大,伸展得也更加散漫,而且城市里几乎只有黑人男人和男孩。在这座城市里,竖井就是街道,矿坑就是房屋。而在每一个矿坑、每一个地方,煤都无处不在。

开始的一千磅煤是最难铲的。H 一跪就是几个小时,甚至整整好几天。到了第一个月的末尾,铲子已经像是从他手臂上延伸出去的一般了,也确实,他脊背的肌肉开始围绕着两块肩胛骨运动、生长,像是为了适应新的承重。

带着这样的铲子式的手臂,H 同其他人一起下到六百五十多英尺深的地下,进入矿里。走进那座地下城之后,他们还要继续走三英里、五英里或七英里,到达他们当天将要开采的矿面上。H 个头虽大,但身手灵活。他可以侧腹着地,爬进角落和缝隙。他可以双手和膝盖并用,钻出岩石引爆后炸出的隧道,直至抵达要开采的矿坑。

自从抵达矿坑后，H一共铲出了大约一千四百磅的煤，全都是低着腰、跪在地上、趴在地上，或是侧着身的时候铲出来的。当他和其他囚犯离开矿井的时候，身上往往都裹着一层黑灰，手臂似在灼烧一般，只有灼痛感。有时候H想，如果灼烧感能将煤块点燃，那么他们所有的人便都会死在里面，活活疼死。但是他也知道，在矿上能置人于死地的不仅仅是身体的疼痛。曾经不止一次，狱监因为矿工没完成十吨的定额而对其进行抽打。H曾经在一天的忙碌结束时，看到一位三等工挖掘出了11829磅煤矿，短了171磅。矿坑老板得知后，便命令那人双手举高贴着洞壁，接着将他活活抽死。当天晚上，白人狱监并没有把他的尸体搬走，第二天也没有，只是任由尘土盖住他的尸体，而那尸体就是给其他囚犯的警告。还有些时候，矿坑发生坍塌，囚犯们被埋而死。数不清多少次，粉尘爆炸炸死了上百的男人和男孩。有时候，H与头晚和他锁在一起的男人搭档干活，第二天，那男人就因为只有上帝才知道的原因死掉了。

H曾经梦想搬到伯明翰去。自打战争结束以后，H就一直是佃农，他听说在伯明翰那地方，黑人也可以靠自己的力量谋生。他想搬到那里去，过自己的生活。但是这算哪门子的生活？当他还是奴隶的时候，如果主人需要换回买他所花的那份钱，那么至少要保证他还活着。现在如果H死了，他们就只需再租一个人。骡子都比他更值钱。

H很少会想起自由的感觉，他说不好自己想念的是自由本身，还是记忆的能力。有时候，当回到那张五十多人一起睡的床铺时，他会试着回忆这件事。所有的人都被锁在一起，他们睡在一张长木板上，除非一起翻身，睡觉的时候没有人能轻易挪动。他会强迫自己想出他能回想起来的所有东西：大部分都是关于埃特。她丰满的身体，当他错把她叫成另一个女人时,她眼睛里的神色,他有多么害怕失去她,多么懊悔。当他睡着以后,锁链摩擦脚踝的感觉有时会让他想起埃特双手的抚摸,而这往往会把他吓一跳,因为金属和皮肤的触感是完全不一样的。

在矿上干活的囚犯大多数都和他一样。他们都是黑人,曾经是奴隶,一度获得过自由,现在又沦为奴隶。跟 H 拴在一根锁链上的人里面,有一个叫作蒂莫西,他是战后在自己建的房子外面被捕的。一条狗在房子附近的田野嚎了一整晚,蒂莫西于是走出门去让那狗闭嘴。结果第二天早上,警察以制造骚乱为由逮捕了他。还有所罗门,他被逮捕的原因是偷了五分镍币。他为此被判了二十年。

有时候狱监也会带来一个白人三等工。新来的囚犯会和一个黑人锁在一起,而在一开始的那几分钟里,白人囚犯只会抱怨不休。他会说自己比黑鬼强多了。他会央求白人弟兄,也就是狱监可怜可怜他,让他不要再受这份羞辱。他会诅咒,哭号,没个休止。接着,他们要下矿井,这时白人囚犯才会明白过来,如果他想要活下去,就只能将信心放在黑人身上。

H 曾经也和一个名叫托马斯的白人三等工搭档过,托马斯的胳膊抖得很厉害,甚至连铲子都拿不起来。那是托马斯第一周下矿,但是他已经听说过,如果完不成当天的定额,搭档就会挨抽,有时甚至会被抽死。H 看到托马斯用颤抖的手臂铲了几磅煤,接着就放弃了,他倒在地上哭泣,结结巴巴地说着他不想死在只有黑鬼的地方。

H 一句话也没说,拿起了托马斯的铲子。他一只手握着自己的铲子,一只手握着托马斯的铲子,一个人要完成两人份的定额。而在这期间,矿坑老板一直在看着这一切。

"还从来没有人能同时用两只手拿铲子干活的。"一天结束后,老板说话间语气里透露出敬佩,而H只是点点头。之后矿坑老板踢了一脚仍坐在地上哭泣的托马斯。"那黑鬼刚刚救了你的命。"他说。托马斯抬头望向H,但H什么话也没说。

那一晚,当所有人都上床准备睡觉后,H被拴在同一条锁链上的人一左一右夹在中间,他蜷在只有四英尺高的床上,突然意识到双臂无法动弹了。

"怎么了。"乔西发现H安静得有些奇怪,于是便问。

"双臂没有知觉了。"H小声说着害怕起来。

乔西点点头。

"我不想死,乔西。我不想死。我不想死。我不想死。"H无法阻止自己重复这几个字,很快地,他意识到自己同时也在哭泣,连那哭泣也停不下来。覆在眼睛下面的煤灰被冲下脸庞,而H仍在重复那些话:"我不想死。我不想死。"

"现在别出声了。"乔西说着用尽全部力气抱紧H,他一动锁链就叮铃哐啷地响了起来。"今晚没有人会死。今晚不会。"两人看了看四周,怕那声响吵醒别人。所有人都听说了H是怎样救下一个白人三等工的性命的,但是他们也都知道,这并不意味着矿坑老板就会发慈悲。第二天,H可能不得不继续完成自己的定额。

第二天H被分到的是早班,再一次同托马斯搭档。他和其他轮早班的人起床时,月亮还在天空中高悬,只有薄薄的一片,向上方弯曲,就像是那披着黑皮的夜晚咧出的满口白牙的微笑。他们走进食堂领到一杯咖啡和一块厚片肉。拿了一个随身携带的午餐袋后,他们接着就下到了地底下两百多英尺的深处,直抵矿山的肚皮。从那里,H和托马斯向前走了两英里,然后继续向下,终于到达他们这天将要开的矿坑。一般来说,一个矿坑里只分两个人,但是这一个特别难开,矿坑老板就给 H 和托马斯添上了乔西和一个名叫公牛的三等工做帮手。不过公牛这个名字并不是源自于他矮壮敦实的身板和威风凛凛的气势,而是因为三 K 党曾经在一个夜里烧了他的脸,他们说那是在给他盖章,这样每个人都会知道他不是什么好东西。

H 承受住了这天早上的一系列程序,他的双臂痛苦地垂在两侧,就像是在拒绝咖啡和肉片似的。他也没能拿起午餐袋来装食物,身体摇摇晃晃地上了矿梯。他熬过了早上,没被人发现,想试着积蓄精力,留到必须开始上工时才用。

乔西这天要负责的工作是切割。他身高五英尺四英寸,个子虽小,但却是 H 所搭档过的矿工中最懂得岩石切割方法的。乔西是所有人都敬佩的一等工,他的刑期是八年,如今已干到第七年上了,但干起活来还和第一年一样的卖力。他常常说自己将获得自由,然后在矿井里计薪工作,就和其他一些黑人一样。他们不会鞭打一名自由身的矿工。

这一天,岩石之间的缝隙只有大约一英尺高。H 曾见过人扭动着钻进很小的空间,但他们浑身发抖,气喘得太厉害,只能钻出来。有一次他曾见一个人已经钻到很里面,之后却停下了动作,因为太害怕,所以既不敢前进,也不敢退出来,害怕得连气都不敢出。他们当时还是叫乔西去把那人钩出来的,不过等乔西进到里面之后,那人早就死了。

乔西对付这些窄缝时甚至连眼睛都不眨一下。他就那样摇动着小身板,钻进岩石下方,仰躺在地上,开始削那缝隙的底边。钻进去以后,他往石头上打了个洞,听里面的声音,他会说,这样才能找到不会从他上方垮下来、将他埋死在里面的点。一旦那个点被找到后,乔西就把炸药放进去,引燃。煤块炸开了,托马斯和公牛拿起凿子,将岩石凿成能对付的碎块，这样大家就可以开始往矿车上装。

H试着拿起自己的铲子，但他的胳膊不听使唤。他又试了一次，将所有的注意力和能量都集中在肩部、上臂、手腕和手指上。还是不动。

一开始，公牛和托马斯只是盯着他看，但不等他反应过来，乔西已经开始在帮他铲了，接着公牛也跟了上去。最后，时间大约过了几个小时之后，托马斯也加入进来，那个矿坑里的所有人都共同担负起自己和H的两份定额。

"感谢你昨天的帮助。"托马斯干完活后说了一句。

H的手臂依旧垂在两侧发痛。感觉上它们就像是两块无法动弹的石头，被某种向心力强按在他的身侧。H对托马斯点点头。他曾经想象过，要像白人杀戮黑人一样地去对付白人。他曾经想象过动用绳索和鞭子，在树林里，在矿井里。

"嘿，他们为什么要叫你H？"

"不知道。"H说。他的脑海中除了逃离矿山之外，别无他想。有时他会仔细研究这座地下城市，思考这里有没有哪个地方、某种方法是能让他获得自由、通往另一个世界的。

"不会吧，总有个人给你命名吧。"

"我的旧主人说H是我妈妈以前叫我的名字。在她生产之前，他们叫她给我取个合适的名字，但是她拒绝了。她自杀了。主人说，他们只得赶在她咽气之前切开她的肚子把我挖出来。"

托马斯于是什么也没再说，只是点着头又说了一声谢谢。一个月后，当托马斯因为结核病死掉时，H已经记不得他的名字了，H只记住了当自己帮忙拿铲子时的他的脸。

这就是在矿上的经历。H不知道公牛现在去了哪儿。不是在这个时候，就是在那个时候，许多人都接连被送走了，被一个新公司租走了，或是被另一座矿山带走了。交朋友容易，但要保持下来就不可能了。最后 H 听说，乔西服完了刑，而所有囚犯都在谈论他们的老朋友是怎样成为了自由矿工的事，那一切让他们觉得可望而不可即。

* * *

H 作为一名囚犯，铲完最后一千磅煤块是在 1889 年。他在洛克斯罗普干了几乎整个刑期，他的苦干和技巧帮他减了一年的刑。那天，矿梯载着他融到地面的阳光中，狱监为他打开脚镣，H 抬头仰望太阳，吸收那些光芒，以防某个残酷的戏法又把他带回那座地下的城市。直到太阳在他眼睛里变成了十几个黄色的耀斑时，他才没有再盯着看。

他想过回家去，但又意识到他不知道家在哪里。他曾经工作过的种植园并没有任何东西留给他，而他也没有家人可以商量。于是在他第二次获得自由之后的第一个夜晚，他尽可能地往远处走，一直走到视野中不再有矿山、鼻孔中也不再有煤的气味的地方。然后他走进了他所看到的第一个里面有黑人的酒吧，拿他身上的那点小钱换了一杯喝的。

那天早上他洗了澡，试图把脚镣留下的印痕从脚踝上洗掉，还有指甲缝里的煤灰。他一直盯着镜子里的自己看，最后终于自信没有人会认出他曾是一名矿工。

H 小口喝酒的时候看到一个女人。他满脑子想的都是她的皮肤看起来就像棉花茎秆的颜色。他想念那种黑色，在这将近十年的时间里，他只知道另一种近于纯黑的煤的颜色。

"抱歉，小姐。你能告诉我这里是什么地方吗？"他问。自从错把埃特叫成另一个女人的那天起,他就没再和女人说过话。

"你进来之前没看招牌吗?"女人笑着问。

"我想是没看。"他说。

"你这是在一家叫皮特的酒吧里……先生。"

"我叫 H。H 先生。"

他们聊了一个小时。他知道了她的名字叫戴娜,住在莫比尔,来伯明翰探望表亲。她是名非常虔诚的基督徒,但也不介意陪她的亲戚来喝酒。H 正想着要她嫁给自己时,另一个男人走进酒吧加入他们的谈话。

"你看上去真够壮的。"那男人说。

H 点点头。"我想是的。"

"你是怎么长那么壮的?"男人问,H 耸耸肩。"说嘛,"男人说道,"把袖子撸起来,让我看看你的肌肉。"

H 大笑起来,但这时他看了看戴娜,而她眼神闪烁的样子似乎在说也许她也不介意看一看。于是他就撸起了袖子。

一开始,两人都赞赏地点着头,但接着那男人凑近了些。"那是什么?"他说着扯了一把 H 衣服上袖子和后背连接的地方,扯得那廉价布料裂开了条口子,整件廉价衬衫的袖子都耷拉了下来。

"老天哪!"戴娜说着捂住了嘴。

H 伸长脖子,想看看自己的背后,但就在这时,他想起来了,于是便停下了动作。奴隶时代已经结束快二十五年,自由人的背上是不应当有新鲜伤疤的,他背上却有鞭痕。

"我就知道!"男人说道,"我就知道他是从矿上过来的罪犯。他不可能是别的!戴娜,别再浪费时间跟这个黑鬼说话了。"

她于是作罢,站起身同那个男人一道站到吧台的另一头。H 把袖子放下,他知道自己身上有了记号,不可能再返回自由世界了。

他去了普拉特城,那是一座前科犯组成的城市,白人黑人都有。以前的囚犯矿工现在成了自由矿工。到那儿的第一晚,H打听一圈后找到了乔西,他和投奔而来的妻子和孩子住在一起。

"你一个家人都没有吗?"乔西的妻子说着给H煎了些腌猪肉,尽力满足像是有十年或更长时间都没好好吃过一餐饭的H。

"以前有个女人,名叫埃特,好久以前的事了,不过我猜她现在应该不想听到我的消息。"

乔西的妻子用可怜的眼神看了他一眼,H看出来,她觉得自己知道埃特的全部事情,那个在H被白人打上囚犯记号之前就嫁了人的埃特。

"小乔!"乔西的妻子呼唤道,连续叫了几遍,最后一个小孩走了出来。"这是我们的儿子,小乔,"她说道,"他会写字。"

H打量着那孩子。他应该还不到十一岁,膝盖上疙疙瘩瘩的,眼神清澈。他看上去就和他父亲一个样,但他和他父亲不同。也许他最后不会成为需要用身体来干活的那种人。也许他会成为一种完全不同的黑人,可以用脑了吃饭的黑人。

"他可以给你的女人写信。"乔西的妻子说。

"不了。"H说着想起来上一次他们在一起的时候埃特是怎样逃出屋子的,那样子就像有个鬼在撵她。"没那个必要。"

乔西的妻子咂了两下舌,然后又咂了一次。"我才不要听那样的鬼话,"她说道,"总得有人知道你现在自由了。至少要让这世界上的某个人知道这事。"

"恕我冒昧,女士。我有我自己,这就是我所需要的全部。"

乔西的妻子用严厉的目光看了他很久,H看得出来那眼神中写满怜悯和愤怒，但他不在乎。他不肯退让，于是最后她只得让步。

第二天早上，H 同乔西一起去矿上，要求作为自由劳工在那里工作。

大家都叫老板约翰先生。他让 H 脱掉衬衫，看了看他背上和手臂上的肌肉，吹了声口哨。

"任何能在洛克斯罗普干上十年还活着走出来的人，都值得叫人开开眼。你们是跟魔鬼订了什么契约吗？"约翰先生说着用他那双尖刻的蓝眼睛看着 H。

"只是拼命干活而已，先生，"乔西说道，"卖力又灵巧。"

"你帮他担保吗，乔西？"约翰先生问。

"除了我没旁人了。"乔西说。

H 走时手里拿了把鹤嘴锄。

普拉特城的生活并不容易，但即便这样也比 H 所知的其他任何地方都要好。他还从没见过这样的地方。白人男人和他们的家人就住在黑人男人和他们的家人隔壁。两种肤色的人都入同一个工会，为同样的目标而抗争。矿井已经教会他们，要想活下去，他们只能互相依靠，在建立这个新居住地之初，他们怀着的就是这样的心态。因为他们除矿工同伴、前科犯同伴之外一个人也不认识，他们知道在伯明翰生活会是什么样，于是就试着将那些事情都变成很快就会被忘掉的过去。

H 现在干的还是一样的活，只不过能拿报酬了。还算合适的报酬，因为他曾经是一等工，拿的是矿物公司和州监狱签过的每月十九美元的工资。现在，那笔钱落进他自己的口袋了，有时候一个月能挣到四十美元。他想起来，以前在霍布斯种植园的时候，两年时间存的钱是多么少；他还知道，在煤矿的经历以某种黑暗扭曲的方式，竟然成了他所遇到过的最好的事情。它教给了他一项新技能，一项值钱的技能，而他的双手也再不必永无止境地摘棉花和犁地了。

乔西和他的妻子简盛情邀请 H 搬过去同他们一起住，但是 H 已经厌倦了寄人篱下。于是，在普拉特城第一个月的大部分时间里，他从矿山下来后，就会直接去乔西住所旁的空地，开始建第一座属于他自己的房子。

有一天晚上，H 正在敲木头的时候，乔西来看他。

"你怎么还没进工会？"乔西问道，"我们可以将自己的力量同其他人联合起来。"

他问另一个在矿上认识的老朋友弄了些好木材，唯一能建房子的时间就是晚上 8 点到凌晨 3 点之间，其他的时候都要下矿。

"我不想再干那档子事了。"H 说。虽然矿坑老板当时划在他脖子上的一刀并没有留下疤痕，但他仍然会时不时地把手伸过去摸一摸，以提醒自己，白人依旧可以毫无缘由地将他杀掉。

"哦，你不喜欢那样是吗？得了吧，H，我们争取来的东西你也可以利用。不像现在似的，你在这里建房子，也没有人跟你搭档。工会可以给你带来好处。"

H 坐在他这辈子所进入过的第一间会议室的后部，抱着双臂。在房间的前面，有个医生在给他们讲黑肺病。

"矿物性粉尘不仅会在你们离开时糊得你们一身，它们还会深入你的身体，让你生病。缩短工时，改善通风条件，这些都是你们应该争取的东西。"

乔西劝了 H 大约一个月，但最终说服他入伙的，并不仅仅是乔西的话。真相是,他害怕死在矿井里,自由并未能抹除他的恐惧。每当 H 走下矿井的时候,他都会想象自己死掉的画面。人们得的那些病,他以前没有见过,也没有听过,但是现在他自由了,他不愿只是承担风险,也想得到些别的东西。

"我们应该争取拿到更多的钱。" H 说。

会议室里一阵小声议论,人们纷纷伸长脖子,想知道是谁在说话。"这是曾经同时抄两个铲子的 H。" "那是两铲 H 吗?" 他虽然之前并未参加过会议,但名声早已传遍了工会。

"吸入粉尘是不可避免的,医生," H 说道,"这间会议室里的绝大多数人都已经离死亡不远了。那么,最好是在死掉之前得到应有的报酬。"

在 H 的身后,会议室的门突然被推开了,一个断了腿的小孩蹒跚着走进来。他应该还不到十四岁,但是 H 感到自己已经能想象那孩子的一生。他也许一开始是个碎石工,缩着身子坐在一吨吨煤上,试着将煤从板岩和岩石中分离出来。接着,可能是因为某一天,老板看到那孩子在外面奔跑,发现他的速度很快,就把他调上来当了矿车下坡时的跟车工。那男孩从此就必须跟着矿车跑,在车轮中塞止轮垫来减慢车速。或许是有一辆车没有减速,脱了轨,最后它带走了男孩的一条腿,还有他的整个前程。或许最让男孩灰心的事情是,当医生锯掉他的腿之后,他便再也无法成为和他父亲一样的一等工了。

医生的视线从 H 身上转向那个瘸腿男孩,然后又转回来。"钱是好东西,别误会我的意思。但是,整个矿山的安全性都应该相对现在而有所提高。也应该为了更好的生活而抗争。" 他清清嗓子,然后继续说起黑肺病的患病征兆。

那一晚在回家的路上，H 开始想起那个瘸腿的男孩，他是多么轻而易举就补全了那个男孩的故事啊。生活是多么轻易地能从一条道走到另一条啊。他还记得自己曾经告诉狱友说什么东西也杀不死他，而现在，他看到无论往哪儿走都是必死的命运。如果 H 在年轻的时候不曾如此嚣张呢？如果他不曾被捕呢？如果他好好对待他的女人呢？那他现在应该已经有孩子了。他应该已经有了一个小农场，生活幸福美满。

突然之间，H 感觉无法呼吸，好像是这十年来所累积的粉尘从他的肺里钻了出来，钻进了他的喉管，堵住了呼吸。他弯腰驼背，开始不停地咳嗽，等咳嗽终于止住后，便跌跌撞撞往乔西家走去，敲响了房门。

小乔睡意蒙眬地开了门。"我爸爸去开会还没回来，H 叔叔。"他说。

"我不找你的爸爸，孩子。我……我想要你给我写封信。你能帮我吗？"

小乔点点头。之后他走进屋里，拿来他所需要的文具，接着就一边听 H 的口述写了起来：

亲爱的埃特。我是 H。我现在自由了，住在普拉特城。

H 第二天一早就把信寄了出去。

"我们需要做的就是号召罢一次工。"一个白人工会成员说。

工会会议召开时，H 坐在教堂的前排。问题多得数不清，罢工是第一个解决方案。H 仔细聆听，会议室里很快便响起一阵小声的赞许，接着又安静了下来。

"谁会在乎我们的罢工？" H 问。他在工会会议中的发言权越来越大。

"是这样，我们会告诉他们，除非涨薪水，或是改善安全条件，不然我们就不工作。他们必须听。"那白人说。

H嗤之以鼻。"白人什么时候听过黑人说的话了？"

"我现在就在听，不是吗？我正在听。"那白人说。

"可你是前科犯。"

"你也是前科犯。"

H环顾会议室。参加会议的一共有大约五十个人，超过半数都是黑人。

"你犯了什么事？"H将目光落回那白人身上，问道。

一开始，那人不肯说。他一直低着头，清了许多次嗓子，H怀疑他嘴里大概连一丝唾沫都不剩了。最后，他开了口。"我杀了一个人。"

"杀了一个人，是吗？你知道我的朋友乔西为什么进监狱吗？因为有白人女人走过来时他没有避让到道路的另一侧。就为了这个，他们判了他九年。跟你杀人是一样的代价。我们不是你那样的前科犯。"

"可我们现在一起干活，"那白人说道，"在矿下都是一样的。我们不可能下一趟矿井，上来以后就什么都有了。"

没有人说话。大家全都扭头看向H，想看看他会怎么说，或是作何反应。所有人都已经听说了他同时操两把铲子的故事。

他最后点了点头，于是第二天，罢工开始了。

第一天只有五十个人参与。他们将要求清单交给矿主们，上面写的是：提高薪水，提高疾病照护水平，缩短工时。清单是工会里的白人成员写的，乔西的儿子小乔大声宣读给所有黑人成员听，以确定上面写的内容和他们所想的一致。矿主们的回答是，拿罪犯来代替自由矿工是小菜一碟,一周之后,一辆装满黑人囚犯的马车开来,上面都是不满十六岁的孩子,他们看上去是那样的惊恐,H心想,如果罢工只意味着将有更多的人被捕以填补空缺,那么不如赶紧停止。到了那一周的末尾,双方唯一达成的共识就是,不会再有杀戮。

但是,依旧有更多的罪犯被捕获后送来。H怀疑,南方是否还有黑人没被送进监狱过,那么多的人都在这样或那样的时候被抓来填补矿上的空缺。就连那些没有参加过罢工的自由劳工也被替代了,很快,更多的人加入了战斗。H则打算在乔西和简的家中花几个小时同小乔一起制作标语。

"这一块说的是什么?"H指着小乔身边一块用焦油写了字的木板问。

"是说,加薪。"男孩回答。

"那一块呢?"

"是说,拒绝结核病。"

"你从哪里学会认字的?"H问。他现在已经非常喜爱小乔,但是看到朋友的这个儿子,他为自己没有孩子而更感到痛心。

小乔用来写字的焦油的味道,萦绕在H的鼻毛周围。他咳嗽了几声,一条黑色的黏液线从他的嘴角被牵引了出来

"他们把爸爸抓走以前,我在亨茨维尔的一所小学校上过学。后来他们抓走了爸爸,说我们全家人都太过傲慢。他们说正是因为这个,爸爸才没有在白人女人走过来时避让到街道的另一边。"

"那你是怎么想的呢?"H问。

小乔耸耸肩。

第二天,乔西和H将标语布扎到罢工地点。那里有一百五十个人站在寒风中。当新送来的囚犯走过去,等着被送下矿井时,他们全

都在一旁看着。

"放了孩子们!"H大声叫道。一个正在等矿梯的男孩吓得尿了裤子,H突然间想起自己在被运往矿山的火车上时跟他锁在一起的那个男孩,当他们站在矿坑老板面前时,那孩子也吓得尿了裤子。"他们还是孩子。放了他们。"

"那你们会停止这蠢把戏,回去上工吗?"这样的回答传来。

接着,那尿了裤子的男孩突然间奔跑起来。在枪声响起之前,他在他印象中也只是模模糊糊的一团。

罢工的人群冲破防线,将那几个负责站岗的白人老板团团围住。他们砸断了矿梯,将矿车上的煤都倒出来,然后把矿车也砸烂。H抓住一个白人的喉咙,把他提起来,悬在巨大的矿坑上。

"总有一天,世界会知道你们在这里的所作所为。"他对那人说,而那人的蓝眼睛里此刻写满恐惧,当H的手掌收紧时,他的眼珠子凸了起来。

H真想将那人扔下去,让他下去见识见识那个地下城市,但他忍住了。他不是他们口中的罪犯。

罢工持续了六个月的时间,老板们才终于让步。矿工们都涨了五十美分的薪水。逃跑的那个男孩是那次冲突中唯一死去的人。涨薪虽然只是一个小小的胜利,但这是他们都能接受的。逃跑的男孩死去的第二天,罢工的人们帮着清理干净冲突造成的烂摊子。他们拾起铲子,找到那个被枪打死的男孩,将他埋在了陶工的田里。他们把男孩埋在死在那里的上百名的囚犯中间,埋在那些死去时连名字都没有的人中间。H不知道其他人这时候在想些什么,但他知道自己心怀感激。

工会宣布加薪的会议结束之后，H 同乔西一起同路回家。他看着朋友走进家门，接着他也回隔壁自己的家。走到门口，他发现前门大敞着，里面飘出一股陌生的味道。他手里拿着铲子，身上还覆满了从矿上沾来的尘土和煤灰。他将铲子举到了头顶，心想一定是哪个矿坑老板来找他了。他蹑手蹑脚地溜进门，不管接下来将要面对的是什么，他都已经做好了准备。

原来是埃特。她腰上系着围裙，头上缠着手绢。这时候她从炉子上正在烹煮的蔬菜前转过身，面对着他。

"你还不快把那东西放下。"她说。

H 看看双手。铲子还举在空中，比他的脑袋稍稍高出一点，他于是将手放下，把铲子扔在地上。

"我收到你的信了。"埃特说。H 点点头，两个人站在那里，盯着彼此看了一会儿，然后埃特又开口说话了。

"还不得不跑到街上请本顿小姐帮我读。一开始，我就把那封信放在桌子上。每天从旁边经过的时候，我都在想该怎么办。我就这样想了两个月。"

锅子的胖屁股这时候开始发出噼噼啪啪的声响。H 不知道埃特是否听见了那声音，她的视线没有离开他，而他也没有离开她。

"你必须明白，H。听到你错把我叫成那个女人时，我想，难道我所受的这一切还不够吗？我曾经拥有过的东西不都离我而去了吗？我的自由，我的家人，我的身体。现在呢，我甚至都不能拥有我的名字吗？难道我不配叫埃特吗？不说别人，难道对你也不行吗？那个名字是我妈妈亲自为我取的。我跟她在一起待了整整六年，后来他们把我卖去了路易斯安娜，帮他们种甘蔗。从那以后，我所拥有的她的东西就只有这个名字了。这也是我拥有的唯一一件东西。可你甚至连这个都不肯让我保留。"

烟气开始从锅上升起,它越升越高,越升越高,直至变成一团云,绕着埃特的头舞动起来,亲吻着她的嘴唇。

"我很长一段时间都不能原谅你,后来你因为某件不曾做过的事情被白人抓走时,我想好了,准备将你赎回来,但是没人告诉我该怎么才能赎你出来。我那个时候应该怎么做呢,H?你告诉我,我那个时候应该怎么做呢?"

埃特转身走到锅子旁,开始刮锅底,接着用勺子把里面的东西舀起来,H之前还从没有见过那么黑的东西。

他朝她走过去,将她的身体搂在怀中,让自己感受她全部的重量。那重量和煤不一样,那黑色岩块筑成的山,他用了人生将近三分之一的时间来挖掘它们。埃特并没有轻易屈服。在把锅底刮得干干净净之前,她并没有打算向后靠进他的怀里。

阿　娉

　　每次将四等分的番薯丢进嗞嗞作响的棕榈油里时，那声音都会吓得阿娉直跳脚。那是饥饿的声音，油沸腾的声音像是要吞噬丢进去的一切。

　　阿娉的耳力日渐长进。她已经学会了区分之前从未听过的声音。她是在教会学校长大的，在那里，她们被教导要把一切的烦恼、问题和恐惧都讲给神听，但是当她来到埃德韦索，看到一个白人被大火活活吞噬后，她掸掸膝盖上的灰尘，跪在地上，把那画面和声音讲给上帝听，上帝却拒绝接受。上帝将她的恐惧又还给了她，每天晚上，在那些恐怖的噩梦里，大火会吞噬一切，从芳蒂兰海岸一直烧到阿散蒂。在她的梦里，那火的形状就像是一个女人把两个婴儿抱在心口。火女一路揣着这两个小女婴来到内陆的森林，接着婴儿便消失了，而火女的悲伤则化为橙色、红色以及些许的蓝色，被送往了目力所及的每一棵树上，每一丛灌木中。

　　阿娉想不起她第一次看见火是什么时候了，但她记得第一次梦见火的时候。那是在1895年，母亲阿蓓娜撑着胀大的肚子来库马西投奔传教士的十六年后，阿蓓娜逝世的十五年后。在那个时候，阿娉梦中的火还只不过是一星一闪的赭色。而现在，那火女发狂了。

　　阿娉的耳力日渐长进，所以现在到了夜间，她会平躺或趴着睡，从不侧着睡，害怕压碎了那新增的重量。她确定梦境是从她正在生长的耳朵进入的，白日里它们会抓住炸东西的嗞嗞声响，到了夜里那声音就在她脑子里安营扎寨，所以她要平躺着，让它们好钻过去。因为即便她害怕那些新的声音，她也知道，她需要听到它们。

阿娇知道，那天夜里当她尖叫着醒过来的时候，她又在做那个梦。尖叫声从她口中冲出，一如呼吸，一如水烟。睡在她身边的丈夫阿萨莫阿醒过来，立即抄起放在身边的弯刀，先是看看睡在地上的孩子们，接着到门外看了看是否有人闯入，最后又看了看妻子。

"这是怎么了？"他问。

阿娇突然冷得打起颤来。"我做梦了。"她说。阿萨莫阿将她拥入怀里，这时她才意识到自己在哭。"你和其他首领不该把那白人烧死的。"她对着丈夫的胸膛说道，而他却将她一把推开。

"你要为白人说话？"他问。

她迅速摇头。自打选择嫁给他的时候起，她就知道，丈夫害怕她同白人传教士在一起度过的时光，害怕那些时光已经通过某种方法将她软化、削弱了她的阿散蒂人的心性。"不是那样的，"她说道，"是那火。我一直梦到火。"

阿萨莫阿咂咂舌。他自生下来起就住在埃德韦索。他脸上有阿散蒂人的记号，民族就是他的骄傲。"他们都把阿散蒂王流放了，我为什么还要担心火？"

阿娇无法回答。好多年来，普伦佩一世国王一直拒绝让英国人接管阿散蒂王国，他坚称阿散蒂人仍然拥有至高无上的权威。为了这个，他遭到逮捕和流放，而整个阿散蒂族之前就一直在蓄积的怒火也愈烧愈旺。阿娇知道她的梦无法止住丈夫心中所积攒的怒气。于是她便决定憋在心里，趴着或是平躺着睡，再也不让阿萨莫阿听见她的尖叫声。

阿娇白天一直带着她的孩子阿比和阿玛同婆婆娜娜·塞瓦一起在

屋群中。她的每个早晨都从扫地开始,她一直很享受这项任务,享受它的重复性,以及它所带来的宁静。在教会学校的时候,这活计也该她做,不过在那里的时候,传教士看到她扫地就经常笑她,惊讶于学校里都是泥地。"谁听过还要给灰地扫灰的?"他会这样问,而阿娉则很好奇他家乡的地面又是什么样的。

扫完地后,阿娉会帮助另一个女人煮饭。阿比只有四岁大,但她喜欢拿着大杵,假装在帮忙的样子。"妈妈,你瞧!"她说着用小小的身体抱起那长杵。那杵比她要高出许多,重量也压得她快站不稳。刚刚学步的阿玛·塞瓦明亮的大眼睛先是瞄一眼捣福福的杵顶,再看一眼摇摇晃晃的姐姐,最后又看向母亲。

"你真强壮呀!"阿娉会说,而娜娜·塞瓦则用舌头发出咯咯的声音。

"她会摔跟头的,会摔伤的。"婆婆说着会一把从阿比手中夺走福福杵,连连摇头。阿娉知道娜娜·塞瓦不喜欢她,她经常会说,一个女人连自己都被她妈丢给白人教导了,她又怎么会懂得如何养孩子呢。一般在这种时候,娜娜·塞瓦就会差阿娉去集市再多买些佐料,晚上她们好为阿萨莫阿以及其他在外面开会、做规划忙了一天的男人们做吃的。

阿娉喜欢走路去集市。她终于可以想事情了,再也不用面对屋群周围的妇人和老男人们的审视的目光,那些人常取笑她,说她总盯着小屋墙上的同一个点发呆。"她不是正确的人选。"他们会大声议论,毫无疑问是在猜疑阿萨莫阿为什么会想娶她。不过,她其实并不只是在盯着空中发呆,她是在听世界所能发出的各种各样的声音,听所有住在那些他们看不见的空间里的人的声音。她是在神游。

在去集市的路上,她经常会在镇上的人们把白人烧死的那个地方停下脚步。一个无名氏,那人本身就是个流浪者,发现自己在错误的时间来到了错误的地方。一开始他还很安全,躺在一棵树下,用一本书盖着脸挡太阳,但接着,一个名叫科菲·波库的三岁小孩看到了阿娉上前问询他是否需要指路或帮助,便摇摇晃晃地朝她走来,用小小的食指指着白人说:"欧布洛尼!"

阿娉的耳朵被那个词戳痛了。她第一次听到这个词是在库马西。一个不去教会学校的小孩管传教士叫"欧布洛尼",传教士的脸红得像是燃烧的太阳一般,走开了。阿娉当时只有六岁。对于她来说,这个词曾经只是指白人。她当时不明白为什么传教士会生气,就像有时候她希望自己能记起母亲时他的反应一样。或许她当时就该问清答案的。但她没有,而是到了晚上才偷偷溜到镇子边上一个巫师的小屋,那巫师据说从白人刚登上黄金海岸的时候起就一直住在那里。

"想一想。"当阿娉告诉巫师发生的事情后,他说道。在教会学校,他们管白人叫老师、牧师或小姐。阿蓓娜逝世之后,阿娉就被留在那里由传教士抚养。那位传教士是唯一肯收留她的人。"他说的不是欧布洛尼,而是两个词,阿布罗·尼。"

"邪恶的人?"阿娉说。

巫师点点头。"在阿坎人心中,他是邪恶的,他带来伤害。而在东南部的埃维人看来,他的名字叫狡猾狗,装得慈眉善目,接着却反咬你一口。"

"传教士并不邪恶。"阿娉说。

阿娉第一次遇见巫师的时候,他的口袋里装着坚果。那时候她母亲去世了,她一直站在街上哭泣。她还不懂得失去的意味。每次母亲离开她的时候,她都会哭,比如母亲去集市了,下海了。为了母亲的离开而哭泣对她是家常便饭,但这一次整整一个上午过去了,她的母亲也没有回来安慰她、抱她、亲吻她。那天巫师看到她在哭,于是就给了她一个可乐果。嚼果子让她安静了一刻。

而这一次,巫师又给了她一个果子,并说道:"为什么传教士就不邪恶呢?"

"他是上帝的人。"

"上帝的人就不邪恶吗?"巫师问。

阿娇点点头。

"那我邪恶吗?"巫师又问,阿娇不知如何作答。在她认识巫师的第一天,当巫师给了她一个可乐果之后,传教士走出来,看见她和巫师在一起。传教士于是抓住她的手,将她拉走了,并让她不要和巫师讲话。他们叫他巫师是因为他本来如此,因为他不曾放弃向祖先祈祷或献舞,不曾放弃收集植物、石头、骨头和血,把它们当作献给神的祭品。他不曾受过洗礼。她知道他应该是邪恶的,如果叫传教士们知道她依然在和巫师来往,那她就麻烦大了。然而,她也认为他是善良的,他的爱,同学校里的人不一样,更温暖,从某些方面来说,也更真实。

"不,你不邪恶。"她说。

"要判断一个人邪恶不邪恶,只能根据他的所作所为,阿娇。白人在这里的名声是他们自己挣得的。记住这一点。"

她确实记住了。甚至当科菲·波库指着那个睡在树下的白人喊"欧布洛尼"的时候,她仍记得。她记得人们拥挤过来,在村子里积蓄了数月的怒火终于点燃。男人们把那白人绑在树上,把他给惊醒了。他们生了堆火,然后就把他烧了。整个期间,那人一直在用英语高喊:"求求你们,这里有没有人能听懂我说的话?放开我!我只是个过路人。我不是政府的人!我不是政府的人!"

阿娉是人群中唯一听得懂英语的。但她不是人群中唯一没有提供帮助的人。

当阿娉返回屋群时，屋里的每个人都很不安。她能感觉得出空气中的骚动似乎变得更剧烈了，更浓厚了，带着噪声和恐惧，还有炸食物冒出的烟，以及苍蝇的嘤嘤嗡嗡。娜娜·塞瓦蒙着一层汗，用她长满皱纹的手捏着福福团，捏好即装在盘子里，准备给已经回来的大批男人吃。她抬起头，看着阿娉。

"阿娉，你怎么回事？傻站着干什么？还不过来帮忙？男人们要吃东西，还要开会呢。"

阿娉摇摇头，赶走茫然，然后在婆婆身边坐下，将木薯泥滚成一个个小圆球，然后递给身边正往一只只碗里舀汤的妇人。

男人们正在大呼小叫，声音十分嘈杂，以至于几乎区分不出哪个人在说什么。他们的声气全都一样，充满了愤怒，激动难耐。阿娉能看见丈夫，但她不敢看他。她知道自己应该和婆婆、和其他妇人、和老头们待在一起，不要用眼神向他提问。

"出什么事了？"阿娉小声问娜娜·塞瓦。那女人正在她身旁的一个葫芦瓢里洗手，接着又在裹身裙上擦干。

她回答的声音很小，几乎只是动了动嘴唇。"英国总督弗雷德里克·霍奇森今天来库马西了。他表示不会送还被流放的普伦佩一世国王。"

阿娉舔舔牙齿。这个结果是他们所有人一直以来所担心的。

"比这还更糟，"她婆婆继续说道，"他要求我们必须交出金凳，好让他坐在上面，或者送给他的女王当贡礼。"

阿娉的双手开始发抖，引得锅里发出一阵小小的窸窣声，也毁坏了福福团的形状。所有情况比他们大家一直在担心的还要糟，比再次开战还糟，比再死好几百人还糟。他们是由士兵组成的民族，他们了解战争。如果一个白人拿走了金凳，那阿散蒂人的灵魂一定会灭亡，而这个结果，他们无力承受。

娜娜·塞瓦伸手摸了摸她的手。自打她接受阿萨莫阿的求爱，两人成亲以来，这是阿萨莫阿的母亲所做出的少数善意举动之一。她们都知道将发生什么事，也都知道这件事的意义。

到下个星期，库马西已经召开了一场阿散蒂村长会议。后来传说参加会议的男人一个个都很胆小，无法就该对英国人说些什么、做些什么达成一致。最后站出来的是埃德韦索的王太后雅阿·阿散蒂瓦，她要求他们战斗，称如果男人们不肯去，那就女人们去。

天亮时，绝大多数男人都离开了。阿萨莫阿亲亲两个女儿，然后也亲了她，还抱了她片刻。阿娇看着他穿衣，看着他离开。镇上还有其他二十个男人也随他走了。留下来的男人很少，都坐在屋群里等待开饭。

娜娜·塞瓦的丈夫，也就是阿娇的公公，他生前每晚都会在身边放一把金柄弯刀。他死后，娜娜·塞瓦就把刀放在他曾经睡觉的地方。一把弯刀换一个人。当王太后的开战号令从埃德韦索传来之后，她拿出那把弯刀，带着去了屋群。所有还没离开为阿散蒂而战的男人看到这个老妇人握刀的样子，也都出发了。战争于是就这样开始了。

传教士的桌子上放有一根细鞭。

"你不准再同其他孩子一起上课。"他告诉阿娇。那小孩叫他欧布洛尼的事过去还没几天，不过阿娇已经差不多不记得那件事了。这天早上她刚学会写自己的英文名字，黛博拉。这是班上所有小孩的名字中最长的一个，阿姶一直很用心地在学着拼写。"从今以后，"传教士说道，"我给你上课。你明白了吗？"

"明白了。"她回答。消息一定是传到了他的耳中，说她已经会写自己的名字了。她正在享受特别优待。

"坐下。"传教士说。

她于是坐下来。

传教士从桌上拿起鞭子指向她。鞭子的一端离她的鼻子只有几英寸远。她两眼的视线集中在上面，能看得很清楚，直到这时恐惧才袭上心头。

"你是罪人，也是异教徒。"他说。阿姶点点头。老师们之前就告诉过他们。"你母亲来求我帮忙时未婚先孕。我帮她是因为上帝可能会希望我那么做。但她是罪人，也是异教徒，和你一样。"

阿姶再一次点头。恐惧已经开始沉到她胃里的某个地方，让她直犯恶心。

"这片黑色大陆上的所有人都必须放弃他们的异神崇拜，皈依上帝。英国人来这里向你们展示如何虔诚和道德地生活，你们应该心怀感激。"

这一次，阿姶没有点头。她看着传教士，但是不知道该怎样形容传教士看她的表情。当他让她站起来弯下腰之后，当他抽了她五鞭子并命令她忏悔自己的罪恶、接着重复祈祷"上帝保佑女王"之后，当她被允许离开之后，当她终于将恐惧抛开之后，她脑海中唯一蹦出来的词语是"饥饿"。传教士看上去很饥饿，仿佛如果他可以，他就会将她吞噬掉。

每天当太阳仍在沉睡时，阿姶就会叫醒女儿。她穿上裹身裙，然后带着女儿们走到屋外的土路上,在那里,娜娜·塞瓦、阿克斯、玛姆比和埃德韦索的其他女人早已开始集结。阿娉的声音是最嘹亮的,于是她就带领大家歌唱:

> 全能真神大败敌军
> 造物之神大败敌军
> 今日我等将大败敌军
> 夺取战利品
> 叫疑者得见,信者得见

她们在大街小巷来来回回地歌唱。刚刚学会走路的阿玛·塞瓦唱得最响亮,也最不着调,唱词也乱成一团,一直唱到她最喜欢的段落时,她更像是在吼叫,而不是在歌唱:"造物之神,叫那敌人的大军战败吧!"有时候女人们将她放在队伍最前面,她的小脚雄赳赳气昂昂地跺在地上,随后,阿娉又抱起她走完剩下的路段。

歌唱结束后,她回来给自己和孩子们洗漱,将白泥抹在身上,作为支持战争的标志,接着她们吃饭,然后再次歌唱。她们轮班为男人们做饭,这样就总是有食物可送。到了夜里,阿娉独自入睡,仍然会梦到火。尖叫声又开始了,而现在阿萨莫阿已经走了。

阿娉和阿萨莫阿成亲已有五年。阿萨莫阿是个商人,在库马西有生意。有一天他在教会学校看见阿娉,于是就停下来与她交谈。从那以后,他每天都会过来与她交谈。两周之后,他又回来,询问她是否愿意嫁给他,然后到埃德韦索生活,因为他知道,她是名孤儿,别无去处。

阿娉觉得阿萨莫阿没有特别出众的地方，他不如每周日都会来教堂的夸梅英俊，那个夸梅总是胆小地站在后面，当妇人们把女儿推向他时，他就假装没看见。阿萨莫阿的智商似乎也不高，因为他之前的生活都只需要用到体力：他要抓、要造、要扛东西到集市上去卖。她曾经看到他卖了两匹肯特布，却只收了一匹的钱，因为他无法准确数钱。阿萨莫阿不是最好的选择，但能让人放心，于是阿娉就开心地接受了他的求婚。在那之前，她一直觉得自己会永远留在传教士身边，在他那套奇怪的学生与老师、异教徒与救世主的游戏中扮演固定的角色，但是遇见阿萨莫阿后，她看到生活也可以与她之前一直以为的不一样。

"我不允许。"当她告诉传教士后，传教士说。

"你不能不许。"阿娉说。现在她有了一个计划，一个可以逃脱的希望，于是就显出了勇气。

"你……你是个罪人，"传教士双手捂着脸说道，"你是个异教徒。"这时候他的声音更大了，"你必须请求上帝原宥你的罪。"

阿娉没有回答。将近十年的时间里，她一直在填补这传教士的渴望。现在她想要顾及自己的想法。

"请求上帝原宥你的罪！"传教士吼叫着，将鞭子朝她甩去。

鞭子打在阿娉左肩上，她看着它掉落在地上，接着，她镇定地走了出去。她能听到传教士在身后说道："他不是上帝的人。他不是上帝的人。"但是，阿娉对上帝毫不在乎。她那时十六岁，巫师一年前刚过世。以前只要有时间摆脱那传教士的视线，她就会去找巫师。她常常对他说，从传教士那里对上帝了解得越多，她的疑问就也越多。都是些很大的疑问，例如，如果说上帝如此强大、如此有力，那么他为什么还需要白人把他带来这里呢？他为什么不能自己来告诉人们，就像那书中所记录的岁月里一样,自己现身呢?和灌木丛燃起的火焰,以及行走的死人一起?她的母亲为什么要来投奔这些传教士、这些白人,远离自己的亲故呢?她为什么会没有家人,没有朋友?每当她向那位传教士问起这些问题时,他都拒绝回答。巫师告诉她,也许基督教的上帝本身就是一个问题,一大堆盘绕在一起的疑问。这个答案一直不能叫阿娇满足,待那巫师去世后,上帝也无法再叫她满足。但阿萨莫阿却是真实的,可以触摸得到的。他的手臂就和番薯一样粗壮,他的皮肤也是棕色的。如果上帝是问题,那么阿萨莫阿就是一遍又一遍的肯定答复。

现在战争开始了,阿娇注意到,娜娜·塞瓦待她从未像现在这样好。每一天都有消息传来,不是这个人死了,就是那个人死了,她和婆婆都屏住呼吸,觉得信差从嘴中说出阿萨莫阿的名字只是迟早的事。

埃德韦索空了。好像男人们从来就不曾在这里存在过。有时候阿娇会想,并没有发生什么变化,但接下来她会看到荒芜的田地、腐烂的番薯、哭号的女人。阿娇的梦魇也变得越来越严重。在梦中,那火女因为失去了孩子而狂怒。有时候她会对阿娇说话,似乎是在叫她。那女人看起来很亲切的样子,阿娇于是就想问问她是否认识那个被烧死的白人。是不是所有被火烧过的人都去了同一个世界。是不是她自己也正在受到召唤。不过她没有问出口。阿娇尖叫着醒过来。在这样的混乱时刻,她怀孕了。这时至少已有六个月,她是根据肚子的形状和结实的重量分辨出来的。

有一天,在战争打到一半的时候,阿娇正在煮送给战士们吃的番薯,她的眼睛突然盯着火焰无法挪开。

"又来了?"娜娜·塞瓦说道,"我还以为你终于不会再无所事事了。我们的男人在外面打仗,就是为了叫你的眼睛瞪着火看,夜里尖叫给孩子们听吗?"

"不是的,妈。"阿婞说着摇摇头,从恍惚中清醒过来。但是第二天她身上又发生了这样的事。这一次,婆婆叱责了她。但同样的事情在下一天又发生了,然后是下下一天。最后,娜娜·塞瓦认定阿婞病了,必须把她关进她的小屋,等待疾病离开她的身体。在她完全康复之前,她的两个女儿就同娜娜·塞瓦住在一起。

被关进小屋的第一天,阿婞很感激能有时间休息。自从男人离家打仗以来,她就不曾休息过,总是要在镇子上游行、唱战歌,要么就是汗流浃背地列队站立。她计划在天黑之前不睡觉。在夜幕降临,将可怕的黑暗投进屋子里来之前,她侧身躺在小屋里阿萨莫阿之前睡觉的地方,试着回想曾经围绕在自己身边的他的味道。但是在阿婞睡着的时候,那火女又出现了。

她在变化,她的头发就像一丛赭色和蓝色的狂乱灌木丛。她正变得越来越大胆。除了烧掉她周围的东西,现在她还认出了阿婞,看见了她。

"你的孩子们呢?"她问。阿婞太过害怕,不敢作答。她能感觉到自己的身体躺在小床上。她能感觉到自己是在做梦,但还是无法控制那种感觉。她不能控制那种感觉,无法伸出双手,推动自己的身体醒来。她不能控制那种感觉,无法向那火女泼水,将她浇灭在自己的梦中。

"你必须时时刻刻都知道你的孩子的去向。"火女继续说,而阿婞发起抖来。

第二天她试图离开小屋,但娜娜·塞瓦请来一个胖子坐在她门口。那胖子的身材太过肥硕,无法加入同辈们参与的战争,但刚刚好能堵住阿娉的门。

"求你了,"阿娉大喊道,"就让我见见我的孩子们吧!"

但那胖子不肯挪动。娜娜·塞瓦站在他身边,大吼道:"等你不再发病了,你就能看见她们。"

这天接下来的时间里,阿娉一直在反抗。她推门,但那胖子一动不动。她尖声叫喊,但他沉默不语。她捶门,但他的耳朵似乎听不见。

时不时的,阿娉会听到娜娜·塞瓦朝胖子走来,给他东西吃,给他水喝。胖子除谢谢以外,什么也不说。他看样子像是觉得自己找到了为族群效力的办法。战争来到了阿娉的门口。

夜幕降临的时候,阿娉不敢说话。她蜷在小屋的角落,向她所知道的每一位神祇祈祷。基督教的上帝在传教士们的描述中总是既愤怒又慈爱。阿坎人的至高神尼阿美则是无所不知、无所不闻的。她也向阿塞萨·雅阿①及其子女比亚和塔诺祈祷。她甚至向毒蜘蛛安纳西祈祷,虽然在传说里它只不过是一个惹人一笑的恶作剧精灵而已。她疯狂地大声祈祷,并不睡觉。到了早上,她已经十分虚弱,无法对抗胖子,甚至不知道他是否还在门口。

整个星期她都在这样的状态里。以前她不理解为何传教士们可以花上一整天的时间来祈祷,但现在她懂了。祈祷并不是什么神圣庄严的事情。它并不仅仅是用契维语或英语来说话。它需要双膝跪地,或是交叠手掌才能完成。对于阿娉来说,祷文就是一首热烈的圣歌,是甚至连头脑都未发觉的心中的欲望所汇成的语言。是她黑色的手掌从

---

① 阿散蒂人的大地和丰产女神。

地上蹭起的泥土。是她在屋子的阴影中蹲伏的姿势。是那个从她口中一遍又一遍不停冲出来的单音节词语。

火。火。火。

那位传教士不允许阿娉离开孤儿院嫁给阿萨莫阿。自从阿娉告诉他阿萨莫阿的求婚之后，传教士就停了她的课，不再管她叫异教徒，也不再让她忏悔自己的罪，重复"上帝保佑女王"。他只是看着她。

"你不能把我关在这里。"阿娉说。她正打算把所有的东西都收拾好搬出宿舍。不等夜幕降临，阿萨莫阿就会回来接她。埃德韦索正在等她。

那传教士站在门框上，手里握着鞭子。

"什么？你难道要打我，直到我肯留下来为止吗？"她说道，"你只有杀了我才能把我关在这里。"

"我来告诉你关于你母亲的事。"传教士终于说道。他将鞭子丢在地上，朝阿娉走来，一直走到离她很近的地方，她几乎能闻到他吐气中微微的鱼腥味。十年来，他与她的距离从不会短于那根鞭子的长度。十年来，他一直拒绝回答她有关她的家人的问题。"我来告诉你关于你母亲的事。你想知道的任何事。"

阿娉向后退一步，传教士也一样。他垂下目光。

"你的母亲阿蓓娜不肯忏悔，"传教士说道，"她来投奔我们的时候怀了孕；你就是她的罪，但她还是不肯忏悔。她朝英国人吐口水。她喜欢争辩，而且脾气很大。我想她是为自己的罪感到高兴的。我想她不曾为生下你或遇到你的父亲而感到后悔，即便那男人没有给予过她应有的关怀。"

传教士的声音很轻柔，轻柔到阿娉几乎不能确定自己是否听到了他的话。

"你出生以后,我带她去洗礼池受洗。她不肯去,但是我……我强迫她去了。我扛着她穿过森林,走向河边,她一直在扑打。当我把她放进水里的时候,她也在扑打个不停。她扑打个不停,然后就不动了。"传教士终于抬起头,看向她,"我只是想要她忏悔而已。我……我只是想要她忏悔……"

那传教士哭了起来。吸引阿娉注意力的与其说是他的泪光,不如说是他的哭声。那可怕的声音,那起伏的声音,就像是从喉咙中猛绞出来的一样。

"她的遗体呢?"阿娉问道,"你把她的遗体怎么处理了?"

那声音顿住了。传教士说道:"我把它在林子里烧了。我把它同她的遗物一起烧了。上帝宽恕我!上帝宽恕我!"

那声音重又响起。这一次,带着震颤声,震颤得十分剧烈,传教士很快就跌倒在地上。

阿娉只得从他的身上跨过去后离开。

这 周的末尾,阿萨莫阿回来了。阿娉虽然还没看见他,但因为耳力越来越敏锐,她能听见他的声音。她感觉到自己的重量压在地上,四肢沉得如同某座幽暗森林中倒在地上的原木。

娜娜·塞瓦在门口一边哭泣,一边尖叫:"我的儿子哦!我的儿子!我的儿子哦!我的儿子!"接着阿娉听到了一个新的声音。重重的脚步声。空白。重重的脚步声。空白。

"胖子在这里做什么?"阿萨莫阿问。他的声音十分洪亮,阿娉想起身,但她似乎再次深陷梦中,无法按照大脑的指令让身体动弹起来。

娜娜·塞瓦无法回答儿子的问题,她正哭号得厉害。胖子挪动了。他巨大的肚皮就像圆石,滚走后,露出了门洞。阿萨莫阿走进房间,但阿娉依然不得动弹。

"这是怎么回事?"阿萨莫阿咆哮道,娜娜·塞瓦这时哭号得打起颤来。

"她病了。她病了,所以我们……"

她的声音越来越低。阿娉又能听到那个声音了。重重的脚步声。空白。重重的脚步声。空白。重重的脚步声。空白。接着,阿萨莫阿站在了她的面前,但不是靠两条腿,她只看见了一条腿。

他小心翼翼地蹲下来,这样他们二人的眼睛就能更好地对视,他把平衡掌握得很好,阿娉不禁想知道他最后一次看到那条失去的腿是多久以前。他似乎已经十分熟悉于那空白的存在了。

他注意到她肿胀的肚子,于是颤抖着伸出手。阿娉看着他的手。她已经有一周没有入睡了。蚂蚁已经爬遍了她的手指,她想把它们甩掉,或是将双手伸向阿萨莫阿,用她小小的手指抓住他大大的手指。

阿萨莫阿站起来,转身朝向他母亲。"女儿们去哪儿了?"他问,娜娜·塞瓦又哭了起来,这一次是因为看到阿娉被困在地上,她于是飞奔回去叫两个女孩。

阿玛·塞瓦和阿比进来了。阿娉觉得她们没有变化。虽然娜娜·塞瓦每天早中晚都要往两个女孩的指尖涂辣椒水,但她们依旧在啃大拇指。两个女孩正在爱上辣椒的滋味。她们的目光从阿萨莫阿看向阿娉,一只手牵着她们的祖母,一只手含在嘴里。接着,阿比一言不发地将她整副小小的身板都环在父亲的一条腿上,好像那是一根树干,是她很喜欢抱着的比她还要强壮、结实的福福木杵。刚学步的阿玛·塞瓦靠近阿娉,阿娉看得出她已经开始哭泣了,一行粗粗的鼻涕从她鼻子里流下来,覆住了她的上唇,她的嘴巴大张着。这看起来就像是鼻涕虫为了钻进一个大洞子,就从一个小洞里爬出来了似的。她碰碰父亲的膝盖,没有停住,又走到了阿娉所在的地方。接着,她就躺在了阿娉的身边。阿娉能感觉到,她小小的心脏正和着自己那颗碎裂的心一起跳动。她伸出手去触碰她的女儿,把她搂进怀里,然后又站了起来,打量着房间。

* * *

战争是九月里结束的,周围的土地记录了阿散蒂的损失。天气十分干旱,阿娉屋群的红土墙上出现了长长的裂口。庄稼死了,加上他们已经将所有的口粮都给了打仗的男人,所以食物有限。他们付出了自己的全部,心中笃定会有充分自由的回报。雅阿·阿散蒂瓦,埃德韦索士兵的王太后,被流放至塞舌尔群岛,村子里的人再也没见过她。有时候,阿娉从她的宫殿边经过时不禁会想,如果……

从地上起来的那一天里,她既不想说话,也不愿让孩子和阿萨莫阿离开她的视线。那破碎的家庭是如此紧密地依偎在一起,每个人都希望其他人的存在能疗愈自己苦苦挣扎之间所留下的伤痕。

一开始阿萨莫阿不想碰触她,而她也不想被碰。他腿部的空白在嘲弄她。晚上他们躺在床上的时候,她不知道该让自己的身体怎样躺在他身边。如果是以前,她会蜷在他身边,一条腿缠绕在他的两腿之间,但现在她怎么都找不到舒服的位置,而她的不安也搅得他不安起来。阿娉一整晚都没睡着,但阿萨莫阿讨厌看到她醒着的样子,他备受煎熬,于是阿娉就假装睡着了,让她胸部的曲线随着呼吸的浪潮起起落落。有时候阿萨莫阿会转过身来看着她。她能感觉得出,阿萨莫阿正在想她是不是在假装睡着,而如果她稍有不慎,睁了眼,或是呼吸节奏断了,他就会用洪亮的声音要求她入睡。如果她骗过了他,那她就能等到他真实的呼吸节奏与她假装的相合,然后躺在那里,期待火女不要出现。她就算睡着了,也睡得非常轻浅,她会将睡眠的长柄勺伸进梦境的浅湾,希望自己醒来前不要在那里看见火女。

接着有一天,阿萨莫阿不想再睡觉。他用鼻头爱抚阿娉的脖颈。

"我知道你醒着,"他说道,"我知道你这些天来从不睡觉,阿娉。"

但她继续假装,不理会他吐在她皮肤上的灼热气息,依旧平稳地呼吸着。

"阿娉。"他唤道。他的身体已经转过来了,所以现在他的嘴巴贴着她的耳朵,而她的名字只不过像一根敲打空心大鼓的坚实的棍子。

任他继续呼叫她的名字,她也没有回应。被禁足的那周过去后,她第一天出门时,镇上的人看到她经过都别过了视线,他们为之前竟然允许娜娜·塞瓦那样对她而感到尴尬和惭愧。她的婆婆看到她也会忍不住掉下眼泪,连恳请原谅的声音也被哭声吞没了。只有科菲·波库,那个指出白人是魔鬼而导致白人被烧死的小孩,他看到沉默的阿娉时,小声地说了一句"疯女人"。疯女人。瘸男人的老婆。

那一晚,瘸男人将疯女人翻到平躺的姿势,然后进入了她,一开始激烈有力,接着变得轻柔起来。她睁开眼睛,看见他的动作比以前要慢,靠两只手推进又抬起,汗水从他鼻弓上缓缓滴落,掉在她的额头上,又缓缓淌落在地。

结束后,阿萨莫阿从她身上翻下去,哭了起来。他们含着大拇指的女儿们就睡在他们对面。阿娉也翻了个身。她筋疲力尽地睡着了。到了早上,当她意识到那晚没有梦到火的时候,她觉得自己会好起来。几周之后,娜娜·塞瓦用一只手从阿娉的两腿之间将宝宝亚乌拖了出来，另一只手割断脐带。阿娇听到儿子洪亮的哭声，于是知道他也会没事的。

慢慢的，阿娇的话说得多了些。她很少睡觉，而且当她睡着时，她会梦游。有时候她醒来发现自己在门口，有时候是蜷在女儿之间。睡眠时间短暂、迅速，以至于她一旦动弹就会清醒过来。她会返回阿萨莫阿身边那个属于她的位置，盯着他们上方屋顶的麦秆和泥巴，等待阳光穿透缝隙钻进来。极少数时候，阿萨莫阿会抓住在梦游的她，不过那时候他自己也半梦半醒。他会伸手去拿弯刀，然后想起来自己缺了条腿，于是便放弃了。阿娇想，他是被打败了，被他的妻子和他自己的不幸。

阿娇提防着村里人，唯一能让她开心的就是孩子们。阿玛·塞瓦现在能说真正的词句了，不再是两岁时快速而急切的胡言乱语。现在，没人会问阿娇什么时候想带着孩子们去远足。当她以为棍子是蛇，或是把食物丢在火中燃烧的时候，他们也不再发问。当他们小声谈论"疯女人"的时候，也只能背着娜娜·塞瓦，因为如果被娜娜·塞瓦听见，她会痛骂他们，那滋味就和真的挨了打一般刺痛。

阿娇每次带女儿们外出时都会问她们想去哪里。她会用布包将宝宝亚乌包起来背在背上，等待女儿们指引方向。两个女儿经常会给出一样的答案。她们想到雅阿·阿散蒂瓦的宫殿旁边去走走。为了纪念这位王太后，那地方已经被保护了起来，女孩们喜欢站在宫殿大门外，唱战后的歌谣。她们最爱的一首是这样唱的：

咚咚砰咚
雅阿·阿散蒂瓦呵！

> 天命之女
> 你迎战炮火
> 成就伟大事业
> 功勋卓越

有时候，阿娉也会小声和唱，她来回摇晃着亚乌，用歌声赞美那位为正义而战的女性。

女孩们经常需要停下来，她们最喜欢在树下歇息。整个漫长的午后时光，阿娉都会陪着她们，在那些大得不可思议的树木撑开的小片树荫中打盹。

"等我老了，我想变成雅阿·阿散蒂瓦那样。"在一个这样的日子里，阿玛·塞瓦宣称。那时候两个女孩都走得筋疲力尽，无法继续前行，附近唯一的一棵树就是白人被烧死时所在的那棵。树皮被烧焦了，炭黑色似乎从根部攀缘而上，朝着最低处的枝干伸展开去。阿娉一开始很抗拒在那里歇脚，但是宝宝的重量让她感觉像是抱着十捧番薯。她最后还是停住脚步，平躺在了地上，尚未消瘦下去的腹部像一座小山，遮挡住了躺在她脚上的女孩，亚乌则睡在她的身侧。

"那人们会传唱有关你的歌谣吗，亲爱的？"阿娉问，阿玛·塞瓦咯咯直笑。

"会！"她说道，"人们会说，看看阿玛·塞瓦那位老妇人，她难道不强大不美丽吗？"

"那你呢，阿比？"阿娉说着挡住正午晃眼而猛烈的阳光。

"雅阿·阿散蒂瓦是王太后，是大人物之女，"阿比说道，"这才是人们传诵她的歌谣的原因。阿玛和我却只是由白人养大的疯女人的女儿。"

阿娇没能像过去一样迅速地挪动身体。是因为腹中刚孕育过生命，而宝宝在索求她的食物和精力呢，还是受被囚小屋一周的影响，她不知道。她想要站起身正视女儿，但她所能做到的却只是轻轻地晃晃腰背，先是向左，接着向右，直至攒足了劲坐起来，看到阿比正在摆弄一块剥落的树皮。

"谁告诉你我是疯子的？"她问，而阿比还无法辨认出自己是否要有麻烦了，只是耸耸肩。阿娇想要表现得更愤怒一些，但是从体内任何地方都找不到力气。她需要睡眠，真正的睡眠。两天前她就忘了丢在油锅里的番薯，她闭着眼睛睡着了，把那件事忘得一干二净。等娜娜·塞瓦把她摇醒时，那番薯已经炸成黑色了。她的婆婆一言未发。

"所有的人都说你是疯子，"阿比说道，"有时候，娜娜还斥责这么说的人，但他们还是这么说。"

阿娇将头枕在一块石头上，没有出声，后来她听到两个女儿睡着了，柔软的鼻息声飘浮在她周围，像是小小的蝴蝶。

晚上阿娇带着孩子们回到家。走进门时，阿萨莫阿正在屋群中央吃饭。

"我的女儿们好不好啊？"他招呼道，两个女儿则冲向他索求拥抱。阿娇踟蹰不前，眼光追随着女儿们，看着她们一路跑回小屋。这是个暑天，阿玛·塞瓦一边冲进屋子，一边脱掉了裹身裙，那裙子在她身后飘摆，犹如一面旗帜。

"那么我的儿子呢？"阿萨莫阿冲着阿娇的背后发问，裹在襁褓里的亚乌就被背在那里。阿娇于是朝丈夫走去，好让他能摸摸孩子。

"依循尼阿美的旨意，他很好。"她说，阿萨莫阿嘟哝一声表示赞成。

"来弄些东西吃。"他说着叫了母亲,娜娜·塞瓦立时走了出来。老迈的年纪并未削弱她行动的迅捷,也未削弱她分辨长子的呼唤声的耳力。她走出来朝阿娇点点头。这些天,她看到阿娇时终于不再哭泣了。

"你必须吃饭,好让奶水充足。"她说着将双手伸进盥洗盆,准备洗手吃福福。

阿娇一直吃到肚子隆起。饭后洗手时,她满脑子想着只消扎一个眼就会有香甜的乳汁从她肚脐中淌出的画面。乳汁在她脚下流淌如河。她谢过娜娜·塞瓦,扭动着从凳子上站起身,接着朝阿萨莫阿伸出双手,让他也抱着孩子站起来,之后他们一起回了小屋。

两个女儿已经熟睡。阿娇嫉妒她们。嫉妒她们进入梦境世界的那份从容。女儿们仍会吮吸拇指,并不在意祖母每天清晨给她们涂的辣椒水。

身旁的阿萨莫阿翻了个身,又翻了个身。连他也比刚返家那段日子睡得更好了。有时候在夜里,当他伸手去够大腿上空落的位置,发现两手空空后,会轻声哭泣。他醒来后,阿娇从不会向他提及此事。

而现在,阿娇平躺在他们的小屋中,任由自己闭上眼睛。她想象着自己正躺在海岸角的沙滩上。睡意宛如潮水般席卷而来。先是舔舐着她蜷缩的脚趾、浮肿的双脚、疼痛的脚踝。等潮水卷至嘴巴、鼻子、眼睛时,她已不再害怕。

待进入梦的国度,她来到的是同一片海滩。她之前只去过那里一次,是同学校的传教士们一起去的。当时他们欲图在附近的村庄开一所新的学校,却发现村民们并不欢迎。那时的阿娇被海水的颜色迷住了。那是一种她不曾想过该用何种词汇来描述的颜色,因为她的世界里从未出现过那样的色彩。不是树木的绿色，不是天空的蓝色，用石头、番薯和泥土的颜色都无法形容。在梦的国度里，阿娇走至浪潮翻卷的海边。她将脚趾伸进水中，那水十分清凉，感觉就像她能品尝到似的，如一阵微风，拍打着喉咙的深处。接着微风变热了，仿若大海着了火。那微风从阿娇的喉咙深处吹出来，开始盘旋，转啊转啊，积蓄着力量，直至阿娇的嘴巴再也容纳不下，于是她就把它吐了出来。那吐出来的风开始搅动熊熊燃烧的大海，它们钻进海底深处集结成阵，最终盘旋的风和燃烧的海变成了阿娇现在已十分熟稔的那个女人。

这一次，火女没有生气。她召唤阿娇走到海里去，阿娇虽然害怕，但还是踏出了第一步。她的脚烧着了。当提起一只脚的时候，她能闻到脚底传来自己的血肉烧着的味道。但她还是迈动着脚步，追随着火女，最后被引到一个看起来就像自己的小屋的地方。现在，在那火女的两只臂弯中的，是两个火孩子，就是阿娇第一次梦到火女时她抱着的那两个。她一只臂弯圈住一个孩子，他们的头分别靠在她两边的胸膛上，正无声地哭泣着，但是阿娇能看见那哭声，它们从孩子们的口中飘浮而出，一如迷恋香烟的男子烟斗中冒出来的烟圈。阿娇急切地想抓住他们，于是朝他们伸出手。她的手烧燃了，但她还是够到了他们。很快她就用自己燃烧着的双手抱住了他们，抚弄着那构成他们的头发、焦黑的嘴唇的火焰的辫绳。火女最后找到了她的孩子，她为此而感到平静，甚至有些高兴。见到阿娇怀抱着他们，火女并未反对。她没有将他们夺走。相反的，她看着这场面流下了喜悦的泪水。而她的泪水正是芳蒂兰的海水的颜色，与阿娇幼年时记得的绿色和蓝色都不同的一种颜色。那颜色开始汇聚。蓝色和更深的蓝色，绿色和更深的绿色。直至泪水的急流扑灭了阿娇手中的火焰。直至两个孩子开始消失。

"阿娉,疯女人!阿娉,疯女人!"

她感觉到正不断变大的胃袋里有人在呼叫她的名字,胃的重量和担忧近似。她睁开眼睛,看到周围是埃德韦索的景象。她正被人抬在空中,至少有十个男人正将她举在他们的头顶上,正在搬运她。在意识到这一切之前,她先感觉到了自己身上的疼痛,她低下头看见自己的手脚都已经被烧焦了。

女人们跟在男人身后高声数落。"邪恶的女人!"有一些人在喊着。"缺德的女人。"另一些人说。

阿萨莫阿跟在哀号的女人身后,一瘸一拐地撑着拐杖往前跑,想要追上去。

接着,人们将她绑在一棵点燃的树上。阿娉听见自己的声音。
"求求你们了,弟兄们。告诉我出了什么事!"

一位名叫安特维·阿格耶的长者开始咆哮:"她想知道出了什么事!"他冲着聚拢过来的男人喊道。

他们用绳索拴住阿娉的手腕。她烧伤的伤口尖叫起来,接着是她自己。

安特维·阿格耶继续着他的话。"有什么样的魔鬼竟连自己都认不出?"他问道,人群在坚实的土地上跺着脚。

他们用绳索缠紧阿娉的腰。

"我们已经知道她是个疯女人,而现在她自己向我们显露了真身。缺德的女人。邪恶的女人。她既然是由白人养大,那也该和白人一样死去。"

阿萨莫阿推搡着走到人群前方。"求求你们。"他说。

"你站在她那一边？站在这个杀了你孩子的女人一边？"安特维·阿格耶高呼。人群尖叫着回应他的怒气，他们跺脚、击掌、弹舌。

阿娉无法思考。这女人杀了她的孩子？这女人杀了她的孩子？她睡着了。她一定是还在发梦。

阿萨莫阿哭了起来。他看着阿娉的眼睛，她也疑惑地看着他。

"亚乌还活着。我在他死前抓住了他，但我只能救一个，"他静静地看着阿娉，话语却是对人群说的，"我儿子需要她，你们不能把她从我身边带走。"

他看着安特维·阿格耶，接着看向其他埃德韦索的人。那些之前一直在沉睡的人此刻都醒了，全都走过来，加入其他人的队伍，等着看这个邪恶的女人被烧死。

"难道我所失去的骨肉还不够多吗？"阿萨莫阿问他们。

很久之后，他们才割断绑阿娉的绳子，将她放下来。他们让阿娉和阿萨莫阿回了自己的屋子。娜娜·塞瓦和医生正在料理亚乌的伤势。那婴儿哭号着，声音似乎是从他体外的某个地方发出的。他们不会告诉阿娉，阿比和阿玛被放在了何处。他们什么都不会说。

威 莉

这天是周日，秋天。威莉站在教堂后部，用一只手拿着翻开的歌集，这样就能用另一只手拍着大腿打拍子。贝莎姊妹和朵拉姊妹分别是高音部和低音部的领唱，两位都是宽宏大度的大胸脯女人，相信被提[1]随时都会来到。

"威莉，你所需要做的，就是让自己歌唱，孩子。"贝莎姊妹说。威莉是从清扫房屋的工作中直接抽身过来的。步入教堂时，她匆匆褪下围裙，不过她没有意识到的是，这会儿额头上还留着一抹鸡油。

卡森正坐在会众中。威莉看出他不耐烦了。他一直在问她学校的事，但是在约瑟芬会走路之前，威莉不能丢下他。当她告诉卡森的时候，他眯着眼睛看着她，有时候威莉会幻想把他送去南方，送去跟着妹妹海柔尔。也许妹妹不会介意收养一个眼中浮着这么多恨意的孩子。不过威莉知道自己永远也不会真的这么做。在家书中，她写到的是事情的进展是多么顺利，和罗伯特的相处是多么顺遂。海柔尔回信说很快会来访，不过威莉却知道她永远也不会过来。她的世界在南方，她无意涉足北方。

"对的，你所需要做的，就是让主接走你所背负的十字架。"朵拉姊妹说。

威莉微笑着加入女低音部的哼唱。

---

[1] 《圣经》中的一个概念，指神为了在灾难期间完成他公正的审判，提前将所有信徒从地上撤走。可见《圣经·新约·帖撒罗尼迦前书》和《圣经·新约·哥林多前书》部分。

"你准备好走了吗?"走下舞台后,她问卡森。

"准备好了。"卡森说。

她于是便和卡森离开教堂。这是一个清冷的秋日,凉爽的秋风从河上朝他们吹来。街上有几辆汽车,威莉看到一个红褐色皮肤的贵妇从身边走过,她身着轻柔的浣熊皮外套,如笼烟云。在雷诺克斯街上,每两个广告牌中,就有一个是通报艾灵顿公爵在当地的演出的:周四、周五、周六。

"我们再稍稍多走一段吧。"威莉提议,卡森耸耸肩,不过他还是从口袋里掏出双手,让脚步跟了上来,威莉知道自己的提议是正确的。

他们停下来,等待车流经过,威莉抬头看见有六个小孩子正从公寓楼的一扇窗口低头看她。真是好大一群孩子,年纪最大、个子最高的站在后排,最小的则站在前面。威莉举起一只手朝他们挥舞,但接着一个女人把孩子们都拉走了,并关上了窗户。她和卡森过了街。在这一天的哈莱姆区,似乎有成百的人出门拥上了街头,甚至可能上千。人行道似乎已经因为人群的重压而开始下沉,有些地方被踩踏得几乎要裂开。威莉看到一个奶茶肤色的男人正在街头唱歌。他身边有个树皮肤色的女人在拍手点头。哈莱姆区感觉就像是一个庞大的黑人乐团,他们携带的重型乐器如此之多,以至于连城市这座舞台也似乎要坍塌。

他们在第七大道南转,经过威莉时不时会帮忙清扫以换得几分钱的理发店,经过一家酒吧和一家冰激凌店。威莉把手伸进提包摸索,最后摸到了钱币。她掏出五美分镍币投给卡森,男孩冲她笑了笑,那似乎是多年来他第一次微笑。那笑容甜美中也有苦涩,因为它让威莉回想起他无休无止地哭泣的日子。在那段岁月,世界上除他二人之外别无他人,只有威莉,这对于卡森来说是不够的,而对于她来说已经足够了。卡森跑去买了一个圆筒冰激凌,返回后两人继续前行。

如果从第七大道转南一直走就能返回普拉特城,那威莉可能会照办无误。卡森小心地舔着冰激凌甜筒,用自己的舌头塑出了浑圆的球形。他一次舔满一整圈,然后仔细地看看冰激凌,接着再舔。威莉不记得上一次见到卡森这么开心是什么时候了,也不记得曾几何时能如此轻易地就逗乐他。一切所需要的只是一个镍币和一次散步。如果他们能一直走下去,那么她或许也能快乐起来。她或许能忘掉自己是怎么流落哈莱姆区、远离普拉特城、远离家乡的。

威莉的肤色不是煤黑色。她这辈子已经见过足够多的煤,这一点可以确定。但是那一天,当罗伯特·克里夫顿同他父亲一同来工会集会聆听威莉唱歌时,她满脑子只想着他是她所见过的最白的黑人男孩,因为怀揣着这样的想法,在她看来,她自己的肤色就越来越像父亲从矿上带回家的那东西的颜色,那东西沾在父亲的指甲下面,污染了他的衣物,一天天累积着。

过去的一年半中,威莉一直在工会会议上负责唱国歌。她的父亲H是工会领导,因此要说服他并不太困难。

那天罗伯特进来的时候,威莉在教堂后面的房间里练声。

"你准备好了吗?"父亲问。在威莉央告之前,工会的会议上是不唱国歌的。

威莉点点头,走到圣所,工会所有成员都已经在那里等待。那时她虽然年幼,却已经知道自己是普拉特城最好的歌手,甚至也许算得上是伯明翰最好的。所有的人,无论男女老少,他们来参加工会会议都只为一听她十岁的身躯所发出的充满旧世界疲惫感的歌声。

"唱国歌，请起立。"H对众人说道，众人于是照做。第一次听到她唱国歌时，父亲哭了。后来，威莉总会听到有人说："瞧瞧老两铲，他也心软了，不是吗？"

这时候威莉唱起了国歌，人们观看着，露出喜悦的神气。她想象歌声是从腹腔最底部的洞穴中发出来的，和身前的父亲以及所有男人一样，她也是一名矿工，她下到自己体内最深的地方，再把珍贵的东西掏出来。唱完后，会场里所有人都站起身鼓掌欢呼，她因此知道自己够到了洞底的岩石。之后矿工们继续开会，威莉则坐在父亲的膝头百无聊赖，只期待着能够再次歌唱。

"威莉，你今晚唱得棒极了。"会后一个男人说。那会儿威莉和妹妹海柔尔站在教堂外面，正看着步行回家的人潮，等待父亲锁门。威莉没认出那男人。他是新来的，是一名曾修过铁路的前科犯，后来作为自由人来了矿上。"我想让你见见我的儿子罗伯特，"男人说道，"他很害羞，不过他很喜欢听你唱歌。"

罗伯特闻声从父亲背后走了出来。

"你们可以一起玩一会儿。"男人说着把罗伯特往前推了几步，然后走着回家了。

罗伯特父亲的肤色是咖啡色，他却是奶油色。威莉在普拉特城见过白人和黑人在一起的画面，但她还从不曾见过他们组成家庭，以及两种血统同存于一个人的身上。

"你的声音真动听，"罗伯特说话的时候看着地面，用脚蹭起了一小团烟尘，"我是来听你唱歌的。"

"谢谢。"威莉说。罗伯特终于抬头看着她笑了，终于在说出这句话后松了口气似的。他的眼睛让威莉吓了一跳。

"你的眼睛为什么是那样的？"威莉问，与此同时，妹妹海柔尔躲到她的腿后,透过她两腿的缝隙打量着罗伯特。

"哪样的?"罗伯特问。

威莉思考着,但意识到没有词语能描述它们。他的眼睛看起来像许许多多的东西。像是她和海柔尔喜欢跳进去的泥地里的清澈水洼,或者像一只金蚂蚁的闪闪发光的身体,她有一次曾见过一只那样的蚂蚁,它正扛着一片叶子翻越一座小山。他的眼神正在她眼前变换,而她却不知道该怎样告诉他这一点,因此她什么也没说,只是耸了耸肩。

"你是白人?"海柔尔问,威莉推了她一下。

"不是,不过我妈说我们的身上也流着白人的血。有时候得需要一段时间才能显露出来。"

"这话不对。"海柔尔说着摇摇头。

"你老爹老如尘芥,说这话也不对。"罗伯特说,而威莉在无意识之间就推了他一把。罗伯特跟跄着一屁股摔在地上,他那双混杂着棕色、绿色、金色的眼睛惊讶地看着她,但她并不在意。她的爸爸是伯明翰最好的矿工。他是威莉的生命之光,而威莉对他来说也同样如此。父亲总会告诉威莉,他是怎样地等啊等啊等啊,才盼来了她,而她诞生之后,他是那样的高兴,连他像煤块般坚硬的心都融化了。

罗伯特重新站起身,拍掉身上的尘土。

"噢。"海柔尔说着朝威莉转过身,她从不会错过任何一个可以羞辱姐姐的机会。"我要向妈妈举报你打人!"

"不要,"罗伯特说道,"没关系的。"他看着威莉,"没关系的。"

那一推打破了二人之间的某种藩篱,从那天之后,罗伯特和威莉变得日益亲密起来。到了十六岁,他们开始约会,十八岁,他们结了婚,二十岁,他们生了一个孩子。在普拉特城的人们口中,他们总是一同出现,被合为一体地叫作"罗伯特和威莉"。

卡森出生后的一个月,威莉的父亲过世,接下来的一个月是她的母亲去世。矿工注定是活不久的。威莉有些朋友的父亲在他们尚在母亲腹中游泳时就故去了,但是知道这一点并不能减轻伤痛。

最初的日子里,威莉伤心欲绝。她不想看到卡森,不想抱他。夜间宝宝睡熟后,罗伯特会将她拥入怀中,亲吻她不曾止住的泪水。"我爱你,威莉。"他会小声耳语,但从某种程度来说,那份爱也伤人,会让她哭得更凶,因为她不再愿意相信父母故去后世界上还会有任何美好的事物。

送葬时威莉领唱,所有送葬者的悲恸哭泣之声直抵矿坑深处。威莉以前从未见过这样的悲伤场景,也并不完全认识那些为她父母送行而聚集起来的上百人。刚开始唱时,她声音发颤,体内似乎有某种东西被摇动了。

"我将头戴冠冕。"威莉唱道,她的声音低沉洪亮,从矿坑最深处折返,回荡在矿山周围步行送葬的人们的身边。不久,他们经过老陶工的凹地,那里埋葬着上百位名姓不详、面貌也不为人所知的男人和男孩,威莉感到庆幸,至少父亲是以自由之身死去。至少。

"我将头戴冠冕。"威莉再次唱起,她将卡森抱在怀中,他嘤嘤的哭泣声就是她的伴奏,他的心跳就是她的节拍器。歌唱的时候,音符从口中飘出,就像小小的蝴蝶,将她的悲伤衔走了一些,于是她终于知道,她将存活下来。

很快,普拉特城在威莉的眼中变得像是一团烟尘。她无法摆脱。她能看得出,罗伯特也渴望离开。对于开矿这一行来说,他的身子稍显柔弱。至少每当他起意向矿场老板求工作时,对方都是这么觉得的，而自从十三岁生日以来，他大概每年都会去求一回。他没做成矿工，而是在普拉特城商店当了店员。

但是卡森出生后，商店的工作突然间似乎无法满足罗伯特了。他会一连好几周抱怨个不休。

"这份工作不光荣。"一天晚上罗伯特对威莉说。威莉坐在那里，与小卡森肚皮贴肚皮，小卡森正试着抓取她耳环上反射的光芒。"采矿才是光荣的。"罗伯特说。

威莉一直觉得如果丈夫有机会下矿，那么他就会死在里面。父亲在去世的很多很多年前就已经放弃矿上的工作了。他的身材是罗伯特的两倍，力量则是十倍。即便如此，父亲的咳嗽也还是几乎不曾止住过，有时候，当他咳出一串黑色黏液，脸孔扭曲、眼睛鼓胀时，威莉会觉得仿佛有个隐形人在父亲身后，正用双手掐着他粗壮的脖子。虽然她对罗伯特的爱超过了她曾以为的爱的极限，但当她看着他的时候，她依然觉得他无法应对掐住他脖子的双手。她从不曾告诉他这些。

罗伯特开始在房内踱步。墙上的时钟慢了五分钟，秒针的滴答声在威莉听来，就像有人在教会复兴活动上错着拍子鼓掌。虽令人生厌，但拍得笃实。

"我们应该搬走，北上，找个我能学会新营生的地方。现在你的父母都走了，普拉特城没有任何属于我们的东西了。"

"纽约，"威莉刚想到就脱口而出，"哈莱姆区。"这个词如记忆一般击中了她。虽然她之前从未去过那里，但能感觉到它存在于她的生活之中。像一句预言，一段提前浮现的回忆。

"想去纽约是吗？"罗伯特微笑着说。他将卡森接到自己怀中，男孩因为没有灯光而受了惊吓，大哭起来。

"你能找个工作。我可以唱歌。"

"你要唱歌是吗?"他伸出一根手指在卡森眼前晃荡,卡森的两只眼睛于是便跟着他的动作转动。先看向这边,接着是那边。"你觉得怎么样啊,宝贝儿子?妈妈唱歌好不好啊?"罗伯特放下那根晃荡的手指,伸到卡森软绵绵的肚子上挠他痒痒。卡森咯咯笑出声来。

"我想他同意这个主意,妈妈。"罗伯特说着也笑了。

每个人都认识某些打算北迁的人,每个人也都认识一些已经在北方的人。威莉和罗伯特认识的乔·特纳就是,他是乔西的儿子,他们认识他时,他还只是小乔。现在他在哈莱姆区的一个学校当老师。他把他们带进了他在西134街上的住所。

威莉只要还活着,就永远难以忘记第一次走进哈莱姆区的情景。普拉特城是个矿业城镇,那里的一切都以地下的东西为中心。而哈莱姆却与天空有关。这里的建筑比威莉所见过的所有建筑都高,而且也更多,挤挤挨挨,摩肩接踵。第一口呼吸到的哈莱姆的空气是清新的,没有煤灰通过鼻腔击打到喉咙深处。光是呼吸就叫人觉得兴奋。

"我们要做的第一件事,就是给我找个地方唱歌,小乔。我听说有些女士会在街角卖唱,我知道我比她们唱得好。我就是知道。"他们搬进行李中的最后三只箱子,终于在小小的公寓中安定下来。乔无法只靠自己一人之力负担这套公寓,表示很高兴能有老朋友一起分担房费。

乔笑着说道:"你是该将希望寄托在自己比街头女孩唱得好这一点上,威莉。不然你怎么能离开街头,唱入剧场呢?"

罗伯特抱着卡森,轻轻摇晃,免得那孩子哭闹。"这不是第一要务。我们首先得做的,是帮我找份工作安顿下来。我是男人,记得吧?"

"哦,你是男人,好的。"威莉说着眨了眨眼,乔也转了转眼珠子。

"现在开始,你们谁也不能给这屋子再增添人口。"他说。

这天晚上,以及之后的许多夜晚,威莉、罗伯特和卡森同睡一张床,就这样在这座高大砖房的四楼小客厅中住了下来。床铺上方的天花板上有一个大大的棕色斑点,第一晚睡在那里时,威莉觉得,就连那斑点看起来也是美的。

小乔住的那座楼中住满了黑人,几乎所有的住户都是刚从路易斯安娜、密西西比和德克萨斯来的。在进楼的路上,威莉听到一个阿拉巴马人所特有的懒散腔调。说话的男人正试图将一张宽沙发推进一道窄门。门里面有个口音类似的人在指引方向:再往左去点,往右去一点点。

第二天一早,威莉和罗伯特将卡森留给小乔,两人便在哈莱姆四处转悠,看看街区里是否贴有招聘启事。他们转了好几个小时,观察人群,相互交谈,看看哈莱姆的人们正在做的各种特别或寻常的事情。

有一会儿,他们在逛其中一个街区,经过一家冰激凌店后,他们在一家商店的门上发现了一张招聘启事,于是便决定进去,让罗伯特找人谈谈。在进去的时候,威莉在门前台阶上绊了一下,罗伯特将她揽入怀中。他帮她站稳,待她站直后,冲她微笑,快速吻了下她的脸颊。走进店内后,威莉接触到店员的眼神,感到有一股寒意从对方的眼睛流向自己,接着一路抵达她胃袋的最底部。

"打扰了,先生,"罗伯特说道,"我看到您门外贴的招聘启事。"

"你娶了个黑女人?"说话间,那店员的眼神一直未离开威莉。

罗伯特看着威莉。

他轻声说道:"我之前在商店干过。在南边。"

"这里不缺人。"那男人说。

"我是说,我有经验……"

"这里不缺人。"那男人重复道,这一次语气更加粗暴。

"我们走,罗伯特。"威莉说。在那男人第二次张口时,她半个身子已经出了大门。

在接下来的两个街区,他们没有说话。他们经过一家挂着招聘启事的餐厅,但是威莉不用看罗伯特也知道,他们不会停留。过了很久他们才返回小乔的住处。

"你们这么快就回来了?"两人进门后,乔问。卡森在床褥上熟睡,小小的身体蜷成一团。

"威莉想看看孩子。她想让你能歇一歇。是不是,威莉?"

威莉回答时能感觉到乔在看她:"对,是这样的。"

罗伯特转身就出了门。

威莉在宝宝身边坐下,看着他熟睡的样子。她想试试自己能否看儿子睡觉看上一整天。但是一会儿过后,她感到一股奇怪而无法抗拒的恐慌感袭来,原因却不得而知。她害怕儿子并没有真的在呼吸。她害怕他意识不到自己的饥饿,因而不会哭着求她喂饭。她害怕他无法将她与这座崭新的大城市中的其他女人区分开。于是她便将儿子叫醒,只为听一听他的哭声。只有在这时,只有当哭声响起,一开始轻轻柔柔,接着变得尖锐响亮,这时候她才终于得以放松下来。

"他们还以为他是白人,乔。"威莉说。当她看着卡森的时候,她能感觉到乔正在看着自己。

乔点点头。"我知道。"他冷静地说一句便走开了,留下威莉自己待着。

威莉焦急地等待着罗伯特回来。这时候她才第一次怀疑离开普拉特城是不是一个错误。她想起了海柔尔,自从离开以来,还没有收到过她的信息,一股思念之潮将她吞没,接着是悲伤和绝望。她还曾有过另一段预先体验到的记忆。那便是此刻的孤单。她能感到它在逐渐靠近,她将必须学会适应这样的环境。

罗伯特回到公寓。他去了理发店,头发剃得短短的。他买了新衣,威莉想毫无疑问是用了他们最后的积蓄,出门时他那身一直穿的衣服已经不见踪影。他在床上挨着威莉坐下,揉揉卡森的脊背。威莉看着他。他看起来不再像是他了。

"你把钱都花了?"威莉问。罗伯特没有看她的眼睛,她不记得上一次罗伯特躲闪她的目光是什么时候了。即便是她第一次同他玩耍的那天,她推搡他,当他跌倒的时候,罗伯特的目光也总是稳稳地落在她身上,几乎可用贪婪来形容。他的眼睛是她最早对他产生好奇的地方,也是她最早爱上的东西。

"我不会变成我的父亲,威莉,"罗伯特说话间眼睛依旧看着卡森,"我不会当一个只会干一件事的人。我会养活我们家。我知道我能做到。"

他终于看向她了。他用一只手揉揉她的脸颊,接着捧起她的后颈。"既然已经来到这里,威莉,"他恳求道,"就留下来吧。"

"留下来"之于威莉的意味是:每天早晨,她和罗伯特一起起床。她打理好卡森,把他交给楼下一个名叫贝丝的老妇,后者收取少量费用,负责看护大楼里所有的孩子。罗伯特剃须梳头,穿好衬衫。接着,两人一同出门到哈莱姆寻找工作,罗伯特穿着体面,威莉则打扮素朴。

留下来意味着他们不再一同在人行道上行走。罗伯特总会走在她前面一点,而且他们也从不触碰彼此。她不再叫他的名字。即便摔倒在街头,碰到男人打劫,或是有汽车朝她撞来,她也不会叫他的名字。她曾叫过一次,罗伯特转过身来,所有的人于是都看了过来。

起初,两人都在哈莱姆找工作。甚至有一家店雇用了罗伯特,但是一周过后就起了冲突,一个白人主顾凑近罗伯特,问他怎么能受得了经常光顾店铺的黑人女人。当晚回家后,罗伯特对威莉哭诉说那人说的可能是她,于是他便辞了职。

第二天,两人再度开始找工作,只不过这一次他们只一前一后地走到南部地区就分开了,威莉将罗伯特遗失在了曼哈顿的人潮中。他现在看上去很像白人,只几秒钟的工夫,她就完全找不着他了,他的面孔只不过是熙熙攘攘的白人群体面孔中的一个。两周之后,罗伯特在曼哈顿找到了工作。

威莉找工作则多用了三个月的时间,不过到十二月时,她已经是莫里斯家的管家了,那是一个居住在哈莱姆区和曼哈顿区交界处的富有的黑人家庭。这家人尚未接受自己的黑人身份,于是便在城市允许的范围内,尽可能地住在离白人最近的地方。他们无法继续前进了,他们的肤色太黑,不能在街道的另一边找到公寓。

白天里,威莉照看莫里斯家的儿子。她为他喂饭、洗澡、照顾他躺下小睡。之后,她会从上到下彻底打扫公寓,连枝状烛台下也会清扫得干干净净,因为莫里斯夫人总会检查。傍晚时分,她会开始烧饭。早在大迁徙之前,莫里斯一家就来了纽约,但是他们习惯南方的食物,仿佛厨房就在南方,而非与那里相隔万里。一般最早回来的是莫里斯夫人,她是一名裁缝,双手总是被针刺破而流血。她一到家,威莉就会离开去参加试音。

她太黑,不能在雅茨俱乐部演唱。她准备好试音的那晚他们就是这么告诉她的。一个身形非常瘦削高挑的男人将一个纸袋举到她的脸旁。

"太黑。"他说。

威莉摇摇头。"但是我能唱,你听。"她张嘴深吸一口气,让空气充满整个腹腔,但接着那男人却冲她比了两根手指,让她泄了气。

"太黑,"他又说了一遍,"雅茨俱乐部只接受浅肤色的女孩。"

"我瞧见过一个肤色像午夜一样黑的男人拿着铃鼓走进来。"

"我说的是女孩,亲爱的。如果你是男人,那倒是有可能。"

威莉心想,如果她是罗伯特,那么事情也许就成了。罗伯特能拿到他想做的任何工作,但是威莉知道,他很胆小,不敢尝试。他害怕自己会被人发现,害怕自己教育水平不够。不久前的一个晚上,他告诉威莉有个男人问他为什么"那样子"说话,他因此吓得连话也不敢说了。他不愿告诉威莉他到底在做什么讨生活,不过回家时,他闻起来有海和肉的味道,他一个月挣的钱比她这辈子所见过的还要多。

罗伯特小心谨慎,但她很大胆。自来就是如此。第一晚和她睡时,罗伯特十分紧张,他的阴茎搭在他不住颤抖的左腿根部,宛如河上漂浮的一块原木。

"你爸爸会杀了我的。"他说。那时他们十六岁,他们的父母属于同一个工会。

"我现在可不会想我爸爸怎样,罗伯特。"她说着试图帮助那原木站起来。她将他的手指一根接一根地放进口中,轻咬他的指尖,整个过程中眼睛一直看着他。她灵活地帮他进入她的体内,然后在他身上律动,直至他向她祈求:停下,别停,动快点,慢点。当他闭上眼睛时，她吩咐他张开，看着她。她喜欢成为演出中的明星。

既然她还在想着罗伯特，那么这正是她这时想要的。想着该怎样充分利用他的肤色，如果她是他，那她会更大胆。如果可以，她会将自己的声音放入他的体内、他的皮肤之下。她将站在雅茨俱乐部的舞台上，倾听人们热情洋溢的赞美，就像记忆中她在父母桌前演唱时经常能收获的那般。她有男孩一样的拳脚，所以你永远也别想对她扯谎。

"听着，如果你想干的话，我们有份晚上做清洁的工，"那瘦高个男人的话在她思绪渐消时打断了她，"薪水不错。做段时间可能还会转岗。"

她当即便接受了那份工作，晚上回家后，她告诉罗伯特说莫里斯家需要她上夜班。她分辨不出罗伯特是否相信了她，不过他点了点头。这晚两人将卡森放在中间入睡。卡森开始会说一些词语了。之前有一天，当威莉从贝丝的公寓接他回来时，她听到他叫那老妇妈妈，这让她难受，一路上连喉头也哽咽了起来。

"薪水还不错。"她一边对罗伯特说，一边将卡森的大拇指从他嘴里拉出来。卡森哭着冲她吼道："不要！"

"嘿，听着，宝贝儿子，"罗伯特说道，"别这个样子对妈妈说话。"卡森又将大拇指放进嘴里，盯着父亲。"我们不需要那些钱，"罗伯特说道，"我们现在就过得不错，威莉。我们甚至很快就能有自己的住处了。你不需要工作。"

"那我们住哪儿？"威莉打断他的话。她不想说得那么刻薄。罗伯特的提议对她很有吸引力：她自己的公寓，能有更多的时间陪着卡森。但是她知道，她不是为那样的生活而活的。她知道那样的生活不是他们想拥有的。

"有很多地方，威莉。"

"什么地方？你觉得我们能在什么样的世界里生活，罗伯特？你能成功走出那些门口，进入这个世界，却还没因为和黑鬼睡觉而被某人打晕，这真是奇迹了……"

"闭嘴！"罗伯特说。威莉还从未在他的声音中感到过那样的力量。"别说那样的话。"

他翻身面朝墙壁，威莉平躺着，盯着头顶的天花板。那上面巨大的棕色斑块在她看来开始软化了些，似乎整个天花板随时都可能崩塌后压在他们身上。

"我没变，威莉。"罗伯特对着墙壁说。

"是的，不过你也不是从前的你了。"她回答说。

那晚接下来的时候他们没再说话。睡在他们之间的卡森开始打鼾，声音越来越大，像是他肚子发出的隆隆声从鼻腔释放出来了一般。这听起来就像是天花板崩塌的背景音效，威莉开始感到害怕。如果卡森还是婴儿，如果他们还待在普拉特城，那她可能已经将他叫醒了。但这里是哈莱姆，她不能动弹。她必须躺在那里，静默地，感受那腹鸣声，那崩塌，那恐惧。

打扫雅茨俱乐部的活计说不上太难。威莉会在晚餐前将卡森放到贝丝家，接着便动身前往雷诺克斯大街 644 号。

工作和她为莫里斯家做的一样，不过也有区别。雅茨俱乐部的观众只有白人。每晚上台的表演者正如那瘦高个男人所说的一般：身材高挑，皮肤是棕褐色，美艳动人。据威莉所观察到的，也就是身高五尺五，肤色浅淡，年纪轻轻。威莉除走垃圾，清扫，擦拭地板，看着那些紧盯舞台的男人。这一切对她来说都是那样陌生。

在一场演出中，一位演员假装在非洲丛林中迷了路。他穿的是一条草裙，脑袋和胳膊上都绘有符号。他没有说话，而是发出咕噜咕噜的声音。时不时地，他还会绷紧胸大肌，捶打胸部。他挑中一名身材高挑、棕褐色皮肤的美艳女孩，将她像布偶一般扛在肩上。观众群里笑声此起彼伏。

有一次，威莉借工作的当儿，看了一场描述南方生活的演出。三个男演员是威莉在俱乐部所见过最黑的，他们在舞台上摘棉花。其中一个演员开始抱怨，说太阳太毒辣，棉花太白。他坐在舞台边上，懒散地晃荡着大腿，前前后后，后后前前。

另两人走上前来，双手搭在他肩上站定。他们开始唱一首对主人表达感激之情的歌曲，这是威莉从未听过的。歌曲结束之前，他们已经在返回摘棉花的路上。

这不是威莉记得的南方，也不是她父母所了解的南方，但是她从喝彩声中知道，那些观众都从未涉足过南方。他们所想要的，只是欢笑、痛饮、冲女演员们吹口哨。幸好她只需要清扫舞台，而不用在上面歌唱，这几乎让威莉觉得高兴起来。

威莉在那里干了两个月。自打她询问他们将住在哪里的那天晚上开始，她和罗伯特就相处得不太融洽。大多数夜里罗伯特都不回家。她从俱乐部回来后只剩几个小时天就要亮了，但卡森却孤零零一个人睡在床褥上。每天晚上都是乔结束教职后去贝丝家接回卡森，带他上床。威莉悄悄爬到卡森旁边，睁大眼睛，等待着罗伯特的脚步声穿过走廊，有马蹄般的橐橐声传来，则意味着丈夫那晚会回来。如果她真的听到了那声响，罗伯特真的回来了，她就会立刻闭上眼睛，两人玩起伪装游戏，像俱乐部舞台上的演员一般表演。罗伯特所演的角色悄悄地溜上床睡在她身边，而她的角色则从不提问，让他以为她仍是信任他的，对他们仍有信心。

威莉走出俱乐部去倒垃圾，回来的时候，老板朝她走来。他看上去满腹烦恼，不过威莉也从未见识过他别的表情。他曾参加过战争，走起路来腿跛得厉害，总喜欢说这阻碍了他获得更加体面的工作。唯一能让他高兴的事，似乎就是走到门外靠在粗糙的砖墙上，一支接一支地抽烟。

"男厕所里有人吐了。"他说着走开了。

威莉只点点头。这种事每周至少会发生一回，无须通知她也知道一直以来的处理方法。她抓起水桶和拖把走了过去，敲一下门，接着再敲两下。没有回应。

"我要进来咯。"她大声说道。几周前她发现，强钻进去比畏畏缩缩要更好，因为醉汉往往会失去听力。

这会儿在厕所的男人一定就是这样。他弓着背，脸扎在水槽里，喃喃自语。

"啊，抱歉。"威莉说着转身离开，那男人抬起头，目光与她在镜中交会。

"威莉？"男人问。

她立刻就认出他的声音了，不过她没有回头。她没有回答。她唯一能想的是，她竟然没有认出他来。

曾经有一段时间，当他们还只是约会中的热恋情侣，还在婚姻生活的初期时，威莉觉得她了解罗伯特甚至超过自己。这么说不仅仅是因为她知道他最爱的颜色，或是她不经他提醒也能知道他晚餐想吃什么。原因在于，她了解他自己都还未能认识到的事情。比如他不是那种能应付掐在他脖子上的隐形双手的人。卡森的出世改变了他，但不是往好的方面。这让他对自己产生了深深的恐惧，总是质疑自己的选择,永远也达不到自己制定的标准,而那标准就支撑在他父亲慷慨的爱意之中,代价高昂,为他和他的母亲开了路。威莉能在罗伯特身上发现这些,但没能认出他弓起的背、垂着的头,这吓坏了她。

两个白人男子走了进来,没有注意到威莉。其中一个穿着灰色西装,另一个是蓝色。威莉屏住呼吸。

"你还在这儿啊,罗伯?妞们都要上台啦。"蓝西装说。

罗伯特绝望地看了威莉一眼,还没说话的灰西装顺着他的目光看到了威莉。他上上下下将她打量一番,脸上慢慢展露出笑容。

罗伯特摇摇头。"好吧,哥们,咱们走。"他说着试图露出微笑,不过嘴角却几乎是立即就耷拉下来了。

"看起来罗伯特已经勾到妞了。"灰西装说。

"她只是进来做清洁的。"罗伯特说。威莉看出他眼中开始露出恳求之色,这才意识到自己有麻烦了。

"也许我们甚至都不用再出去。"灰西装说着放松肩膀,身体靠在墙上。

蓝西装也开始咧嘴笑。

威莉抓紧拖把。"我该走了,我老板会找我的。"她说着试图像罗伯特一样变换语气,试着用他们的口吻说话。

灰西装拿走拖把。"你还要做清洁呢。"他说着爱抚她的脸,双手开始往她的下体游移,不过不等够到乳房,威莉就啐了他一脸。

"威莉,别!"

两个穿西装的人转身看向罗伯特,灰西装擦掉了脸上的口水。"你认识她?"在蓝西装开口前,被灰西装领先了两步。威莉能看出,他正在脑海中集合所有的线索:罗伯特昏暗的肤色、粗重的嗓音、彻夜不归的那些夜晚。他嘲讽地看了罗伯特一眼。"她是你的女人?"

他问。

罗伯特的眼眶早已蓄满泪水。他的肤色因为呕吐已变成土黄色，看起来像是随时都可能再次呕吐的样子。他点点头。

"好啊，你怎么不过来亲亲她呢？"灰西装问。他早已用左手拉开了裤子拉链，右手正抚弄着阴茎。"别担心，我不会碰她的。"他说。

他遵守了诺言。那晚罗伯特全都照做了，蓝西装负责把门。不过是几个带着泪痕的吻和小心摆置的双手罢了。还未要求罗伯特进入她前，灰西装就射了，他喘着粗气，浑身战栗。接着他很快便对这档子游戏腻味了。

"明天不用来上班了，罗伯特。"他说着和蓝西装一同走出门。

门关上时，威莉感到一阵微风吹了进来。她皮肤上的汗毛被吹了起来。她全身如一片木头般僵硬。罗伯特朝她伸出手，她过了几秒才意识到还能控制自己的身体。他开始轻抚她，她却立即挪开。

"我今晚就走。"他说着又哭了起来，那双混合着棕色、绿色和金色的眼眸，在泪水背后莹莹闪耀。

不等威莉意识到，他已经离开了卫生间。

* * *

卡森还在舔他的冰激凌。他一只手举着冰激凌，另一只手牵着威莉，儿子皮肤的触感就足够让她的眼眶泛出泪水了。她想继续走。如果非此不可的话，她想一直走到曼哈顿。她不记得上次看到儿子如此开心是什么时候的事了。

那天和罗伯特发生那件事后，乔提出要娶她，但是威莉却连想都不能想。她带着卡森连夜离开，第二天早上找了新的住处，她觉得那里足够遥远，不会见到任何熟人。不过她不能离开哈莱姆，这座巨型城市里的一个小小角落，它像是已经烙进了她的体内。每一张脸都是罗伯特，但每一张脸又都不是。

卡森一直哭个不停。似乎一哭就是整整好几周，那孩子就是不肯停下来。新公寓里没有贝丝家那样的托儿所了，所以白天上班期间，她只得将卡森独自留在家里，确保门窗都关好，把所有尖利物品都藏起来。夜里回来时，她发现儿子已经自己睡着了，床褥已经被他所流下的眼泪浸湿。

她干的都是些零工，多数是做清洁，不过每隔一阵子她还是会去参加试音。结果都是一个样。她会自信满满地登台，张开嘴巴时却什么也唱不出来，接着只是开始哭泣和乞求原谅。一个试音者告诉她，如果她想要的是宽恕，那么最好是去教堂。

于是她就去了。自从离开普拉特城以来，威莉还从未去过教堂，但这一去似乎就去不够了。每到周日她都会拉上刚满五岁的卡森一道出门，去西 128 街和 7 街交叉口的浸礼会教堂。她就是在那里遇见了伊莱。

伊莱只偶尔去教堂，不过会众却依然称他为伊莱弟兄，因为他们认为他心中有圣灵的果实。什么果实呢，威莉不知道。她连着去了教堂大约一个月，卡森则又长大了些，坐在她膝头时已经会压得她腿疼，但她还是习惯抱着他坐在最后一排。然后伊莱提着一袋苹果走了进来，斜倚在后门上。

布道牧师说："神从天上降下火来，将群羊和仆人都烧灭了；惟有我一人逃脱，来报信给你。[①]"

"阿们。"伊莱说。

[①] 语出《圣经·旧约·约伯记》第一章第十六节。

威莉抬头看着他,接着视线又回到牧师身上,他说:"不料有狂风从旷野刮来,击打房屋的四角,房屋倒塌在少年人身上,他们就都死了;惟有我一人逃脱,来报信给你。①"

"颂扬上帝。"伊莱说。

那只口袋皱巴巴的,威莉抬头看到伊莱从里面掏出一个苹果。他冲她眨巴眨巴眼睛,咬了一口,而她迅速扭过头看向牧师,后者说:"赏赐的是耶和华,收取的也是耶和华;耶和华的名是应当称颂的。②"

"阿们。"威莉小声说。这时候卡森开始躁动,威莉颠了颠腿哄他,不过这动作却只叫他更止不住地扭动起来。伊莱给他一个苹果,他于是两手抓住,嘴巴张得老大,咬了小小的一口。

"谢谢你。"威莉说。

伊莱冲门口点点头。"陪我走走吧。"他小声说。威莉没理会,只帮卡森拿紧苹果,以免掉在地上。

"陪我走走吧。"伊莱提高了声音。一名引座员嘘了他一声,威莉担心他会提高声音再问,于是就起身同他离开。

行走之间,伊莱牵着卡森的手。在哈莱姆要想避开莱诺克斯大街几乎是不可能做到的。这里是一切肮脏、丑陋、正义和美好事物的汇聚地。雅茨俱乐部也还在那里,经过时威莉一阵哆嗦。

"怎么了?"伊莱问。

"只是打了个冷战而已。"威莉说。

威莉觉得他们似乎已经走完了整个哈莱姆。她记不得上一次走这么多路是什么时候了,如果不是卡森哭了起来,她甚至也没有意识到

---

①② 语出《圣经·旧约·约伯记》第一章第十九、二十一节。

他们已经走了很长时间。走路的时候,她的儿子一直在啃他的苹果,似乎非常满足,威莉几乎想为这一片小小的宁静而给伊莱一个拥抱。

"你是做什么的?"终于找到地方坐下后,威莉便问伊莱。

"我是个诗人。"他说。

"那你写过什么好东西吗?"威莉问。

伊莱冲她微笑,接过卡森手中晃荡的苹果核。"没有,倒是写了很多烂东西。"

威莉笑了。"你最喜欢的诗是哪一首?"她问。伊莱在长椅上迅速朝她靠拢,她感觉自己呼吸变慢下来,自打第一次亲吻罗伯特以来,她还从未对别的男人产生过这种感觉。

"《圣经》就是最好的诗篇。"伊莱说。

"既然这么说,那我怎么很少在教堂里见到你呢?你本该好好研究《圣经》的啊。"

这一次轮到伊莱大笑了。"诗人在生活上投入的时间应该比在学习上多。"他说。

威莉发现,伊莱在他所谓的"生活"中做了许多事。一开始她也那样称呼。和他在一起总是步履匆促。他带她去纽约城各种各样的地方,都是些她在认识他之前想都不曾想过的地方。他想要品尝各种食物,尝试各种事情。他不在乎他们一贫如洗。当她怀孕的时候,他的探险精神似乎愈加高涨。完全相反,卡森的出世让罗伯特想要扎根安定,而约瑟芬的诞生却让伊莱恨不得生出翅膀。

宝宝刚出生,伊莱就飞走了。第一次走了三天。

回家时,威莉闻到他身上有酒味。"我的宝宝怎么样啊。"他说着将手指伸到约瑟芬面前摇晃,约瑟芬睁大眼睛,眼睛随着他的手指转动。

"你都去哪儿了,伊莱?"威莉问。虽然胸腔中全是愤怒,但她试着不流露出那样的语气。她记得过去罗伯特消失一阵子以后回家来的那些夜晚,她保持静默的情景,同样的错误她不想犯第二次。

"噢,你生我气了,威莉?"伊莱问。

卡森拽住他的裤腿。"你有苹果吗,伊莱?"他问。他的长相开始显露出罗伯特的样子,威莉难以承受。这天早上她刚为他剪了头发,但他似乎头发越短,看起来就越像罗伯特。在理发的过程中,卡森踢打哭号个不停。为此她打了他屁股,他倒是安静了下来,但接着却向她投来一个恶狠狠的眼神,她不确定哪个更糟。她的儿子似乎正开始憎恨她,就像她拼命不要去恨他一般。

"当然了,宝贝儿子,我给你带了一个苹果。"伊莱说着从口袋里钓出一个来。

"别那么叫他。"威莉咬着牙齿说,她再度想起那个她正试着忘掉的男人。

伊莱的脸色沉了一些。他揉了揉眼睛。"抱歉,威莉。可以了吗?抱歉。"

"我的名字是宝贝儿子!"卡森大喊着咬了一口苹果,"我喜欢当宝贝儿子!"说话间有果汁从他口中喷溅出来。

约瑟芬哭了起来,威莉把她抱起来摇晃。"瞧瞧你都干了些什么?"她说,伊莱则继续揉着眼睛。

孩子们慢慢长大。有时候威莉一个月能见到伊莱的日子只有几天,也就是他写诗顺利、收入不错的时候。威莉帮别人打扫房子回来,发现公寓地板上到处都是一叠叠的纸张和碎屑。有些纸张上只写着一个字,例如"飞行"或"爵士"之类的。有些则写着整首诗。

威莉发现有一张的顶部写着她的名字,这曾让她觉得伊莱或许会留下来。

但是接着他会离开,也不再给家里拿钱回来。一开始,威莉会带着小约瑟芬去工作,不过因为这她丢了两份工,于是就将她同卡森留在家里,她没有办法让卡森一直上学。六个月里他们被扫地出门了三次,不过在那个时候,她认识的每一个人都正在遭受驱逐,他们同二十个陌生人挤在一个单间公寓中,分享同一张单人床。每次被扫地出门后,她都会带着他们所仅有的一点东西,往下搬不超过一个街区的距离。威莉会和新家的房东说她的丈夫是一位著名诗人,而她非常清楚他既不是她的丈夫,也完全称不上有名。有一次,他回家来待了一个晚上,她冲他大声嚷嚷。"诗歌又不能吃,伊莱。"她说道,接下来将近三个月她都没有再见到他。

接着,约瑟芬四岁、卡森十岁的时候,威莉加入了教堂的合唱团。她第一次听到他们歌唱时就想加入进去,但是舞台,即便是祭坛之上的舞台,也会让她想起雅茨俱乐部。后来,她遇见了伊莱,便不再去教堂。再后来,伊莱经常离开,她又开始去教堂了。最终她参加了排练,但是站在后排,静悄悄的,嘴唇虽然会动,但却不会发出任何声音。

这时候,威莉和卡森走到了哈莱姆区边界。卡森咔嚓咔嚓地咬着蛋筒,抬头满目狐疑地看着她,而她却只回以微笑,好让他安心,不过她知道,他也知道,很快他们就不得不掉头了。当天色开始变换,他们将只能转身。

但是他们没有。现在周围的白人如此之多,以至于威莉开始感觉害怕起来。她牵起卡森的手。记忆中的普拉特城的生活混杂成一团,远远落在她身后,她几乎觉得那些都是梦里的画面了。现在,在这个地方,她试着把身体蜷得小小的,肩膀缩起来,头低下去。她能感到卡森也在做同样的事。他们就这样走了两个街区,穿过哈莱姆的黑色海洋后,身边变成了行色匆匆的白人的另一个世界,接着他们在一个十字路口停下了脚步。

身边行走的人很多,威莉惊讶自己竟然能认得出来,但是她确实认出来了。

是罗伯特。他正一只膝盖跪在地上,帮一个大概三四岁的男孩系鞋带。在他的另一边,有个女人正牵着那小男孩的一只手。那女人一头手指波浪卷的金发剪得很短,最长的才刚刚到她下巴尖。罗伯特这时候站起身来,他亲吻了那个女人,小男孩有几秒钟的时间被夹在两人之间。接着罗伯特抬起头,看向十字路口的这边。威莉的目光与他交会。

车流过完了,卡森抓着威莉的衬衫角。"我们过街吗,妈妈?"他问道,"车都走了。我们可以过去了。"

在街道对面,那金发女人努努嘴唇,碰了碰罗伯特的肩膀。

威莉冲罗伯特微笑,直到这时她才意识到,她已经原谅了他。她觉得这微笑像是打开了一个阀门,愤怒、悲伤、困惑、失去的感觉似乎统统从她体内射了出来,冲向天空,烟消云散了。烟消云散。

罗伯特也向她回以微笑,接着很快便转身同金发女人交谈起来,三人继续向相反的方向走去。

卡森顺着威莉的目光,看向罗伯特之前站过的地方。"妈妈?"他又叫了一声。

威莉摇摇头。"不,卡森。我们不能继续向前走了。我想是时候回去了。"

这个周日，教堂里挤得水泄不通。伊莱的诗集预定在春天出版，他十分高兴，因此延长了停留的时间，比威莉所能记得的之前任何一次都要长。他坐在教堂中央的一排座位上，将约瑟芬抱在膝头，卡森坐在他身边。牧师登上布道坛，开始发言："教友们，难道神不伟大吗？"

教友们于是说："阿们。"

牧师说："教友们，难道神不伟大吗？"

教友们于是又说："阿们。"

牧师说道："教友们，我要告诉你们，今天神将我带到了另一个世界。教友们，我将放下我所背负的十字架，再也不要重拾。"

"光荣，哈利路亚。"人群欢呼。

威莉此刻正站在合唱团的后部，拿着歌集的双手开始颤抖。她想起 H 每晚带着鹤嘴锄和铲子从矿井回家时的情景。他会将工具放在门廊，脱下鞋子再进屋，因为埃特把屋子保持得很干净，如果他把煤灰带了进来，埃特会埋怨他的。他过去总是说，一天中最好的时刻就是放下铲子、走进屋看到女儿们等待他归来的样子。

威莉看向长椅。伊莱正跳动着膝盖逗弄约瑟芬，女儿露出甜蜜的笑容。威莉颤抖的双手平静下来，在那个瞬间完全僵住了，歌集掉落在舞台上，发出巨大的砰的一声。圣堂里的每一个人，会众、牧师、朵拉和贝莎姊妹，以及整个合唱团的人都转过身来看她。她迈步向前，颤抖已经平息，于是她开始歌唱。

亚乌

哈麦丹风①来了。亚乌能看见尘土被从坚硬的泥地上卷起，一路吹进他在塔科腊迪的学校二楼的教室窗户上，亚乌已经在那里供职十年。他想着今年风势会有多厉害。五岁那年，当他还生活在埃德韦索的时候，那场风暴十分劲猛，连树干都吹断了。尘土遮天蔽日，到了伸手不见五指的程度。

亚乌理了理纸页。这是下学期开始前的周末，他来教室是为了思考，或者说是为了写作。他凝视着他所写的书籍的标题，《让非洲人拥有非洲》。他已经写完两百页了，丢弃的也差不多有这么多。但现在，就连那书名都叫他不舒服。他将纸张推到一边，心里明白，如果不这么做，可能就会贸然干下蠢事。或许他会打开窗，任狂风卷走纸页。

"你需要的是一个妻子，阿吉耶库姆先生，而不是愚蠢的书。"

这是周六的晚上，亚乌在爱德华·波尔汉家用晚餐。周日他会过来用第七顿晚餐。爱德华的妻子，波尔汉夫人总喜欢抱怨说自己嫁了两个男人，不过亚乌经常称赞她的厨艺，他知道她会继续欢迎他的。

"我有你，还要妻子做什么？"亚乌问。

"嗯，现在要当心了。"爱德华说，妻子将饭碗放到他面前，他头一次停下沉着的进食动作。

爱德华与亚乌在塔科腊迪的同一所罗马天主教会学校供职，他教

---

① 指11月到翌年3月间从撒哈拉沙漠向西非海岸刮起的干燥沙尘风暴。

数学，亚乌教历史。两人是小时候在阿克拉的阿基莫塔学校① 相识的，亚乌对这份友情的珍视超过大多数事物。

"就要独立了。"亚乌说，波尔汉夫人从胸腔深处发出一阵沉沉的叹息。

"要来，就让它来吧。我听你说这个都听烦了，"她说道，"要是没有人给你做饭，独立对你又有什么好处！"她说着匆匆走进小石屋取来更多的水，亚乌大笑。他能想象革命者报纸上会在她的照片下面配什么字："典型的黄金海岸女人，相比自由，更关心晚饭。"

"你该做的，是存钱去英格兰或美国继续接受教育。在讲桌背后是无法领导革命的。"爱德华说。

"现在要去美国，我年纪已经太大了。要参加革命，也嫌太老。再说了，如果我们去白人开的学校受教育，学到的只能是白人想要我们学习的东西。回来之后，建设的国家也是白人想要我们建设的模样。继续服务于他们的国家，我们将永远不能自由。"

爱德华摇头。"你太死板了，亚乌。我们必须有个启动点。"

"所以就从我们自己开始吧。"这就是亚乌的书中想要讨论的，不过他什么也没再多说，因为他已经知道这句话会引发怎样的争议。他俩都出生于阿散蒂被并入英国殖民地的时代。二人的父亲都参加过不同的自由战争。他们想要的东西是一样的，但对于怎样实现却有着不同的意见。事实上，亚乌认为自己无法在任何地方领导革命。没有人会读他的书，即便他写完也无济于事。

波尔汉夫人端着一大碗水回来，两个男人开始在里面洗手。

---

① 加纳首都阿克拉地区阿基莫塔的一所男女共读的贵族学校，1924 年由时任英属黄金海岸总督的弗雷德里克爵士创建。

"阿吉耶库姆先生,我认识一个不错的女孩。她尚在育龄,所以无须担忧……"

"我还是走的好。"亚乌打断她的话。他知道这么做很粗鲁。毕竟,波尔汉夫人没有错。为他烧饭不该是她的责任,不过他也觉得轮不到她来劝导自己。他同爱德华握手,与波尔汉夫人也握了,接着回自己位于校园的小屋。

往校园里走了大概一英里地后,他看到有小男孩在踢足球。都是些身手敏捷的孩子,对身体的掌控灵活自如。他们在踢球时的无所畏惧,是亚乌在他们这个年纪从不曾拥有过的。他站在那里看了片刻,很快球朝他飞来。他接住了,心里为这小小的动作而充满感激。

孩子们朝他挥手,并派了一个新入学的学生过来取球。那男孩走上前来,一开始还在微笑,不过走近后,他脸上的笑容慢慢消失了,被一种恐惧的神色所取代。他站在亚乌面前,一句话也没说。

"你不想要你的球吗?"亚乌问,男孩迅速点头,静静地盯着他。

亚乌将球朝他扔去,力气比预计的大了些,那孩子抓住球跑开了。

"他的脸怎么了?"亚乌听到男孩在跑向同伴时问了一句,不过不等他们回答,他已经走开了。

这是亚乌在学校执教的第十年。每一年都一个样。新入学的男孩们会遍布校园,他们新剪过头发,校服都新烫过。他们会带上课程表、教科书,以及父母或村民为他们筹到的一点点钱。他们会向彼此打听这门课或那门课是哪个老师教,当有人提起阿吉耶库姆先生时,另一个就会讲起他的哥哥或表哥听说的这位历史教师的故事。

下学期的第一天,亚乌看着新生缓步走进教室。他们一般都是表现良好的孩子,在智商或经济条件上经过仔细挑选后才能进入学校,学习白人设计的课本。在走廊上,在通往教室的路上,他们会疯狂打闹,看到那副场景就能想象得出他们在村子里的样子,在他们知道书是什么之前,在他们的家人知道孩子可能、甚至是需要书之前,他们一定早就这样扭打成一团、又唱又跳的了。接着,一旦走进教室,一旦课本在他们小小的木桌子上放好,他们就会安静下来,看入了迷。才是开学的第一天,他们就如此安静,亚乌都能听到鸟儿在教室窗台上叽叽喳喳的想被投喂的声音了。

"黑板上写的是什么?"亚乌问。他教的是初中一年级,大部分学生都是十四五岁的年纪,已经在之前的学年中学过英语读写。刚得到教职时,亚乌曾同校长争论过,他认为自己应该用男孩们的方言来教学,不过校长却嘲笑了他。亚乌知道这是个愚蠢的希望。这地方语言太过繁多,甚至无须尝试。

亚乌看着孩子们。他总能分辨出哪个男孩会率先举手,方法就是观察他们在椅子上向前挪动身体的样子,还有他们从左瞄到右,想确认是否还有任何其他人想挑战他们率先发言欲望的眼神。这一次,一个名叫彼得的小个子男孩举了手。

"上面说,历史就是讲故事。"彼得回答。他微笑着,压抑的激动之情得到了释放。

"历史就是讲故事。"亚乌重复一遍。他沿着课桌之间的一条条走道踱步,想确保能看到每一个男孩的眼睛。走完一遍后,他站在教室后方,男孩们只得扭过脖子来看他,这时他问道:"谁想讲一讲我脸上伤疤的故事?"

学生们开始羞愧起来,他们塌下四肢,摇摇晃晃地面面相觑,又咳嗽着移开视线。

"别不好意思。"亚乌这时微笑起来,鼓励般地点着头。"彼得?"他问。那男孩几秒钟之前还因为回答问题而兴高采烈,这时眼光却露出恳求之色。开学第一天接手新班级一直是亚乌最爱的情况。

"阿吉耶库姆先生,先生。"彼得说。

"有关我的伤疤,你听到的故事是怎样的?"亚乌询问时仍在微笑,这会儿他希望这样能将那孩子的恐惧减轻一些。

彼得清清嗓子,看着地面。"他们说您是从火中诞生的,"他开始说道,"所以您才这么聪明。因为您被火点亮了。"

"还有别人想说说吗?"

一个名叫埃德姆的男孩怯生生地举起手。"他们说您的母亲是在同阿萨曼都的邪灵搏斗。"

接着是威廉:"我听说您的父亲因为阿散蒂的损失而伤心不已,于是便诅咒诸神,诸神便施行了报复。"

又一个名叫托马斯的男孩说:"我听说您的伤疤是您自己弄的,这样您在第一堂课上就有话题可谈。"

所有的男孩们都大笑起来,亚乌只得忍住笑意。他知道学生私下里一定讨论过他的课堂。高年级的孩子会把他的要求讲给低年级的听。

他继续保持沉默,一路从教室后部走到前方,打量着这些前途未卜的黄金海岸上诞生的聪明男孩们,在一个脸上有疤的男人教导下学习白人编撰的课本的学生们。

"谁讲的故事是正确的呢?"亚乌问。学生们都开始打量那些发过言的男孩,就好像是想通过眼神表忠心,用目光来投票一般。

最后当议论声平息,彼得举起手。"阿吉耶库姆先生,我们不知道谁的故事正确。"他看看其余的同学,大家这才慢慢明白他的意思。

"我们不知道谁的故事正确,因为我们当时都不在场。"

亚乌点点头。他在教室前方的座椅上落座,看着所有这些年轻人。"这就是历史的问题所在。既然没有在现场眼见、耳听和经历过,我们就不能知道真相。我们只能依赖其他人的说法。那些在过去亲历过的人,他们把故事讲给子女听,这样子女就会知晓,再将故事讲给他们自己的子女听。子又传孙,孙又传子。不过现在,我们的问题是故事互相冲突。柯乔·尼阿克说,当士兵来到他的村庄时,他们穿的是红军装;可夸梅·艾杜说他们穿的是蓝军装。那么我们该相信谁的故事呢?"

男孩们都安静下来。他们看着他,等待着。

"我们相信有权势的人。他才是故事的书写者。所以,当你们学习历史的时候,必须时时自问,我错失了谁的故事?现在的故事能流传下来,是压制了谁的声音的结果?一旦弄清楚了这一点,你也就一定能找到被压下的那个故事。从那一步起,你将开始获得一幅虽然仍不完整,但更加清晰的画面。"

教室里非常安静。窗台上的鸟仍在等待食物,仍在呼叫妈妈。亚乌停了些时候,好让男孩们有时间思考他的话,好提出问题。看到没有人做出回应,他于是继续说道:"让我们把课本翻到第……"

一个学生咳嗽起来。亚乌抬头看到威廉举着手。他点头示意男孩发言。

"可是阿吉耶库姆先生,您还没告诉我们正确的故事呢,关于您的伤疤是怎么来的。"

亚乌能感到所有的男孩都将目光投向了自己,但他没有抬头。他抑制住冲动,没有伸手去触摸左脸上的疤痕,感受那里皮肤的隆起和皮革般的质地,那里有许多的波纹和纹理,在他还是小孩子的时候,那疤痕就让他想起地图。他曾寄希望于那地图能引导他走出埃德韦索，从某种意义上来说，也确实做到了。村民们几乎从未正视过他，不过还是筹了钱，送他去阿基莫塔念书，但亚乌也怀疑他们这样做是否为了不再想起令自己羞愧的事。换句话说，亚乌那结了疤的皮肤形成的地图并未将他带至任何地方。他尚未婚娶。他无法领导革命。埃德韦索如影随形。

亚乌没有触碰伤疤。相反的，他小心地放下书，提醒自己露出微笑。他说道："我那时还只是个婴儿。我所知道的也都是听别人说的。"

他听到的故事是：埃德韦索的那个疯女人、流浪者，他的母亲阿娉，在还是孩子的他和姐姐们入睡的时候，将小屋付之一炬。他的父亲阿萨莫阿，瘸腿人，只救出了一个，也就是他的儿子。那瘸腿人力保疯女人没被烧死。疯女人和瘸腿人于是被流放到村子边缘。村民们筹钱送带疤的男孩去念书，那时他还很小，却已经忘了母亲乳汁的滋味。带疤的儿子还在学校，瘸腿人就死了。疯女人活了下来。

自从离家上学以来，亚乌就再没回过埃德韦索。许多年来，他的母亲一直给他写信，每一封都是她当天说服的人帮忙写的。她在信中恳求亚乌去看她，但他从未回应，于是她终于不再写了。亚乌还在学校的时候，假期总是随爱德华回他欧塞姆的老家过。那家人拿他当亲儿子一般对待，亚乌也把自己当作他们之中的一员，爱着他们。那是一种无须解释，不加犹疑的爱，就像流浪狗每天晚上都会跟着下班的人一路走回家，仅仅因为被允许跟在人身后就满心欢喜。正是在欧塞姆，亚乌遇到了让他产生兴趣的第一个女孩。在学校期间，他最爱浪漫派诗人的诗歌，在欧塞姆的那些夜晚，都被他用来往树叶上抄写华兹华斯和布莱克的诗句,而那些叶片是他从那个女孩取水的河边收集的。

他抄了整整一个星期,心里知道英国白人的诗行对女孩来说毫无意义,她读不懂。他想着,她一定会来找他,询问叶片上文字的意思。他每晚都会想到这些。女孩会带着一叠树叶来找他,这样他就可以为她背诵《一个梦》或是《月夜遐思》。

但是女孩却找了爱德华。为她朗读诗句的是爱德华,后来,也是爱德华告诉她,在叶片上写诗的是亚乌。

"你知道吗?他喜欢你,"爱德华说道,"也许有一天他会请你嫁给他。"

但是女孩摇摇头,厌恶地咂咂舌。"如果嫁给他,那我的孩子会很丑。"她说。

那一晚,亚乌睡在爱德华身旁,听爱德华说他曾向女孩解释过伤疤是不会遗传的。

而现在,亚乌已经年近五十,他已不再确定自己是否还相信那些话的真实性。

学期结束。六月里,恩克罗富尔一位名叫克瓦米·恩克鲁玛①的政治领袖建立了大会人民党,爱德华随后很快便加入了。"就要独立了,我的兄弟。"当亚乌还和他及他的妻子共进晚餐的时候,他就很喜欢对亚乌说这句话。不过这种情况越来越少了。波尔汉夫人要生第五个孩子了,这一胎怀得很辛苦。的确很辛苦,波尔汉家甚至停止了一切娱乐活动。一开始注意到的只是其他老师,以及他们在镇上交

---

① 克瓦米·恩克鲁玛(1909—1972),加纳国父、黑人政治家、思想家、教育家,非洲民族解放运动的先驱。

到的其他朋友，但接着亚乌也注意到，就连对他的欢迎也开始冷淡下来。

于是亚乌就雇了个女仆。打从记事起，他就一直抗拒房子里有其他人存在。他会做饭，足够为自己烧几个菜。他可以自己取水，自己洗衣。虽然没有强制性地把房子维持得和学校宿舍一样干干净净，但这些他都不在意。如果房子里可以没有其他人关注他，那他情愿膳食乱一些、简单一些。

"那太荒谬了！"爱德华说道，"你是教师。人们整天都在看着你呢。"

但是对于亚乌来说，却并不是这样。在教室前面的他并不是他自己。那时候的他就像是村子里的远古舞者和说故事的人。回到家后，他才表现出真面目。羞怯而又孤单，愤怒而又难为情。他不希望家里有任何人在看他。

爱德华亲自检验了所有的候选人，最后，亚乌雇了埃丝特，一个塔科腊迪本地的阿坎族女孩。

埃丝特其貌不扬，或许算得上丑。对于她的脑袋来说，她那双眼睛显得太大；对于她的身体来说，她的脑袋又显得太大。开工第一天，亚乌领她去看了房子后部为她准备的房间，并告诉她，他大部分时间都会在写作。他让她不要打扰他，接着便返回书桌。

书写起来愈加难了。黄金海岸独立运动的六大政治领袖都是从美国和英国的学校毕业归来的，在亚乌看来，他们都像爱德华一样，隐忍而坚强，相信独立之日终将到来。亚乌一直在更多地阅读关于美国黑人自由运动的读物，他被书中每个句子所闪耀的愤怒之火所吸引。他希望自己的书也能这样，就像一把学术化表达的愤怒之火。然而他所能召集的，似乎只是冗长的抱怨之辞。

"打扰了，先生。"

亚乌从书中抬起头。埃丝特正站在他面前，手持那把她执意要随身带来的手作笤帚。

"你不用讲英语。"亚乌说。

"好的先生，不过我姐姐说您是老师，所以我必须讲英语。"

她看起来吓坏了，缩着肩膀，两手把笤帚抓得很紧，亚乌看到她指关节周围都被挣红了。他希望能掩盖起脸色，好让那女孩可以放松放松。

"你听得懂契维语吗？"亚乌讲起母语来，埃丝特点点头。"那就尽管说吧。我们听到的英语已经够多了。"

这就好像是他打开了一扇门。她的身体轻而易举地溜了进来，亚乌意识到，惊吓到她的，并不是他的伤疤，而是语言的问题，那就像一个标记，展示着她在教育、阶级上与他的对立。她害怕的是他作为白人教科书的教师的身份，她将不得不使用白人的语言。现在，除去了英语的桎梏后，埃丝特的笑容比亚乌多年来见过的任何人都更灿烂。他能看到她两颗门牙之间那道宽大的裂缝，它骄傲地耸立于此，宛如一道门，他发现自己在练习用目光穿透那扇门，好像这样就能一路看到她的喉咙、她的内里一般，而那里正是她灵魂的栖居地。

"先生，我已经打扫完卧室了。那里面有许多书。您都明白吗？那些书您全部都读过吗？您能阅读英文吗？先生，您的棕榈油放在哪里？我在厨房里找不到。那是间漂亮的厨房。您晚餐想吃什么？我该去市场吗？您在写什么？"

她呼吸吗？如果她呼吸的话，亚乌并未听见那声音。他理好著作的纸页，放在一边，思考着接下来该说什么。

"晚餐你想做什么就做什么吧。我无所谓。"

她点点头，但似乎并不满足的样子，他只回答了她一个问题。"那我做胡椒山羊肉汤吧。"她说着垂下目光，这里那里地张望，似乎在寻找自己遗落在地板上的哪条思绪。"我今天会去集市，"她抬头看向他，"您想同我一起去集市吗？"

突然之间，亚乌愤怒起来，或者说是紧张。他说不清到底是哪一种，于是便选择以前者来回应。"我为什么要和你去集市？难道不是你为我工作吗？"他咆哮道。

她闭上了嘴巴，通往她灵魂的入口隐藏了起来。她昂起头扭到一边，凝视他的脸，好像刚刚想起来他有一张脸，而那张脸上有一道伤疤。她又看了一秒，接着再次微笑。"我想着您写东西可能会想休息一下。我姐姐说，老师们都非常严肃，因为他们的所有工作都是在脑海中完成，所以有时候必须提醒他们，让他们动动身体。如果步行去集市，您不是就能活动活动身体了吗？"

现在轮到亚乌微笑了。埃丝特笑了，大大的嘴巴整个张开，亚乌突然涌起一股陌生的欲望，他想要够进去，想为自己够出来一些有关幸福的东西，这样或许他就能把它们永远保存下来。

他们去了集市。乳房上有婴儿在吃奶的胖女人在售卖汤、玉米、番薯、肉类。男人和男孩站在那里进行货物交换。有些人卖食物，有些人售卖雕塑和木鼓。亚乌在一个男孩的货摊前停下脚步，那孩子看起来大约十三岁的年纪，正用一片细薄的刀片往一只鼓上雕刻符号。男孩的父亲站在一旁仔细观看。亚乌认出那男人曾在去年的库恩杜姆节[①]上演出过。他是亚乌所见过的最好的鼓手，从他注视儿子的神态中，亚乌能够看出，他希望儿子比他更优秀。

[①] 加纳西部地区纪念丰收的一个节日。

"您喜欢鼓吗?"埃丝特问。

亚乌没意识到她一直在看自己。不得不在意他人的看法,这种情况对他来说十分罕有。不过他也并未生气,只是感到紧张。

"我?不,不是。我从未学过打鼓。"

她点了点头。她身后牵了只拴绳子的山羊,行走之间,那动物很倔强,不停地用蹄子刨地,脑袋在空中推撞,羊角上闪着光。她用力牵紧绳子,山羊咩咩叫唤,也许是在冲她叫吧,不过那种动物不管什么时候都会咩咩叫唤。

亚乌意识到他应该说些什么。他清了清嗓子看着她,话语却被堵住了。她对他露出微笑。

"我很会做胡椒山羊肉汤。"她说。

"是吗?"

"是的,非常美味,您会觉得像是吃到了母亲的手艺。您母亲在哪里呢?"她屏住呼吸问。

那山羊停下不走了,叫声刺耳。埃丝特将绳索在手腕上多绕了一圈,拉扯起来。亚乌突然想到,他应该代替她去拉山羊,但他没有那么做。

"我母亲住在埃德韦索。我从六岁起就没再见过她,"他顿了下,"这个就是拜她所赐。"他指着脸上的伤疤,斜过身子好让她能看得更清楚。

埃丝特停下脚步,亚乌于是也停下。她看着他,有那么一会儿,他担心她会伸手来触碰他,但是她没有。

相反的是,她说:"你非常愤怒。"

"是的。"他说。这一点他很少对自己承认,更遑论对其他任何人承认了。他打量镜中投影的时间越长,他就活得越久;他所爱的这个国家处于殖民统治之下的时间越久,他就变得越加愤怒。而隐隐约约地,他的愤怒的神秘对象正是他的母亲,一个他连面孔都几乎不记得的女人,但那面孔却投影在他的伤疤之中。

"愤怒不适合你。"埃丝特说着更使劲地拉了山羊一把,亚乌听到那羊咩咩叫唤着走在他们身后。

他爱上了她。五年过去后他才意识到了这一点,不过或许他在见面的第一天就已经知道这件事会发生了。这时候是夏天,持续不退的暑热像雾一般包裹在他们周围,因为旷日持久,感觉就像是低声的嗡鸣,你甚至可以听得到那炎热。夏季学期里,亚乌不用上课,所以他可以一连好几个小时、整整好几天地坐在书桌前阅读和书写。不过他并没有这么做,他只是坐在书桌前观看埃丝特打扫屋子的情景。他装作被她无休无止的问题所困扰的样子,不过自从她来的第一天起,他总会回答她的所有问题,每一个都不落下。不下雨的时候,他会坐在门外一棵枝叶茂盛的大芒果树的树荫下,看她从井里打水。她用两只桶装着水进屋,胳膊上隆起的肌肉会绷紧,上面闪出汗珠的光泽,经过他身边时,她会微笑,门牙之间的豁口如此可爱,让他想要哭泣。

每件事情都让他想哭泣。他能看出,他们之间的差异就像无法逾越的深堑。他老迈;她年轻。他受过教育;她没有。他有疤;她是完好的。每一个差别都让那道深堑变得愈加宽阔,没有办法逾越。

于是他便不说话了。到了晚上,她会问他晚餐想吃什么,他在忙些什么,有没有听说独立运动的新进展,他是不是有意继续旅行求学。

他只说必要的话,别的话一概不提。

"今天的班库泥做得太稠。"一天晚上吃饭时她说。一开始她坚持与他分餐,说与他一起用餐不合礼仪,此话也确实有理。但是一想到她孤零零地待在房间里，所有的情绪都无处抒发，他觉得那种选择似乎更糟。所以现在每天晚上，她都坐在他对面的小木桌上用餐。

"很好。"他微笑着说。他希望自己能生得漂亮一些，有黏土般光滑的皮肤。但他却生得这样一副皮囊，又不是能够获得女人芳心的那类男人。他必须做些什么。

"不，我过去做的比这好得多。没关系，如果不喜欢，您就不用吃了。我再为您做些别的。您想喝汤吗？"

她开始收拾他的餐碟，却被他拿了回去。

"这样就好。"他又说了一遍，这次语气更加坚定。他想着该怎样做才能赢得她的心。过去的五年来，她已经把他变得越来越不像他了。她总会问他关于教学、关于爱德华、关于过去的事情。"你想和我一同去埃德韦索吗？"亚乌问道，"去拜访我的母亲？"他话一出口就后悔了。多年来，埃丝特一直催促他去，但是他要么转移话题，要么对她置之不理。现在爱情让他昏了头。他甚至不知道埃德韦索的疯女人是否还在世。

埃丝特看上去不能决定的样子。"您想让我去吗？"

"万一我在旅途中需要人做饭。"他急匆匆地说，想要掩盖自己的思绪。

她思考了片刻，接着点了头。自打认识她以来，这是他第一次没见到她继续提问。

* * *

塔科腊迪和埃德韦索相距两百零六公里。亚乌知道这一点，是因为每行进一公里，他的喉咙里就像沉了一块石头。两百零六块石头堵在他的嘴里，所以他无法说话。就连埃丝特问他，还要走多久，他该怎么对村民解释她的身份，看到母亲后他会对她说什么，石头堵住了话语，让他无法答言。埃丝特终于沉默下来。

他对埃德韦索的记忆很少，所以说不上那里是否有变化。和埃丝特下车后，首先迎接他们的是一阵热浪，太阳光铺散开来，如同刚从小睡中醒来的猫。那天只有寥寥几个人站在广场上，不过那些人的目光都肆无忌惮，他们都被吓呆了，要么是因为看到汽车，要么是因为看到陌生人。

"他们在看什么？"埃丝特声音小小的，听起来很可怜。她在担心自己，害怕人们会觉得他们两个未婚的人一同旅行有失检点。她并未对他提过这一点，不过他从她低眉垂眼地走在他身后的举动能看出来。

过了很长一段时间，一个看起来不超过四岁的小男孩抓着妈妈裹身裙的长长裙摆，用小小的食指指着亚乌说道："看啊妈妈，看他的脸！看他的脸！"

男孩的父亲站在他身旁，拉开了他的手。"别胡说八道！"他虽是那么说，但接下来还是沿着男孩手指的方向，更加仔细地观察起来。

他朝亚乌和埃丝特所站的地方走来，两人都犹豫不决的样子，一人抓着一个包。"亚乌？"男人问。

亚乌将包丢在地上，凑近那男人。"你是？"他说道，"我恐怕不记得你了。"他举起一只手搭在眼睛上挡住日光，想看得清楚些，不过很快就又放下来握住男人的手。

"他们都叫我科菲·波库，"男人说着也握住他的手，"你离开时，我大概十岁。这位是我的妻子吉芙蒂，还有我的儿子亨利。"

亚乌握住他的手，然后转身朝向埃丝特。"这位是我的⋯⋯这位是埃丝特。"他说。于是埃丝特也握了手。

"你一定是来看望疯女人的,"科菲·波库说完才意识到说错了话,于是便掩住嘴,"很抱歉,我是指阿娇妈。"

从科菲·波库眼睛四处张望,放慢了语速的举动中,亚乌能分辨得出,他一定是许多年没叫过那名字了。或许从来就没叫过。就亚乌所知,埃德韦索的疯女人在他出生的很久之前,就已经有了那个称号。"请别担心,"亚乌说道,"我们确实是来看望我母亲的。"

就在这时,科菲·波库的妻子凑到他耳畔,小声说了句什么,接着那男人扬起眉头,面露喜色。他说话的时候,仿佛那本来就是他的主意一般。

"你和妻子旅途一定十分疲累。我妻子和我想邀请你们去寒舍下榻。我们想招待你们用晚餐。"

亚乌开始摇头,不过科菲·波库摆了摆手,似乎是想用那动作来打消亚乌的念头。"我执意邀请,而且你母亲作息时间很不规律。你今天不方便去探访她。等明天傍晚去吧。我们会派个人过去通知她,说你来了。"

他们怎么能拒绝呢?亚乌和埃丝特本来是计划直接去阿娇家住的,但没想到却去了波库家,从村广场步行很短一段距离就到了。抵达时,科菲·波库其余的孩子,三个女儿和一个儿子,他们正开始准备晚餐。其中一个女孩,个子最高、身形最瘦削的,坐在一只巨大的捣臼前,男孩手握一只几乎是他身高两倍的捣杵。他将捣杵笔直竖起,接着朝下猛捣,女孩的手则将捣臼中的福福翻过面,恰好避开捣杵的撞击。

"你们好啊,我的孩子们。"科菲·波库招呼道。所有的孩子都停下手头的活计,站起身迎接父母的归来。不过当他们看到亚乌的时候,全都瞪大眼睛安静了下来。

看上去年纪最小的女孩,拉扯着哥哥的裤腿,她的脑袋两边各扎着两个蓬松的圆鬏。"疯女人的儿子。"她的声音虽然很小,但还是让所有人都听见了,亚乌现在确定,他的故事在家乡已经成为了传说。

所有人都站在原地,尴尬了片刻,接着埃丝特用她那结实而粗壮的手臂一把夺过大儿子手中的捣杵,不给任何人反应的时间,就开始迅速捣击起捣臼中的福福。里面的福福团被捣开,粘满福福的捣杵砰的一声倒在地面上。

"够了!"当所有人都转头看过来后,埃丝特大吼出来,"这个人所受的苦难道还不够多吗?回到家乡还要经受这一遭?"她问。

"请原谅我不懂事的孩子。"波库夫人说,这是他们相遇以来,她第一次发言。"他们只是听说了那些故事。他们不会再犯错了。"她说完转过身,目光依次落在五个孩子身上,就连脚边刚学会走路的孩子也没漏过,无须进一步解释,孩子们很快就都明白了。

科菲·波库清清嗓子,示意两人跟着他入席。落座后,亚乌小声说道:"谢谢你。"埃丝特耸耸肩:"就让他们把我当成疯子吧。"

他们坐下来用餐。孩子们布菜,虽然他们都被吓坏了,但表现都很和善。科菲·波库和他的妻子给他们讲了亚乌母亲的情况。

"她住在你父亲给她修建的房子里,就在村子边上,只有一个女仆相伴。她已经很少出门了,不过有时候还是能看到她在花园里打理花草。她有个美丽的花园。我妻子经常去那里赏花。"

"你见到她的时候,她会跟你说话吗?"亚乌问波库夫人。

那女人摇摇头。"不说,不过她对我一直很和善。甚至会给我花让我带回来。去教堂之前,我会把花插在女儿们的头上,我想这样能为她们带来幸福的婚姻。"

"别担心,"科菲·波库说,"我敢肯定她会认得你的。她的心会认得你。"他妻子和埃丝特听到这话都点点头,亚乌则看向别处。

庭院里天黑了,但是暑热并未减退,只是转变了形态,变成了蚊蠓的嘤嘤嗡嗡声。

亚乌和埃丝特吃完食物,道了谢,之后便被带到为他们准备的房间。埃丝特坚持要睡地上,让亚乌睡床,那床很硬,毫无弹性,直硌他的背。不过他们就那样睡下了。

早晨他们用来做准备,步行游览埃德韦索,还多次吃了东西。他们被告知,亚乌的母亲很少入睡,她似乎偏爱夜间胜过早晨。所以他们只能等待。埃丝特这辈子只离开过塔科腊迪一次,亚乌喜欢看她见识到这座陌生村庄的不同之处时眼中的惊奇神色。

每个人都觉得他们是一对夫妇。亚乌没有纠正,而且让他高兴的是,埃丝特也没有纠正,虽然他会好奇埃丝特这么做是否更多出于礼貌,而非本意。但他太害怕了,以至于不敢问她。

很快天色开始变暗,日光每淡去一点,亚乌的胃就抽紧一些。埃丝特一直小心地看着他,注视着他的脸,好像那上面写着指示,能够告诉她该作何感想一般。

"别怕。"她说。

自从五年前相识以来,埃丝特就一直在鼓励他回家。她说此事有关宽恕,不过亚乌无法确定他是否相信宽恕。这个词他大多数时候都是在去白人教堂时听说的,他会在为数不多的日子里同爱德华和波尔汉夫人一起去教堂,有时也和埃丝特去,所以在他看来,这个词开始变得就好像是被白人第一次来到非洲时所带来的一般。这是一个骗局,他们基督徒学会了,然后再肆无忌惮地大声对着黄金海岸的人说。宽恕，他们一边叫嚣着，一边却一直犯下罪行。更年轻些的时候，亚乌想知道他们为什么不布道，教诲人们根本就不该犯错。但随着年岁渐长，他有了更清晰的理解。宽恕是一种事情发生之后才会有的行为，是一件错行的后果。如果教导人们着眼未来，那他们或许就会看不见过去曾受过怎样的伤害。

天终于黑了，科菲·波库带着亚乌和埃丝特来到村外他母亲的住所。亚乌看到花园中郁郁葱葱的植物立即就认了出来。他从不曾见过那些色彩，它们在长长的绿茎上绽放开来，因为风的吹拂或下方小生物的活动而沙沙作响。

"我就在此与你们告别了。"科菲·波库说。这时他们甚至还没走到门口。对于任何一个家庭来说，不管是在这里还是在其他许多城镇，走到离一户人家这么近的地方却不和主人打个招呼，会被视为无礼。但是亚乌能看出科菲脸上的不适，于是便和他挥手告别，在他离开前再次表达了感谢。

屋子的门开着，但亚乌还是敲了两下，埃丝特站在他身后。

"谁啊？"一个声音疑惑地问。来应门的是一个女人，看起来年纪比亚乌要大，她拿着一个黏土碗刚绕过墙角。看到亚乌，看到那道疤之后，她倒吸了一口凉气，碗摔在地上打了个粉碎，红色碎片从门口一直飞溅到花园。那些微小的黏土碎片将永远也无法找到，它们会融入泥土，融入它们的所来之地。

女人惊叫起来："感谢神的慈悲！感谢神，他还活着。我们的神没有沉睡，噢！"她绕着屋子跳起舞来。"老夫人，神把您的儿子带回来了！老夫人，神把您的儿子带回来了，所以您不会在见不到他的情况下前往阿萨曼都了。老夫人，快来看啊！"她惊叫着。

亚乌能听到埃丝特在身后鼓掌，嘴里同时在念诵她自己发明的短祷文。他没有回头,但他知道,她的笑容一定很灿烂,想到这里他感觉到温暖,于是大胆地朝屋内多迈了几步。

"她难道没听见我的声音吗?"女人自言自语,猛地转身朝卧室走去。

亚乌继续往里走,一开始是跟在女人身后,接着径自往前走,一直走到客厅。她的母亲就坐在那里的角落。

"这么说,你终于回家了。"她笑着说。

如果不是事先知道这座房子里住的女人是他母亲的话,光凭相貌,他不可能认出她来。亚乌已经年近六十,这也就是说,她已经年近八十,但她看起来没那么老。她的眼睛像年轻人一样了无牵累,她的笑容落落大方,满含智慧。起身时,她的腰背笔挺,骨头并未因为年复一年的重担而弯折。她朝他走来,四肢动作流畅,没有僵硬之态,也并不蹒跚。当她触碰他的时候,当她用那双伤痕累累的双手握住他的手的时候,当她用她弯曲的大拇指摩挲他的手背的时候,他感到她的伤疤是那样的柔软,多么多么柔软啊。

"儿子终于回家了。那些梦境,它们终于没有落空。它们没有落空。"

她仍然握着他的手。女仆在门口清清嗓子。亚乌转身看到她和埃丝特都站在那里,正冲他们微笑。

"老夫人,我们去准备晚餐了!"女仆高呼。亚乌对她的声音感到好奇,想知道它们是向来如此,还是专为他而调高了的。

"拜托,请不要太过劳烦。"他恳请道。

"哈?这些年过去,儿子终于回家了,做母亲的难道还不该宰一头山羊吗?"她咂着嘴走出门。

"你呢?"亚乌问埃丝特。

"她去宰羊,那谁来煮番薯呢?"她的声音很淘气。

亚乌看着她们离开,第一次感到不安起来。突然之间,他感到一种很久很久都没有过的感觉。

"你在做什么呢?"他大声喊道,因为母亲将一只手放在他的伤疤上,手指沿着他独自一人抚摸了将近半个世纪的残破皮肤摸索。

她继续摸索,并未被他语声中的怒意打断。她用自己那被烧坏的手指,从他脸上眉毛失落的地方,摸索到他隆起的脸颊,再到结疤的下巴。她抚摸着那整片伤疤,而她的动作一结束,亚乌就开始哭了起来。

她拉着他一同坐在地上,将他的头搂在怀中,然后开始反复地柔声念着:"我的儿子啊!我的儿子!我的儿子啊!我的儿子!"

两人就这样待了很久,直到亚乌流下这辈子从不曾流过的那么多泪水、他母亲也不再朝外面呼唤他的名字时,他探起身来,以方便看到她。

"给我讲讲我伤疤的故事。"他说。

她叹了口气。"要说你伤疤的故事,首先得说一说我做梦的事,要说起我的梦,又得先说说我的家庭。我们的家庭。"

亚乌等待着。他的母亲从地上站起身,并示意他也照做。她指向靠在墙边的一把椅子,接着把那把椅子挪到了另一边。她看着他脑后的那面墙。

"在你出世之前,我就开始做噩梦了。梦境的开头都一样——一个火做的女人来找我。她怀里抱着两个火孩子,但是接下来那两个孩子就不见了,女人就迁怒于我。

"不过就算是噩梦开始前的岁月,我过得也不好。我母亲死于库马西教会学校的传教士之手。你知道吗?"

亚乌摇头。他以前从未听说过这件事，就算听说过，那时他年纪也还小，不记得。

"传教士把我养大。我唯一的朋友是一名巫师。小时候我总是很忧伤，因为我不知道还能有其他什么情绪状态。嫁给你父亲后，我想着能获得幸福了，后来当我生下你两个姐姐后……"

说到这里，她的话头止住了，不过接着她耸了耸肩膀，又继续讲述起来。

"当我生下你两个姐姐后，我觉得我很幸福，但就在那时，我看到一个白人在埃德韦索的广场上被烧死，噩梦从此就开始了。接着战争爆发，梦境越来越严重。你父亲打完仗回来缺了条腿，噩梦更加恶化。我生下你，悲伤也未停歇。我试着不睡觉，但我是人，睡眠却不是，我们力量悬殊。有一天晚上我在睡梦中点火烧了小屋。他们说你父亲的能力只够救出一个人，也就是你。不过这话并不完全正确。他还从村民的手中救下了我。许多年来，我一直希望他当时不曾救我。

"他们只允许我喂奶的时候见你。接着他们把你送走，又不肯告诉我把你送去了哪里。从那天起，我就一直和库库阿生活在这座屋子里。"

就像听到召唤般，库库阿，那位年老的女仆拿着葡萄酒进来了。她先给亚乌斟上，接着要给他母亲斟，但是母亲拒绝了。库库阿于是像进来时一般静默着离开了。

亚乌就像喝水一样把酒一饮而尽。他把空杯子放在脚边，注意力重新落回母亲身上。她深吸一口气，继续讲述。

"梦境没有停止。火灾后没有，甚至直到今天也没有。我开始逐渐了解火女。有的时候，就像火灾发生的那天晚上，她会带我去海岸角城堡的海边。有时她会带我去可可农场。有时候去库马西。我不知道为什么。我想知道答案,所以我找回传教士学校,去询问我母亲的家世。传教士告诉我,他已经将我母亲的物品尽数烧毁,但其实他在撒谎。他自己还留下了一件遗物。"

他的母亲说着从脖子上拉出埃菲亚的项链,接着解下来递给亚乌。那项链在她手中闪烁着黑色的光泽。他碰了碰,感受它光滑的质地。

"我曾把项链交给巫师的儿子,想当作贡品献祭给我们的祖先,这样他们或许就不会再惩罚我。库库阿那时候大约十四岁。在献祭的过程中,巫师的儿子突然停止仪式。他突然丢掉项链,说:'你可知道,你的血统中有罪?'我以为他说的是我,指我做过的错事,于是就点了点头。但他却说:'你带来的这样东西不属于你。'当我把噩梦讲给他听后,他说火女是一位回访我的祖先。他说那块黑石头本是属于她的,所以石头在他手中才会发烫。他说如果我听从火女的话,她就会告诉我的来处。他说我应该高兴,因为我是被选中的人。"

亚乌复又愤怒起来。她现在只是一个被毁掉的女人,而他则是一个被毁掉的男人,那么她被选中又有什么可高兴的呢?她怎么能满足于这样的一生呢?

母亲一定是觉察出了他的怒气。她虽然已是一名老妇,但还是走过来,跪在了他身前。亚乌知道她正为他脚下泪湿的地面而哭泣。

她抬头看向他说:"我无法为我的所作所为而原谅自己。我做不到。但是当我听说火女的故事后,我开始明白巫师是对的。我们的血统中有罪。有些人做错事,是因为他们看不到犯错的代价。他们没有烧毁的手来做警告。"

她朝他伸出双手,他仔细地打量它们。他认出她的皮肤和自己的一样。

"现在我知道了，儿子，罪恶产生罪恶。它会生长。它会变形，所以有时候当罪恶出现在你自己家中时，你就会看不到世上的罪恶。我很抱歉为你带来了苦难。我很抱歉让你所受的苦给你的人生、你尚未婚娶的那位女子、你尚未诞生的孩子们蒙上了阴影。"

亚乌惊讶地看着她，但她只是微微一笑。"当有人犯错时，无论犯错的人是你还是我，无论是母亲还是父亲，无论是黄金海岸的人还是白人，那种行为都像是渔人往水中撒网。他只留下一两条鱼来填饱肚子，其余的都放归水中，觉得鱼儿们的生活会恢复正常。但是没有一条鱼会忘记它们曾被俘获，即便此时已获得自由。亚乌，你仍旧要让自己自由。"

亚乌将母亲从地上搀起，将她拥入怀中，而她一直在念叨："自由，亚乌。自由。"他抱住她，惊讶于她竟然如此之轻。

很快，埃丝特和库库阿端上来一罐又一罐的食物。她们服侍亚乌和他的母亲一直吃到深夜。他们一直吃到太阳升起。

桑　尼

　　监牢给了桑尼时间阅读。被母亲保释出去之前的几个小时，他都用来翻阅《黑人的灵魂》了。这本书他已经读过四遍，而且仍未读腻。这本书让他重新确认了自己身处这里，坐在这只铁长椅上，关在铁牢房中的目的。每当他感觉自己为全国有色人种协会所做的工作毫无意义时，他都会翻阅那本被翻烂了的书，而那本书总会坚定他的决心。

　　"你坐牢就坐不烦吗？"威莉穿过警察局一道道大门时问道。她一手拿着破烂的外套，另一手拿着笤帚。自打桑尼记事起，她就一直在上东区做清洁工，她信不过白人家的笤帚，于是总是自己随身携带，从地铁上带去车站，带去街上，带去雇主的房屋。在桑尼十几岁的时候，那笤帚总让他尴尬不已，母亲总把它拖来拖去，像是背着个十字架。如果他和朋友在篮球场打球，而她扛着笤帚来叫他的名字，他会像彼得一样不理会她。

　　"卡森！"她会大吼，而他则会以沉默应对，他会在心里默默想着，这么回应是合理的，因为他早就不是什么宝贝儿子[①]了。他会等她大喊几声"卡森"之后，才终于回答说："什么事？"他知道回家后会为此种回应付出代价。他知道母亲会拿出她的《圣经》，开始对他大声念祷文，但他还是会那么做。

　　警察打开牢门时，桑尼拿起《黑人的灵魂》。他朝另一位在游行

[①] 桑尼是Sonny的音译，意思即为之前章节中父亲罗伯特叫过的"宝贝儿子"。

中被捕的人点点头,接着擦身经过母亲身边。

"你要他们把你扔进监狱多少次,嗯?"威莉在他身后叫嚷,但是桑尼一直在静默地行走。

同样的问题他已经问过自己不止几百次了。他能从监狱牢房的肮脏地面上爬起来多少次?他要在游行中花费多少时间?他要被警察弄出多少擦伤?他能给市长、州长、总统寄多少封信?还要多久才会有事情发生变化?什么时候才会变化,有可能变化吗?美国会有任何不同吗?还是会大致维持原样?

在桑尼看来,美国的问题不在于种族隔离,而在于你实际上无法做到种族隔离。打从记事起,桑尼就一直在试着远离白人,但是即便是在美国这样庞大的国家,也无处可去。更何况是在哈莱姆区,这里目力所见、手指所及的所有东西都归白人所有。桑尼想去的是非洲。马库斯·加维①已经认识到重要性了。利比里亚和塞拉利昂两国的建立就是好事,至少从理论上来说是好事。问题在于,实际中的事情的运转同理论中的不同。种族隔离法案实施后,桑尼仍然会在他所乘坐的每辆公共汽车的前面看到白人,见到的每个流着鼻涕的白人小孩都会叫他"小子"。种族隔离法案的实施意味着,他只会感觉到他的独立性是不平等的,而这一点叫他不能忍受。

"卡森,我在和你说话!"威莉吼道。桑尼知道自己永远无法摆脱被弹脑门的命运,于是便转身面对母亲。

"怎么了?"

她狠狠瞪了他一眼,他当即给予了反击。在人生的最初几年中,

---

① 马库斯·加维(1887—1940),牙买加政治领袖、出版人、记者、实业家,黑人民族主义和泛非主义运动的坚定拥护者。

他的生活中只有威莉。不管怎么努力，桑尼永远都无法拼凑出父亲的形象，为此他至今仍无法原谅母亲。

"你就是个固执的蠢蛋，"威莉推搡着走到他前面去，"你的时间不应该再花在坐牢上了，你应该开始照顾你的孩子了。那才是你需要做的。"

她最后几句话说得很含混，桑尼几乎听不清，但是在她话还没出口时，他就已知道她会说什么了。他气她是因为他没有父亲，而她气他则是因为他自己也已变成了缺席的父亲。

桑尼在全国有色人种协会的房屋安置组工作。每周他和小组的其他男女都会去哈莱姆区所有的社区里转一次，询问居民的近况。

"蟑螂和老鼠太多，我们的牙刷都只能放在冰箱里。"一位母亲说。

这天是当月最后一个周五，桑尼从周四夜间泛起的头痛仍未消退。"唔。"他对那女人说话之间，用一只手擦过眉头，好像这样就能抹除在那里搏动的疼痛一般。女人说话时，桑尼假装在笔记本上记录的样子，但事情和他上次听到的都一样，和上上次也没有区别。事实上桑尼就算不去单身公寓查看情况，也能猜到租户们会说些什么。他同母亲和妹妹约瑟芬的住房条件和他们一样，甚至还要糟得多。

桑尼清楚地记得母亲的第二任丈夫伊莱离开，还有他拿走了当月房租的事。当时的他怀抱着小约瑟芬，母子三人一道走过一个又一个街区，祈求有人肯听听他们的故事，收留他们。最后他们找到一间公寓，里面挤了四十个人，包括一个大便失禁的病重老妇。每天晚上那老妇都坐在角落里颤抖和哭泣，给鞋子里灌满屎。接着老鼠就会过来啃。

有一次走投无路，母亲便带他们住在曼哈顿她打扫的一座公寓中,那家人去度假了。那家里只有两个人,却有六间卧室。桑尼面对那么大的空间感到手足无措。他一整天都待在最小的房间里,因为太害怕,什么东西都不敢碰,心里知道要是留下了指印,母亲还要来打扫。

"能帮帮忙吗,先生?"这时候一个男孩问。

桑尼放下笔记本,看着男孩。他个子很小,不过眼神中的某种神色却告诉桑尼,他年纪比外表看上去要大,应该有十四五岁的样子。那男孩走到女人面前,一只手搭在她肩上。这次他看桑尼的时间长了些,所以桑尼有机会研究他的眼睛。那是桑尼在他所见过的男男女女中看到过的最大的一双眼睛,睫毛就像是令人恐惧的蜘蛛身上美丽的长腿。

"你帮不上忙,对吗?"男孩说。他迅速眨了两下眼睛,看到他的蜘蛛腿般的睫毛纠缠在一起,桑尼突然充满恐惧。"你什么事都做不了,对吗?"男孩继续问。

桑尼不知该说什么。他只知道必须离开那里。

男孩的声音在他的脑海中回响,在那个周末、那个月、那一年都没有停止。他已经要求调离住房安置小组,以免再见到男孩。

"你什么事都做不了,对吗?"

桑尼在另一次游行中被捕。接着又是一次。接着又是一次。第三次被捕,桑尼手上还铐着手铐时,一位警察出拳打了他的脸。一只眼睛肿到睁不开了,他噘噘嘴似是要吐口水,那警察看着他未受伤的眼睛摇头说:"敢吐试试看,敢吐我叫你今天就去死。"

母亲看到他的脸时开始哭了起来。"我离开阿拉巴马不是为了这个结局!"她说。桑尼周日本该去她家用晚餐的,但是他没去。那周的工作他也翘了班。

"你什么事都做不了,对吗?"

密西西比州的牧师乔治·李在登记参与选举投票时遭枪击身亡。

阿拉巴马州蒙哥马利的罗莎·乔丹在乘坐一辆刚解除种族隔离限制的汽车时遭枪击身亡。她怀有身孕。

"你什么事都做不了,对吗?"

桑尼一直翘班。他坐在一张长椅上,身旁的男人是第七大道上理发店的清洁工。桑尼不知道他的名字。他只是喜欢坐在那里同他说话。也许是因为那男人也像他母亲一样抱着把笤帚。他同男人讲话的方式,永远都不可能用在母亲身上。"当你感到绝望的时候,你会做什么?"桑尼问。

男人缓缓地掏出一支纽波特香烟。"这东西会帮上忙的。"他说着将烟在空中挥一挥。接着他从口袋里掏出一只小的玻璃纸袋,放在桑尼手中。"当那个没用时,这东西能帮上忙。"他说。

桑尼碰了碰里面的毒品。他没说话,那理发店清洁工很快便扛起笤帚离开了。桑尼在那长椅上坐了将近一个小时,将那小袋在一根根手指间转动,思考着。步行十个街区回家的过程中,他在思考那东西。当他煎蛋做晚餐时,他在思考那东西。如果他做的所有事情都无法改变任何事物,那么或许他才是必须改变的。第二天下午过半的时候,桑尼已经不再思考那东西了。

他给全国有色人种协会打了电话,辞了工,之后将那小袋冲进了马桶。

"那你该怎么挣钱?"约瑟芬问桑尼。既然没了收入,公寓也保不住了,所以在寻找到解决的方法前,他搬到了母亲的家中。

威莉站在水槽边,一边洗盘子一边哼唱福音歌曲。当她想要假装根本没听他们对话时，哼唱声放到了最大。

"我会想到解决办法的。我总是能想到，不是吗？"他的声音中毫无畏惧，约瑟芬却不买账，她靠在椅背上，突然沉默下来。母亲哼唱声变大了些，开始擦干手中的盘子。

"让我来帮你擦吧，妈妈。"桑尼说着跳起身。

她突然间插话进来，因此他知道，她一直在听。"露希尔昨天来这里问候过你。"威莉说。桑尼咕哝一声。"你或许应该给那女孩打个电话。"

"如果想找我，她知道该怎么找。"

"那安吉拉和朗达呢？她们也知道怎么找你吗？她们似乎只知道怎么挑你不在的日子里来我这。"

桑尼又咕哝一句。"你不用给她们任何东西的，妈妈。"他说。

母亲嗤之以鼻，停止哼唱，转而唱了起来。桑尼知道他必须离开这间公寓，而且要快。如果他的女人们在找他，而且妈妈总是唱福音，那他还是自己找个地方栖身比较好。

他去找朋友穆罕默德打听工作的事。"你应该加入伊斯兰联盟，哥们，"穆罕默德说道，"忘了全国有色人种协会吧。他们屁用都没有。"

桑尼从穆罕默德的长姐手中接过一杯水。他对朋友耸耸肩。之前他们就谈过这事。只要母亲还是一位虔诚的基督徒，桑尼就无法加入伊斯兰联盟。他永远都不可能等到母亲改换信仰的那天。此外，在母亲的教会后面坐着的那些日子里，他不可能听不见有关神之愤怒的说法。你才不会想引得神发怒。

朋友穆罕默德以前叫约翰尼。两人于童年时代在哈莱姆区各处篮球场打球时认识,此后便一直维系着友谊,即便打篮球的时代过去,腹部逐渐隆起时也未结束。

相识的时候,桑尼还叫卡森,但在球场上,他喜欢"桑尼"这个称呼的快速发音和闲适语调,于是就自行改了这名字。他母亲却很厌恶它。他知道这是因为父亲过去常常这么叫他,但是桑尼对这位父亲一无所知。对他来说,他投中一个球,别的孩子就会高喊"好样的,小子!好样的,桑尼",这个名字并不会引发他的伤感回忆。

"起码这教禁酒,桑尼。"穆罕默德说。

"你一定知道些出路。什么活都行,老兄。"

"你上过几年学?"穆罕默德问。

"两年。"桑尼说。事实上他不记得自己有在任何学校待满过一年,他频繁地翘课、搬家、被开除。有一年母亲走投无路,还试图把他塞进曼哈顿一所昂贵的白人学校。她戴着墨镜,拿上最好的钢笔走进办公室。桑尼看着那里古老的建筑,是那样的干净和闪耀,穿着漂亮的白人小孩自如地进进出出,他想起了自己的学校,哈莱姆的那些学校,天花板都塌陷了,充斥着莫名的臭味,他惊讶于两者竟然都被叫作"学校"。桑尼记得那间白人学校的工作人员是怎么询问他母亲要不要咖啡的。他们告诉她,桑尼不可能在那里上学。就是不可能。桑尼记得在步行返回哈莱姆的途中,母亲紧紧地捏着他的手,同时用另一只手擦拭眼泪。为了安慰她,桑尼说他不介意上什么学校,因为他反正也不会去,母亲说他不去念书正是他们的问题所在。

"我听说有个活,可是这学历可不够。"穆罕默德说。

"我得工作,穆罕默德。我必须工作。"

穆罕默德缓缓点头,思考着,接下来的一周,他给了桑尼一个电话号码,那人从伊斯兰联盟离开,现在开了间酒吧。两周后,桑尼去了东哈莱姆新开的爵士俱乐部负责酒水点单,那里名叫爵士矿山。

得知拿到工作的当晚,桑尼就将东西从母亲房子里搬了出去。他没告诉她自己在哪儿工作,因为他知道,母亲不喜欢爵士和其他任何世俗音乐。她为教堂唱歌,歌喉只献给基督,除此无他。桑尼有一次曾问过她,问她是否想变得如比莉·荷莉黛①那般有名,歌声十分甜美,就连白人也不得不侧目,但他的母亲只是掉转目光,让他当心"那种生活"。

爵士矿山太新,无法吸引一流的顾客和演员。大多数日子里,俱乐部都有一半的空位,员工中有许多也是乐手,他们期待着被相关人士看中,打造自己的事业,于是便辞了工加入这家只有六个月历史的俱乐部。桑尼没用多久就成了领班酒保。

"给我一杯威士忌。"一天晚上一个含混不清的声音对桑尼喊道。他能分辨,说话的是个女人,但他看不见她的脸。她坐在吧台最边缘,双手捂着脸。

"看不到脸的话,我是无法提供服务的哦。"桑尼慢悠悠地说道,女人抬起头。"你为什么不到这边来喝呢?"

他此前从未看过走路速度那样慢的女人,简直就像是她必须涉过肮脏的深水才能到达他身边。她应该不超过十九岁,但行动起来却像个厌世的老妇人,仿佛快速动作会折断她的骨头似的。她在他身前凳子上重重落座的样子,看起来依旧不紧不慢。

"过了漫长的一天吗?"桑尼问。

她微笑:"每一天不都很漫长吗?"

桑尼给她斟酒,她喝起酒来,动作也和做其他所有事情一样不紧

---

① 比莉·荷莉黛(1915—1959),美国黑人爵士乐巨星,生活动荡不定,最终孤独离世。

不慢。

"我叫桑尼。"他说。

她又投来一个微笑,露出饶有兴味的眼神:"阿玛尼·苏莱马。"

桑尼咯咯笑了。"这算哪门子名字啊?"他问。

"我的名字。"她站起身,用同样缓慢的步态,端着酒穿过酒吧,登上舞台。

已经开始演奏的乐队似乎朝她鞠了个躬。阿玛尼没说一句话,钢琴手便站起身,将凳子递给她,其余人也离开了舞台。

她将酒放在钢琴顶上,双手拂过琴键。这时候,她弹琴的动作,也和桑尼之前所见识到的一样,没有丝毫的紧迫,只见她手指从容不迫,慵懒地慢慢移动。

当她开始歌唱的时候,整个酒吧才总算真正安静下来。她个头娇小,声音却那样低沉,那音量让她显得高大了许多。她嗓音沙哑,像是被砂石打磨过一般。她一边歌唱,一边轻晃,先是朝这个方向,接着昂起头,再摇向另一方。当她开始用拟声唱法时,在座的一小群观众哼哼着发出悲鸣,甚至呼出了一两声"阿们"。一些人从街上围拢来,站在门口,只为一睹她的面容。

歌声在哼唱中结束,那声音似乎发自她腹腔中最丰盈的地方,有人说那里是灵魂的栖居地。那声音让桑尼回想起童年时代,母亲第一次在教堂中唱歌的那一天。那时他还小,约瑟芬还只是个婴儿,在伊莱的膝头随乐声起舞。他的母亲将歌本掉在地上,整个会众都被那声音吓到了,于是便抬头看着她。桑尼感到心都跳到嗓子眼了。他记得当时自己曾为母亲感到羞赧。在那个时候,他总会对她生气,或替她感到羞赧。但接着她开始歌唱。"我将头戴冠冕。"她唱。我将头戴冠冕。

那是桑尼有生以来所听过的最美的声音,那一刻他爱他的母亲,就像从不曾爱过她一般。会众纷纷念叨"唱吧,威莉"、"阿们"以及"赞美上帝",那一刻,在桑尼看来,他的母亲似乎不必等待天堂的回馈了。他能看见,她已经头戴冠冕了。

阿玛尼哼唱结束,冲观众一笑,人群发出剧烈的掌声和喝彩。她从钢琴顶上端起酒杯,一气喝干。接着她返身走向桑尼,将空杯子放在他身前。她没再说话便走出了门。

桑尼和一些勉强算认识的人住在东区的某片住宅区中。他放弃了更明智的做法,把地址给了母亲,而且他知道,当露希尔抱着他的女儿找上门时,母亲一定也把地址给了她。

"桑尼!"露希尔站在公寓楼门外的人行道上大喊。在哈莱姆区叫桑尼的人可能上百。他不想承认这一声叫的是他。

"卡森·克里夫顿,我知道你在上面。"

公寓楼没有后门,露希尔找到办法上来只是时间的问题。

桑尼将半个身子探出三楼公寓的窗户。"你想要什么,露丝?"他问。他已经有将近一年没见过女儿了。那孩子个头很大,太大,以至于都无法站在她娇小的母亲的膝盖上,不过露希尔总有足够的力量去承住她。

"让我们上去!"她回应道,桑尼叹口气,那是一种被约瑟芬称作"老妇叹气"式的哀叹,接着他下楼去接母女俩。

露希尔进屋不到十秒钟,桑尼就后悔让她进来了。

"我们需要钱,桑尼。"

"我知道我妈一直在给你钱。"

"我该用什么喂这孩子?用空气吗?空气可喂不饱孩子。"

"我什么都没办法给你，露希尔。"

"你有这间公寓。安吉拉告诉我你上个月还给她钱了。"

桑尼摇头。那都是女人会告诉彼此和她们自己的谎言。"我没见安吉拉的时间，比没见你的还长。"

露希尔哼了一声。"你是怎么当父亲的啊！"

桑尼这下子来气了。他从没想过要孩子，但不知怎的，他竟有了三个孩子。第一个是安吉拉生的女儿，第二个是朗达生的，第三个是露希尔生的女儿，这一个隔的时间要长一些。母亲每个月都会给她们每人一点钱，尽管他已经要求她停止，也要求所有女人都别再去找他妈妈。但她们都不听。

安吉拉生下他们的女儿埃特时，桑尼只有十五岁，安吉拉自己才十四岁。他们曾计划着结婚，按照正常的方式来生活，但当安吉拉的父母发现女儿怀了桑尼的孩子后，他们就将她送去了阿拉巴马，同那边的家人生活，直至孩子诞生，接着他们又不肯让他见返回的母女二人。

桑尼曾经确实想过好好待安吉拉，待他的女儿，但他那时还小，而且没有工作，所以当安吉拉的父母说他基本一无是处时，他自己也觉得那话确实属实。安吉拉嫁给一个在南部重建的马戏团工作的年轻牧师的那天，他的心几乎都碎了。那牧师一走就是几个月，把安吉拉丢在哈莱姆，桑尼心想，如果他能娶她，那他将永远也不会离开她。

不过他有时会照镜子，他发现自己容貌上有一些母亲脸上所没有的特征。他的鼻子和她的不像，耳朵也不像。小的时候他曾问过母亲这些特点。他以前经常问她，自己的鼻子、耳朵和浅淡的肤色是遗传谁的。他以前经常问起父亲的事，但母亲只说他没有父亲。他没有父亲，但也平安无事地长大了。"不是吗？"他会嘲弄镜中的男人，"不是吗？"

"她已经不小了，露希尔。看看她。"

女孩像是晕船一般，在公寓里摇摇晃晃地走来走去。露希尔恶狠狠地瞪了桑尼一眼，抱起孩子起身离开了。

"从现在开始，别再问我妈要钱了！"他跟在后面大喊。他能听到她一路跺着脚走下楼梯出门上了街。

两天之后，桑尼回到爵士矿山。他问过在那里工作的其他人阿玛尼什么时候会回来，但没人知道。

"风吹到哪儿，她就去哪儿。"盲眼路易斯说着继续擦拭吧台。桑尼一定是轻轻叹了口气，因为路易斯很快又说道："我明白那种声音。"

"什么声音？"

"你别抱任何希望，桑尼。"

"为什么？"桑尼问。一个老盲人怎么可能懂得对一个女人一见倾心的感受呢？

"不要光凭一个女人的长相，就去想象她的心灵，"路易斯看出了他的心思，于是说道，"那个女人没什么东西是值得渴望的。"

桑尼不肯听。他用了三个月的时间才又见到阿玛尼。这段时间他曾去找过她，他去过一家又一家俱乐部，想等着看有没有慢悠悠走向舞台的身影。

当他找到她的时候，她正坐在一家俱乐部后面的一张桌子旁睡觉。他必须靠近来确认，他靠得很近，都能听到鼻息声了。他环顾整个地方，不过阿玛尼坐在吧台的那个暗角，似乎也没人在等她。他于是推推她的胳膊，没有反应。他又推推她的胳膊，这次力道大了些，还是没有反应。第三次推的时候，她缓缓地将头转到另一侧，就像一块卵石在移动一般。她眨了两下眼，动作缓慢而从容，沉重的眼睑和浓密的睫毛触碰在一起，仿佛慢慢眨眼就能清洁她的眼睛似的。

当她终于看向他时，桑尼才明白她为什么想要清洁眼睛。因为里面充了血，瞳孔放大了。她又眨了两下眼，这次很快，桑尼看着她突然发现，他从未想过找到她之后要做什么。

"你今晚唱吗？"他轻声问。

"我看起来像是唱歌的吗？"

桑尼没回答。阿玛尼开始伸展脖子和肩膀，舒展整个身体。"你想要什么，伙计？"她又看向他问道，"你想要什么？"

"你。"桑尼承认道。自从看到她唱歌的那天起，他就想要她。原因并不在于她缓慢的步态和歌声让他想起关于母亲的最美记忆，而是那天晚上她开始唱歌的时候，他觉得自己的心里有某样东西打开了，他想要再多体会体会那种感觉，只多一点点就好，把它留给自己。

她冲他摇摇头，轻轻笑一笑。"好啊，走吧。"

他们出门走到街上。桑尼的继父喜欢散步，他在家的时候，总会带着桑尼、约瑟芬和母亲满城转悠。桑尼心想，或许这正是母亲也爱上了散步的原因所在吧。他仍记得母亲带着他一路走到城市白人区的那天。他那时还以为，他们会一直往前走，一直走到永远永远，但母亲突然停住了脚，桑尼发现自己异常失望，尽管他也弄不清为什么。

桑尼和阿玛尼一起，经过了他在住房安置组工作时去过的那些地方，那些为贫困潦倒的人开办的爵士酒吧、廉价的小吃摊、理发店，还有街道上向人们伸出帽子的瘾君子。

"你还没给我讲过你名字的故事。"当他们跨过一个躺在街中央的男人时，桑尼说。

"你想知道什么?"

"你是穆斯林吗?"

阿玛尼笑了他一会儿。"不,我不是穆斯林。"桑尼等着她开口。他自己已经说得够多了。他不想一直催她,向她展露他的欲望和弱点。他等着她开口。"阿玛尼在斯瓦西里语中是和谐的意思。开始歌唱的时候,我觉得自己需要一个新名字。我妈叫我玛丽,顶着玛丽这样的名字,没人能一炮走红。我对伊斯兰联盟和重返非洲运动也不感兴趣,不过我看到了阿玛尼这个名字,我觉得它就是我的名字。所以我就用了。"

"你对'重返非洲运动'不感兴趣,但你却取了个非洲名字?"桑尼本已将政治观点抛在身后了,但这时他感到它们正在慢慢潜回。阿玛尼的年纪差不多只有他的一半。她出生的时候,美国已不同于他所出生时的面貌。他抑制住冲动,不去对她指手画脚。

"我们无法回去,不是吗?"她停下脚步,碰了碰他的手臂。这时候她的神情比整个晚上都更为严肃,仿佛她这才意识到他是个活生生的人,而不是当他发现她在熟睡之时,她所梦见的某个人。"我们无法返回某个我们从一开始就不曾涉足过的地方。那里已不再属于我们。这里才是。"她一只手从身前划过,似乎想将整个哈莱姆、整个纽约、整个美国都揽入怀中。

他们终于走到西哈莱姆的一座住宅楼。大楼未上锁,走进门厅时,桑尼注意到的第一个画面是墙边靠立的一排瘾君子。他们看起来像是人体模型,或是桑尼曾在殡仪馆见过的殡葬师处理的尸体,他们手肘勾曲,脸庞转向左侧,弓腰驼背。

但是这座门厅中的身体却没有人处理。至少桑尼没看到那样的人,但是他立刻就明白了,这是一座毒屋,突然之间,他不曾想过要弄清楚的,阿玛尼睡意昏昏的缓慢动作、她放大的瞳孔,原因都显而易见。他变得紧张起来,但又把紧张咽了下去,因为对他来说很重要的一点是,要让阿玛尼看不出来他紧张。他和她在一起的时间愈长,就愈加开始无法自控。

他们进了一个房间。一个男人抱着自己身体,贴墙蜷在一张脏兮兮的床褥上。有两个女孩正在拍打自己的胳膊,准备迎接另一个男人手执的针头。桑尼和阿玛尼进屋的时候,他们甚至头都没抬一下。

桑尼所见的每一个地方都有爵士乐乐器。两只喇叭,一把低音提琴,一把萨克斯管。阿玛尼放下自己的东西,坐在两个女孩旁边,一个女孩终于看向他们并点了点头。阿玛尼朝依旧犹豫不前的桑尼转过头去,他还在用手抚弄着门把手。

她一句话都没说。那男人将针头递给一个女孩,那女孩将针头递给旁边的女孩。第二个女孩又将针头递给了阿玛尼,但她还是看着桑尼。依旧一言不发。

桑尼看着她将针头刺进胳膊,看着她眼珠后翻。当她重新看向他的时候,她用一种似乎不是在对他说话般的语气说道:"这就是我。你还想要吗?"

* * *

"卡森!卡森,我知道你在里面!"

他能听见那声音,但与此同时,他又听不见它。因为他此刻正居于自己的脑海中,无法辨识意识结束和世界开始的地带,在确认自己知道那声音来自哪一边之前,他不想回应那声音。

"卡森!"

他静静地坐起身,或者至少他的思绪是静默无声的。他在盗汗，胸膛起起落落，起起落落。他需要尽快弄到毒品，才能阻止自己死亡。

门外的声音开始祈祷，桑尼这才知道是母亲。她之前也曾那样做过几次，当他大部分时间仍清醒时，当毒品大部分时间仍让他觉得快乐时，当他觉得自己仍有控制力时。

"主啊，让我的儿子免受折磨吧。圣父啊，我知道他已经下地狱看过一遭了，请将他送还吧。"

桑尼原本是可以从那祈祷中感到安慰的，但这时他感觉太过恶心。他抽搐着，一开始还没什么，但很快就在屋角呕吐起来。

母亲的声音变大了。"主啊，我知道你能将他从毒害中解救出来。保佑他，留下他吧。"

解救正是桑尼想要的。他是个四十五岁的吸毒鬼，已疲惫不堪，病入膏肓，而且戒断反应比每次吸毒后所感觉到的精疲力竭更要他的命。

这时候母亲的祈祷声变小了，也可能是桑尼的耳朵不再灵光。很快他就会什么声音都听不见了。不久，会有人进屋。某个同住的毒鬼会回来，他们也许找到了些什么，不过更有可能的是什么也没找到，于是桑尼就不得不依循惯例自己去找。但这一次，他没有等同屋回来就已经开始了寻找。

他撑着身子从地上站起来，将耳朵贴在门上，确认母亲是否已经离开。确认之后，他便走出门去迎接哈莱姆。

哈莱姆和海洛因。海洛因和哈莱姆。桑尼再也无法将两者区分开来。两者发音类似，都足以将他杀死。吸毒鬼和爵士早已融为一体，互相哺养，现在桑尼每次听到喇叭声都想要打人。

桑尼走在116大街上。在116大街，他几乎每次都能找到毒品，他已经磨炼出来，能尽可能快地分辨出毒鬼和毒贩，他会用目光扫视116大街上行走的人，直至找到那些能满足他需求的人。这就是在自己脑内生活的结果。它让他能注意到正在做同样事情的其他人。

桑尼遇到第一位毒鬼，他问她现在是否有货，那女人摇头。遇到第二个，他问是否能让他带货，那男人也摇了摇头，但他指向了一个正在交易的家伙。

桑尼的母亲不再给他钱了。安吉拉有时候倒是会给，如果她那位和《圣经》捆绑在一起的丈夫靠复苏的马戏团多挣了些闲钱的话。桑尼的每一分钱都给了毒贩，但能买到的还是极少，几近于没有。

他想要注射完再回家，以防阿玛尼在。她会把他几近于没有的那点东西也用光的。桑尼走进一间路边小饭店的厕所注射完毕，很快就感到病痛被一扫而光。等他回到家的时候，感觉几乎又是健康完好的了。几乎，这个词意味着，很快他就将不得不再次吸毒，以距离完好稍稍近一点，接着再来一次，再近一点，再一次，再一次。

阿玛尼坐在一面镜子前编辫子。"你去哪儿了？"她问。

桑尼没作声。他用手背擦擦鼻子，开始在冰箱翻找食物。他们住在112街和列克星敦街交口的约翰逊之家，屋门从来不锁。毒鬼来来去去，从一间公寓穿到另一间。有些人倒在桌前的地上。

"你妈刚才来过。"阿玛尼说。

桑尼在模具旁找到一块面包吃了。他看着阿玛尼编完头发，站起身打量自己。她的肚子正越来越大。

"她说想让你周日回去吃晚饭。"

"你去哪儿？"他问阿玛尼。他不喜欢她化妆打扮。她老早以前就向他保证过，说她不会出卖身体换取毒品，桑尼并不相信她会信守诺言。吸毒鬼的话是不作数的。有的时候，在她梳妆打扮的夜晚，他会跟着她在哈莱姆东游西荡。但每一次结果都一样,叫人感伤,阿玛尼会乞求俱乐部老板让她再唱唱歌,只唱一次就好。但他们几乎从不肯答应。有一回,全哈莱姆最肮脏的俱乐部应允了,桑尼当时就站在人群后面,看着阿玛尼在众人茫然的眼神中登上舞台,四周一片静寂。没人记得她曾经的模样。所有人看到的都是她现在的样子。

"你该去看看你妈妈,桑尼。那样我们就可以弄些钱用了。"

"噢,得了吧,阿玛尼。你知道她不会给我一分钱。"

"她会的。如果你好好拾掇拾掇。你可以洗个澡,刮刮脸。她会给你钱的。"

桑尼起身朝阿玛尼走去。他走到她身后,伸出双臂环住她的腹部,感受着那里结实的重量。"你为什么不能给我点什么东西呢,宝贝?"他在她耳边小声说。

她开始动弹,但是他抱得很紧,于是她便软了下来,靠在他身上。桑尼从未爱过她,从未真的爱过她。但他总是想要她。他费了些时间才弄明白这两者之间的区别。

"我刚做的头发,桑尼。"她虽是这么说,但脖子已经凑了过来,向左歪着,好让他的舌头能够到右颈。"给我唱点什么吧,阿玛尼。"他说着笼住她的乳房。她没有唱,而是在他的触碰下哼哼起来。

桑尼一只手沿着她的乳房向下,探到那正等待他的毛丛中。这时她开始唱起来。"我爱你,波吉。别让他们带走我。别让他们对付我,让我发疯。"[①]她的歌声如此轻柔,几乎像是在耳语。几乎。当他的手指发现她湿了的时候,他们开始合唱。那晚阿玛尼出门去爵士乐俱乐部,他们不肯让她演唱,但桑尼总会让她唱。

---

① 1935 年在纽约首演的第一出黑人歌剧《波吉与贝丝》中的插曲《我爱你,波吉》。

"我会去看我妈。"她摇摇晃晃走出前门时,他答应道。

桑尼的鞋中藏着一玻璃纸袋的毒品。那样做是为了让他安心。他步行穿过自己住所到母亲住所之间的许多个街区,大脚趾一直紧夹着那只小袋子,好像一个小小的拳头。他将小袋夹紧,接着再放开。夹紧,接着再放开。

当桑尼穿行在那些住宅区中时,他试着回想上一次认真和母亲讲话是什么时候。是在1964年的暴乱期间,母亲要他到她的教堂前面找她,好借给他一些钱。"我不想看到你死去,或者变得更糟。"她说着将未放进献祭盘的一点零钱递过来。桑尼接过钱,心里想着还有什么能比死更糟吗?而周围的迹象都是那样明显。就在几周前,纽约警察局开枪击毙了一位十五岁的黑人男学生,毫无缘由。枪击事件引发了暴动,黑人小伙子,还有一些女人,他们开始对抗警方。新闻报道听起来就像是错在哈莱姆黑人。大批激动、疯狂而满腔怒火的黑人要求政府保护他们的孩子不会在街头被击毙。那天,桑尼在紧紧抓着母亲的钱步行返回的途中,一直希望着不要撞见任何一个想要证明那一点的白人,因为虽然他在头脑中尚未想明白那事实,但他的身体却已经感受到了:在美国,最糟糕的事情便是身为黑人。比死亡更糟的事情就是,你是一具行尸走肉。

是约瑟芬来应的门。她一只胳膊抱着女儿,另一只胳膊抱着儿子。"你是迷路了还是怎么回事?"她说着嫌恶地看了他一眼。

"好好说话。"母亲在她身后训斥了一声,不过桑尼很高兴妹妹还是老样子对他。

"你饿了吗?"威莉问。她从约瑟芬手中接过孩子,朝厨房走去。

"我想先上个厕所。"桑尼边说边往厕所走去。他关上门坐在马桶上，从鞋子里掏出那个小袋。他到家还不到一分钟，却已经开始不安了。他需要有什么东西帮他渡过难关。

等他走出门，母亲已经为他收拾好一碟食物，然后和妹妹一起看着他进食。

"你们怎么不吃？"他问。

"因为你迟到了大约一个半小时！"约瑟芬咬牙切齿地说。

威莉一只胳膊搭在约瑟芬肩上，接着从胸罩里抽出一点钱。"乔西，要么你去给孩子们买些东西吃吧。"她说。

约瑟芬向威莉使的眼色比她说过的任何话语都更伤桑尼的心。那眼神是在询问威莉单独和桑尼待在一起会不会不安全，而威莉不确定的点头回应的方式也同样伤他的心。

约瑟芬抱起孩子离开了。桑尼还未见过那小的孩子，不过孩子出生时母亲告诉过他。已经开始学步的大的孩子桑尼曾见过一次，有一天他在一条僻静的街上撞见了约瑟芬。他一直低着头，假装没看见。

"谢谢你给我做吃的，妈妈。"桑尼说。食物已经快吃完了，因为吃得太快他开始觉得有些恶心。威莉点点头，又往盘子里添了一份。

"你有多久没正经吃过东西了？"她问。

桑尼耸耸肩，母亲依旧看着他。他又觉得不自在了，刚刚注射的那点量正在迅速失效，他想找个借口再去注射一些，不过频繁上厕所只会让母亲起疑。

"你父亲是个白人。"威莉平静地说。一直在摆弄一块鸡骨头的桑尼差点噎住。"很久很久以前，你常常问起他的事，我从未告诉过你一丝一毫，现在我要告诉你了。"

她说着起身拿起放在水槽里的茶壶倒了一杯水，背对着桑尼的目光一口气喝了下去。喝完那杯水后，她又给自己倒了一杯，拿着坐回到餐桌。

"他并非生下来就是白人,"她说道,"我碰见他的时候,他是个黑人,确切说来,皮肤是黄色而非黑色。不过他始终还是有色人种。"

桑尼咳嗽起来,他用手指戳弄着那块鸡骨头。"你以前怎么没告诉我?"他问。他能感到自己正越来越气愤,但他忍住了。他今天是为了要钱来的,现在不能和她吵。现在还不能。

"我想过告诉你。真的。你还见过他一次。就是我们一路走到曼哈顿的那天,你还记得吗?你爸爸当时就站在街对面,同他的白人妻子和孩子在一起,我想着,也许我该告诉卡森那男人的身份,不过接着我又觉得,还是让他走的好,于是我们就走回了哈莱姆。"

桑尼将那鸡骨头折成两半。"妈妈,你当时应该拦住他的。你应该告诉我,你应该拦住他。我不知道你为什么总是任由人们离开你。我的父亲、伊莱,还有该死的教会。你从来不曾争取过任何事。任何事都不曾。你的人生就没反抗过一天。"

母亲将一只手伸过桌子,紧紧握住他的肩膀,让他不得不看向她的眼睛。"不是那样的,卡森。我为你争取过。"

他的视线落回到盘子里的两块鸡骨头上。大脚趾碰了碰鞋子中的小袋。

"你觉得你参加过游行,这就算是反抗吗?我反抗过。我同你的父亲,还有我的小宝贝一起长途跋涉,从阿拉巴马州一路来到这里,来到哈莱姆。我的儿子将看到一个比我、比我的父母所见过的更好的世界。我将成为一个著名的歌手。罗伯特将不用为白人下矿工作。这也是反抗,卡森。"

桑尼开始向厕所张望。他想找个借口,把鞋子里的小包都注射完。他知道这有可能是他在很长很长一段时间内所能买的最后一包毒品。

威莉收拾了他的餐盘，给自己重新添了茶。他能看见她站在水槽边，缓慢而悠长地一边呼吸一边喝茶，胸膛和脊背起伏着，似在试着平复心神。她返回桌边，在他正对面坐下，定定地看着他。

"你总是这样愤怒。哪怕还是小孩时，你也经常生气。以前我经常发现，你看我的眼神就像是要杀了我，而我却不知道为什么。我用了很长时间才弄明白，原因在于你本来能选择自己的生活，但你又永远选择不了自己的生活，你似乎生来就明白这一点。"

她抿了口茶，眼神飘向空中。"白人有选择权。他们能挑选工作，挑选房屋。他们能够生育黑皮肤的小孩，然后就消失得无影无踪，就像一开始就未曾出现过那般，那些和他们睡觉、或是遭他们强奸的黑皮肤女人，仿佛是自己躺在那里就怀了孕。白人男人也会帮黑人男人做出选择。过去常常是通过出售他们的方式进行，现在他们直接将黑人男人送进监狱，正如他们对我爸爸所做的那样，害得他们无法与子女团聚。当我看到你，我的儿子，我爸爸的孙子，你坐在这里，而你那些在哈莱姆四处走动的子女却几乎不知晓你的姓名，更不用说你的面容。我所能想到的就是，情况不该这样。有些习性你不是从我这里学会的，你是从你父亲身上遗传的，尽管你并不认识他，而你的父亲是从白人那里学会的。我经历了这漫长的艰难跋涉，儿子却成了毒鬼，看到这场面真叫我伤心，但我更伤心的是发现你竟然觉得自己能够像你爸爸一样离开。你一直在做的这些事，连白人都已经不再做了。白人已经不会再把你拉去出售，或是将你扔进矿山据为己有。他们只会以现在的方式占有你，而且他们会说，你才是造成这局面的人。他们会说你都是自己作孽。"

约瑟芬带着孩子回来了。他们的衬衫上抹了冰激凌，脸上都露出淡淡的微笑。约瑟芬没有停下听他们说话,径自带着孩子进了卧室,将他们哄上床睡了。

威莉从两只乳房之间抽出一团钱,啪的一声放在他面前的桌上。"你来是为了这个吧?"她问。

桑尼能看到她眼眶中有泪水蓄积。他的大脚趾一直在触碰玻璃纸袋,手指渴望伸向那些钱。

"拿上钱,想走的话你就走吧,"威莉说道,"想走的话你就走吧。"

桑尼想要大叫,想拿上钱,取出鞋子中的小袋,找个地方注射一针,直至无法再思考母亲刚刚告诉他的事。那些是他想做的事。但是他没有做。取而代之的是,他留了下来。

玛乔丽

"哈啰，姐们儿。我带你去看城堡啊。海岸角城堡。只要五塞地①。你打美国来吗？我带你去看奴隶船。只要五塞地。"

男孩应该有十岁左右，只比玛乔丽小一两岁。从她走下戳戳车②以来，他就一直跟在身后。当地人兴这个，等着游客上当，好欺骗他们为加纳人都知道不要钱的景点掏钱。玛乔丽忍着不去理会，但她又热又累，从阿克拉乘戳戳车过来花了将近八个小时，现在还能感觉到车上那些挤在她前后左右的人所散发出的汗味。

"我带你去看海岸角城堡，姐们儿。只要五塞地。"男孩继续重复。他没穿衬衫，她能感受到他的皮肤所发散出来的热量朝她而来。经历了这一路的劳顿，她再也无法容忍陌生人的身体贴得如此之近，于是她很快便发现自己用契维语大声吆喝了起来："我是加纳人，蠢东西。你就看不出来吗？"

那男孩继续用英语说："可你是打美国来的吧？"

她气冲冲地继续走。背包袋子沉重地勒住肩膀，她知道会勒出印子来。

玛乔丽是来加纳探访祖母的，她每年夏天都来。祖母之前搬到了海岸角，以便靠海近一点。在她之前住过的埃德韦索，所有人都喊她疯女人，但在海岸角，他们只知道她是老夫人。他们说她年纪很大，

---

① 加纳共和国国家货币。
② 一种载客或载货的卡车。

光凭借记忆就能述说加纳的整个历史。

"是我的孩子来看我了吗?"老夫人问道。她杵着一根用弯曲的木头做成的拐杖,驼背也模仿同样的弧度,这样子使她看起来就像是一直在祷告。"欢迎,欢迎,欢迎。"她说。

"我的老祖母。我很想念您。"玛乔丽说。她拥抱祖母的力气很大,老妇人疼得叫了起来。

"哎呀,你是来勒断我的吗?"

"抱歉,抱歉。"

老妇人叫男仆来接玛乔丽的包,玛乔丽于是小心翼翼地从勒疼的肩膀上慢慢拉下包带子。

祖母见她的脸抽搐了一下,于是问:"你受伤了吗?"

"不碍事。"

她的回答是出自条件反射。只要父亲或祖母问起疼痛的事,玛乔丽总会说她从未经受过。小的时候,有人告诉她,说她父亲脸上,以及祖母手脚上的疤痕都是因为经受过巨大的痛苦才形成的。因为她身上没有那样的疤痕,所以玛乔丽从不抱怨疼痛。有一次,在她还很小的时候,她看到有一块皮癣在她膝盖上长啊长啊长啊。她瞒了快两个星期,没让父母知道,直到那癣爬满了连接大小腿的整个腿弯,让她曲腿都难。等她终于给父母看时,母亲恶心得吐了,父亲则一把抓住她的双臂,匆忙带她去了急诊室。叫号的护士被吓了一跳,不过不是因为癣,而是因为她父亲的疤痕。她问他是不是需要帮助的人。

而现在她看着祖母的双手,几乎难以将疤痕和皮肤的皱纹区分开来。老夫人的整个身体都已成为一片废墟。玛乔丽有些眩晕,转过了头。

她们乘出租车回到祖母的房屋。老夫人住在海滩上一座很大的开敞式平房中,就像是城里一些白人住的那种。在玛乔丽念三年级的时候,他的父母曾离开阿拉巴马,返回加纳帮助祖母修建这座房屋。她们待了好几个月,托一个朋友照看玛乔丽。夏天到来后,玛乔丽才总算能够去探访,她很快便爱上了那座没有大门的美丽房子。这房子的面积是父母在亨茨维尔市那间小公寓的五倍,门前就是海滩,而非她一贯看到的那种种着将死不死草的可怜草坪的庭院。那个夏天,她一直没想通父母怎么能离开这么好的地方。

"你过得好不好,我的孩子?"老夫人说着从厨房里拿出一些专为玛乔丽留的巧克力。玛乔丽爱吃甜食,尤其是巧克力。母亲经常开玩笑说她是从可可果里诞生的,果壳裂了缝,她便从中间钻了出来。

玛乔丽点点头,接过巧克力。"我们今天下海吗?"她说着吃了满满一嘴,巧克力在她口中融化。

"说契维语。"祖母尖声说着,敲了敲她的后脑勺。

"抱歉。"玛乔丽含糊地说。在亨茨维尔的家中,父母和她讲契维语,她则用英语回答。自从幼儿园老师让她带回家一张留言条后,他们就一直坚持这个习惯。那留言上说:

> 玛乔丽不会主动回答问题。她很少说话。她听得懂英语吗?如果不懂,你们应该考虑让她去将英语作为第二语言的班级。或者特殊看护会对她更有帮助?我们学校也有特殊教育班。

她的父母非常生气。父亲将留言条大声朗读了四遍,每念完一遍都大声说:"这个蠢女人知道些什么?"不过从那时起,他们每天晚上都会考玛乔丽英文水平。当她用契维语回答问题时,他们就会让她"讲英语",所以现在英语就成了她脑子里最先蹦出来的语言。祖母的要求正好相反,她不得不提醒自己。

"走,我们现在就下海。把你的行李收拾一下。"

同老夫人一起去海滩是玛乔丽在这个世上最喜欢做的事情之一。她的祖母与其他祖母不同。夜里老夫人会说梦话。有时候她会挣扎,有时候她会在屋子里踱步。玛乔丽曾听过那些故事,有关于祖母手脚上以及父亲脸上的烧伤的故事。她知道为什么埃德韦索的人们会喊她疯女人,但是对于她来说,祖母从来都不是人们说的那样。老夫人只是会做梦,能看到幻象。

她们走到海滩。老夫人的步子十分缓慢,看起来就像根本没动一样。她们二人都没穿鞋,当走到沙滩边缘后,她们会等待海水冲上来,舔舐她们的脚趾缝,冲干净里面夹着的沙子。玛乔丽看着合上双眼的祖母,耐心地等待她说话。那正是她们来海边的目的,一直都是如此。

"你戴着那块石头吗?"祖母问。

玛乔丽本能地举起一只手去摸项链。父亲是在一年前才把项链交给她的,说她终于到了岁数,能保护好它了。那东西是属于老夫人的,之前也曾属于阿蓓娜,属于詹姆斯,还有之前的凯和美人埃菲亚。项链最早是梅阿美传下来的,就是她放了一场大火。父亲告诉玛乔丽,这项链是他们的家族历史的一部分,她永远都不能摘下它,永远都不能弄丢它。现在,那黑色石头在她们眼前大海的映衬下,闪烁着金色的光芒。

"戴着的,老夫人。"她说。

祖母牵住她的手,两人再次沉默下来。"你在这片水里。"她终于开口。

玛乔丽认真地点点头。十三年前她出生的那天,她的父母将她的脐带邮寄回来，一路跨越大西洋，送到老夫人手中，让她将其放入大海。这是老夫人的唯一要求，儿子和儿媳决定结婚并搬去美国时，年龄都已很大，她希望他们如果有了孩子，一定要把那孩子的某样东西送回加纳。

"我们的家族起源于此，源于海岸角。"老夫人说着指向海岸角城堡。"我在梦中一直会见到这座城堡，但我不知道原因。有一天我来到城堡的海边，我能感到祖辈的灵魂在召唤我。他们中有一些是自由的，于是就在沙滩上对我说话，另有一些却被困在好深好深的水里，所以我只能走进水中倾听他们的声音。我走得非常远，以至于几乎沉下去，与那些被永远困在深邃的海底的灵魂相会。他们活着的时候就不知道来处，所以死后也不知道如何回到干燥的陆地。我把你放在这里，这样一来，如果你的灵魂迷了路，你也就能知道家的方向。"

玛乔丽点点头，祖母牵起她的手，带着她走向海水更深处，更深处。这是她们夏季的例行仪式，祖母是在提醒她怎样回家。

玛乔丽返回阿拉巴马时，肤色黑了三层，体重增加了五磅。与祖母在一起的时候，她的月事来了，老夫人当时鼓着掌，唱起了歌，庆祝玛乔丽成为女人。她不想离开海岸角，但是学校要开学了，父母不同意她继续停留。

要升高中了，她原本就一直憎恶阿拉巴马，在进了规模更大的新高中后，这种感觉立刻又复苏了。她家住在亨茨维尔东区的南部，是街区中唯一的黑人家庭，方圆数英里范围内都只有他们一家是黑人。新高中里的黑人学生比玛乔丽以往在阿拉巴马见到的都要多，但只消和他们说上几次话她就意识到，这些黑人和她不是一类。确实，她才是不合时宜的那一类。

"你为什么会那样说话?"上高中的第一天,当她加入黑人学生群体共进午餐时,领头的笛莎问。

"哪样?"玛乔丽问。为了表达对玛乔丽的印象,笛莎于是学了一遍舌,她几乎变成了英式口音。"哪样?"

第二天玛乔丽便独自找了位子,一边用餐一边阅读英文课上要讲的《蝇王》。她一只手拿书,另一只手握叉子。她看书入了迷,都没意识到叉子叉住的鸡肉根本没喂到嘴巴,直至吃了个空,她才终于抬起头,却发现笛莎和其他黑人女孩都在盯着她。

"你为什么要读那本书?"笛莎问。

玛乔丽结结巴巴地说:"我……我上课要用,必须读。"

"我上课要用,必须读,"笛莎学舌,"你说话时听起来像白人女孩。白人女孩。白人女孩。白人女孩。"

她们一直念叨,而玛乔丽唯一能做的,就是忍住不哭。在加纳,每当有白人出现时,总会有小孩指着他让大家看。一小群孩子,黑黝黝的皮肤在赤道艳阳下闪闪发光,他们朝那肤色与他们不同的人伸出小小的手指,高喊:"欧布洛尼!欧布洛尼!"他们会咯咯笑,为那差异而感到雀跃。当玛乔丽第一次碰到有小孩这么做时,她看到那被人告知了肤色的白人的表情显得很震惊,像是受了冒犯。"他们为什么一直念叨!"那人向带他参观的朋友问。

那天晚上,玛乔丽的父亲将她拉到一边,询问她是否知道那白人的问题答案,她耸耸肩。父亲告诉她,那个词的意思早已变得和本意完全不同。加纳本身就是一个年轻的国家,这里的年轻人出生于一个殖民者已全部离开的国度。他们不像他们的母亲以及之前的祖辈那样每天都能见到白人,所以那个词在他们口中代表的是新的含义。在他们生活的加纳,黑人才是绝大多数,他们的肤色是方圆数英里内唯一的肤色。于他们而言,称呼某人"欧布洛尼"是一个单纯之举,表明他们只是简单将种族理解成肤色而已。

现在,当笛莎和她的朋友叫她"白人女孩"的时候,低着头吞回泪水的玛乔丽再一次意识到,在这里,"白"可以用来形容一个人说话的方式,"黑"则可以用来形容一个人所听音乐的风格。在加纳,你可以只当你自己,就像你的肤色向世界宣称的那样。

"别理会她们,"这晚,母亲埃丝特在给玛乔丽梳头发时告诉她说,"别理会她们,我的聪明女儿。我的漂亮女儿。"

第二天玛乔丽改到英语老师的休息室吃午餐。她的老师平克斯顿夫人身材胖胖的,皮肤是胡桃色的,笑声听起来就像是一列火车正在缓缓靠近。她提一只很大的粉红色手提包,从里面能源源不断地掏出书来,就像只魔法帽。她在脑海中把那些书叫作兔子。"她们懂些什么?"平克斯顿夫人说着递给玛乔丽一块饼干,"她们什么都不懂。"

平克斯顿夫人是玛乔丽最爱的老师,是这座将近有两千名学生的学校中两位黑人教师中的一位。在玛乔丽所认识的人中,她也是唯一一个拥有她父亲所写的《国家的毁灭始于人民的家庭》这本书的人。那书是父亲的毕生之作。书写完时,父亲已经六十三岁,当她出生时,他已经年近七十。书名取自一句阿散蒂古语,他借用来探讨奴隶制和殖民主义。读完家里书架上的所有书籍之后,玛乔丽有一次花了整个下午的时间来阅读父亲的这本书,但最终只读了两页。当她把情况告诉父亲后,父亲说那本书里有些东西她要再长大些才能明白。要想将事情看个清楚,人们需要时间。

"你觉得这本书怎样?"平克斯顿夫人指着玛乔丽手中晃荡的《蝇王》问。

"我喜欢。"玛乔丽说。

"那你热爱它吗？你觉得它深入你的内心了吗？"

玛乔丽摇头。她不知道说一本书深入内心是什么意思，但是她不想告诉英语老师这个，以免她会失望。

平克斯顿夫人发出火车开动般的笑声走开了，让玛乔丽继续阅读。

于是，玛乔丽就这样度过了三年的高中生活，寻找她热爱的书，能让她感觉深入内心的书。到高三的时候，她已经读完校图书馆南墙上的所有图书，至少有一千本，现在她正在攻占北墙。

"那本书很好。"

她刚从书架上取下《米德尔马契》[1]，正感受着书籍的芳香时，一个男孩对她说。

"你喜欢艾略特？"玛乔丽问。她近来似乎常看见他，不过又记不太清在什么地方见过他。男孩长着一头金发和一双蓝色的眼睛，看起来像是她在一条脆谷乐麦圈广告中见过的小男孩长大后的样子。

男孩将食指按在嘴唇上。"不要告诉任何人。"他说，玛乔丽笑了，她不在保密范围内。

"我叫玛乔丽。"

"格雷厄姆。"

他们握了握手，格雷厄姆向她介绍了他正在读的《鸽羽》[2]。他告诉玛乔丽，他们家刚从德国搬来，他父亲在军队，母亲多年前去世了。玛乔丽一定也说了些什么，但是她想不起来了，只记得自己笑了好多次，笑得脸颊都疼了起来。在不知觉间，铃声响起，午餐时间结

---

[1] 英国作家乔治·艾略特于1872年创作的小说。
[2] 美国作家约翰·厄普代克于1962年出版的一本短篇小说集。

束,他们于是分别去到下节课的教室。

从此以后,他们每天都会见面。当其他学生都在用午餐的时候,他们却在图书室一起读书。他们坐在一张能容纳三十人余人的大长桌边,只隔着几英寸的距离,旁边的许多空位让他们没有借口可解释彼此间的亲近。他们不再像初识那天一样热烈地交谈,一起阅读就已足够。有时候,格雷厄姆会留一张附有自己作品的纸条让玛乔丽去找。上面多是些小诗,或是故事片段。玛乔丽却太过害羞,不敢把自己的创作给他看。晚上回到家,她会等父母先上床,然后再打开台灯,就着微弱的光线阅读格雷厄姆的纸条。

"爸爸,你是什么时候知道你喜欢妈妈的?"第二天早餐时她问。她的父亲两年前发过一次心脏病,现在每天都会吃一碗燕麦片。他已经如此苍老,玛乔丽的老师们经常以为他是她的祖父。

父亲用餐巾擦擦嘴唇,接着清了清喉咙。"谁告诉你我喜欢你母亲了?"他问。玛乔丽转转眼珠子,父亲则笑起来。"是你母亲告诉你的吗?呃,小鸽子啊,你还太小,不该喜欢任何人。专心学习吧。"

不等玛乔丽反驳,他就走出家门,去社区大学教授他的历史课程了。她总是很讨厌父亲叫她鸽子。那是她的专用名,起源于她的阿散蒂名字的一个昵称,但是那昵称不知怎的,却总让玛乔丽觉得自己很小,年幼而又脆弱。但她并不小,也并不年幼。她是大人了,已经很大了,她乳房丰满,已经有母亲乳房的大小,裸身穿过卧室时,她因此不得不用双手托住它们,以免拍打到肚子。

"你喜欢上谁了?"母亲手里拿着新洗的衣服走进房间问。虽然已在美国生活了将近十五年,但埃丝特依然不愿使用洗衣机。她会在厨房水池清洗全家人的内衣。

"没有谁。"玛乔丽说。

"有人来邀请你去班级舞会了？"埃丝特笑得十分灿烂。玛乔丽却叹了口气。五年前，她曾同母亲一道看过《20/20》节目[①]针对全美各地班级舞会的一个特别报道，母亲当时看得非常开心。她说她以前从未见过那样的场面，女孩们穿着长裙，男孩们身穿套装。想到有一天，她的女儿也将成为那些特别的女孩中的一员，埃丝特的眼中有光芒闪过，而玛乔丽则像眼中进了渣滓一般感到刺痛。玛乔丽是她所在学校仅有的三十名黑人学生中的一员。上一年，没有一个黑人学生接到舞会的邀请。

"别说了，妈妈，上帝啊！"

"我不是上帝，从来都不是。"母亲说着从水池里捞起一件黑色蕾丝胸罩。"如果有男孩喜欢你，你必须让他知道，你也喜欢他。不然的话，他永远也不会有所行动。在你父亲的房子里住了许多许多年后，他才请我嫁给他。我是个愚蠢的女孩，总是希望他能看出来，我和他抱有同样的想法，却从未挑明。如果不是老夫人的干预，谁知道他是不是永远都不会采取任何行动。老夫人的念力很强。"

那晚玛乔丽把格雷厄姆的诗塞在枕头下，希望自己能继承祖母的念力，让格雷厄姆的文字在她熟睡时飘浮到耳畔，在梦里开出鲜花。

平克斯顿夫人正在为学校组织一场黑人文化活动，她问玛乔丽能否朗诵一首诗。活动名为"我们所涉过的水域"，与学校之前举办过的任何活动都不尽相同，举办时间定在五月初，"黑人历史月"结束一段时间之后。

"你需要做的就是讲述你的故事，"平克斯顿夫人说道，"讲一讲

[①] 美国ABC电视台于1978年开播的一档电视新闻节目。

身为非裔美国人对你来说意味着什么。"

"可我不是非裔美国人。"玛乔丽说。

虽然无法看清平克斯顿夫人脸上的表情,但她立刻就反应过来,自己说错了话。她想向平克斯顿夫人解释,但不知从何说起。她想告诉平克斯顿夫人,在她的家里,他们不会说非裔美国人,而用的是另一个词,即阿卡塔。阿卡塔人不同于加纳人,他们已离开非洲大陆太久,不能再称那里是故乡。她想告诉平克斯顿夫人,她感觉自己也正在远离故土,基本上成了一个阿卡塔,离开加纳的时间已经太久,她已不再是一个加纳人。但是平克斯顿夫人脸上的神色却拒绝了她的任何解释。

"听我说,玛乔丽,我想告诉你一些可能还从未有人告诉过你的事。在这里,在这个国家,在这个白人统治的世界,你从哪里来并不重要。重要的是现在你来了这里,而在这里,黑人就是黑人。"她说着站起身,为两人各倒了一杯咖啡。玛乔丽其实并不喜欢咖啡。喝起来太苦,味道会一直哽在她的喉咙底部,似乎在犹豫不知是进入她的体内,还是从她的口中呼出来。平克斯顿夫人喝着咖啡,玛乔丽却只是看着没动。有那么一会儿,只有几秒钟的工夫,她觉得从杯中看到了自己脸庞的倒影。

那晚玛乔丽同格雷厄姆去看了一场电影。当他来接她的时候,她问他能否将车停在前面的一条街上。她还没准备好告诉父母。

"好主意。"格雷厄姆说,玛乔丽不禁想知道他的父母是否知道他的去向。

电影结束后,格雷厄姆驾车带她去了树林中的一块空地。那里本该是其他孩子经常去玩闹的场所之一,不过玛乔丽之前经过的一两次,那里却总是空着。

这一晚，这个地方也很空旷。格雷厄姆从后座上拿出一瓶威士忌，虽然玛乔丽讨厌酒的味道，但还是慢慢地小口抿着。她喝酒的时候，格雷厄姆抽出一支烟。点燃后，他一直在摆弄打火机，点燃然后熄灭。

"能不能请你不要那么做了？"当格雷厄姆拿着打火机四处挥舞时，玛乔丽问。

"什么？"格雷厄姆问。

"打火机。能不能请你收起来？"

格雷厄姆疑惑地看了她一眼，但是一句话都没说，所以她也无须解释。自打听过父亲和祖母身上疤痕的故事后，她就一直很怕火。很小的时候，祖母梦中的火女就经常出现在玛乔丽清醒的时刻。她只在祖母讲的故事中听说过她，在那些她和祖母一起走到海边的日子里，祖母会将她所知道的祖先的故事告诉玛乔丽，但是玛乔丽却觉得她在炉灶、燃烧的煤块和打火机所发出的蓝色和橙色的火焰中都能看到火女。她害怕那些噩梦也会来找她，害怕她也会被祖先选中，去聆听她们家族的故事，但是噩梦却从未有过，所以随着时间的流逝，她对火的恐惧消退了。不过看到火的时候，她经常还是会觉得胸口发紧，仿佛火女的影子依然潜藏在四周。

"你觉得那电影怎么样？"格雷厄姆说着将打火机收好。

玛乔丽耸耸肩。这动作就是她所能做出的唯一回应，因为她根本没有心思去考虑电影。她刚刚一直在注意的，是格雷厄姆的双手到爆米花、到他们之间的座椅扶手的距离。她注意的是他看到有意思的情节时所发出的笑声，他的脑袋向她所在的左侧倾斜是不是表示邀请，邀请她也将脑袋向他倾斜，或是靠在他的肩膀上。在他们相互了解的那几周中，玛乔丽已经越来越倾心于他双眼中的湛蓝色彩。她曾为它们写过诗。那蓝色像是海水,像是清澈的天空,像是蓝宝石——她无法准确描述。在看电影的时候,她曾想到,她仅有的真正的朋友,都是小说中的角色,都不是真实人物。接着格雷厄姆出现了,他用他那双蓝鲸般的眼睛,将她的寂寞吞掉了一点点。无论如何,第二天她就将再也无法回想起那电影的名称。

"啊,我也是一样的感觉。"格雷厄姆说着拿起威士忌瓶长长地喝了一口。

玛乔丽想着自己是不是坠入爱河了。但她又怎么能知道呢?谁又能知道呢?在初中的时候,她曾迷恋过维多利亚时代的文学作品,喜欢那些不顾一切的爱情故事。那些书中的每一个角色都无可救药地深陷在爱情之中。所有的绅士都在求爱,所有的淑女都有人追逐。在那个年纪,她更容易把爱情看成是一种让人尴尬的宏大而不加掩饰的感情。但现在呢,爱情难道不就是坐在一辆凯美瑞汽车中啜饮威士忌吗?

"你还没给我看过你写的任何作品呢。"格雷厄姆捂着嘴打了个嗝,将酒瓶递给玛乔丽。

"下个月我必须给平克斯顿夫人的活动写首诗。也许你可以读到那一首。"

"是在班级舞会的几周之后举行对吗?"

说到舞会,她的嘴里变得干巴巴的。她等着他再多说些什么,但是他没有,于是她便只是点点头。

"我很乐意读。我的意思是说,如果你愿意给我读的话。"酒瓶又递回到他手中,虽然夜色黑暗,但玛乔丽还是能分辨出,他指关节上深深的纹路因为双手紧攥的动作而变红了。

这一周布拉德福特的梨树开花了。学校里所有的学生都说，那花闻起来像精液的味道，像做爱，像女人的阴道。玛乔丽讨厌那花的味道，因为她的童贞，她无法将那味道同死鱼之外的任何其他味道联系起来。每年到了夏天的时候，她会逐渐适应那味道，等梨花凋谢，那味道便消散无踪，变成一段模糊的记忆。但接着春天又会回来，那味道会再度出现，喧嚣地宣告自己的存在。

玛乔丽正为"我们所涉过的水域"活动写诗的时候，父亲接到一个从加纳打来的电话。老夫人身体虚弱。护工无法分辨她的梦境有没有变化。她不再像过去那样经常下床了——而她曾一度是一个惧怕睡眠的女人。

玛乔丽希望一家人能立即奔赴她身边。她丢开手头正在写的诗，从茫然的父亲手中拿走电话，换了别的时候，这样的行为一定会让父亲敲她的脑袋。她接起电话，要求护工换老夫人听电话，尽管这样就意味着要将她叫醒。

"你病了吗？"她问祖母。

"病？我今年夏天还要和你去海边跳舞呢。我怎么会病？"

"你不会死吧？"

"关于死亡，我是怎么跟你说来着？"电话中老夫人的声音变尖了，听起来比一开始接起电话时有力了些。玛乔丽拽着电话线。老夫人说过，只有身体会死亡，灵魂则会开始漫游。他们会找到阿萨曼都，或者也可能找不到。他们会同后代待在一起，引导他们生活，安慰他们，有时还会吓唬他们，让他们从不付出爱的麻木状态中清醒。

玛乔丽抓住脖子上的那块石头。那是祖先的礼物。"答应我，在我回来看你之前，不要离开。"玛乔丽说。她身后的亚乌将一只手搭在她的肩上。

"我答应你,我永远不会离开你。"老妇人说。

玛乔丽将电话递还给正一脸诧异的父亲,退回房间,在书桌前坐下。那上面的纸页上本该写上一首诗的,但只写着几个字:"水,水,水,水。"

玛乔丽和格雷厄姆又约会过一次,这一次他们去了太空与火箭中心。格雷厄姆以前从未来过,但玛乔丽每年都会和父母来一次。她的母亲喜欢观看大厅中排列的所有宇航员的照片,父亲则喜欢在博物馆中漫步,自己观察每一枚火箭,仿佛正在学习怎样建造似的。玛乔丽心想,从某些层面来讲,她的父母已经穿越了太空,降落在了一个对他们来说如月球般陌生的国度里。

格雷厄姆没有注意到"请勿触摸"的指示牌,在玻璃纤维容器上留下了幽灵般的指印,当他离开后,那些指印也随即消失得无影无踪。

"如果没有德国人,美国就不可能有航天计划。"格雷厄姆说。

"你想念德国吗?"玛乔丽问。格雷厄姆很少会提到那个他度过了大部分成长岁月的地方。和玛乔丽总把加纳挂在嘴边不同,他从不公开说起过那个国家。

"有时候吧,不过军属已经习惯了到处搬家的生活。"他耸耸肩,将手指按在一个装有一套宇航服的展览箱上。玛乔丽想象着,他的手穿过了玻璃墙,身体升高钻进了箱子,他钻进那套宇航服,接着他失重了,身体飘浮着向上,向上。

"玛乔丽?"

"怎么?"

"我说你有一天会搬回加纳吗?"

她思考片刻,想到了祖母和那片海,还有城堡。她想起喧嚣而躁动的汽车流、海岸角街巷中的男男女女、臀部肥硕的女人守着大银盆在卖鱼、乳房还没开始发育的女孩走在街道中央,将她们的脸贴在出租车的窗户上,吆喝着"冰水要吗?""求求你了,买一瓶吧"。

"我想不会。"

格雷厄姆点点头朝前走去,走向下一个展览柜。当他举起一只手,正准备按在玻璃上,玛乔丽牵住了他。她打断他的动作说道:"大多数时候,我感觉自己并不属于那里。我一走下飞机,人们就会发现,我长得和他们很像,但又有区别。他们从我身上能闻出来。"

"闻出什么?"

玛乔丽抬起头,试着找一个恰当的词语。"寂寞吧,或许。或者是孤单。我不属于这里,也不属于那边。我的祖母是唯一能懂得我的人。"

她低下头。她的手在抖,所以就放开了格雷厄姆的手,但是他又牵住了她的手。当她再度抬起头来时,他俯下身来,吻住了她的嘴唇。

几周以来,玛乔丽一直在等待祖母的消息。父母雇了一名护工每天照料她,但这似乎只叫祖母生气。她的状况越来越差。玛乔丽不知道自己是如何知道的,但她就是知道。

在学校里,玛乔丽总是安安静静的。她在任何课堂上都不举手回答问题,有两位老师还留下她,询问她是否一切还好,她却跑开了。她不再去英语老师的休息室吃午饭,也不再去图书馆看书,而是坐在餐厅,坐在一张大长桌的角落,引得经过的所有人都想朝她使出最恶劣的手段。不过格雷厄姆走了过来,坐在她对面。

"你还好吗?"他问道,"我好久都没见过你了,自从……"

他的声音低落下去，不过玛乔丽却希望他能说完。自从我们接吻以来。自从我们接吻以来。那一天格雷厄姆穿的衣服是学校的颜色[①]——一种令人生厌的橙色，只稍稍用了少量清爽的灰色做平衡。

"我很好。"她说。

"你在担心你的诗吗？"他问。

她的诗是写在一张纸上的各种字体的集合，一项在字母盒中做的实验，草书，所有的字母都是大写。"不，我不担心那个。"

格雷厄姆小心地点点头，迎向她的目光。她之所以会来餐厅，是因为她想在人群的环绕下一个人待着。她有时候会喜欢这种感觉，就像在阿克拉走下飞机，看见一片和她一样的面孔所组成的海洋时一样。一开始的几分钟，她只是无名之辈，但那样的时刻接着便会结束。有人会凑过来，询问她是否需要搬运行李，是否需要乘车去某处，是否能给他的孩子送些吃食。

当她回应格雷厄姆的目光时，她看见一个深褐色头发的女孩从过道朝他们走过来。"格雷厄姆？"女孩问道，"我很少见你来这儿吃午餐啊。太叫我惊讶了。"

格雷厄姆点点头，不过并未回应。女孩之前并未注意到玛乔丽，不过见格雷厄姆无心交谈，于是便将目光从他身上挪开，看向那夺走了他注意力的人。

她只盯着玛乔丽看了一秒钟，不过却足以让玛乔丽注意到她脸上开始露出的厌弃神色。"格雷厄姆，"女孩小声说道，好像压低声音就能防止玛乔丽听见似的，"你不该坐在这儿。"

[①] 美国大多数学校都有选定的颜色，用在校服或其他身份标识物上，以代表学校。通常选定色有两种，会避免与其他学校相撞。

"什么？"

"你不该坐在这儿。大家会开始觉得……"女孩再次迅速投来一瞥，"哎呀，你知道的。"

"不，我不知道。"

"过来和我们坐一起吧。"她说。这时候女孩开始扫视餐厅，她的身体语言开始显得焦虑。

"我坐在这里很好。"

"你去吧。"玛乔丽说，格雷厄姆闻声转过身。就好像他已经忘却他一开始是在和谁争论一般，就好像他一直在争取的只是这个座位，而和坐在桌子对面的女孩毫无关系一般。"你去吧，没关系。"

话一说出口，她就屏住了呼吸。她希望他能拒绝，能反抗得更强烈些，更持久些，把手伸过桌面，把他变红的大拇指放在她的手指之间。

但是他没有。他站起身，看上去几乎像是松了口气的样子。当玛乔丽注意到，那深褐色头发的女孩将一只手伸进他的手中，拉着他离开时，两人已经走到食堂中央了。她原以为格雷厄姆和她一样，是一个阅读者，一个孤独的人，但是看着他同那女孩一起离开时，她知道他是不同的。她明白了他轻轻松松就能在众人毫无知觉的情况下融入进去，仿佛他本来就属于其中一般。

* * *

班级舞会的主题是"了不起的盖茨比"。在装点舞会的日子里，学校的地上一片光芒闪烁。舞会当天晚上，玛乔丽坐在家中的沙发上，在父母的围绕下观看一部电视上播放的电影。当她起身去做爆米花的时候，她能听到父母在小声议论她。

"好像不太对劲。"亚乌说。他从来都不擅长小声说话。他一贯说话都是从腹腔发声,语声深沉而响亮。

"她才十几岁嘛,十几岁的孩子都这样。"埃丝特说。在埃丝特工作的护工之家,玛乔丽曾听到其他执业护士说过类似的话,十几岁的孩子都像危险丛林中的野兽,最好是听之任之。

返回之后,玛乔丽试着表现得开朗些,不过她也说不好自己的努力是否成功。

这时候电话响了,她冲过去接听。她曾要求祖母每个月都给她打一个电话,好让她放心,虽然她知道老夫人照做起来会非常麻烦。不过这次她接听电话时,听到的却是格雷厄姆的声音。

"玛乔丽吗?"他问。她对着话筒喘气,还没来得及说话。有什么可说的呢?"我是想带你去的。只不过……"

格雷厄姆的声音低沉下去,不过没关系的。她之前就听过了。他会带那个深褐色头发的女孩去。他想过带玛乔丽去的,不过他的父亲觉得这样做不合适。学校也认为不合适。作为最后的反抗,玛乔丽曾听他告诉校长,说她"和其他黑人女孩不一样"。然而,不知道怎么的,她感觉更糟了。她已经放弃了他。

"我还能听你念诗吗?"他问。

"我下周会念。所有的人都会听到。"

"你知道我说的是什么意思。"

客厅里,父亲已经开始打呼噜了。他看电影时总会睡着。她在脑海中想象着那幅画面,父亲靠在母亲的肩头,母亲用双臂环着他。也许母亲也睡着了,她的头也靠在父亲肩上,长长的辫发[①]像是窗帘,

---

[①] 指黑人中常见的将头发编成满头小辫的发型。

遮住了他们的脸。他们的爱情让人感觉舒适。那种爱情不需要争取或隐藏。玛乔丽后来又问过父亲一次，问他是在何时知道他爱上母亲的，他说他一直都知道。他说那爱意诞生于他的心中，他在埃德韦索的第一缕微风中呼吸到了它，它就像哈麦丹风，在他的体内吹动。对于玛乔丽来说，阿拉巴马州没有任何东西让她觉得像是爱情。

"我得挂了，"她对电话那头的格雷厄姆说道，"我爸妈在叫我。"她挂上话筒，回到客厅。母亲还醒着，正盯着前方的电视机，不过她并没有在看画面中的内容。

"谁的电话，我的孩子？"她问。

"没有谁。"玛乔丽说。

学校的礼堂中能容纳两千人。玛乔丽在后台能听见其他学生陆续入场的声音，他们一直叽叽喳喳，吵得令人生厌。她在房间里走来走去，因为太过担心而不敢张望幕布那边的情景。在她的身边，笛莎和她的朋友们正和着音箱播放的隐约乐声在练习一支舞蹈。

"你准备好了吗？"平克斯顿夫人的声音吓了玛乔丽一跳。

她的双手已经开始发抖，她惊讶于自己竟然没有把手中的诗歌抖掉。

"没有。"她说。

"你，你没问题的，"平克斯顿夫人说，"别担心。你会表现得很棒。"她说着又离开了，她得去检查其他表演者的情况。

演出开始，玛乔丽的胃开始抽痛。她以前从没在这么多人面前讲过话，本来她已经要将胃痛归结于这个原因了，但接着那疼痛显得更加重了些，随之而来的还有一股恶心感，而很快，两种感觉都退去了。

这种感觉时不时地会出现一次。祖母称之为预感,身体会感知到某种当下世界尚未意识到的感觉。玛乔丽有时会在拿到糟糕的考试成绩之前感受到它。有一次她在车祸前也感受到了。还有一次,那感觉刚结束,她就意识到自己丢了父亲给的一枚戒指。父亲反驳说,无论这种感觉有没有出现,此类事情都会发生,这种说法或许是对的。玛乔丽所知道的就是,那感觉是在告诉她,要她拥抱住自己。

于是当平克斯顿夫人一介绍完她的名字,她就拥抱着自己上了台。她知道灯光会很明亮,但她没想到光芒会有热量,像是有百万道闪耀的阳光倾泻在她身上。她开始冒汗,一只手扶住额头。

她将稿纸放在讲台上。她已经练习过千百次了,在班上不出声地练,在卧室的镜子前练,父母开车时坐在车上练。

偶尔响起的咳嗽声或脚步挪动声划破宁静,似在向她发出嘲笑。她俯身凑近麦克风,清清喉咙,然后开始念道:

> 劈开那座城堡,
> 找到我,找到你。
> 我们,两个,感受着沙子,
> 海风,空气。
> 一个遭遇鞭打。被鞭打着,
> 乘上航船。
>
> 我们,两个,黑人。
> 是我,是你。
> 一个成长于可可园,
> 诞生于可可果,

皮肤虽未受刀割，却至今仍在流血。
我们，两个，涉水。
那水域看似不同，
实则并无区别。
我们都一样，有着姐妹般的肤色。
但有谁知晓？非我。非你。

她抬起头。一扇门嘎吱打开，更多的光芒倾泻进来。已经足够明亮了，她看出是父亲站在门口，但又并不够亮，并不足以让她看见从父亲脸上淌落的泪水。

老妇人阿娉、埃德韦索的疯女人一辈子唯一的一次食言就是最后的那一次。她是在过去常让她感到惧怕的睡梦中去世的。她想被埋葬在一座山上，那里能眺望大海。这学期余下的时间玛乔丽休了学，她的成绩足够好，不会有太大影响。

她和母亲跟在扛祖母遗体上山的男人们身后。父亲也坚持要扛，但他已太过老迈，他的出现更多是在添加负担，而非帮忙。抵达墓地后，人们开始哭泣。人们已经一连哭了好多日子，但是玛乔丽没有。

男人们开始翻挖红色的黏土。长方形的大墓坑两边堆起两座土丘，墓坑越挖越深。一位木匠为老夫人精心打造了一副棺椁，木头的颜色与泥土相同，当棺椁被放下后，没人能再分辨出棺木和泥土。他们开始往墓坑里填土。他们将墓穴填得紧紧的，填完后用铁锹背拍实。拍打声回荡在山间，响彻山谷。

当他们为坟墓竖起标记时，玛乔丽才意识到，她忘了将诗放进去。那首诗的灵感来源于她们漫步到海边时，老妇人常常给她讲的梦境里的故事,她知道祖母会喜欢听。她从口袋里掏出稿纸,虽然只有柔柔的轻风,但她颤抖的双手让文字也抖动了起来。

玛乔丽扑在坟堆上,终于哭了出来:"我的祖母啊,我的祖母。我的祖母啊,我的祖母。"

母亲过来将她从地上抱起。后来母亲告诉她,说她当时的样子看上去就仿佛是要飞下悬崖,飞下山峦,投入海中。

马库斯

马库斯并不喜欢水。第一次近距离看到大海,是在大学期间,海让他的胃蠕动起来,那样广阔的空间,那样无垠的蓝色,一直伸展到目力所不能及的领域。海吓坏了他。他没告诉朋友他不会游泳,他的室友,一个来自缅因州的红发男孩,他已经钻到大西洋海面下七英尺深的地方了,他却连脚趾都没伸进去。

海里有种味道让他犯恶心。那股子咸湿的臭气贴在他的鼻子上,让他感觉自己像是已经溺水了一般。他能感觉到那东西厚实地堵在他的喉咙中,就像盐水,依附在小舌悬垂的位置,害得他连呼吸都无法顺畅。

小的时候,父亲曾告诉他,说黑人不喜欢水是因为他们都是被贩奴船运来的。所以黑人怎么还会想要游泳呢?海底已经填满了黑人的尸体。

每当父亲说起这些事的时候,马库斯总是不耐烦地点头。父亲桑尼总没完没了地说些奴隶制、监狱劳动组织、制度、种族隔离法案,以及人的问题。父亲对白人有种深刻的痛恨之情。那种痛恨仿若一只塞满石头的口袋,每块石头代表着种族不平等现象在美国继续引以为常的一年。他至今仍背负着那只口袋。

马库斯永远不会忘记父亲早年的教诲,那些另类的历史课程让他对更近距离地研究美国初建时期历史产生了兴趣。父子俩那时在威莉祖母的狭窄公寓中共用一张床。到了晚上,躺在那刀子般的弹簧床垫上,父亲会给马库斯讲述美国过去是怎样将黑人从人行道上锁走充作劳工的,或是贷款歧视怎样叫停银行对黑人社区的投资,阻止房屋的兴建和商业贷款。所以,监狱中至今仍关满黑人,这难道有什么值得奇怪的吗?贫民窟仍旧是贫民窟,这又有什么值得奇怪的吗?父亲以前经常谈论的事情中,有一些是马库斯从未在历史课本上学过的,但是后来当他进入大学,他才发现都是真实发生过的。他认识到,父亲的头脑是很聪明的,但被某些东西所限制了。

过去每天早上,马库斯都会看到父亲起床,刮完胡子后出门前往东哈莱姆的美沙酮①诊所。跟踪观察父亲的活动比盯着时钟干瞪眼总要简单得多。父亲六点半起床,喝一杯橙汁。到六点四十五的时候,他已经开始剃须,到七点时他已经走出家门。他会先去领取美沙酮,然后去上班,他在一家医院做舍监。父亲是马库斯所认识的人中最聪明的,但他一直不能完全走出过去常吸食的毒品的阴影。

马库斯七岁的时候曾问过祖母威莉,如果父亲的日程表发生变动,会发生什么?如果他不去领美沙酮,会发生什么?祖母只是耸耸肩。长大许多后,他才开始明白父亲的日程表有多么重要。父亲的整个人生似乎都取决于这份日程表所造就的平衡。

现在马库斯又一次来到水边。研究生院新结识的一个同学邀请他参加泳池派对,庆祝新千年的到来,马库斯犹豫着答应了。加利福尼亚州的游泳池总比大西洋安全吧,这是当然的。他可以在椅子上休息,假装他只是过来享受日光的。他可以开玩笑说自己多么需要棕褐色的皮肤。

有人叫嚣着"抱膝跳",一下子跳入泳池,激起一阵冰冷的水花溅在马库斯的腿上。他接过狄安特递过来的毛巾,做了个鬼脸后擦干

---

① 一种具有治疗海洛因依赖、脱毒和替代维持治疗的药效作用的药物。

净水。

"该死,马库斯,我们要在这儿待多久啊,哥们?这里热得人要发疯。简直跟非洲差不多了。"

狄安特总喜欢抱怨,马库斯是在环保署举办的一次乡间别墅聚会中认识他的。他是名艺术家,虽然在亚特兰大长大,但身上却有某种东西让马库斯想起家乡。从那以后,两人就亲似兄弟。

"我们刚来不到十分钟,小狄。放轻松。"马库斯虽是这么说,但他也已经开始觉得坐不住了。

"不,黑鬼。我才不要在这该死的热浪中被烧焦。我待会儿再来找你。"他说着站起身,在泳池的人群中掀起一小片浪花。

狄安特总喜欢和马库斯一同去参加学校活动,接着又几乎总会在刚到达的时候就走掉。他是在寻找一个他曾在一座博物馆中碰见的女孩。他不记得女孩的名字了,但他告诉马库斯,他能分辨出来,那女孩是个学生,他光凭她说话的样子就能看出来。马库斯不想提醒他,这一片大约有上百万个大学生。谁敢说那女孩就刚好会出现在他参加的派对上呢?

马库斯正在斯坦福大学攻读社会学博士学位。这事是他和父亲同睡一张床垫时怎么也不可能想到的,但是他做到了。当他告诉父亲的时候,父亲是那样的自豪,甚至哭了出来。那也是马库斯唯一一次看到他哭。

狄安特走后不久,马库斯也离开了,他找了个借口说还有工作。他步行六英里回到家,走到家门时衬衫都湿透了。他钻进贴有蓝色瓷砖的浴室,任由水花冲刷他的脑袋,怎么也不肯抬头,他还是害怕会溺水。

"你母亲让我代她问好。"父亲说。

这是他们每周一次的例行电话时间。马库斯每周日晚上都会给家里打电话,他知道那一天约瑟芬姑姑和所有的表兄弟姐妹做完礼拜后都会聚在祖母威莉的家里用餐。他打电话是因为他思念哈莱姆,他思念周日的家族聚餐,他思念祖母用最高的音调唱起福音的情景,就好像只要她召唤耶稣来用餐,耶稣也会不出十分钟就过来一般。

"少骗人了。"马库斯说。他上一次见到母亲阿玛尼还是高中毕业的时候。当时母亲穿的毫无疑问是祖母威莉给她的衣服,一条无袖长裙。当他穿过舞台去领毕业证书,母亲举起手来朝他挥舞时,他几乎可以肯定,他看到了毒品注射所留下的针迹。

"哼哼。"父亲回答。

"你们那边都还好吗?"马库斯问道,"孩子们,还有她们都好吗?"

"嗯,我们都好。我们都好。"

电话中一时只能听见两人的呼吸声。父子俩都不想说话,但也都不想挂断。

"你没有复吸吧?"马库斯问。他并不常问这个问题,不过这次他问了。

"没有,我很好。别担心我。继续用心念书吧。别担心我。"

马库斯点点头。过了一会儿他才意识到父亲不可能看到,于是说了声"好的",接着他们终于挂了电话。

之后狄安特开车来接他,拽着他去了圣弗朗西斯科的一家博物馆,就是狄安特邂逅那女孩的那家。

"我不懂你为什么对这女孩这么热心,小狄。"马库斯说。他真的不太喜欢艺术博物馆，永远都不知道该如何评价他看到的那些作品。他会听狄安特谈论其中的线条、色彩和色调之类的，会点头，但实际上那些对他都不具有任何意义。

"看到她你就明白了。"狄安特说。他们在博物馆里四处晃荡，但两人都没有认真欣赏任何一件艺术品。

"我想她一定很美。"

"对，她很美，但是跟这个一点关系都没有，哥们。"

马库斯之前就听他说起过。狄安特是在卡拉·沃克[①]的展览上遇见那女孩的。两人在那件落地式的黑纸剪影作品周围绕了四圈，第五次时他们的肩膀碰在了一起。他们就其中一件作品谈论了将近一个小时，但从没想起来询问对方的名字。

"我跟你说，马库斯。你很快就要参加婚礼了。我现在需要做的就是找到她。"

马库斯不屑一顾。狄安特曾多少次在派对上指着某个女孩宣告那就是"他的妻子"，但结果却只和人家交往了一周。

他留下狄安特继续晃荡，自己去参观博物馆。他喜欢博物馆的建筑胜于其中的艺术作品。喜欢那些容纳了色彩生动的艺术作品的精巧的走廊和白色的墙壁。他喜欢那里能够让他漫步和思考的氛围。

小学时代的一次田野调查活动中，他曾去过一座博物馆。他们当时是乘汽车去的，接着按照伙伴同行制的方式走完剩余的几个街区，每个孩子都牵着身旁同伴的手。马库斯还记得当时他被曼哈顿的其他地方所震撼的感觉，那些部分不属于他，那里有商务套装，还有烫卷

[①] 当代非裔美国艺术家，作品主要探讨种族、性别、性、暴力和身份地位等。她最著名的作品是一个房间大小的黑色剪纸静态舞台创作。

的头发。到了博物馆,检票员从高高的玻璃柜台后向他们投来微笑。马库斯伸长着脖子,想要将她看个清楚,那检票员也轻轻挥手回应他的努力。

进门后,他们的老师麦克唐纳夫人带着他们穿过一个又一个展厅,参观一个又一个展览。马库斯站在队伍的最后面,和他手牵手的女孩拉塔维娅放开他的手好捂住嘴巴打喷嚏,于是马库斯也抓紧时间系起了鞋带。当他再次抬起头来的时候,同学们已经走开了。现在回想起来,当时的他本该是很快就能找到他们的,毕竟他们就像一行穿行在巨大的白色博物馆中的黑色小鸭子。但是周围的人非常多,而且也非常高,以至于他无法看见能绕过他们的通道,于是很快就吓得不敢动弹起来。

他呆站在那里静静哭泣的时候,一对年长的白人夫妇发现了他。

"看呐,霍华德。"那女人说。马库斯至今还记得那女人的裙子的颜色,是一种很深的血红色,只叫他更加害怕。"这个可怜的小东西应该是迷路了,还是怎么的,"她仔细打量他一番说道,"他很可爱,不是吗?"

那位霍华德先生杵着一根细细的拐杖,他用拐杖敲了敲马库斯的脚。"你迷路了吗,小家伙?"马库斯没说话。"我问你话呢,你迷路了吗?"

那拐杖一直在敲击他的脚,有那么一刻,马库斯感觉那男人似乎随时都会举起拐杖,一路伸向天花板,将那天花板敲碎落在他头上。他不知道自己为什么会有那样的感觉,但当时的他被吓坏了,他感到有一股湿湿的液体在顺着裤腿淌落。他尖叫着在白墙壁围成的展厅间奔跑,从一间跑到另一间,再到另一间,直至一位保安追上。他用对讲机叫来老师,把整个班级都送回街上,送回汽车,返回哈莱姆的家。

过了一会儿,狄安特找到他。"她不在这儿。"他说。马库斯转转眼睛。他在期待什么呢?两人离开了博物馆。

时间过去了一个月,是马库斯重启自己的调查的时候了。因为进展不顺,之前他一直在逃避。

最开始,他的工作重点集中在偷走曾外祖父 H 数年人生的罪犯租赁制度上,但是随着研究的深入,工程变得越来越大。既然涉及外曾祖父 H 的故事,那又怎能不说到威莉祖母和其他成千上万的黑人为摆脱种族隔离法案、迁徙北上的历史呢?如果提到大迁徙,那他就不得不谈论接纳了这些移民的城市。他将不得不谈论哈莱姆。既然谈到了哈莱姆,他又怎能不提起父亲的海洛因瘾症——以及坐牢时间和犯罪记录呢?如果说起 20 世纪 60 年代哈莱姆区的海洛因泛滥,那他又怎能不说 80 年代随处可见的霹雳可卡因[①] 呢?如果写到了可卡因,那他也不可避免地要提到"毒品战争"。如果要说起毒品战争,那他将必须提到与他一同长大的黑人中,几乎有一半的人,要么是正要进入那个全世界最严酷的监狱系统,要么是刚从里面出来。如果要问起为什么他的朋友持有大麻就要被判处五年的刑期,而与他一同上大学的白人几乎所有的人每天都能公然抽大麻,那他就会变得怒不可遏,想要猛捶这本摆在斯坦福大学美丽而死寂的莱恩阅览室的专著。如果他将书本打落,那么阅览室中的每一个人都会对他怒目相视,所有人都会看见他的肤色以及他的愤怒,他们都会觉得自己对他已有一定了解。从某种程度来说,这和当时他的曾外祖父 H 被投入监狱的事一

[①] 指价格不太贵的强效纯可卡因。

样,不过也有所区别,即事情只是没有从前那么明显而已。

当马库斯开始沿着这样的思路思考,他便再也无法驱使自己翻开哪怕一本书。

他不记得具体是在什么时候,自己开始想要更近距离地研究和了解家族的想法。或许是在某次去威莉祖母家聚餐的周日期间,在祖母要求所有人双手合十祈祷的时候。他会被塞在两个表姊妹中间,或是父亲和约瑟芬姑姑之间,威莉祖母在祈祷开始时会唱一首歌。

祖母的歌喉是世界奇迹之一。那嗓音足以激荡起他心中所有的希望、爱与忠诚,那些感受一齐涌来,让他的心跳跃不已,手掌变得汗涔涔的。他只得放开旁人的手,以便擦拭自己手心的汗,擦拭眼泪。

在那个房间里,在家人的身边,他有时会想象别的房间,一个人口更多的家庭。他十分努力地想象着,以至于有时都能看见那些人。有时候是在非洲的一间小屋里,一位族长握着一把弯刀;有时候是在棕榈树林的外面,一群人看着一位头顶一只木桶的年轻女子;有时候是在一间满是孩子的狭窄公寓里;或是在一座贫穷的小农场里;在一棵燃烧的树周围;在一间教室里。他看着这些景象,听着祖母祈祷、歌唱,祈祷、歌唱,十分迫切地想让脑海中的所有人都能走进这个房间,待在他身边。

一次周日的晚间聚餐后,他给祖母讲了自己看到的那些场景,祖母告诉他,或许他有预见的天赋。但是马库斯从来都无法让自己相信祖母威莉所信仰的神,于是他用一种更加切实的方式,通过研究和写作来探寻家族血脉,寻找答案。

这时候,马库斯草草记下一些笔记,出门去找狄安特。他那位朋友在博物馆探寻神秘女子的任务已经结束,但他对派对和其他户外活动的热情却不会消退。

后来，他们晚上去了圣弗朗西斯科。狄安特认识的一对女同性恋伴侣在家里举办美术馆之夜，同时也是非裔加勒比海人舞会。走进会场的时候，迎接他们的是大钢鼓所发出的金属乐声。男鼓手们腰间裹着色彩明亮的肯特布服饰，他们手握的圆形鼓槌槌头是粉红色的。一个女人站在男鼓手队伍的末尾，哀声唱着一首歌。

马库斯往里面走了一些。墙上的画作有些惊吓到了他，不过如果狄安特问起他的意见（他很有可能会问），他绝对不会承认这一点。其中有一幅是狄安特创作的，画的是头上有角的女人被绑在一棵猴面包树上。马库斯完全无法理解，但是他在那幅画前站了一会儿，脑袋稍稍倾向左侧，每当有人靠近，他都会轻轻点头。

接着来到他身边的人是狄安特。这个朋友接二连三地戳了几下他的肩膀，不等他叫停，狄安特就先住了手。

"怎么了，黑鬼？"马库斯说着朝他转过身。

狄安特似乎根本没注意到旁边有人，身体歪向一边，接着又突然朝马库斯转过身来。

"她在这儿。"

"谁啊？"

"你他妈的说什么呢，你说还有谁？那个女孩啊，兄弟。她在这儿。"

马库斯把目光转向狄安特手指的方向。那边并排站着两个女孩。一个个子高挑、身材瘦削，和马库斯一样肤色较浅，不过长发辫一直垂到臀部以下。她正摆弄着自己的发辫，把它们缠在手指上，或是全部撩起来，盘在头顶。

吸引马库斯视线的，是站在她旁边的那个女孩。她肤色暗黑，几乎呈蓝黑色，他们也许在哈莱姆的运动场上见过她。她身材结实、胸脯丰满,有一种狂野的非洲气质,这让她看起来像是在不久前刚刚被闪电亲吻过似的。

"来啊,兄弟。"狄安特说着已经朝两人走去。马库斯隔着一点距离跟在他后面。他能看出狄安特在竭力装作若无其事的样子。精心计算好的慵懒姿态,小心翼翼摆出的倾斜角度。当他们走到那两个女孩身边后,马库斯等着得知谁才是让狄安特魂牵梦萦的那位。

"是你!"留长发辫的女孩说着拍了拍狄安特的肩膀。

"我就说看着你眼熟,就是想不起在哪里见过你。"狄安特说。马库斯转了转眼珠子。

"我们在博物馆见过,两个月前。"女孩笑着说。

"是啊,是啊,是这样。"狄安特说。现在是他举止最得体的时候,站得笔直,面带微笑。"我是狄安特,这位是我的朋友马库斯。"

那女孩整理好裙子,又挑起一根发辫在手指上卷绕。那动作看起来就像是鸟类在整理羽毛。她身旁的女孩一句话也没说,眼睛大部分时间都盯着地面,仿佛她只要不看着他们,就能假装他们不存在似的。

"我是琪,"留长发辫的女孩说道,"这位是我的朋友玛乔丽。"

听到她的名字,玛乔丽抬起头来,浓密的头发所组成的帘幕分开来,露出一张可爱的脸庞,以及一条美丽的项链。

"很高兴认识你,玛乔丽。"马库斯说着伸出了手。

* * *

在马库斯还小的时候,母亲阿玛尼曾把他带走过一天。确切来说是偷走的,祖母威莉、父亲桑尼以及其他家庭成员都没想到,阿玛尼刚和马库斯打过一声招呼,就能用一个冰激凌甜筒作诱饵将他诱出公寓。

他的母亲买不起甜筒。马库斯还记得当时母亲和他一起,从一家商店找到另一家,再换一家,再换一家,希望再往前走一点,那边商店的价格会便宜一些。等走到父亲从前住过的社区后,马库斯心里确定了两件事。首先,他来了一个不该来的地方;第二,那里没有冰激凌。

母亲拽着他在116大街上走来走去,把他介绍给她的那些毒友们,一些一文不名的爵士乐团成员。

"这是你的孩子?"一个没有牙齿的胖女人说。她蹲在那里,所以马库斯能看到她空落落的嘴。

"对,他叫马库斯。"

那女人碰碰他,接着便摇摇晃晃地走开了。阿玛尼引着他,穿过哈莱姆那些他只在故事中听说过的地方,穿过周日聚集在教会求救赎的祈祷者们中间。西天的太阳越落越低。阿玛尼开始哭起来,吼叫着让他再走快点,虽然他小小的双腿已经尽最大的努力走到最快了。天快黑时祖母威莉和父亲桑尼才找到他。父亲抓住他的手,将他一把扯过去,速度很快,他觉得手臂差点就要脱臼。他看到祖母结结实实地一巴掌打在阿玛尼的脸上,并用所有人都能听见的音量说道:"再敢碰这孩子试试,我们走着瞧。"

马库斯经常会回想起那一天。他至今仍会为那一天感到不可思议,不是因为被一个陌生的女人拖走,被拖得离家越来越远而感受到的一整天的恐惧,而是因为家人终于找到他之时,他感受到的爱意和被保护感所带来的充盈。不是因为走失,而是因为被寻回。这也正是每次他看到玛乔丽时心中所涌起的感觉。就好像她以某种方式,找到了他。

几个月后，狄安特和琪的关系宣告结束，只剩下马库斯和玛乔丽还保持着来往，证明他们曾有过的那一段邂逅。狄安特总是在马库斯面前开玛乔丽的玩笑，说："你打算什么时候告诉那女孩你喜欢人家啊？"但是马库斯却没法向狄安特解释，事情不是那样的，因为事情到底是怎样的，他自己其实也不懂。

"这就是阿散蒂地区，"玛乔丽说着指向墙壁上的一幅加纳地图，"严格说来，我的家族就是从那里起源的，不过我的祖母搬到了中部地区，就是这里，为了离海滩近一点。"

"我讨厌海滩。"马库斯说。

玛乔丽一开始是朝他微笑，像是要大笑起来一样，不过她没有那么做，眼神反而变得认真起来。"你是在害怕它吗？"她问。她的手指从地图的边缘缓缓滑落，移到墙上。接着她将手放在她每天都会佩戴的那条黑石项链上。

"是的，我想是这样。"马库斯说。以前他还从未告诉过任何人这一点。

"我祖母说她能听见那些被困在海底的人跟她说话。是我们的祖先。她有点疯狂。"

"我听着并不觉得疯狂。狗屎，我祖母教会里的每个人，在某个时刻都曾撞见过鬼魂。某个人能看见、听见或是感觉到其他人所不能感受到的东西，并不代表这是疯狂。我祖母过去常说：ّ盲人不会因为我们能看见东西就说我们是疯子。''

这下子，玛乔丽冲他露出一个灿烂的笑容。"你想知道我害怕什么吗？"她问，马库斯点点头。他已经学会不再因为她的直截了当而感到惊讶。她从不说无意义的话，总是径直扎进深深的水底。"火。"她说。

在刚认识玛乔丽的第一周,他就已经听过她父亲脸上疤痕的故事。她的回答并没有让他感到惊讶。

"我祖母以前常说我们诞生于一场大火。我希望我能弄清楚她那句话的意思。"

"你回过加纳吗?"

"呃,我一直忙着博士学业、教职等的事情。"她顿了一下,看着空中合计一番。"事实上,自从祖母去世后,我就没再回去过,"她柔声说道,"她给了我这个。我猜是一个传家宝。"玛乔丽指指项链。

马库斯点点头。这也是玛乔丽从不曾将它取下的原因。

天色越来越晚,马库斯还有工作要做,但是他却不想离开玛乔丽家的客厅这块空间。那里有一面能看到海湾的大窗,能照进来那么多的阳光,他的肩膀都能感受到温暖的触碰。他想在那里尽可能长地待着。

"她要是知道了,会生气的,竟然这么久都不回去。差不多有十四年了。父母健在时,经常催促我回去,但是失去祖母实在让我觉得太过痛苦。后来我失去了父母,觉得看不到回去还有什么意义。我的契维语退化得很厉害,连回去还能不能四处走动都不确定。"

她勉强露出笑容,不过等笑意一离开嘴角,就转移了目光。她别过头,不让他看见她的脸,就这样似乎过了很久。太阳终于落到了从窗口看出去再看不见的地方。马库斯能感觉得出,温度离开了他的肩膀,他渴望重新感受。

这学期接下来的时间里,马库斯一直在逃避他的研究。他看不出那工作还有什么意义。他拿到一笔拨款,足够去伯明翰市看看普拉特城现在的模样。他于是叫上玛乔丽一起去,但他们能找到的只有一个盲眼老头,而且可能还有些疯癫,他说在马库斯的曾外祖父 H 还是小孩子的时候,他就认识他。

"你可以在普拉特城进行你的研究,"离开老人的房子后,玛乔丽建议道,"这里看起来是个有趣的小城。"

老人在听到玛乔丽的声音时,曾表示想触碰一下她。那是他了解一个人的方式。玛乔丽于是让老人伸出双手沿着她的手臂触摸,最后碰到她的脸,好像是在阅读她一般,马库斯在一旁看着感到惊讶,还有些尴尬。让他感到惊讶的是她的耐心。他认识她的时间很短,但已经能看出,她的耐心足够领着她穿越几乎所有的狂风暴雨。马库斯有时会同她一起在图书馆学习,他会用眼角余光观察她一本接一本、如饥似渴地阅读的样子。她的专业是非洲和非裔美国文学,当马库斯问她为什么要选这门专业时,她说那些书让她感觉深入了她的内心。当老人触碰她的时候,她打量老人的眼神是那样的充满耐心,仿佛在老人阅读她的皮肤之时,她也在阅读老人。

"意义不在这里。"他说。

"那么意义在哪儿,马库斯?"

她停下脚步。就他们所知,这时候他们正站在从前的一座矿山的顶部,那里就像一座坟墓,所有被征募到此工作的黑人囚犯也都葬身于此。要研究某件事是一回事,但要活着从中全身而退,从中经历一遭就是另一回事了。他该怎么向玛乔丽解释,他的这个项目想要抓取的,是对于时间的感受,是身为某样事物的一部分的感受,那事物延伸到如此久远的时代,扩展到如此广大的程度,以至于人们很容易忘记,她、他,还有其余所有的人都身处其中——并非脱离它而存在,而是身处其中。

他该怎么向玛乔丽解释,他本不该出现在这里。活着,以自由的面目。解释他的出生,解释他没有被关进某地的监牢,并不是因为他借助一己之力从中逃脱了出来,也并不是因为努力的工作或是相信美国梦,而仅仅是因为偶然。曾外祖父的经历他都是听祖母威莉讲的,但光是那些故事就足以让他潸然泪下,心中充满自豪。人们管他叫两铲 H。但是 H 的父亲,或者 H 的父亲的父亲又叫作什么呢?他们的母亲呢?他们都是他们所经历过的时间的造物,现在正走在伯明翰大地上的马库斯,也是自己的时间累积的结果。这才是意义所在。

但他没有说这些,而是说:"你知道我为什么害怕大海吗?"

玛乔丽摇摇头。

"并不只是因为我害怕溺水。虽然我想我也确实害怕溺水。不过原因在于那所有的空间。因为无论望向何方,所见的都是蓝色,我不知道哪里是起点。每次到海边,我总是尽可能近地待在沙滩上,因为我至少知道沙滩的终点。"

玛乔丽沉默了一阵子,只是继续走在他前面一点的地方。或许她正在考虑火的事,她曾告诉过他,说她最怕的事物就是火。马库斯只见过她父亲的照片,不过他能想象,她的父亲有整整半张脸都全部是伤疤,一定非常可怕。他能想象,玛乔丽害怕火的原因,就和他害怕水的原因一模一样。

玛乔丽在一盏坏掉的路灯的灯柱下停下脚步,路灯闪烁出怪异的灯光,亮了又灭,亮了又灭。"我敢打赌你一定会喜欢海岸角的海滩,"她说道,"那里很美,和你在美国看到的任何一处都不同。"

马库斯笑了:"我想我家里还没有任何人出过国。要乘那么久的飞机,我都不知道在上面该干什么。"

"大部分时间都只是睡觉。"她说。

他迫不及待地想要离开伯明翰。普拉特城早已成为过去,他不会在那里的废墟之中寻找他想要的东西。他不知道自己是否能找到那东西。

"好吧,"他说道,"那我们就去吧。"

* * *

"哈啰,先生!你想参观奴隶城堡吗?我带你去看海岸角城堡啊。十塞地就好,先生。只要十塞地,我就带你去参观美丽的城堡。"

玛乔丽领着他穿过戳戳车停靠站,匆匆朝一辆能带他们前往海滩度假村的出租车走去。之前的几天他们去了埃德韦索,瞻仰她父亲的出生地。几个小时前,他们也去了她母亲出生的塔科腊迪。

这里的一切都那样明艳,就连土地也是。他们到过的每一个地方,马库斯都发现那里有闪闪发光的红色尘土。夜晚降临之前,他身上也已被那尘土裹住。现在沙子也将加入进来。

"别理会他们。"玛乔丽说着带领马库斯经过一群年轻的男孩和女孩,他们正吸引他买这买那、随他们去这里或那里。

马库斯让玛乔丽停下脚步。"你以前去过吗,那座城堡?"这时候他们正走在一条繁忙的街道中央,汽车鸣笛声此起彼伏,不过他们鸣笛的对象可能是任何人——许多头顶水桶的细瘦女孩、卖报纸的男孩、和他拥有相同肤色的人组成的整个国家,人们攘往熙来,使得车辆几乎寸步难行。他们最终还是找到了通道。

玛乔丽抓着肩带将背包卸下。"其实没有。我从没去过。那里是黑人游客通常会去的地方。"他冲她皱皱眉头。"你知道我的意思。"她说。

"好吧,我也是黑人。而且我也是游客。"

玛乔丽叹口气,看一眼手表,虽然他们并没有任何其他要去的地方。他们来这里是为了海滩,况且有整周的时间可以去看。"好吧,好吧,我带你去。"

他们叫了辆出租车赶到度假村,放好行李。从那里的阳台上,马库斯第一次看到了这里的海滩。它看起来绵延好几英里。沙子反射着阳光,使得沙滩看起来闪闪发光。在这曾经的黄金海岸上,沙子就像粒粒钻石。

这一天城堡周围几乎没有游人,只有几个妇人围在一棵十分古老的大树周围,吃着坚果,彼此帮着编结头发。两人走过时,她们都张望过来,但并没有挪动。马库斯开始怀疑自己是否真的看见了她们。如果说有什么地方会让人觉得有鬼魂存在,那么应该就是这里了。从外面看来,那城堡闪烁着白光,粉末般洁白,仿佛整片建筑都被漂白过,擦洗掉了一切污点。马库斯思忖着是谁把它打磨得那样耀眼,这又是出于什么原因。步入其中之后,周遭的色彩变得黯淡了些。在那将整座建筑统领起来的肮脏骨架中,来自遥远过去的羞愧感已开始显露出来,混凝土逐渐发黑,门铰链也生了锈。很快有一个高个子男人走出来迎接,他的身材十分瘦削,简直就像是将橡胶圈抻长了做成的,报名参加团队游的其他四名游客也加入进来。

男人用芳蒂语对玛乔丽说了句什么,她用说了一周的契维语吞吞吐吐地回应。

当他们走向长长一列瞄准海面的大炮时,马库斯叫住她。"他刚说什么了?"他小声问。

"他认识我祖母。他对我说阿夸巴。"

这是马库斯此次来到这里学会的少数词汇之一,意思是"欢迎"。待在这里的整段时间里,玛乔丽的家人、街上的陌生人,甚至在机场帮他们办登记手续的人都一直在对她说那个词。他们也一直在对他说那个词。

"这里是曾经的教堂所在地,"橡皮筋般瘦削的男人说着指了指,"就位于地牢正上方。你可以在上面的楼层转悠,走进教堂,但永远不会知道脚下是什么地方。事实上,许多英国士兵娶了当地女人,而他们的孩子就和其他当地孩子一起,在这里,在这上面楼层的学校里念书。也有些孩子被送去英国念书,回来后就成了精英阶层。"

站在他身旁的玛乔丽将身体重心换了只脚,马库斯忍着不去看她。大多数人都是这样生活的,他们居住在上面楼层,不会驻足向下窥看。

很快他们就下了楼,走进这座矗立在海滩上的巨大野兽的腹中。在这里,有些污垢是无法被冲走的。绿色的,灰色的,黑色的,棕色的,还有黑色的,那样的黑。那里没有窗户。那里没有空气。

"这是女囚地牢中的一间。"向导终于开始解说,他领着大家走进其中的一间,里面还隐隐能闻到臭气。"这里一次最多关押过两百五十名妇女,大约要关三个月。然后她们被从这里的这扇门带出去。"他继续往前走。

队伍离开地牢,一起朝门口走去。这是一座漆成黑色的木门。上面挂着一张指示牌,上面写着"无返之门"。

"这扇门通往海滩,那里停靠的船队正等待着将他们运走。"

他们。他们。一直是他们。没有人用他们的名字称呼他们。队伍中没人说话。他们都静静站在那里,等待着。等待着什么呢,马库斯不知道。突然之间,他的胃里泛起恶心。他想去别的什么地方,任何其他地方都行。

他无法思考,只是开始推那扇门。他能听到向导在要求他住手,用芳蒂语冲玛乔丽喊着什么。他也能听见玛乔丽的声音,感受到她的胳膊按住了自己的手,接着他感到他的手挤了出去,这时候,终于有光透了进来。

马库斯开始朝海滩奔跑。外面有上百的渔人正在料理他们鲜绿色的渔网。长长的手工打造的小船的队伍一直铺展到视野的尽头。每艘船上都挂着一面旗帜,有的与国籍无关,有的是各个国家的国旗。有一面紫色圆点的旗帜,旁边是英国国旗,有一面橙红色的旗帜,旁边是法国国旗,加纳国旗旁边是美国国旗。

马库斯继续往前跑,直到撞见两个肤色像鞋面般铮亮黝黑的男人,他们正在攒一堆熊熊烈火,火焰舔舐四周,向上方跃动着,正向水面移动。他们在火上烤鱼,看到马库斯后,两人停下动作,看着他。

他能听到她的脚步声从背后追了上来,接着他看到了她。那脚步声扑打在沙滩上,轻轻的、闷闷的。她停在离他很远的地方,说话声被腥咸的海风吹得远远的。

"你怎么了?"玛乔丽高喊。而他只是定定地看着海水。海面向他视野所及的四面八方伸展。浪花朝他的脚拍打过来,几乎要扑灭火苗。

"过来。"他说着终于朝她转过身。她注视着火苗,这时候他才想起她是怕火的。"过来,"他又说道,"来看看。"她稍稍走近一些,但当火苗咆哮着冲向天空时,又停下了脚步。

"没事的。"他说道,他确信。于是他伸出一只手。"没事的。"

她走到他所在的地方,那里正是火苗与海水的交接处。他牵起她的手,两人一同看向那深渊。马库斯在城堡时所感受到的那份恐惧依旧存在,但是他知道那恐惧正如火焰,虽然势头狂野,但仍旧是可被控制和遏止的。

这时候玛乔丽松开了他的手。他看着她面朝前方，冲向拍打的浪涛之中，看着她沉到水面之下，而他所能做的，只是等着她重新浮出水面。当她探出头后，她看向他的方向，她用双臂在身边画圈，虽然她没说话，但他知道她想说什么。这下轮到他走向她了。

他闭上眼睛，走进水中，直至水面淹没他的小腿，接着他屏住呼吸，开始奔跑。双脚在水下奔跑。很快，浪花卷过他的头顶，将他包裹其中。水灌进他的鼻子，刺痛他的双眼。当他终于将头伸出海面，先是咳嗽，继而大口呼吸，这时他看到眼前全是海水，看到时间和空间的广袤无垠。他能听到玛乔丽的笑声，很快他也笑了。当他终于够到她身边时，她正划着水，只把头露在水面之上。那条黑石项链就贴在她的锁骨下方，马库斯看到里面有金色的光芒闪出，它在阳光下闪闪发光。

"给你，"玛乔丽说道，"拿着。"她将石头从脖子上取下，给马库斯挂上，"欢迎回家。"

他感到那石头打在他的胸膛上，沉重而滚烫，接着才凭借浮力再次漂上水面。他触摸着它，惊讶于它竟有如此的重量。

玛乔丽猛不丁地掀了他一身水，然后大笑着游走，朝岸边游去。